DESEO

AF274819

EMILY McKAY

BUSCO
MARIDO

Editado por Harlequin Ibérica.
Una división de HarperCollins Ibérica, S.A.
Avenida de Burgos, 8B - Planta 18
28036 Madrid
www.harlequiniberica.com

© 2025 Harlequin Ibérica, una división de HarperCollins Ibérica, S.A.
N.º 563 - 29.5.25

© 2011 Emily McKaskle
Busco marido
Título original: The Tycoon's Temporary Baby

© 2012 Michelle Celmer
Chispas de pasión
Título original: The Nanny Bombshell

© 2011 Charlene Swink
El orgullo del vaquero
Título original: The Cowboy's Pride
Publicadas originalmente por Harlequin Enterprises, Ltd.
Estos títulos fueron publicados originalmente en español en 2011, 2011 y 2012

I.S.B.N.: 978-84-1074-531-5
Depósito legal: M-3616-2025
Impreso en España por: BLACK PRINT
Fecha impresión para Argentina: 25.11.25
Distribuidor exclusivo para España: LOGISTA
Distribuidores para Argentina: Interior, DGP, S.A. Alvarado 2118.
Cap. Fed./Buenos Aires y Gran Buenos Aires, VACCARO HNOS.

Capítulo Uno

Jonathon Bagdon sólo quería que su secretaria volviera a casa.

Ya habían pasado siete días desde que Wendy Leland se marchó para asistir al entierro de un familiar; siete días de problemas en la empresa de Jonathon. Primero, se estropeó el acuerdo con Olson Inc. que llevaba la propia Wendy y después, él olvidó un plazo de entrega porque el empleado que la sustituía había borrado su agenda de Internet.

Pero los problemas no terminaron ahí. Otro de los empleados envió el último prototipo del departamento de investigación y desarrollo a Pekín, en lugar de a Bangalore; la jefa de recursos humanos había amenazado con dimitir y no menos de cinco mujeres habían salido llorando del despacho de Jonathon. Además, la cafetera se había estropeado y ni siquiera podía tomar una taza de café.

Definitivamente, no era la mejor semana de su vida.

Jonathon Bagdon sólo quería que su secretaria volviera a casa. Sobre todo, porque sus dos socios estaban fuera de la ciudad y él tenía que dar los últimos retoques a una propuesta para un contrato muy importante.

Miró su taza y consideró la posibilidad de pedir a Jeanell, la jefa de recursos humanos, que saliera a comprar una cafetera. Sin embargo, Jeanell no había llegado todavía. Los empleados aparecían a partir de las nueve y eran las siete de la mañana.

Naturalmente, podía bajar a un bar o a comprar él mismo la cafetera; pero estaba tan liado que no tenía tiempo para nada. Si Wendy hubiera estado allí, habría aparecido una cafetera nueva como por arte de magia. Y por supuesto, el acuerdo con Olson Inc. no habría sufrido el menor percance.

Cuando Wendy estaba en la oficina, las cosas funcionaban. Jonathon no sabía cómo lo había hecho, pero en los cinco años que llevaba como secretaria de dirección se había vuelto tan indispensable para la empresa como él mismo. De hecho, si se tomaba la última semana como ejemplo, Wendy ya era más indispensable que él: un pensamiento de lo más deprimente para un hombre que había creado un imperio a partir de la nada.

Fuera como fuera, estaba seguro de una cosa.

Cuando Wendy volviera, haría lo posible para que jamás se volviera a marchar.

Wendy Leland llegó poco después de las siete a la sede de FMJ. El sensor de movimiento activó las luces cuando entró y se inclinó para extender el techo del carrito de bebé que llevaba. Peyton, el bebé, frunció el ceño sin llegar a despertarse. La niña soltó un gorjeo mientras Wendy empujaba el carrito hasta una esquina relativamente oscura, detrás de su mesa.

Después, se sentó en el sillón, se tranquilizó un poco y miró a su alrededor.

Aquel sillón había sido durante cinco años el lugar desde el que vigilaba sus dominios. Había servido como secretaria de dirección a los tres socios de la empresa, Ford Langley, Matt Ballard y Jonathon Bagdon.

Wendy había estudiado en varias de las universidades más prestigiosas del país y su educación resultaba algo excesiva para el puesto, aunque no tenía el doctorado de ninguna de sus carreras. Su familia seguía pensando que estaba desaprovechando su talento, pero a ella le gustaba el trabajo. Era variado y siempre estaba lleno de desafíos. Lo disfrutaba tanto que no habría dejado FMJ por nada en el mundo.

Por nada, salvo por el bebé que dormía en el carrito.

Cuando salió de Palo Alto y se dirigió a Texas para asistir al entierro de su prima Bitsy, no podía imaginar lo que le esperaba. Desde que su madre la llamó por teléfono para decirle que Bitsy había fallecido en un accidente de tráfico, la semana se convirtió en una sucesión de sustos.

Wendy no tenía idea de que Bitsy tuviera un niño. A decir verdad, ninguna persona de la familia lo sabía. Pero lo tenía y, de repente, ella se había convertido en la tutora de un bebé huérfano de cuatro meses.

Las implicaciones de la custodia eran de proporciones dramáticas. Si Peyton Morgan hubiera llegado con una mina de oro, su familia no se habría peleado más por la pequeña. Y si Wendy quería mantener la custodia de la pequeña, no tendría más remedio que hacer lo que se había prometido que jamás haría: presentar su dimisión en FMJ y volver a Texas.

Wendy se dijo que era típico de Bitsy. Creaba problemas hasta después de muerta.

Al pensar en ello, soltó una carcajada; pero la risa tuvo el extraño efecto de revivir el dolor por la pérdida de su prima.

Cerró los ojos con fuerza y apretó las manos contra los párpados. Estaba tan cansada que, si se rendía a la tristeza en ese momento, estaría llorando un mes entero.

Ya tendría ocasión de llorarla. Ahora había cosas más urgentes.

Encendió el ordenador. La noche anterior había redactado su carta de dimisión y se la había enviado a sí misma por correo electrónico. Por supuesto, se la podría haber enviado directamente a Ford, Matt y Jonathon. Incluso había hablado con Ford, por teléfono, cuando él la llamó para darle el pésame. Pero prefirió imprimir la carta, firmarla y entregársela en mano a Jonathon.

Se lo debía a él y se lo debía a JMF. Además, quería aprovechar esos momentos para despedirse de la Wendy que había sido hasta entonces y de la vida que había llevado en Palo Alto.

El ordenador arrancó y emitió el zumbido familiar que siempre la tranquilizaba. Unos segundos después, abrió la carta de dimisión y se dispuso a imprimirla. El sonido de la impresora resonó en las paredes de la oficina. Era temprano y todavía no había llegado nadie. Nadie salvo Jonathon, cuyo horario era extenuante.

Tras firmar la carta, la dejó en la mesa y se dirigió a la puerta que separaba su despacho del despacho de su jefe.

Antes de abrirla, suspiró y puso una mano en ella. El contacto de la madera maciza le resultó tan fiable y robusto que sintió la necesidad de apoyarse. Iba a necesitar todas las fuerzas que pudiera reunir.

***

–Wendy no tiene la culpa de nada –dijo Matt Ballard con tono de recriminación.

Matt estaba en el Caribe, de luna de miel, y le había dicho a Jonathon que pusiera la conferencia a primera hora de la mañana porque su esposa, Claire, le había prohibido que hiciera más de una llamada de negocios al día.

–Es la primera vez en cinco años que se toma una baja por motivos personales –continuó.

Jonathon lamentó haberlo llamado. Tenía razones de peso para hablar con su socio, pero ahora parecía que se estaba quejando por quejarse.

–Yo no he dicho que tengo la culpa...

–¿Cuándo iba a volver? –preguntó Matt.

–Se suponía que volvía hace cuatro días. Dijo que estaría afuera dos o tres días, como mucho. Pero después del entierro, llamó para decir que tardaría un poco más.

–Deja de preocuparte –le recomendó Matt–. Tendremos tiempo de sobra cuando Ford y yo volvamos. Recuerda que el límite para la presentación de esa propuesta no se cumple hasta dentro de casi un mes.

El «casi un mes» de la frase de Matt era precisamente lo que a Jonathon le preocupaba. Resultaba tan impreciso e inquietante como el «un poco más» de Wendy. Jonathan era un obseso de la exactitud. Si tenía que presentar una oferta a una empresa cuyos activos ascendían a varios millones, se molestaba en averiguar cuántos millones eran. Y si tenía casi un mes para presentar una propuesta, quería saber qué se entendía por «casi».

Como no quería tomarla con su socio, cortó la comunicación. El contrato con el Gobierno le estaba volviendo loco; especialmente, porque tenía la sensación de que ser el único al que le preocupaba.

Durante los años anteriores, el departamento de investigación de FMJ había desarrollado un sistema de dispositivos que podía regular y controlar el gasto energético en los edificios. El sistema de FMJ era el más eficaz y el más avanzado del ramo. Desde que lo instalaron en la sede de la empresa, se habían ahorrado un treinta por ciento en electricidad. Si cerraban el acuerdo con el gobierno, el sistema se instalaría en todos los edificios federales del país.

Después, se sumaría el sector privado y el éxito del sistema aumentaría las ventas del resto de los productos de FMJ. Era lógico que Jonathon estuviera entusiasmado con la perspectiva. A fin de cuentas, podían ganar mucho dinero.

Todo lo que había hecho durante diez años, todo su trabajo, dependía de aquel contrato. Sería crucial para el futuro de la empresa.

Acababa de cerrar su ordenador portátil cuando oyó un golpecito en la puerta. No podía ser el sustituto de Wendy. Era demasiado temprano. Pero Jonathon no se atrevió a albergar la esperanza de que Wendy hubiera vuelto.

Echó el sillón hacia atrás y cruzó el despacho que compartía con Matt y Ford. Cuando abrió la puerta, Wendy cayó literalmente en sus brazos.

Wendy seguía apoyada en la puerta cuando Jonathon la abrió de repente. No fue extraño que cayera sobre él. Pero se llevó una sorpresa al encontrarse entre sus brazos, apoyada esta vez en su duro pecho.

Justo entonces, cayó en la cuenta de varias cosas. La primera, el aroma intenso del gel de baño de Jonathon; la segunda, la increíble anchura de su pecho y la tercera, la suave y afeitada silueta de su mandíbula, que fue lo que vio al alzar la mirada.

Normalmente, Wendy se las arreglaba para hacer caso omiso del atractivo de Jonathon Bagdon, un verdadero sueño para cualquier mujer. Él siempre parecía a punto de fruncir el ceño, lo cual aumentaba su aire pensativo. Y su sonrisa, que ofrecía pocas veces, era tan devastadora por sí misma como por los hoyuelos que se le formaban en las mejillas.

No era demasiado alto; medía poco menos de metro ochenta, pero la fortaleza de su cuerpo compensaba lo que le faltaba en altura. Sus músculos resultaban más apropiados para peleas de bar que para negociaciones empresariales. Wendy nunca había visto su pecho desnudo, pero él acostumbraba a quitarse la chaqueta del traje y a remangarse la camisa cuando estaba trabajando, así que lo admiraba con bastante frecuencia.

Subió la cabeza un poco más, contempló sus ojos de color marrón verdoso y sintió algo completamente inesperado. Una tensión que no había notado antes. Una conexión. O quizás, algo que en general no se atrevía a sentir porque era demasiado inteligente como para meterse en líos.

Él tragó saliva. Fascinada, ella observó los músculos de su garganta, que estaban a escasos milímetros de su rostro.

Por fin, se apartó de él. Wendy fue consciente de que Jonathon la seguía con la mirada, y aún más consciente de que su indumentaria era poco apropiada para trabajar. Era la primera vez que se presentaba en la oficina en vaqueros y, por supuesto, también era la primera vez que se presentaba con su camiseta preferida, de un grupo de punk. Sin embargo, aquél iba a ser su último día en FMJ y necesitaba sentirse cómoda.

Deseó que Jonathon dejara de mirarla con tanta intensidad.

Wendy conocía aquella mirada porque la había notado varias veces a lo largo de los años; pero hasta ese momento, no se había permitido el lujo de sentir algo al respecto. Jonathon Bagdon tenía mucho éxito entre las mujeres y había roto unos cuantos corazones. Wendy se había prometido que jamás formaría parte de esa lista.

Intentó convencerse de que el deseo que sentía por él era consecuencia de su agotamiento. O tal vez, de su vulnerabilidad emocional. O quizás, de alguna disfunción hormonal extraña.

En cualquier caso, carecía de importancia. A fin de cuentas, estaba a punto de marcharse para siempre.

Jonathon quiso volver a abrazarla. Obviamente, se resistió a la tentación. Pero lo quiso de todas formas.

Mantuvo una mano en la puerta y se metió la otra en el bolsillo de los pantalones, en un intento por disimular el efecto que Wendy le había causado. Por ridículo que fuera, su cuerpo había reaccionado con deseo por unos cuantos segundos de contacto físico con su tentadora secretaria. Se había puesto duro como una roca.

Ya había sentido deseo por ella, pero normalmente lograba controlarse. Sin embargo, aquel día era distinto a los demás. Wendy no llevaba su indumentaria de siempre, profesional y discreta, sino unos vaqueros desgastados que se ajustaban a su figura y una camiseta de cuello ancho que dejaba ver una de las tiras de su sujetador, de color rosa fucsia.

Volvió a tragar saliva e intentó decir algo razonable. Algo que no incluyera la petición de que se quitara la camiseta.

–Espero que hayas tenido un buen viaje.

Ella frunció el ceño y dio un paso atrás.

Él recordó que había ido a un entierro y se maldijo por haberlo olvidado.

–Te acompaño en el sentimiento, Wendy. Aunque te confieso que me alegro mucho de que hayas vuelto.

Jonathon pensó que sus palabras sonaban estúpidas, pero no le extrañó demasiado. No sabía qué hacer ni qué decir cuando una mujer estaba triste.

–Yo... –empezó a decir ella.

Wendy se alejó un poco y se llevó las manos a la cara. Por la tensión de sus hombros, parecía al borde de las lágrimas.

Era la primera vez, en cinco años, que se comportaba de forma poco profesional. Si le hubiera pasado delante de Ford, no le habría preocupado tanto; Ford tenía tres hermanas, una madre, una madrastra, una esposa y una hija, de manera que estaba acostumbrado a afrontar ese tipo de situaciones. Pero Jonathon era diferente.

La siguió por todo el despacho y le puso una mano en el hombro; justo en el hombro que le quedaba desnudo bajo el ancho cuello de la camiseta. Sólo pretendía animarla, pero el contacto de su piel lo estremeció.

Cuando ella se giró y le miró a los ojos, distinguió el brillo de deseo y se excitó a su vez.

Justo entonces, se oyó un gemido. Pero no procedía de la garganta de Wendy.

Confundido, Jonathon echó un vistazo a su alrededor. Como no vio nada, se dirigió hacia el despacho de la secretaria, que rápidamente se interpuso en su camino.

–¡Puedo explicarlo! –dijo ella, fuera de sí.

–¿Explicarlo? ¿A qué te refieres?

Jonathon entró en el despacho de Wendy y vio el carrito junto al sillón.

–¿Qué es eso?

–Un bebé.

El asombro de Jonathon fue tan evidente que, si no lo hubiera conocido, Wendy habría pensado que nunca había visto un bebé.

Pasó a su lado, caminó hasta el carrito y lo movió ligeramente para intentar tranquilizar a Peyton, que siguió gimiendo. Entonces, la niña abrió los ojos y la miró. Al contemplar sus brillantes ojos azules, Wendy sintió una punzada en el pecho y supo que había hecho bien al hacerse cargo de la pequeña. De hecho, estaba dispuesta a hacer cualquier cosa para que siguiera a su lado.

Se inclinó sobre el carrito, alcanzó a Peyton y la tomó en brazos. La acunó suavemente, haciendo ruiditos cariñosos.

Jonathon frunció el ceño. Wendy sonrió y dijo:

–Jonathon, te presentó a Peyton.

Jonathon miró a Wendy, miró a la niña y miró a su alrededor, como buscando el platillo volante del que había salido aquella criatura.

–¿Qué hace un bebé en la oficina?

–Lo he traído yo –confesó–. No tenía a nadie que se pudiera hacer cargo de la niña. Además, no estoy segura de que esté preparada para quedarse con un desconocido... aunque pensándolo bien, yo misma soy una desconocida y...

Jonathon la interrumpió.

—Espera un momento, Wendy. ¿Qué diablos haces con un bebé? ¿De dónde ha salido? Porque no es tuyo, ¿verdad?

Ella sacudió la cabeza.

—No, por supuesto que no es mío. ¿Crees que en los siete días que he estado afuera me he quedado embarazada y he dado a luz a un bebé de cuatro meses?

—¿Entonces?

—Es la hija de una de mis primas. Bitsy me nombró su tutora. Ahora es mía.

Jonathon se quedó atónito. De hecho, tardó varios segundos en hablar.

—Ah, bueno, comprendo... Al final va a resultar que Jeanell estuvo acertada cuando se empeñó en que pusiéramos una guardería en la empresa. No te preocupes por nada, Wendy. Puedes dejarla allí mientras trabajas. Estará perfectamente.

Wendy sintió un vacío en el estómago. No quería dejar FMJ. Con el transcurso de los años, la empresa se había convertido en su hogar. Trabajar en FMJ le había dado un objetivo, un propósito en la vida. Algo que su familia nunca había entendido.

Respiró hondo y se dijo que había llegado el momento de ser sincera.

—No traeré a Peyton al despacho, Jonathon. No voy a volver al trabajo. He venido a presentar mi dimisión.

Capítulo Dos

–No seas ridícula –bramó Jonathon, desconcertado con el anuncio–. Nadie deja el trabajo porque tenga un bebé; y mucho menos, porque lo haya... heredado.

Wendy lo miró con desesperación.

–Yo no lo he heredado –protestó.

–Bueno, sé que ha sonado un poco estúpido, pero...

Jonathon no terminó la frase. No sabía qué hacer. Necesitaba a Wendy. Él siempre había sido demasiado directo, demasiado sincero, demasiado franco. Tendía a ofender a la gente sin darse cuenta, pero Wendy era la excepción. Siempre le perdonaba sus errores y sus salidas de tono.

No soportaba la idea de perderla. No iba a permitir que se marchara.

–FMJ tiene una de las mejores guarderías de la ciudad. Puedes seguir aquí, como siempre, trabajando –alegó.

–No puedo, Jonathon. Tengo que volver a Texas.

Mientras hablaba, Wendy volvió a dejar a Peyton en el carrito.

–¿Por qué tienes que marcharte a Texas?

Ella lo miró.

–Sabes que soy de allí, ¿verdad?

–Sí, lo sé de sobra. Razón de más para que me extrañe que vuelvas. Nunca has dicho nada bonito de ese lugar.

Ella se encogió de hombros.

–Bueno... es complicado.

–¿Complicado? Explícamelo.

–A algunos de mis familiares no les ha gustado que me quede con la tutela de Peyton. Si no los consigo convencer de que seré una buena madre para ella, presentarán una denuncia para quitarme la custodia.

–¿Y qué? Puedes ganar la batalla legal desde aquí.

–No, no soportaría que el asunto llegue a los tribunales.

Wendy abrió uno de los cajones de su mesa, sacó un montón de objetos personales y los metió en una caja.

Él la miró con desconcierto, sin entender nada.

–¿Qué estás haciendo?

Ella se detuvo y lo miró.

–Estoy guardando mis cosas –respondió, como si no fuera evidente–. Ford me llamó ayer para darme el pésame. Cuando le expliqué lo que sucedía, me dijo que no me preocupara por avisar con dos semanas de antelación... que me podía ir inmediatamente si lo necesitaba.

Jonathon se dijo que sus veintidós años de amistad con Ford habían terminado. Si hubiera estado delante de él en ese momento, lo habría estrangulado.

–Juraría que tenía un pintalabios por aquí...

–¿Un pintalabios? –preguntó él, cada vez más perplejo.

–Sí, un pintalabios de mi color preferido. Ya no los fabrican, así que... bueno, da igual, qué se le va a hacer.

Wendy cerró el cajón de golpe y abrió otro. Jonathon sacudió la cabeza y retomó el asunto de su dimisión.

–No te puedes ir –afirmó.

–¿Crees que quiero irme? ¿Crees que lo hago por gusto? No sé qué me molesta más, si dejar un trabajo que adoro o volver a Texas. Pero no tengo más remedio.

–Cometes un error, Wendy. Dudo que volver a Texas y quedarte en el paro contribuya a mejorar tu situación.

–Yo...

Peyton se empezó a quejar otra vez. Wendy dejó lo que estaba haciendo, se acercó al bebé, lo acunó un poco y dijo:

–No sé si lo había mencionado, pero mi familia tiene dinero.

Wendy lo dijo por decir. Sabía que no lo había mencionado hasta entonces.

De todas formas, no había sido necesario; la gente que crecía con dinero, tenía el aire de seguridad de los que nunca habían sufrido estrecheces económicas. Y Jonathan, que no había crecido precisamente en la riqueza, se había dado cuenta en cuanto la vio por primera vez.

–¿Que tu familia tiene dinero? Jamás lo habría imaginado –ironizó.

Wendy estaba tan distraída que no notó el sarcasmo de su jefe.

–Mi abuelo dejó una herencia importante a todos sus nietos, pero yo no reclamé mi parte porque los requisitos me parecieron ridículos.

–¿Los requisitos?

–Para recibirla, tengo que trabajar en la empresa de la familia y vivir un máximo de treinta kilómetros de la casa de mis padres. ¿Empiezas a entender la situación?

–Creo que sí.

–Si vuelvo a casa ahora...

–Recibirás tu herencia –concluyó él–. Y tendrás dinero de sobra para contratar a un abogado si la disputa por la niña acaba en los tribunales.

Ella asintió.

–Espero que la sangre no llegue al río. Mi abuela sigue controlando la familia y nadie se atreverá a llevarle la contraria. Si se convence de que seré una buena madre, se apartará de mi camino y permitirá que me encargue de Peyton... pero prefiero cubrirme las espaldas. Si me llevan a juicio, quiero estar segura de que tendré la mejor defensa legal que sea posible.

–¿Y todo esto es por una prima a la que apenas conocías? ¿Por una mujer a la que no habías visto desde hace años?

Los ojos de Wendy se humedecieron. Jonathon tuvo miedo de que rompiera a llorar. Pero Wendy se contuvo, abrazó al bebé con fuerza y miró a su jefe a los ojos.

–Si a Ford y a Kitty les pasara algo y quisieran que tú te encargaras de Ilsa, ¿no harías todo lo que estuviera en tu mano por honrar su deseo?

Jonathon no dijo nada. Se metió las manos en los bolsillos y maldijo para sus adentros. Wendy tenía razón.

Observó al bebé y se dijo que, en cualquier caso, no estaba dispuesto a perder a la mejor secretaria que había tenido nunca.

La preciosa e indefensa Peyton necesitaba a Wendy. Pero él también la necesitaba.

***

Wendy miró a Peyton, miró el cajón abierto y, por fin, miró a Jonathon. Se sentía completamente atrapada.

Tenía muchas cosas que hacer, pero no podía concentrarse. Tal vez fuera por la falta de sueño o, tal vez, porque Jonathon la estaba poniendo nerviosa; caminaba de un lado a otro y de vez en cuando se detenía y la fulminaba con la mirada.

Jonathon siempre le había causado ese efecto; desde el principio. Había algo en su combinación de atractivo físico, inteligencia y ambición que la hacía particularmente consciente de su propio cuerpo. Sus seis primeros meses en FMJ habían sido un sobresalto constante; cada vez que él entraba en la habitación, se estremecía. Pero no era nerviosismo, sino sentimiento de anticipación. Como si ella fuera una gacela y él, un león.

Con el tiempo, había aprendido a controlarse.

Y creía que lo había superado.

Sin embargo, era evidente que no lo había superado en absoluto. Aunque echara de mano del cansancio para justificarse, Wendy se conocía a sí misma y sabía lo que le pasaba. Se sentía sexualmente atraída por él. Justo entonces, durante su último día de trabajo. Quizás, porque era la última oportunidad que tenía para hacer algo al respecto.

Miró otra vez el cajón.

El pintalabios no estaba allí. Había desaparecido. Y también había desaparecido la ocasión de mantener una relación distinta con su jefe.

Sin soltar a la niña, alcanzó la caja con sus pertenencias y se dispuso a marcharse. Pero Jonathon se interpuso en su camino.

–No te puedes ir –le dijo.

–Ah, es verdad, olvidaba el carrito...

Wendy se giró. Además del carrito, tenía que llevarse el paquete de pañales de la pequeña. Al parecer tendría que hacer un par de viajes al coche.

–No, no me refería a eso –puntualizó él–. No voy a permitir que te marches.

–¿Que no me lo vas a permitir? No puedes impedirlo. Me voy.

–Eres la mejor secretaria que he tenido. No te voy a perder por una... frivolidad –declaró, enfadado.

Ella arqueó una ceja.

–Es una niña, no una frivolidad. Por tus palabras, cualquiera diría que dejo la oficina para marcharme a un circo –ironizó.

Él la observó detenidamente antes de hablar.

–Si la custodia de la niña es tan importante para ti, contrataremos a un abogado. Contrataremos al mejor abogado del país.

A ella se le hizo un nudo en la garganta. La oferta de Jonathon era extraordinariamente tentadora, pero no quería complicarle la vida.

–No sabes lo que dices. Mi familia es muy rica, Jonathon; si deciden acudir a los tribunales, utilizarán todo su poder económico.

–¿Y qué?

Wendy suspiró.

–Leland es el apellido de soltera de mi madre. Me quité el de mi padre y me puse el suyo cuando salí de la universidad.

Jonathon no supo adónde quería llegar con lo de su apellido, pero mantuvo la calma y dejó que se explicara. Era una de las cosas que más le gustaban de él.

Sabía escuchar. Y sacaba conclusiones muy deprisa, pero no juzgaba a los otros.

–El apellido de mi padre es Morgan –continuó.

La mayoría de la gente no habría asociado ese apellido a una de las familias con más poder político del país. Pero Jonathon no era la mayoría de la gente. Wendy pensó que sólo tardaría veinte segundos en asociarlo. En realidad, lo asoció en tres.

–Entonces, debes de ser de los Morgan que se hicieron ricos con el petróleo, porque ninguno de los Morgan banqueros vive en Texas.

Jonathon no lo dijo con tono de pregunta, sino de afirmación.

Ella se mordió el labio y asintió.

–En efecto. Tendría que habértelo dicho antes, pero...

–No, ¿para qué? No era asunto mío –afirmó con naturalidad–. Pero en tal caso, el senador Henry Morgan es...

–Tío mío –explicó–. Hank es el abuelo de Peyton.

–Comprendo.

Jonathon se puso las manos en las caderas, empujando la chaqueta hacia atrás. Era una de sus posturas habituales. Una postura que siempre incomodaba a Wendy, porque enfatizaba la anchura de sus hombros y la estrechez de su cintura al mismo tiempo.

Su jefe ya había entendido que enfrentarse a los Morgan era una idea realmente mala, pero era un hombre profundamente pragmático y empezó a pensar en las soluciones posibles. Volvió a su despacho, alcanzó el *Wall Street Journal*, regresó con Wendy y le enseñó el periódico, abierto por una de las páginas interiores.

–Supongo que Elizabeth Morgan es tu prima, la que ha muerto, la madre de la niña.

Era un artículo sobre su fallecimiento. El primer artículo sobre Bitsy que Wendy veía. Y no necesitaba leerlo para saber que sería respetuoso. La vida de Bitsy había estado llena de escándalos, pero su tío Hank habría utilizado su poder para que no se publicara nada que no tuviera su aprobación personal.

Jonathon echó un vistazo al texto y frunció el ceño.

–Aquí dice que tenía un hermano y una cuñada. ¿Por qué no se encargan ellos de la pequeña? –preguntó.

–Buena pregunta. ¿Por qué no? Eso es lo que pensarán todos los conservadores que votan a mi tío Hank. Y mi abuela, Mema, pensará lo mismo que ellos. Están tan chapados a la antigua que se opondrán con todas sus fuerzas a que Peyton crezca con una mujer soltera –dijo ella–. Todo esto es muy frustrante. Si estuviera casada, no se opondrían a que me quede con la custodia de la niña.

–¿Lo dices en serio? –preguntó con interés.

–Por supuesto. Entonces, les parecería una madre perfecta. Especialmente, si estuviera casada con un hombre rico o poderoso.

–¿Es tan fácil como eso?

–Sí.

Los ojos de Jonathon se iluminaron.

–Creo que he encontrado la solución a tu problema, Wendy.

Ella lo miró con desconcierto.

–¿Cómo?

–Lo has dicho tú misma. Sólo necesitas un marido con éxito.

Wendy, que no lo había entendido todavía, dijo:

—Claro. Un marido rico. Y no lo tengo.

Jonathon sonrió. Normalmente, las sonrisas de Jonathon la dejaban sin aliento. En aquel caso, la dejó sin aliento y mucho más nerviosa que antes.

—Pero podrías tenerlo —declaró él—. Sólo tienes que casarte conmigo. Incluso estoy dispuesto a comprarte un perro.

Capítulo Tres

Jonathon nunca le había pedido a nadie que se casara con él. Era su primera vez y, en consecuencia, no estaba seguro de la reacción que causaría. Pero no esperaba que Wendy se limitara a mirarlo.

Se había quedado pasmada, con sus ojos azules tan abiertos como su boca.

Y no parecía simplemente sorprendida, sino también desconcertada. De hecho, Jonathan consideró la posibilidad de que la oferta de matrimonio la hubiera ofendido.

Fuera como fuera, llegó a la conclusión que la iba a rechazar. Pero él la necesitaba. La necesitaba desesperadamente.

—No te estoy ofreciendo una relación romántica —dijo en un intento por suavizar el asunto.

—No, ya me imagino que no —susurró ella.

Wendy se apoyó en la mesa y acarició la cabecita de Peyton.

—Sería un acuerdo estrictamente profesional —declaró él, vehemente—. Permaneceríamos casados hasta que tu familia se convenza de que somos adecuados como padres. Ni siquiera tendríamos que vivir juntos. Y tienes mi palabra de que nos divorciaríamos después.

Ella sacudió la cabeza.

—No, Jonathon.

Él sintió una punzada en el pecho. Fue entonces

cuando vio su carta de dimisión, firmada y con fecha de ese mismo día. Tenía un aspecto tan oficial como una orden de ejecución.

Imaginó un futuro espantoso, con un desfile interminable de secretarias temporales a cual más incompetente. Perdería el contrato del gobierno como había perdido el de Olson Inc., que les había costado varios millones. Sería una catástrofe.

Tuvo la seguridad de que el futuro que había soñado para la empresa se empezaba a disolver ante sus ojos. Y sintió pánico.

–Si te preocupa el sexo, despreocúpate. No espero acostarme contigo.

Ella bajó la cabeza y cerró los ojos durante unos segundos.

–No se trata de eso. Es que no nos podríamos divorciar tan rápidamente como crees.

Wendy estaba muy alterada, aunque lo disimuló. Nunca habían hablado de sexo. Habían compartido muchos momentos relativamente íntimos; habían cenado juntos muchas veces y habían viajado juntos en muchas ocasiones, por motivos de trabajo. Incluso Jonathon se había quedado dormido con la cabeza apoyada en su hombro. Pero jamás, hasta aquella mañana, habían hablado de sexo.

–¿Qué quieres decir? –preguntó él.

–Que si nos casáramos, tendríamos que seguir juntos.

Él arqueó una ceja y esperó a que se explicara.

–No nos podríamos divorciar en tres o seis meses. Mi familia se daría cuenta del engaño –continuó Wendy–. Tendríamos que seguir juntos hasta que desapareciera cualquier sombra de duda... quizás un año o dos.

—Entiendo.

Wendy sacudió la cabeza.

—No, no creo que lo entiendas. Estoy decidida a luchar por Peyton. Haré lo que sea necesario. Pero no te puedo pedir que te sacrifiques por mí.

—Tú no me has pedido nada; te lo estoy ofreciendo yo. Y créeme, ni siquiera te lo ofrezco por bondad.. Lo hago para que sigas trabajando en FMJ. Eres la mejor secretaria que he tenido en toda mi vida; eres...

Ella alzó una mano para interrumpirlo.

—No seas ridículo, Jonathon. Sólo tienes que buscar otra secretaria. Te ayudaré yo misma. La ciudad está llena de secretarias muy competentes.

—Quizás sea cierto, pero no serían como tú. Te necesito. Ninguna de esas secretarias se preocuparía tanto por la empresa. Además, tú conoces FMJ mejor que nadie.

—Sí, supongo que eso es verdad... –admitió.

—Y no tengo ni tiempo ni energías para formar a otra persona. Como ves, mis motivos son de lo más egoísta.

Ella sonrió con ironía.

—Ya me había imaginado que no me lo pedías por amor, Jonathon. Sólo quiero asegurarme de que sabes dónde te metes. Si mi familia sospecha que es una estratagema...

—Entonces, los convenceremos de que nuestra boda no tiene nada que ver con Peyton.

Esta vez fue Wendy quien arqueó una ceja.

—¿Pretendes convencerlos de que estamos enamorados?

—Exactamente.

Ella soltó una carcajada. Peyton abrió los ojos de

par en par y apretó las manitas contra su pecho, como si quisiera liberarse.

Wendy se acercó al lugar donde había dejado el paquete de pañales y lo intentó abrir con la mano libre. Jonathon se le adelantó y lo abrió.

–¿Necesitas algo más? –preguntó él.

–La mantita rosa que he dejado en la caja. Extiéndela en el suelo.

Él sacó la manta de la caja y la extendió. Después, ella se inclinó y puso a la niña encima.

La visión de la pequeña en mitad de uno de los despachos de FMJ resultaba tan incongruente que Jonathon no recordaba de qué estaban hablando. Pero lo recordó enseguida. Wendy se había reído cuando él le había propuesto que se fingieran enamorados.

–¿Crees que no podríamos convencer a tu familia?

Mientras cambiaba el pañal a Peyton, Wendy respondió:

–No te ofendas, Jonathon, pero no recuerdo que te hayas enamorado ni una sola vez desde que te conozco.

–Eso es ridículo. Yo...

–No lo niegues –lo interrumpió–. No te has enamorado de nadie. Sé que has salido con muchas mujeres, pero el amor no es lo tuyo. No sabrías fingirlo.

–¿Piensas que no puedo ser romántico?

–Pienso que tu forma de fingirte enamorado sería tan cálida y tan espontánea como un informe del departamento de contabilidad –contestó.

–¿Cómo? ¿Insinúas que soy una especie de... pez? –preguntó él, ofendido.

Ella ladeó la cabeza.

–Ni mucho menos; sólo afirmo que estás acostumbrado a disimular tus emociones. En apariencia, eres el hombre más desapasionado del mundo –explicó ella–. No es que me parezca mal, pero...

Jonathon se hartó. Caminó hacia ella, la tomó entre sus brazos y la besó.

Ni siquiera supo por qué lo hizo. Quizás, porque las afirmaciones de Wendy lo habían ofendido. Quizás, porque la palabra «sexo», que había pronunciado varios minutos antes, seguía rondando su cabeza. Quizás, porque no podía apartar la mirada del hombro desnudo de su secretaria. O quizás, porque la tira de aquel sostén rosa lo estaba volviendo loco.

Fuera por el motivo que fuera, perdió el control y se vio obligado a besarla.

Y ya no podía parar.

Para Wendy fue una sorpresa absoluta. Jamás habría imaginado que Jonathon Bagdon la besaría. Y ahora estaba contra su pecho, rendida a unos labios maravillosos que la dejaban sin respiración.

Jonathon le puso una mano en la mejilla y llevó la otra a su espalda, apretándola con tanta fuerza que podía sentir los botones de su camisa a través del algodón de la camiseta.

Su beso fue completamente inesperado. Cuando cruzó la habitación y se acercó a ella, todo tensión y actitud decidida, Wendy no imaginó que tuviera intención de besarla; no lo imaginó a pesar de que lo había soñado muchas veces a lo largo de los años.

Pero se había equivocado con él.

A pesar de la perfección de su exterior, siempre

había pensado que Jonathon sería tan frío, tan lógico, tan contenido y tan desapasionado en cuestiones de amor como lo era en la sala de juntas de la empresa.

No era verdad.

Sus labios no se limitaban a besarla. La devoraban.

Sintió su lengua en la boca, acariciándola, jugueteando con ella, instándola a dejarse llevar hasta que Wendy se puso de puntillas, pasó los brazos alrededor de su cuello y le acarició el bello de la nuca.

Fue un beso ardiente, interminable. Jonathon sabía levemente a café y a la menta de su pasta dentífrica. Su contacto desató emociones que Wendy desconocía. Y nada le parecía suficiente. No se cansaba de él.

Él la hizo retroceder un paso y luego otro. Cuando se quiso dar cuenta, se encontró contra la mesa del despacho. Y no dejó de besarla.

Wendy imaginó que tiraba todas las cosas de la mesa, la tumbaba encima y la tomaba allí mismo. La imagen se presentó en su mente de improviso, pero con toda claridad, como si hubiera estado allí durante años, esperando que un beso la liberara.

Desesperadamente, intentó encontrar un motivo para no entregarse a él, para contenerse. No lo encontró.

Un segundo más tarde, Jonathon se apartó de ella y carraspeó. Wendy echó de menos el calor de su cuerpo y se preguntó por qué se había detenido.

Entonces, se acordó de Peyton.

La niña seguía donde la habían dejado, en el suelo.

Jonathon se frotó la mandíbula, aparentemente desconcertado, y se alejó hasta quedarse al otro lado de la niña, que de repente parecía un campo minado entre los dos.

–Bueno... –dijo él, nervioso–. Creo que ya hemos

salido de dudas. Si tenemos que convencer a tu familia de que soy algo más que tu jefe, no nos costará demasiado.

–No, no nos costará mucho –asintió ella–. Pero ¿qué ha pasado aquí, Jonathon? ¿Sólo me has besado para demostrar que los podemos engañar?

Él se encogió de hombros, sin saber qué decir.

–Yo...

Wendy se indignó.

–¿Insinúas que sólo ha sido eso? ¿Que he estado a punto de bajarme las braguitas y que tú sólo querías demostrar algo?

Jonathon bajó la cabeza e imaginó las braguitas de Wendy en el suelo del despacho. Después, tragó saliva y se pasó una mano por la cara.

–No sé... me ha parecido lo más prudente.

–¿Lo más prudente? –repitió ella, atónita–. Ha sido un error, Jonathon. Un error tan terrible que no tengo palabras para decir lo que pienso.

–Bueno, a decir verdad...

–No, no, no, espera un momento –lo interrumpió–. Quiero conocer el terreno que piso, Jonathon. Si crees que tu oferta de matrimonio incluye el derecho a disfrutar de mi cuerpo, estás muy equivocado. Y por supuesto, tampoco tienes derecho a besarme sin deseo alguno, sólo para demostrar algo.

Jonathon quiso hablar, pero ella se lo impidió de nuevo.

–Pensándolo bien, no quiero que me beses de ninguna forma, ni con deseo ni sin deseo. Si nos vamos a casar, tendremos que establecer unas cuantas normas. Tendremos que... bueno, ya se me ocurrirá –sentenció, confusa.

Él la miró y sonrió.

–¿Has terminado?

Ella apretó los labios con fuerza, pero su enfado desapareció enseguida. Jonathon no tenía la culpa de nada. La estaba tomando con él porque su vida se había complicado terriblemente y se sentía atrapada.

–Lo siento, Jonathon. Discúlpame. Estoy un poco alterada y...

–No, tienes razón en lo de las normas –declaró con voz tensa–. Deberíamos mantener el sexo fuera de la ecuación. Pero besarte me ha parecido prudente porque tendremos que besarnos en algún momento.

–¿Tú crees?

–Por supuesto que sí.

Ella se estremeció y se preguntó cuándo la besaría otra vez. Lo deseaba con toda su alma. Aunque fuera una mala idea.

–Si quieres que tu familia se convenza de que estamos enamorados, tendremos que demostrarnos afecto –continuó él.

–Sí, claro, no lo había pensado, pero...

Wendy estaba muy confundida, y no era para menos; a fin de cuentas, había aceptado casarse con él para engañar a su familia. Hasta cierto punto, era normal que no pensara con claridad. Pero le molestaba que la mente de Jonathon fuera más rápida que la suya.

–Las personas que nos conocen bien serán los más difíciles de convencer. Por suerte, Ford y Matt están fuera y no volverán hasta dentro de unas semanas. Tendremos que acostumbrarnos a la idea y familiarizarnos con los personajes antes de que regresen.

–¿Ford y Matt? ¿También les tenemos que mentir a ellos?

Wendy se quedó desconcertada. Al fin y al cabo, Ford y Matt eran amigos de Jonathon desde la infancia.

–Sí, también –respondió él, mirándola a los ojos–. Si tu familia decide acudir a los tribunales, las cosas se pondrán feas. No quiero que se sientan obligados a mentir por nosotros.

–Oh...

Ella se sintió repentinamente débil y se tuvo que apoyar en la mesa.

Tampoco lo había pensado, pero Jonathon tenía razón. No podían esperar que Ford y Matt mintieran por ellos.

Se apartó de la mesa y caminó hacia él.

–Es una locura, Jonathon. ¿Estás seguro de que quieres seguir adelante?

Él volvió a sonreír.

–Sí, estoy seguro. Además, ya sabes que estoy acostumbrado a sacar el máximo beneficio posible de las situaciones más arriesgadas.

Wendy asintió.

–Muy bien. Hagámoslo.

Jonathon dio media vuelta y se alejó hacia su despacho a grandes zancadas. Volvía a ser el hombre pragmático y decisivo de siempre.

–Primero, escribe a Ford y Matt y diles que quiero hablar con ellos hoy mismo, por videoconferencia –le ordenó–. Después, llama al juez Eckhard y pregúntale si puede casarnos el viernes que viene. Y por último, anula o retrasa los compromisos que tú y yo tuviéramos para las dos próximas semanas.

Wendy se llevó una sorpresa.

–¿Que los anule? ¿Y qué pasa con el contrato del gobierno?

–Antes de la boda, adelantaremos todo el trabajo que podamos. Además, tendremos quince días de margen cuando volvamos a la empresa. No te preocupes por eso. Quizás andemos algo cortos de tiempo, pero saldrá bien.

–¿Cuando volvamos? ¿Cuando volvamos de dónde? –preguntó.

Él se detuvo y la miró sin dejar de sonreír.

–De nuestra luna de miel, naturalmente.

–¿Nuestra luna de miel?

–No te entusiasmes demasiado, Wendy. Sólo iremos a Texas –respondió–. Si quieres que ganemos la guerra a tu familia, tenemos que pasar a la ofensiva. Tenemos que presentar batalla en su propio terreno.

Capítulo Cuatro

A la mañana siguiente, cuando Jonathan la llamó para que fuera a la sala de juntas, Wendy se llevó una sorpresa al ver a Randy Zwack.

Randy había sido compañero de Jonathon, Matt y Ford en la universidad, aunque sus caminos se separaron cuando dejó la facultad de sus amigos y empezó a estudiar Derecho. Había hecho algunos trabajos para FMJ antes de que la empresa estableciera el departamento legal, pero Wendy sólo lo sabía porque se lo habían contado; había sido antes de que empezara a trabajar allí.

Jonathon se encontraba al otro lado de la sala, de espaldas a la puerta, contemplando las vistas de Palo Alto. Randy estaba sentado a la mesa, con un montón de documentos. Al ver a Wendy, alzó la cabeza y sonrió.

–Ah, ya has llegado. Excelente –dijo Jonathon–. Así podremos empezar.

Wendy arqueó una ceja.

–¿Qué ocurre? –preguntó.

Jonathon frunció el ceño y respondió, con una inseguridad impropia de él:

–Le he pedido a Randy que prepare un acuerdo prematrimonial. No te preocupes por nada. Confío en su discreción.

–No estoy preocupada –respondió con sinceridad–. De hecho, creo que firmar un acuerdo prematrimonial es una idea fantástica.

–¿En serio? –preguntó Randy, aparentemente perplejo.

Wendy se sentó frente al abogado.

–Por supuesto. Supongo que Jonathon te habrá contado lo que sucede.

Randy asintió y se pasó una mano por el pelo.

–Los contratos prematrimoniales no son mi especialidad. Cuando Jonathon me llamó por teléfono, le recomendé que contratara a un especialista, pero...

–Pero Jonathon puede ser muy cabezota –lo interrumpió Wendy.

–Iba a decir... «decidido» –puntualizó Randy, incómodo.

A Wendy no le extrañó que el abogado pareciera desconcertado. Era evidente que Jonathon lo había presionado hasta salirse con la suya.

Se inclinó hacia delante y le dio una palmadita en la mano para tranquilizarlo.

–No le des muchas vueltas, Randy. Estoy segura de que lo harás muy bien. Es un acuerdo absolutamente amistoso.

Jonathon se acercó a la mesa y se metió las manos en los bolsillos. Cuando lo miró, Wendy se estremeció y tragó saliva. No podía creer que aquella maravilla de hombre estuviera a punto de convertirse en su esposo.

–Bueno, vamos allá. Supongo que es un contrato estándar, ¿verdad? –preguntó ella.

Wendy extendió un brazo para alcanzar los documentos, pero se dio cuenta de que los dos hombres se miraban de forma extraña.

–Es un contrato normal y corriente, ¿verdad? –insistió.

Jonathon carraspeó.

–No te preocupes por eso –dijo Randy–. Los bienes que tengas o que hayas heredado antes del matrimonio, volverán a ser tuyos cuando os divorciéis.

Randy se ruborizó tanto que Wendy supo que allí pasaba algo raro.

–Yo no he preguntado eso –declaró ella–. He preguntado si estamos hablando de un contrato prematrimonial normal y corriente.

Jonathon volvió a carraspear.

–Bueno, yo... no te preocupes –repitió Randy.

–Sí, ya he entendido que no debo preocuparme. Pero ¿qué pasa con él? ¿Tampoco tiene motivos para preocuparse?

–Claro que no –intervino Jonathon–. El contrato se ha redactado conforme a mis especificaciones. Yo estoy satisfecho.

Wendy los miró con desconfianza.

–¿Podríais dejarme unos momentos?

Los dos hombres permanecieron inmóviles.

–Quiero echar un vistazo a ese contrato. A solas –continuó ella.

Ni Randy ni Jonathon le hicieron caso.

–Tenéis dos opciones. Me podéis dejar unos minutos para que lo lea detenidamente o me podéis decir qué diablos está pasando aquí.

Randy miró a Jonathon, que miró a su vez a Wendy antes de asentir con expresión tensa.

El abogado alcanzó la copia de Wendy, la abrió por la mitad y señaló un párrafo, que leyó a continuación.

–«En caso de separación, anulación o divorcio, se transferirán a Gwendolyn Leland los siguientes bienes prematrimoniales de Jonathon Bagdon: el valor correspondiente al veinte por ciento de todas las propiedades y cuentas bancarias que...».

Wendy lo interrumpió, enfadada.

—¿Qué ridiculez es ésa? ¿A quién se le ha ocurrido semejante barbaridad?

Randy alzó las manos, como rindiéndose.

—No ha sido cosa mía —aseguró.

—Pero has permitido que incluya esa cláusula. ¿Es que te has vuelto loco? —preguntó ella, asombrada—. ¿Podrías dejarme a solas con mi futuro marido?

Randy salió de la habitación a toda prisa. A Wendy no le extrañó. Podía salir mal parado del fuego cruzado.

—¿El veinte por ciento? ¿El veinte? Es una locura, Jonathon.

—Wendy, yo...

—¡No me voy a quedar con el veinte por ciento de algo que no me pertenece! —exclamó, realmente molesta.

—Vamos a estar casados durante dos largos años. Para entonces, te lo habrás ganado —afirmó él, intentando tranquilizarla.

Ella suspiró.

—No, no lo quiero. Es tu dinero.

—Recuerda las leyes de California, Wendy. Si no firmas ese acuerdo prematrimonial, tendrás derecho al cincuenta por ciento de todas mis posesiones. De este modo, sólo te quedarás con el veinte.

—Eso no tiene ni pies ni cabeza. ¿Primero me haces un favor al ofrecerme el matrimonio y ahora me ofreces tus bienes? Es absurdo, Jonathon. Además, no necesito tu dinero.

—Wendy, sé exactamente lo que ganas. Y sé que no sería suficiente para ti y para la pequeña Peyton.

—Claro que lo sería. Hay muchas madres solteras

que salen adelante con menos de lo que yo gano –le recordó.

–Puede que sea verdad, pero tú no estás obligada a ello.

–¿Y qué? ¿Me vas a dar todo ese dinero sin más? ¿Es que has olvidado nuestra conversación de ayer? ¿Has olvidado que soy una Morgan? Confía en mí, Jonathon. No necesito tu patrimonio. Estaré bien.

Él sonrió con ironía.

–No, no he olvidado nuestra conversación de ayer; pero sé que puedes llegar a ser verdaderamente obstinada. Y sé que jamás pedirías dinero a tu familia. Si fueras de esa clase de personas, no te encontrarías en esta situación.

Wendy no se lo pudo discutir. Era verdad.

–¿Y qué esperabas? ¿Que firmara el acuerdo y aceptara el veinte por ciento de tu dinero así como así?

–No, esperaba que firmaras los documentos sin leerlos –respondió.

Ella lo miró con pasmo.

–Aunque firmara esos documentos, no aceptaría tu dinero. Es inadmisible, Jonathon. Soy tu secretaria y sé lo que tienes. El veinte por ciento de tu dinero y de tus posesiones son varios millones de dólares... Lo siento, pero no lo puedo aceptar.

Él se encogió de hombros.

–Sólo es una gota en el océano, Wendy. Yo ni siquiera lo notaría.

–No, no es una gota en el océano; es una quinta parte de todo el agua que contiene. Y eso son muchas gotas –puntualizó.

Wendy respiró hondo e intentó calmarse. Ni siquiera sabía por qué estaba tan enfadada con Jonathon.

—Mira, sé que siempre has sido arrogante y controlador, pero...

Él arqueó una ceja y se mantuvo en silencio.

—Pero esto es demasiado —continuó ella—. Cuando estemos casados, serás algo más importante que mi jefe. Serás mi marido. Y no voy a permitir que te empeñes en controlarlo todo. Aunque no sea un matrimonio de verdad.

—Wendy, yo no pretendo...

—Claro que lo pretendes —lo interrumpió—. ¿Cómo es posible que no te des cuenta? Si yo quisiera que otras personas controlen mi vida, si no aspirara a otra cosa que cruzarme de brazos y vivir del cuento, me habría quedado en Texas. Pero me gusta trabajar. Quiero ser una mujer independiente. Detesto que los demás decidan por mí.

Él la miró durante unos segundos que se hicieron interminables. Wendy sacó fuerzas de flaqueza y aguantó su mirada a duras penas. No podía dar marcha atrás. No podía dejarse intimidar.

Por fin, Jonathon dijo:

—Está bien, como quieras.

Wendy suspiró, aliviada.

—Pero hay algo más —siguió él—. Algo que no sabes.

—¿De qué se trata?

—Si yo muero, Peyton y tú os quedaréis con todo.

—Jonathon...

—No. En eso no voy a ceder.

—Pero es absurdo... ¿qué pasaría con tu familia? Tienen mucho más derecho que yo a heredar tu fortuna —alegó ella.

Los ojos de Jonathon se oscurecieron.

—Olvídate de mi familia. Si fallezco durante el matrimonio, parte de mi dinero pasará a varias organizaciones no gubernamentales. Eso ya está arreglado. Pero el resto será tuyo y sólo tuyo –dijo.

Wendy lo conocía lo suficiente como para saber que había tomado una decisión y que no la iba a cambiar.

–Está bien. En tal caso, te cuidaré mucho y me aseguraré de que tomes muchas vitaminas durante los dos años que dure nuestro matrimonio –declaró con humor.

Jonathon no debió de encontrarlo gracioso, porque ni siquiera sonrió.

–Como ya estamos de acuerdo, llamaré a Randy y le diré que puede volver y seguir defendiendo los intereses de su cliente –añadió ella.

Wendy casi había llegado a la puerta cuando las palabras de Jonathon la detuvieron.

–No quiero que te enamores de mí.

Ella se giró, atónita.

–¿Cómo?

Jonathon la miraba con una expresión tan sombría que casi le pareció cómica.

–Si vamos a estar juntos uno o dos años, no quiero que... no quiero que imagines que te has enamorado de mí –se corrigió.

Wendy estuvo a punto de soltar una carcajada.

–¿Por qué dices eso? ¿Porque eres tan encantador y tan carismático que no seré capaz de estar constantemente a tu lado sin enamorarme de ti? –preguntó con ironía.

Como Jonathon seguía en silencio y tan serio como antes, Wendy añadió:

–¿Eso es un asunto al margen del dinero? ¿O me has ofrecido varios millones de dólares para que mi dolor sea menos si me enamoro de ti?

Él sonrió, pero sin humor alguno.

—Es un asunto al margen.

—Pues no lo entiendo, Jonathon. Tú ni siquiera crees en el amor.

Jonathon sacudió la cabeza.

—Te equivocas; por supuesto que creo en el amor. Y sé que sus resultados pueden ser catastróficos... Precisamente por eso, no quiero que te engañes a ti misma y te creas enamorada de mí.

Wendy conocía bien a Jonathon y sabía que no lo decía por arrogancia; estaba sinceramente preocupado por ella. Atrapada entre la necesidad de tranquilizarlo y la necesidad de afirmar que no tenía ni la menor intención de enamorarse, se decidió por el único contraataque que le vino a la cabeza:

—Entonces, espero que tú tampoco te enamores de mí.

En la sonrisa de Jonathon apareció un destello de sarcasmo.

—¿Qué ocurre? ¿Es que te crees a salvo de esa posibilidad? —preguntó ella, ofendida—. Pues, para que lo sepas, soy una mujer adorable. Una mujer guapa y con carácter de la que se han enamorado hombres más grandes que tú.

—No lo dudo.

Ella arqueó una ceja.

—¿Me estás tomando el pelo?

—En absoluto.

Jonathon era sincero. Wendy le parecía inteligente, divertida e inmensamente atractiva. Estaba seguro de que los hombres que buscaban una compañera y quizás una familia hacían cola por ganarse el amor de una mujer como ella. Pero él no era uno de esos hombres.

–Sólo te pido que no olvides por qué me voy a casar contigo –continuó él–. No me idealices, Wendy. No te engañes.

Ella lo miró a los ojos.

–Recuérdamelo, Jonathon. ¿Por qué te vas a casar conmigo?

La expresión de Wendy se volvió muy seria. Jonathon pensó que estaba más guapa que nunca. Su piel clara y sus ojos azules, de un tono oscuro que parecía violeta, parecían brillar. Durante unos segundos, perdió el hilo de la conversación que mantenían. Tuvo que hacer un esfuerzo para retomarlo e insistir en su objetivo: recordarle a su secretaria que él no era ni un héroe ni un caballero andante.

–Por el mismo motivo que explica todo lo que he hecho desde que tenía once años –respondió–. Porque sirve a mis objetivos. Porque sirve a FMJ.

Ella lo miró con extrañeza.

–Si no quieres que te idealice, ¿por qué has intentado que me quede con una parte de tu fortuna? –alegó–. Discúlpame, Jonathon, pero me reservo el derecho de pensar que no eres el canalla que finges ser.

–Créeme cuando te digo que lo hago por interés. FMJ necesita que te quedes en California... si casarme contigo es la única forma de conseguirlo, nuestro matrimonio es lo mejor para FMJ. No tengo más motivación que ésa.

Wendy asintió.

–Bueno, si te empeñas en parecer tan despiadado, procuraré recordármelo a menudo. ¿Te parece bien que sigamos con el acuerdo prematrimonial? Se me ha ocurrido una solución perfecta para nuestro problema al respecto. En el acuerdo se dice que me concederás el veinte por ciento de tus bienes cuando nos divorciemos, ¿verdad?

Jonathon asintió.

—Entonces, añadiremos una cláusula: que yo te lo devolveré todo a continuación.

—Wendy...

—Oh, vamos, es lo justo. Los dos tendremos exactamente lo que teníamos antes de casarnos.

Jonathon suspiró. No era lo que pretendía. No se parecía nada en absoluto. Pero empezaba a entender que, en lo tocante a su secretaria, tendría que acostumbrarse a no salirse siempre con la suya.

Wendy caminó hacia la puerta; pero se detuvo, frunció el ceño y dijo:

—Jonathon, si fueras realmente el hombre frío y egoísta que te gusta aparentar, no me habrías advertido contra el peligro de enamorarme de ti.

Capítulo Cinco

Wendy no tuvo ni un minuto libre durante los días siguientes. Se sentía como si su vida avanzara a toda máquina y ella caminara a paso de tortuga; se sentía como se había sentido desde que se convirtió en tutora de Bitsy.

Afortunadamente, su dolor y su preocupación empezaban a desaparecer. Al fin y al cabo, ya no tenía que volver a Texas. Pero su matrimonio con Jonathon había añadido agitaciones nuevas a su existencia.

Fiel a su palabra, Jonathon adelantó trabajo en lo tocante al contrato con el gobierno e incluso delegó aspectos que normalmente habría asumido. Ford y Kitty regresaron poco después con su hija, Ilsa. Matt y Claire llegaron unos días más tarde, tras haber acortado su luna de miel. Wendy se sentía culpable por los recién casados, pero Claire alegó que diecisiete días en un paraíso tropical era una luna de miel más que suficiente y que no quería perderse su boca por nada del mundo.

El domingo antes de la boda, Wendy estaba viendo la televisión, medio dormida. Jonathon la había convencido para que se mudara a su casa con el argumento de que nadie creería que estaban enamorados si no vivían juntos. De repente, alguien llamó a la puerta. Wendy, que estaba agotada, tardó un poco en levantarse. Cuando por fin abrió, se encontró con Kitty y Claire.

Wendy no conocía mucho a Claire, pero no necesitaba conocerla demasiado para darse cuenta de que la miraba con preocupación. Los acontecimientos de los días anteriores y el cuidado de Peyton la habían mantenido tan ocupada que prácticamente no había pegado ojo. Y por lo visto, Claire lo notó.

–¡Traemos comida! –exclamó Claire, que le dio una caja–. Nuestro avión aterrizó en Palo Verde esta mañana, pero he tenido tiempo de preparar algo.

La caja tenía el logotipo de Cutie Pies, el restaurante de Claire, famoso por sus rosquillas de chocolate negro. A Wendy se le hizo la boca agua.

–Como estás demasiado cansada para invitarnos, decidimos venir a verte y traerte algo de comer –explicó Kitty–. Anda, siéntate y disfruta de las rosquillas... entre tanto, yo me encargaré de cuidar a Peyton.

Wendy asintió y dejó que se encargara de la niña.

Kitty Langley no parecía tener ni un gramo de sentimiento maternal en el cuerpo; era una refinada y rica heredera que se había convertido en diseñadora de joyas y que había vivido en Nueva York hasta que se enamoró primero y se casó después con Ford. Pero a pesar de ello, acunó a Peyton con una habilidad que sorprendió a Wendy. Kitty era tan elegante que no perdía el glamour ni con un bebé.

Las tres mujeres se sentaron. Wendy pegó un bocado a una rosquilla.

–No sé por qué habéis venido –declaró con la boca llena–, pero ya no me importa. Podéis apuntarme con una pistola, robarme o secuestrar a la niña. Haced lo que queráis, pero dejad las rosquillas aquí, por favor. Están buenísimas.

Kitty sonrió y dijo:

–Tienes cara de estar agotada...

Wendy asintió.

–¿No has dormido esta noche? –intervino Claire.

–Sí, bueno... he dormido un par de horas. No sabía que cuidar un bebé fuera un trabajo tan extenuante.

–¿Extenuante? Es terrible –dijo Kitty mientras dejaba a la pequeña en la cuna–. Pero en tu caso es peor. Al menos, yo tuve siete meses para acostumbrarme a la idea.

Las tres mujeres permanecieron en silencio unos minutos, hasta estar seguras de que Peyton se había quedado dormida. Entonces, Claire se levantó, se dirigió a la cocina y volvió al cabo de un rato con una taza de café.

–Te lo he servido con leche y azúcar. Espero que te guste así.

–Sí, gracias.

–¿Necesitas algo más? –preguntó Kitty–. ¿Quieres que te preparemos algo de comer? Yo no soy precisamente una gran cocinera, pero Claire es como McGyver... es capaz de ofrecer un festín en una cocina con los armarios y el frigorífico vacío.

Wendy no lo dudó ni por un momento, pero dijo:

–No, prefiero comerme otra rosquilla.

–¿Estás segura? Podría preparar una tortilla en un momento. O prepararte un sándwich tan rico que llorarías de placer –declaró Claire.

–No, gracias.

–Deberías aceptar el sándwich –insistió Kitty–. Los hace increíblemente bien.

–No, en serio, no tengo tanta hambre... pero ¿por qué tengo la impresión de que intentáis cebarme por motivos ocultos?

Kitty y Claire se miraron.

Wendy arqueó una ceja.

–Vamos, decídmelo de una vez.

Claire se ruborizó y Kitty apartó la mirada.

–¿Se puede saber qué pasa? –preguntó Wendy–. Os comportáis como si tuvierais una mala noticia y no me la quisierais dar.

Claire se mordió el labio inferior y se mantuvo en silencio. Kitty la miró con exasperación, suspiró y dijo:

–Estamos preocupadas con Jonathon.

–¿Preocupadas?

–No sé qué hay entre vosotros, pero es obvio que está relacionado con Peyton.

Wendy abrió la boca para protestar, pero Kitty siguió hablando.

–Jonathon no quiere hablar de ello y supongo que tú tampoco querrás. Pero no somos tontas. Veinticuatro horas antes de que Jonathon y tú anunciarais vuestro matrimonio, hablaste con Ford y le dijiste por qué ibas a dejar el trabajo. Puede que me equivoque, pero yo diría que lo habéis organizado todo para que tu familia crea que sois una pareja de enamorados y tú te puedas quedar con la niña.

Wendy no lo negó.

–Pero no te preocupes –insistió Kitty–, no vamos a hacer nada para impedirlo.

–De hecho, estamos dispuestas a colaborar –intervino Claire–. Cuenta con nosotras para cualquier cosa que necesites.

–Pero ten cuidado, Wendy. Recuerda que vuestro matrimonio no es real –añadió Kitty.

Wendy recordó la conversación que había mantenido con Jonathon antes de firmar el acuerdo prematrimonial. Por lo visto, él no era el único que tenía miedo de que perdiera el norte y se enamorara de él.

Las miró, sonrió con debilidad y fue tan sincera como pudo.

–Admito que Jonathon es un gran hombre. Siempre me lo ha parecido. Pero conozco su historial con las mujeres, quizás mejor que vosotras, y sé que no está a mi alcance. No voy a cometer el error de enamorarme de él.

Claire y Kitty se miraron con nerviosismo.

–¿Y ahora qué pasa?

Kitty carraspeó antes de responder.

–Que no eres tú quien nos preocupa.

Wendy se quedó anonadada.

–¿Os preocupa Jonathon? ¿Creéis que podría enamorarse de mí?

Claire asintió.

–Esto es increíble... –dijo Wendy, sin salir de su asombro.

–Bueno, también nos preocupa que él te rompa el corazón... Pero tú eres una mujer inteligente y muy práctica –se justificó Kitty–. Estamos seguras de que sabrás cuidar de ti misma.

–¿Y tenéis miedo de que el brillante, analítico y poderoso Jonathon Bagdon se enamore de mí? –preguntó Wendy, que no sabía si reír o llorar.

–Sí. Francamente, sí –declaró Claire.

–¿Estáis hablando en serio?

Las dos asintieron.

–Sé que Jonathon parece... –empezó a decir Claire.

–¿Implacable? ¿Frío? –dijo Kitty.

–¿Quieres dejarme hablar, Kitty? –protestó Claire–. Como iba diciendo, sé que Jonathon parece...

—Un canalla insensible —la interrumpió Wendy.

—¡Exacto! —exclamó Kitty.

—Pues no lo es —afirmó Claire—. No olvidéis que lo conozco desde hace más tiempo que vosotras.

—Oh, vamos, aunque crecieras en la misma ciudad que Matt, Ford y Jonathon, eres mucho más joven que él —le recordó Kitty—. Ni siquiera fuisteis juntos la colegio.

—Pero coincidíamos mucho y lo he visto enamorado. Recuerdo que en el último año del instituto estaba tan colado por una chica que habría hecho cualquier cosa por ella.

—¿Cómo se llamaba? —preguntó Wendy, interesada.

Claire dudó.

—Creo recordar que se llamaba Kristi. No era de Palo Verde. Se mudó allí para vivir con su padre... él y su madre estaban divorciados.

—¿Y estuvieron saliendo?

—Más o menos. Kristi era una chica extraordinariamente coqueta... pero Jonathon se empeñó en conquistarla y fue tan romántico como lo pueda ser un jovencito de dieciocho años. Le regalaba flores, joyas, de todo.

Wendy se quedó boquiabierta. Jamás habría imaginado que Jonathon pudiera ser un hombre romántico.

—En cierta ocasión, Kristi le dijo que su madre siempre le compraba la tarta de cumpleaños en la misma pastelería —continuó Claire—. Como Kristi era de San Francisco, Jonathon se tomó la molestia de ir a San Francisco y comprarle la tarta allí. ¿No os parece increíble? La abrumó con todo tipo de detalles...

—Como tú con Matt —ironizó Kitty.

–Sí, bueno, es posible que lo persiguiera un poco. Pero estaba enamorada de él. Y al final, entró en razón.

–Y que lo digas –bromeó Kitty, que le pegó un codazo suave.

–¿Y qué pasó al final? –preguntó Wendy–. ¿Por qué se separaron?

–Ésa es la cuestión. Ni siquiera estoy segura de que llegaran a nada serio. Sólo sé que Kristi se marchó y volvió con su madre pocos días después de su cumpleaños. Jonathon se quedó...

–¿Destrozado?

Claire frunció el ceño y respondió:

–Jonathon no volvió a ser el mismo de antes. Pero sé que ese joven romántico sigue ahí, encerrado en su corazón. Sé hasta qué punto puede amar.

Claire y Kitty se miraron otra vez. Wendy sintió una punzada en el pecho que reconoció al instante. Sentía envidia de Kristi.

Se levantó, les ofreció una sonrisa forzada y dijo:

–No creo que tengáis motivos para preocuparos. Jonathon no está enamorado de mí; estoy segura de ello. Podéis volver a casa y descansar tranquilas... os prometo que no voy a aplastar su corazoncito con los tacones de mis botas.

Kitty también se levantó.

–No estamos diciendo que tú no nos preocupes, Wendy. Pero ¿qué pasa con Peyton?

–¿Con Peyton?

–¿Nunca te has fijado en cómo se pone Jonathon cuando está con Ilsa?

Wendy asintió.

–Claro que me he fijado. Es encantador con los niños.

–Efectivamente –dijo Kitty–. Los niños le encantan. Le gustan tanto que nos está presionando para que tengamos otro.

–Y si te casas con él para engañar a tu familia –intervino Claire– y él se encariña con esa preciosidad de bebé, ¿qué crees que pasará cuando os divorciéis?

–Bueno, yo...

Wendy no lo había pensado. No se había planteado esa posibilidad. Y tuvo la sensación de que las cosas se estaban complicando por momentos.

–¿Y bien? –insistió Kitty.

–Sólo puedo decir que, si realmente se encariña con ella, no pondré objeción alguna a que la siga viendo –contestó–. A todos los efectos, será el padre de la niña. Del mismo modo en que yo seré su madre.

Imaginar a Jonathon como padre de Peyton se le hacía muy extraño; pero Wendy sabía que Claire y Kitty tenían razón. Jonathon le estaba haciendo un favor enorme al casarse con ella. Y ella no haría nada que pudiera herir sus sentimientos.

–En tal caso, supongo que sólo queda una cosa por hacer –declaró Kitty.

–¿Qué cosa? –preguntó Wendy.

Kitty sonrió.

–Darte la bienvenida a nuestra familia.

Capítulo Seis

La boda se desarrolló con la precisión de una maniobra militar bien planeada. Y no fue mucho más romántica.

Consistió en una ceremonia íntima, en los juzgados del centro de Palo Alto, y fue tan rápida que Claire y Matt casi se arrepintieron de haber interrumpido su luna de miel en Curaçao para estar presentes.

Además, Jonathon no quiso perder el control con Wendy; a fin de cuentas, aún recordaba la pasión desenfrenada del beso que se habían dado en el despacho. Y cuando llegó el momento de besar a la novia, lo limitó a una caricia tan leve que nadie los habría creído enamorados. Pero curiosamente, nadie pareció sorprendido.

Por la noche, antes de ir al piso de Jonathon, se dirigieron al domicilio de Wendy y recogieron el resto de sus pertenencias y las escasas posesiones de Peyton. Wendy había considerado la posibilidad de dejar definitivamente el apartamento, pero había pagado varios meses por adelantado y decidió quedarse con él hasta la finalización del contrato.

Cuando llegaron al piso de Jonathon, descubrieron que Claire les había preparado la cena y que la había dejado en el horno para que no se enfriara.

Jonathon se quedó en la entrada de la cocina, mirando el lugar con el corazón en un puño. Claire se había molestado en poner la mesa y la había decorado con unas velas. Incluso había puesto una botella de champán en la cubitera.

Wendy carraspeó y apoyó a Peyton en la cintura.

—Creo que voy a... creo que voy a guardar mis cosas —declaró con nerviosismo—. Sinceramente, no tengo hambre.

Antes de que Jonathon pudiera hablar, ella alcanzó una de sus maletas, giró en redondo y se marchó. Él pensó que tal vez era lo mejor, porque ninguno de los dos estaba preparado para afrontar una cena íntima en ese momento.

Tres horas después, Wendy seguía sin bajar. Jonathon se sentó a la mesa, abrió su ordenador portátil e intentó comer un poco, pero no pudo. Volvió a cerrar el ordenador y fue en busca de su flamante esposa, a quien encontró en la habitación que habían dispuesto para la niña.

Se detuvo en la entrada, se apoyó en el marco de la puerta y la miró.

Wendy, que estaba sentada en la mecedora, se había quitado el vestido de novia y se había puesto unos vaqueros y una camiseta con cuello en uve. Peyton se había quedado dormida entre sus brazos. Tenía los ojos cerrados y la cabeza inclinada hacia un lado.

Jonathon carraspeó para avisar de su presencia.

Ella alzó la mirada, sorprendida.

—¿Cuánto tiempo llevas ahí?

—Acabo de llegar.

Wendy miró a la pequeña y dijo:

—Debería dejarla en la cuna, pero tengo miedo de hacerlo. Si se vuelve a despertar...

—Si se despierta, yo me encargaré de ella y tú podrás dormir un rato –dijo Jonathon–. Pero antes, deberías comer un poco.

Wendy sacudió la cabeza.

–No, no voy a permitir que cuides de la niña. No sería justo. Ya me has hecho un gran favor al casarte conmigo... no puedo pedirte nada más.

Jonathon sonrió para sus adentros. La voz de Wendy había sonado tensa, como si le estuviera acusando de algo.

–Puede que no, pero ahora estamos casados –alegó él–. Además, yo estoy mucho más descansado que tú... una noche en vela no me haría ningún daño. A ti, en cambio, te dejaría destrozada.

–¿Y si se despierta y hay que darle el biberón?

–Se lo daré.

Wendy lo miró con escepticismo.

–Los biberones están abajo. Sólo tienes que...

–Te he visto prepararlos muchas veces. No te preocupes por eso.

–Pero..

–Wendy, ¿debo recordarte que tengo cuatro hermanos y que ya tenía tres sobrinos cuando salí de la universidad? Peyton no será el primer bebé que cuide.

–Bueno, dicho así...

Ella se levantó, se inclinó sobre la cuna y dejó a la niña. Mientras se alejaba, con cuidado de no hacer ruido, el suelo crujió bajo sus pies. Pero afortunadamente, Peyton siguió dormida como un tronco.

Tras salir de la habitación, Wendy encendió el transmisor del monitor de la niña, como si tuviera miedo de que se despertara y empezara a llorar en cualquier instante. Al verla, Jonathon rió.

–¿De qué te ríes?

–Vas a estar en la habitación contigua. Si empeza-ra a llorar, la oirías incluso sin el transmisor –alegó él–. Anda, dame eso y despreocúpate... tienes que dor-mir.

Jonathon le quitó el transmisor.

–No me importa quedarme con ella. Lo digo en serio –insistió Wendy.

–Sé que lo dices en serio, pero vas a dormir de to-das formas. Y esto no es negociable –declaró él, ro-tundo.

Ella sonrió.

–Está bien, está bien... supongo que te conozco lo suficiente como para reconocer tu tono de jefe que no admite discusión.

–¿Yo tengo ese tono? –preguntó Jonathon.

Ella rió suavemente.

–Por supuesto que sí. Lo sabes de sobra. Pero in-sisto en que esto es innecesario.

Jonathon suspiró.

–Por favor, Wendy, ahórrame otra discusión sobre los motivos de nuestro matrimonio...

Ella dio un paso hacia él y se detuvo.

–No me refería a los motivos de nuestro matrimo-nio, sino al resto de las cosas. Te has molestado en va-ciar una habitación para Peyton, en que la pinten de rosa, en que la decoren con mariposas y flores, en com-prar la cuna y hasta en poner una mecedora. Es...

–No es nada.

Wendy arqueó una ceja.

–Pues será una nada como la de tu veinte por cien-to –ironizó–, porque es evidente que te has gastado un dineral en la decoración.

–No es para tanto, Wendy. Kitty me comentó que

tan sólo tenías un carrito de bebé y decidí echarte una mano.

Ella volvió a sonreír.

—Claro, como eres el experto en bebés...

Jonathon la miró y no pudo creer que aquélla fuera su noche de bodas. Si no hubiera habido un bebé de por medio, podría haberse acercado a Wendy y haberle quitado el jersey; podría haberle desabrochado el sostén y haberla desnudado.

Pero pensó que, por otra parte, si no hubiera habido un bebé, tampoco se habrían casado ni habrían tenido una noche de bodas.

De repente, ella alzó una mano y le acarició la mejilla.

—Gracias por ser tan bueno con nosotras.

La mente de Jonathon dejó de funcionar durante un segundo. Olvidó que tocar a Wendy era una mala idea. Sólo sabía que la deseaba; y no sólo en la cama, sino así, acariciándolo y mirándolo como si él fuera un hombre decente que merecía el afecto de una mujer como ella.

La tentación fue tan intensa que le agarró la mano y se la apartó.

Después, dio un paso atrás y ordenó:

—Deberías acostarte. Tienes mucho sueño atrasado.

Ella asintió.

—Por supuesto, jefe.

Wendy estaba segura de que no podría dormir. Estaba segura de que pasaría la noche en vela, atenta a cualquier ruido procedente del dormitorio de Peyton.

Pero se equivocó.

En lugar de otra larga noche de preocupación, se quedó profundamente dormida y no despertó hasta diez horas más tarde, con la luz del sol entrando por la ventana y sintiéndose más descansada que en muchos días.

Sin embargo, su relajación duró poco. Diez horas eran muchas horas. Peyton se habría despertado varias veces y no la habría encontrado con ella.

Angustiada, se levantó de la cama, salió al pasillo y entró en la habitación de la niña. Cuando vio que la cuna estaba vacía, su corazón se aceleró.

—Buenos días...

Wendy dio media vuelta y vio que Jonathon estaba sentado en la mecedora, dando el biberón a Peyton.

—Está contigo —dijo ella, aliviada—. Peyton está bien...

Jonathon sonrió y admiró la camiseta minúscula y los pantalones cortos que Wendy se había puesto para dormir.

—Pues claro que está bien. ¿Creías que le había pasado algo malo?

Wendy se dio cuenta de que la estaba mirando y se tiró de la camiseta hacia abajo. Era tan corta que estuvo a punto de bajar la mirada para comprobar que tapaba todo lo que tenía que tapar. Pero se contuvo y se cruzó de brazos.

—No lo sé. Ten en cuenta que es la primera vez, desde que estoy con ella, que no me despierto con sus gritos —le confesó—. He sentido tanto miedo al ver la cuna vacía que casi me da un infarto.

Él volvió a sonreír.

—Sí, ya me había dado cuenta.

Durante unos segundos, ella se quedó extasiada con la expresión de Jonathon. En la oficina tenía dos tipos de sonrisa: la encantadora, que siempre dedicaba a los clientes, y la sonrisa de lobo. Ninguna de las dos llegaba nunca a sus ojos. Ninguna de las dos resultaba cálida. Eran simples estratagemas.

Pero aquella sonrisa era real y profundamente amable.

—Peyton y yo llevamos varias horas despiertos —continuó él.

—Oh, lo siento...

—No te disculpes. Te habría despertado si hubiera surgido algún problema, pero no ha pasado nada.

Wendy arqueó una ceja, atónita. Con Peyton siempre surgía algún problema. Era muy protestona y quería que la tuvieran en brazos todo el tiempo. De hecho, rompía a llorar en cuanto la dejaba en la cuna.

—¿Que no ha pasado nada?

—No, nada en absoluto —insistió él—. Nos despertamos hace un par de horas y le di el biberón de la mañana. Después, la senté en mis piernas y se quedó tranquila mientras yo recogía el correo electrónico. Babeó un poco el sillón de mi despacho, pero afortunadamente es de plástico... ¿verdad, Peyton?

La niña sonrió de oreja a oreja, aumentando el desconcierto de Wendy. Era increíble. El comportamiento de Peyton cambiaba radicalmente cuando estaba con él.

Al ver su cara, Jonathon preguntó:

—¿Ocurre algo?

—No, no, ¿por qué lo preguntas?

—Porque pareces... no sé, como si estuvieras a punto de desmayarte.

—No, qué va, me siento muy bien —respondió a toda prisa—. Será que tengo hambre... sí, definitivamente tengo hambre.

–En tal caso, ¿por qué no te vistes y bajas a desayunar? No te preocupes por nosotros. Estaremos bien.

Wendy miró a Peyton sin poder creer lo que veía. Le había dedicado casi todo su tiempo durante las semanas anteriores; había cambiado de forma de vivir, se había casado y estaba dispuesta a entablar una batalla legal con su propia familia. Pero la niña nunca se había portado tan bien con ella como se portaba con Jonathon. Parecía el bebé más feliz del mundo. Tan feliz, que sintió envidia.

–Ojalá estuviera tan tranquila conmigo como lo está contigo...

–¿Por qué dices eso?

Wendy suspiró.

–Peyton siempre se porta mal conmigo. Es como si... no sé, es como si me quisiera decir que no tengo lo que hay que tener para ser madre –confesó.

Cuando volvió a mirar a Jonathon, él seguía sonriendo. Pero el humor había desaparecido de sus ojos.

–Le das demasiada importancia, Wendy. El instinto maternal no es lo más importante con los niños; eso sólo es el cinco por ciento del problema, por así decirlo... el noventa y cinco por ciento restante es simple y pura cuestión de experiencia –explicó él–. Pero tienes que recordar que son muy intuitivos. Por ejemplo, si estás nerviosa, ella notará tu nerviosismo y se pondrá nerviosa a su vez.

Jonathon dejó de dar el biberón a Peyton. Después, la apoyó contra su cuerpo, le dio unas palmaditas en la espalda y logró que eructara para soltar los gases. La niña estaba tan tranquila que ni siquiera abrió los ojos.

–¿Cómo has hecho eso? Nunca consigo que eructe.

–Es lo que te acabo de decir. Experiencia, simple

experiencia. Si te ha complicado las cosas, no es porque seas una mala madre, sino porque todavía no conoces todos los trucos. Además, su vida ha cambiado mucho en poco tiempo.

—Supongo que tienes razón.

—Claro que sí. Dale tiempo. Y sobre todo, concédete un poco de tiempo a ti misma —le recomendó—. Dios mío, empiezo a hablar como un psicólogo barato...

Ella soltó una carcajada.

—No te preocupes. No se lo diré a nadie en la oficina.

—Gracias.

Los dos se quedaron en silencio. Y súbitamente, ella preguntó:

—¿Por qué no eres padre?

Él arqueó una ceja, sorprendido.

—No te sorprendas tanto —continuó ella—. Lo digo porque eres muy bueno con los niños...

—Oh, vamos, nunca sería un buen padre. Ni siquiera consigo que Matt limpie su parte del despacho —afirmó.

—Estoy hablando en serio, Jonathon.

—Y yo también.

—¿Tengo que repetir la pregunta?

Esta vez fue Jonathon quien suspiró.

—No soy padre porque nunca he sentido el deseo de serlo —respondió al fin—. Bueno... creo que nuestra pequeña dormirá plácidamente durante un par de horas. Deberías aprovechar la ocasión para desayunar.

—Gracias. Lo haré.

Wendy se marchó sin mirar atrás, pero siguió pensando en la conversación que habían mantenido. Jonathon no sentía el deseo de ser padre. Y sin embargo, se había casado con ella y había asumido una responsabilidad con Peyton que nadie le había pedido.

Entró en el dormitorio principal, se duchó y se vistió. Como sabía que la niña estaría dormida, se relajó por primera vez en varias semanas y dedicó más tiempo del necesario a cepillarse el pelo y arreglarse.

Aún faltaba una semana para que se marcharan a Texas; tiempo más que suficiente para que se acostumbraran el uno al otro y establecieran una rutina. Dedicarían un fin de semana a convencer a su familia de que eran unos padres perfectos y, a continuación, regresarían a Palo Alto y volverían a la normalidad. O por lo menos, a la normalidad que tenían desde que se habían casado.

Por fin, salió del dormitorio. Todavía estaba en mitad de la escalera cuando oyó voces procedentes de la cocina y su corazón se aceleró. Wendy no tenía motivos para preocuparse. Pensó que seguramente sería Matt o, tal vez, algún vecino. Sin embargo, su instinto le decía otra cosa.

Y su instinto acertaba. Como tuvo ocasión de comprobar al distinguir una voz de acento inequívocamente texano:

—Habríamos venido antes de haber sabido que os ibais a casar.

Wendy cerró los ojos con fuerza e intentó contener su pánico. Después, respiró hondo y entró en la cocina.

Para enfrentarse a su familia.

Capítulo Siete

Jonathon llevaba toda la vida en la mitad norte de California, de modo que estaba acostumbrado a los terremotos. Hacía tiempo que les había perdido el miedo; pero no podía decir lo mismo de otras catástrofes como los tornados, los huracanes y los maremotos.

En su opinión, cualquier cosa que pudiera devastar la Tierra merecía una buena dosis de respeto. Y la familia de Wendy encajaba en esa categoría.

Alrededor de diez minutos después de que Wendy entrara en la ducha, su familia llamó a la puerta y entró en la casa entre apretones de manos feroces, palmadas terribles en la espalda y abrazos que habrían dejado sin respiración a cualquiera. Fue realmente excesivo, sobre todo porque no supo quiénes eran hasta que reconoció a Hank, el tío de Wendy, al que había visto alguna vez en las noticias.

En cuestión de segundos, se vio atrapado entre Tim y Marian, los padres de Wendy, y el propio Hank, que llevaba a Mema del brazo.

Se acababa de recuperar de la palmada del tío Hank cuando se encontró cara a cara con Mema. Wendy había descrito de tal modo a su abuela que esperaba que fuera una mujer de armas tomar; pero resultó ser una anciana delgada y de aspecto frágil, aunque con una mirada llena de carácter.

Mema lo miró de arriba a abajo y dijo:

–Bueno, al menos es real.

–¿Es que lo dudaba? –preguntó Jonathon.

Ella alzó la barbilla, aparentemente indignada.

–Francamente, sí. No me habría extrañado que Gwen se inventara un marido sólo para desafiarme –declaró.

–Pues le aseguro que soy real, señora.

–¿En serio? Ahora sólo necesito saber si, además de ser real, también será un buen padre para mi nieta.

La mujer lo miró con detenimiento, asintió y añadió:

–Siempre he desconfiado de los hombres extraordinariamente guapos. Pero a Gwen le ocurre lo mismo, así que debo suponer que usted es algo más que un hombre guapo.

Jonathon sonrió con ironía.

–Eso espero, señora.

Wendy apareció treinta minutos después. Al ver su expresión de angustia, Jonathon supo que había oído a sus familiares antes de llegar a la cocina.

El encuentro resultó más afectuoso de lo que Jonathon habría imaginado; se saludaron de forma efusiva, e incluso se derramaron unas cuantas lágrimas de alegría. Pero Wendy no quitó ojo a Peyton, que estaba en brazos de su madre. La miraba como si tuviera miedo de que Marian se fugara con ella.

–¿Qué diablos estáis haciendo aquí? –preguntó.

Su madre respondió con voz exageradamente acaramelada.

–Oh, cariño... siento no haber estado en tu boda. Si lo hubiéramos sabido antes, habríamos llegado en un periquete. No puedo creer que me haya perdido la boda de mi única hija. Es terrible.

–Os avisé con una semana de antelación. Si hubierais querido asistir, habríais venido –le recordó Wendy.

–Pero el tío Hank tenía el avión privado en Washington D.C. y tuvimos que esperar –se justificó Marian.

–Ah, me alegra saber que la idea de volar con una aerolínea comercial os resulta más repugnante que la perspectiva de perderos mi boda.

–Deberías ser más respetuosa con tu madre, jovencita –intervino Tim.

–¿Y qué pasará si no lo soy? ¿Me quitarás la paga semanal? –ironizó Wendy–. Mi querida madre ha faltado a casi todos los actos importantes de mi vida. Y cuando se presenta, se presenta para criticarme.

–Gwen... –empezó su madre.

Mema carraspeó y Marian y Wendy quedaron en silencio.

–Aunque sólo sea por la memoria de nuestra pobre Bitsy, os ruego que dejéis a un lado vuestras diferencias –declaró Mema–. Pero dejemos eso para otro momento. El vuelo ha sido largo y me gustaría refrescarme y descansar un poco antes de comer. Supongo que los dormitorios están en el piso de arriba, ¿verdad?

Jonathon asintió.

–En efecto.

–En tal caso, echaré una siestecita en el despacho que acabo de ver junto al vestíbulo. Las escaleras no me sientan bien... Hank, encárgate de que me instalen una cama para que pueda dormir esta noche. Entre tanto, descansaré en el sofá.

Jonathon se quedó asombrado al ver que Hank, un senador de los Estados Unidos, seguía a su madre como si fuera un perrito faldero. Segundos después, el padre de Wendy salió de la casa para pedirle al chófer que les llevara el equipaje y Marian subió al dormitorio de Peyton para familiarizarse con las cosas de la niña, según dijo.

En cuanto se quedaron a solas, Wendy preguntó:

—¿Por qué no me has avisado cuando han llegado?

—Porque supuse que te estarías vistiendo. Les dije que bajarías enseguida.

Wendy ladeó la cabeza y lo miró como si Jonathon fuera una forma de vida desconocida para ella.

—No lo puedo creer. Te has quedado con ellos y les has hecho frente.

Jonathon la miró con asombro.

—Por supuesto. Es lo que la gente hace en estos casos, ¿no?

Ella rió.

—No. La gente no suele hacer eso con mi familia.

—¿Por qué no?

—Cuando era más joven, salí con un chico que no fumaba, que era vegetariano convencido y que dedicaba casi todo su tiempo a la causa de los ecologistas. Media hora después de conocer a mi familia, estaba comiendo carne y fumando puros en el porche con Hank —contestó, sacudiendo la cabeza—. Y una semana después, aceptó el trabajo que mi padre le ofreció.

—Ese tipo era un idiota —comentó Jonathon.

—No, era inteligente. Por lo que sé, ahora es uno de los directivos más importantes del departamento de mercadotecnia de Morgan Oil. Y mi padre nunca asciende a nadie que no se lo merezca.

Wendy se había quedado tan cabizbaja que Jonathon se acercó, le puso un dedo debajo de la barbilla y la obligó a mirarlo a los ojos.

—No dudo que tuviera talento para los negocios, pero era un idiota —insistió él.

Ella sonrió.

–Gracias, Jonathon. Gracias por todo lo que estás haciendo.

–No hay de qué.

–¿Que no hay de qué? Eso es lo que dices ahora... todavía no sabes en lo que te has metido. ¿Te sorprende que mi familia haya aparecido de repente? ¿Te sorprende que se hayan presentado sin invitación y que mi abuela se haya quedado con tu despacho? Pues es sólo el principio. Será mucho peor.

–Lo sé perfectamente, Wendy. ¿Crees que no me he dado cuenta? Lo supe en cuanto abrí la puerta y los vi.

–¿En serio?

–Claro.

–No lo había imaginado... la mayoría de la gente no se da cuenta –dijo, confusa.

–Deberías tener más confianza en mí.

–Sólo pretendo que estés sobre aviso. Mi padre y el tío Hank serán encantadores contigo. Cuando creas que sólo son un par de tipos agradables y bajes la guardia, intentarán manipularte. Y si no lo consiguen, intentarán aplastarte.

Jonathon asintió.

–Bueno, ya me has avisado. Aunque es evidente que su presencia en mi casa es una demostración de poder. Creen que llevan las de ganar porque han elegido el momento y el lugar de la batalla –comentó–. Pero ¿qué me dices de tu madre? Parece bastante inofensiva.

–No, no te equivoques con mi madre.

Wendy pensó en Marian. La relación que mantenía con ella era la más compleja de todas. Marian era su madre y, naturalmente, la adoraba. Pero Marian no la entendía; nunca la había entendido. Y a veces era tan retorcida como el propio Hank.

–Sé que haces submarinismo –dijo ella–. Y supongo que alguna vez te habrás topado con una medusa, ¿no?

–Sí, varias veces. Son peligrosas.

–Exacto. Parecen delicadas y frágiles, pero tienen muchas defensas –observó–. Pues bien, mi madre es así. Mi madre es... ¡oh, Dios mío!

–¿Qué ocurre?

–¡El dormitorio!

Wendy salió corriendo de la cocina. Jonathon la siguió a toda prisa, la agarró del brazo y la detuvo antes de que llegara a las escaleras.

–¿Se puede saber qué pasa?

–La habitación de invitados –dijo Wendy en un susurro–. La habitación donde dormí anoche...

–No te comprendo.

–Anoche dormí en la habitación de invitados, Jonathon –insistió–. Era nuestra noche de bodas y dormí en la habitación de invitados.

Jonathon empezó a comprender.

–Oh, vaya...

–Sí, vaya. Mi madre ha subido al dormitorio de Peyton. Pero si ve la habitación de invitados, llegará a la conclusión de que anoche no dormimos juntos.

Wendy se soltó, se dirigió a las escaleras y subió los escalones de dos en dos, seguida a corta distancia por su marido. Cuando llegó al primer piso, se detuvo y contempló el largo pasillo. La habitación de invitados estaba justo al final. Sólo tenía que llegar a ella y hacer la cama a toda prisa, antes de que Marian la viera; pero para llegar a ella, tenían que pasar por delante del dormitorio de Peyton.

Avanzaron lentamente, para no hacer ruido. La puerta del dormitorio de la niña estaba entreabierta. Y entonces oyeron dos cosas: la voz de Tim y el crujido de la mecedora, donde probablemente se había sentado Marian.

De repente, la mecedora dejó de crujir.

Wendy se asustó. Era evidente que sus padres lo habían oído. En cualquier momento saldrían del dormitorio y ella no tendría tiempo de llegar al final del pasillo. Tenía que hacer algo y lo tenía que hacer deprisa.

Tomó a Jonathon de la mano y lo arrastró hasta la habitación de invitados. Una vez dentro, sonrió y dijo:

–Discúlpame.

–¿Que te disculpe? ¿Por qué?

Wendy se abalanzó sobre Jonathon con tanta fuerza que lo tiró sobre la cama. Su marido soltó un gemido de sorpresa, pero ella ni siquiera lo notó: estaba demasiado ocupada, besándole en la boca.

Cuando sintió el contacto de los labios de Wendy, Jonathon dejó de preguntarse lo que pasaba. Wendy había estado balbuceando sobre el dormitorio de invitados y, de repente, sin previo aviso, lo tiraba en la cama como si no pudiera contener su deseo. Cualquier hombre inteligente habría dejado las preguntas para después.

Le pasó un brazo alrededor del cuello y la besó con más pasión. Ella le lamió de un modo tan dulce que él sintió la irrefrenable necesidad de poseerla.

Estaba muy excitado. Tuvo que hacer un esfuerzo para refrenarse y no arrancarle la ropa. La deseaba desesperadamente, con todo el deseo que había acumulado durante años. Pero no quería tomarla sin más, con desenfreno; no quería una experiencia sexual rápida.

Quería mucho más. Lo quería todo.

Le pasó una mano por la espalda y tomó el control del beso. Ella le sacó la camisa de debajo de los pantalones. Jonathon pensó que, si le acariciaba el pecho y sentía el calor de su piel, estaría completamente perdido; así que la agarró por las muñecas y le estiró los brazos por encima de la cabeza, inmovilizándola.

La quería así, tan excitada como él, tan necesitada como él, tan desesperada como él.

La besó muy despacio, explorando cada milímetro de su boca, disfrutando de la suavidad de su lengua y de su leve sabor a café. Wendy arqueó las caderas contra su erección y, a pesar de la ropa que los separaba, Jonathon sintió el calor de su entrepierna.

Pero no era suficiente. Un simple beso no podía ser suficiente.

Tenía demasiadas cosas que explorar. Cosas como sus hombros, tan tentadores; cosas como la piel de su cuello; cosas como su estómago, que había vislumbrado tantas veces cuando ella se ponía de puntillas para alcanzar algo en el despacho de la empresa.

Llevó una mano hasta el dobladillo de su camiseta, la introdujo por debajo y la acarició hasta llegar a sus pechos.

Al sentir el contacto del sostén, se detuvo. Llevaba muchos años esperando ese momento. Pero no quería tomarla así, rápidamente, en la habitación de invitados y a escasos metros de sus padres.

No. Para empezar, la quería desnuda. Y para continuar, quería darse un festín con ella. Un festín de muchas horas, de varios días.

Súbitamente, se separó un poco de ella y la miró a los ojos.

Sus padres. Había olvidado que sus padres estaban allí.

Un segundo después, oyeron un ruido y un carraspeo, el de Tim, que estaba en el umbral de la habitación, junto a Marian.

—Wendy, tu padre y yo queremos hablar contigo. Te esperaremos en el vestíbulo —dijo Marian—. Baja cuando te hayas... arreglado un poco.

Sus padres cerraron la puerta y se alejaron por el pasillo.

Jonathon se apartó de Wendy, se sentó en la cama y se llevó las manos a la cabeza, preocupado. La expresión de Tim no había ofrecido el menor indicio de duda; lo había mirado como si estuviera dispuesto a rebanarle el cuello.

Sin embargo, se tranquilizó bastante cuando empezó a pensar otra vez. Él había olvidado que Tim y Marian estaban con el dormitorio de Peyton, pero era evidente que Wendy no lo había olvidado. Lo había arrojado a la cama precisamente por eso; se había abalanzado sobre él porque era la única forma de ocultar que había pasado la noche en la habitación de invitados. Los había manipulado a todos.

Respiró hondo y se giró hacia ella. Wendy se había apretado contra el cabecero y lo miraba como si tuviera miedo de él.

—Yo... —empezó a decir ella, nerviosa—. Ha faltado poco, ¿verdad?

Jonathon se limitó a arquear una ceja. Wendy no imaginaba hasta qué punto había faltado poco. Si sus padres no hubieran aparecido de repente, la habría

desnudado y le habría hecho el amor apasionadamente.

–Lo siento mucho, Jonathon. Era la única forma
de salvar la situación, de impedir que vieran la cama...

Él se levantó.

–Dudo que tus padres se hayan fijado en la cama.

–Ésa era la idea, ¿no?

Jonathon asintió. Estaba terriblemente decepcionado. Lo que para él había sido un momento de pasión, para ella había sido una simple estratagema.

–Sí. Supongo que sí.

Wendy se puso en pie y caminó hacia su marido.

–Jonathon, yo... lo siento.

Cuando llegó a su altura, Jonathon bajó la mirada
y pensó que era muy pequeña. Apenas le llegaba a la
barbilla. Pero curiosamente, no parecía pequeña. Su
carácter habría bastado para llenar a una mujer veinte centímetros más alta. Y era fuerte; tan fuerte como
para ser capaz de enfrentarse a él.

–Deja de disculparte, Wendy. Todos cometemos
errores... Es que no estoy acostumbrado a cometer
errores tan estúpidos.

Ella abrió la boca para decir algo, pero la cerró de
nuevo cuando Jonathon le acarició el cabello de forma brusca, la besó en la frente y añadió:

–Anda, vamos a hablar con tus padres.

Capítulo Ocho

Wendy pensó que algunas cosas eran embarazosas con independencia de la edad que se tuviera. Por ejemplo, que sus padres la pillaran con un hombre en la cama.

Cuando tenía diecisiete años, la descubrieron con su novio en el asiento de atrás de una camioneta. La situación había resultado problemática porque se estaban besando; pero especialmente, porque el pobre chico se había fumado un canuto y se le notaba. Su padre, que era un hombre muy conservador, denunció a su novio y se empeñó en que ella se hiciera unas pruebas para asegurarse de que no era una drogadicta.

No fue extraño que, al año siguiente, cuando Wendy se marchó a la universidad, eligiera una a varios miles de kilómetros de distancia.

Pero por algún motivo, aquello le pareció más embarazoso.

Siguió a Jonathon al vestíbulo y respiró hondo. Sus padres los estaban esperando. Marian la miró como disculpándose por lo sucedido, pero Tim miró a Jonathon como si quisiera estrangularlo con sus propias manos.

Sin embargo, Jonathon no se dejó amilanar. Le pasó un brazo por encima de los hombros y declaró, tranquilamente:

–Siento que nos hayan visto.

–No es necesario que te disculpes... –dijo Marian, tuteándolo por primera vez.

–¿Sientes que os hayamos visto? ¿O sientes que estuvierais haciendo eso? –intervino Tim, furioso–. Porque, desde mi punto de vista, ningún hombre que ame sinceramente a su mujer se dedica a tontear con ella en pleno día, con su familia a pocos metros y con una niña pequeña en la habitación contigua.

–¡Papá! –protestó Wendy.

–Tim... –dijo Marian.

Jonathon alzó una mano para interrumpir sus protestas, miró a Tim y declaró:

–Pues, desde mi punto de vista, las familias que respetan sinceramente a sus hijos no se presentan en su casa de repente y sin avisar.

Wendy se quedó boquiabierta. Marian apretó los labios y corrió hacia la cocina, aparentemente afectada por lo sucedido.

Los dos hombres se seguían mirando.

–Si crees que me voy a ablandar porque le hayas dado un disgusto a mi esposa, te equivocas –dijo Tim.

–Lo mismo digo, señor –afirmó Jonathon–. Y ahora, permítame que añada algo más... he trabajado con su hija durante muchos años, pero no la toqué ni una sola vez antes de que nos casáramos. Siempre he respetado su inteligencia y las decisiones que toma. No estoy seguro de que usted pueda decir lo mismo.

Wendy no salía de su asombro. Era evidente que ninguno de los dos estaba dispuesto a dar su brazo a torcer.

Por fin, sacudió la cabeza y decidió intervenir.

–Voy a subir a ver cómo está mamá; pero quiero que hagáis las paces de inmediato. ¿Me has oído, Jonathon?

Y en cuanto a ti, papá, ya no soy una adolescente. Si Jonathon tuviera intención de mancillar mi honor o de cualquier otra idea por el estilo que haya pasado por tu cabeza, no se habría casado conmigo. Concédele una oportunidad. Es un gran hombre.

Wendy se marchó entonces, aunque temía que su esposo y su padre terminaran la discusión a puñetazo limpio.

Cuando llegó a la cocina, vio que su madre estaba haciendo lo que hacían la mayoría de las mujeres de Texas cuando estaban disgustadas o enfadadas: cocinar.

Rió sin poder evitarlo.

Su madre giró la cabeza y le lanzó una mirada de desaprobación antes de volver con lo que estaba haciendo, que en ese momento era cortar una ramita de apio.

–Dilo de una vez –declaró Marian.

Wendy se acercó a la encimera.

–¿Decir? Yo no quiero decir nada –protestó.

–Tal vez no quieras, pero lo estás pensando. Tus pensamientos suenan tan altos que se pueden oír a varios kilómetros de distancia.

Wendy suspiró.

–Está bien. Es que...

No terminó la frase. Sabía que no había forma alguna de afrontar el problema con tranquilidad, de modo que decidió cambiar de conversación.

–¿Llevas menos de cinco minutos en la cocina y ya te has puesto a cocinar?

Su madre arqueó una ceja.

–Alguien tiene que cocinar, ¿no? Ya conoces a tu abuela... no querrá ir a un restaurante. Además, cualquiera sabe el tipo de comistrajos que sirven por aquí.

Wendy volvió a reír.

–En Palo Alto tenemos unos cuantos restaurantes de lo más recomendables, incluso para tu gusto –le informó–. Y estamos a menos de media hora de San Francisco, donde están algunos de los mejores restaurantes del mundo... Pero si Mema no quiere salir, podríamos pedir comida por teléfono.

Marian soltó un suspiro.

–De todas formas, ya da igual.

Wendy observó la encimera y vio que había sacado casi todo el contenido del frigorífico.

–Sí, ya veo que has empezado a saquear la cocina. Anda, dame un cuchillo y te ayudaré a cortar las zanahorias.

Su madre abrió los cajones hasta que encontró el que guardaba los cubiertos. Le dio el cuchillo, localizó una tabla de cortar y se la acercó. Las dos mujeres estuvieron trabajando juntas en silencio, hasta que Marian volvió a hablar.

–Cuando eras niña, te encantaba ayudarme en la cocina.

Wendy tuvo la impresión de que en su voz había un fondo de nostalgia.

–Porque dejabas que estuviera contigo... pero era evidente que no me necesitabas. Dejé de ayudarte cuando me di cuenta de que, hiciera lo que hiciera, nunca sería suficientemente bueno para ti.

Su madre se quedó helada.

–¿Lo dices en serio, Gwen? ¿Eso es lo que piensas?

Wendy siguió cortando zanahorias.

–Mamá, nada de lo que hago es suficientemente bueno para esta familia. Os disgusta mi falta de ambición social, os disgusta que no tenga ningún doctorado y, por supuesto, os disgusta mi trabajo en FMJ.

–Bueno, supongo que ahora que te has casado con Jonathon...

Wendy sacudió la cabeza.

–No, mamá, no tengo ninguna intención de dejar mi trabajo –dijo, adivinando sus pensamientos–. Si quisiera vivir de un hombre, habría permitido que me buscaras un marido rico. Pero a mí me gusta trabajar. Adoro mi trabajo y adoro ser una mujer independiente. Aunque sólo sea por una vez, me gustaría que papá y tú respetarais y apoyarais mis decisiones.

–Por Dios... escuchándote, cualquiera diría que he intentado manipularte desde niña –protestó Wendy–. Sólo me preocupaba por ti. Sé que pertenecer a esta familia puede ser muy difícil. Sé que una vida de riquezas y privilegios puede hacer mucho daño.

–Y yo agradezco tu preocupación, mamá, pero jamás encajaré en vuestro mundo. Tus críticas y tus presiones constantes sólo han servido para que me sienta mal.

Su madre palideció y se frotó los ojos.

–No lo sabía, Gwen –se disculpó.

Wendy no se dejó engañar. Conocía a su madre lo suficiente como para saber que su tristeza y su sorpresa eran fingidas.

–Vamos, mamá... por supuesto que lo sabías. Simplemente, pensaste que eras más fuerte que yo y que más tarde o más temprano me rendiría y te saldrías con la tuya. No imaginabas que sería tan fuerte como tú.

Marian no dijo nada. Estuvo en silencio durante tanto tiempo que, al final, Wendy se ablandó y dijo:

–Discúlpame, mamá.

–Disculpas aceptadas –dijo sin más.

–Me habría gustado mucho que asistieras a la boda.

Supongo que cometí un error al no insistir en que vinieras.

Su madre dejó el cuchillo en la encimera.

–¿Que lo supones? ¿Sólo lo supones?

–Sí. Supongo que debí asegurarme.

–Soy tu madre. ¿Tan extraño te parece que quisiera asistir a tu boda?

–Por favor, mamá –dijo Wendy, que empezaba a perder la paciencia–. ¿Querías que te lo rogara? ¿Que te lo pidiera de rodillas? Llevo cinco años en California, cinco largos años. Al principio, os invité una y mil veces... y no vinisteis. Nadie, ni una sola persona de la familia, demostró interés por mi vida o por mi trabajo. Pero ahora, como tengo la custodia de Peyton, os presentáis juntos como una plaga de langostas.

Marian se puso las manos en las caderas y la miró con frialdad.

–No sé ni por qué te extrañas de que no viniéramos antes. ¿Cómo puedes dirigirte a tu madre de ese modo?

Wendy sacudió la cabeza.

–No pretendía decir eso, mamá. Obviamente, no creo que seáis una plaga. Ni mucho menos, de langostas.

–Entonces, ¿qué querías decir?

–Sólo que...

Wendy intentó aclararse las ideas. Miró los trozos de las zanahorias que había cortado y pensó que su vida había sido como ellos, un montón de pedazos de formas y tamaños distintos que no parecían encajar.

Pero su vida cambió cuando consiguió el empleo en FMJ, la empresa de Jonathon. Y Palo Alto se convirtió en su hogar.

–Siempre piensas lo peor de nosotros, Gwen.

–Eso no es cierto.

–Por supuesto que lo es. Eres una rebelde porque te gusta ser una rebelde. Ninguna de las decisiones que has tomado desde los quince años tenía más objetivo que molestar a tu padre y a tu abuela... y ahora nos haces esto.

–¿Esto? ¿A qué te refieres?

–¿Te acuerdas de cuando tenías quince años y Bitsy y tú comprasteis todo lo necesario para haceros la permanente?

–Sí, claro que me acuerdo.

–Os la hicisteis cuatro días antes de que os sacaran las fotografías para el colegio.

Wendy no habría podido olvidarlo. Bitsy terminó con unos ricitos preciosos, pero sus padres se enfadaron tanto que él se puso rojo como un tomate y Marian salió corriendo al cuarto de baño para tomarse un tranquilizante.

–¿Recuerdas aquella vez que te empeñaste en irte a México con uno de tus novios? –continuó su madre–. Nos opusimos, pero te fuiste de todas formas.

–Os lo merecíais. No debisteis denunciar a ese pobre chico por fumarse un canuto. Fue una crueldad innecesaria.

–Y tú debiste decirle que sólo tenías dieciséis años.

Wendy quiso protestar, pero su madre se lo impidió.

–No, no, no me digas que éramos excesivamente protectores contigo. Ningún padre permitiría que una niña de dieciséis años se marche al extranjero con un chico al que apenas conocen –alegó.

–Mamá... lo siento, lo siento mucho, siento haber

sido una adolescente tan rebelde. Siento no haber estado a la altura de tus expectativas. Pero eso no tiene nada que ver con la persona que soy ahora.

Su madre alcanzó los trozos de zanahoria y los echó a la sartén.

–¿Ah, no? Te has casado de repente, a toda prisa, con un hombre al que ni siquiera conocíamos...

A Wendy le disgustó su tonillo de censura.

–Ese hombre es el hombre con quien he estado trabajando durante cinco años. Si no lo conocíais, es porque nunca vinisteis a verme.

Su madre se apoyó en la encimera y dijo:

–No tengo nada en contra de Jonathon. Me parece un buen hombre. Pero si te has casado con él sólo para molestarnos...

–Por todos los diablos, Marian, ¿cómo puedes ser tan desconfiada?

Las dos mujeres se giraron hacia la puerta de la cocina. Estaban tan concentradas en la discusión que no se habían dado cuenta de que Jonathon y Tim habían llegado y las observaban desde el umbral.

Aparentemente, su enfrentamiento había terminado de una forma imprevista. Tim le había pasado un brazo por encima de los hombros, como si fueran amigos de toda la vida, y sonreía de oreja a oreja.

Sin embargo, Jonathon no parecía tan cómodo como Tim. De hecho, Wendy tuvo la impresión de que se estaba mordiendo la lengua para no decir algo desagradable.

Cuando su marido la miró, Wendy supo que había escuchado toda la conversación con Marian. Y que no le había gustado nada.

Capítulo Nueve

–Estoy seguro de que nuestra pequeña Gwen ha dejado de ser una adolescente rebelde –dijo Tim, intentando suavizar la situación.

Jonathan tragó saliva y empezó a decir:

–Señora Morgan, le aseguro que...

No terminó la frase; Marian lanzó una mirada tan acerada a los dos hombres que tuvo la inteligencia de guardar silencio.

Wendy decidió que había llegado el momento de intervenir.

–Mamá, ya no soy una jovencita rebelde. Soy una mujer adulta que adora su trabajo. Puede que no me haya casado con un hombre con ambiciones políticas y puede que yo no sea una empresaria importante, pero tengo éxito en mi campo. Y muchas personas se sentirían orgullosas de tenerme como hija.

–No es que no esté orgullosa de ti –se defendió Marian–, pero...

–¿Pero qué? ¿Siempre tienes que poner un pero?

Su madre hizo caso omiso de la interrupción de Wendy.

–Pero siempre te ha gustado llevarnos la contraria a tu padre y a mí. Si estuviera realmente segura de que casarte con Jonathon y quedarte con la custodia de Peyton es lo que deseas de verdad...

–Lo es.

–Si estuviera segura de que no es otra de tus rebeldías sin sentido –continuó–, te apoyaría con todas mis fuerzas.

Wendy alzó las manos.

–¡Entonces, apóyame!

–Te conozco, Gwen. Sé cómo eres. Si Mema, Hank o tu padre anunciaran un día que los cielos están despejados, serías capaz de organizar un comité para demostrar científicamente que no tienen razón.

Wendy sacudió la cabeza.

–No soy tan irracional como crees, mamá. ¿Es que no has oído nada de lo que te he dicho? –preguntó, exasperada.

–¿Que no eres tan irracional? –dijo su madre–. Entonces, explícame esto... toda la familia piensa que Helen y su esposo, Hank junior, deberían tener la custodia de Peyton. Toda la familia menos tú. ¿Por qué te empeñas en quedarte con la niña?

Jonathon perdió la paciencia. Se apartó de Tim, pasó un brazo alrededor de la cintura de Wendy y dijo, con voz pausada:

–Creo que ésa es la cuestión, señora Morgan. Contrariamente a lo que afirma, Wendy no es la excepción de la familia. Tiene la custodia porque Bitsy quiso que la tuviera. Y si Bitsy lo quiso, eso debería ser suficiente para los demás.

Marian entrecerró los ojos y apretó los dientes.

–Tú no conocías a Bitsy –dijo, haciendo un esfuerzo por contenerse–. Bitsy nunca estaba contenta si no causaba problemas. No quiero hablar mal de una muerta, pero ¿no se os ha ocurrido que dejar la custodia de Wendy pudo ser su forma de seguir creando problemas y conflictos desde la tumba?

Jonathon respondió sin perder la calma.

–Tiene razón, señora Morgan; no conocí a Bitsy. Pero conozco a Wendy y sé que será una madre maravillosa.

Marian lo observó con detenimiento. Era obvio que intentaba averiguar si había sido sincero.

Por fin, aparentemente convencida, asintió.

–Aun así, Helen quiere quedarse con la custodia de Peyton. Os advierto que hará lo posible para quedarse con ella.

–Helen ya tiene tres hijos; y francamente, no se puede decir que haya sido una buena madre –intervino Wendy–. Si no se los hubiera quitado de encima y los hubiera metido en un internado en cuanto tuvieron edad suficiente, es posible que reconsiderara mi decisión.

–Como quieras, Gwen. Pero ten cuidado. Peyton es heredera de una parte importante de la fortuna de Mema... y ya sabes lo obstinada que puede ser Helen cuando hay dinero de por medio –le advirtió.

–Sea como sea, Helen no está aquí –dijo Jonathon–. Y tenemos todo el fin de semana para convencer a Mema de que Wendy y yo seremos unos buenos padres.

Marian sonrió con ironía.

–¿Y creéis que Helen no conoce vuestras intenciones? Gwen, deberías alegrarte de que decidiéramos venir a verte en lugar de esperar a que llegaras a Texas. Puede que ésta sea tu única oportunidad de estar a solas con Mema y de convencerla de que Jonathon y tú sois la pareja feliz que decís ser.

Jonathon tenía miedo de muy pocas cosas. Era un hombre adulto y razonable, que estaba convencido de que los temores irracionales eran para los niños.

A los diecinueve años, pasó toda una hora con una tarántula en la mano, en el dormitorio de un amigo, para quitarse el miedo a las arañas. A los veintitrés, cuando ya había conseguido su primer millón de dólares, pasó tres semanas en Australia, haciendo submarinismo, para quitarse el miedo a los tiburones y librarse del temor, igualmente irracional, de que FMJ se hundiría si él no estaba todo el tiempo en el despacho.

Desde entonces, hacía submarinismo todos los años. Aunque algo más cerca de casa.

Pero fuera como fuera, Jonathon siempre había sido un hombre que se enfrentaba a sus miedos y los derrotaba.

Desgraciadamente, ese detalle de su carácter no encajaba muy bien con el hecho de que ese mismo sábado, alrededor de la media noche, siguiera bebiendo whisky de veinte años con Tim y Hank. Llevaba varias horas con ellos, escuchando sus historias sobre la política de Texas y los pozos petrolíferos.

La familia de Wendy era tan interesante como entretenida. Pero no seguía con Tim y Hank porque sus anécdotas le divirtieran, sino porque Wendy iba a dormir por primera vez en su cama, en el dormitorio principal de la casa. Por motivos evidentes, ya no podía pasar la noche en la habitación de invitados.

Además, Jonathon no podía dejar de pensar en las palabras de Marian. Aunque su matrimonio con Wendy fuera un truco para que ella pudiera mantener la custodia de Peyton, le molestaba la posibilidad de que Marian tuviera razón y de que su hija sólo se hubiera casado con él para llevar la contraria a sus padres.

Súbitamente, Hank se levantó de la silla y se bebió

su copa de un trago. Jonathon sintió pánico. Se estaba acercando el momento de subir a la habitación.

—Jonathon, te agradezco la hospitalidad y el whisky... pero si sigo bebiendo, sé que mañana me arrepentiré.

El padre de Wendy también se levantó.

—Yo también me voy. De lo contrario, Marian me sacará los ojos.

Jonathon alcanzó la botella y se la ofreció a Tim.

—¿Seguro que no quieres otra copa?

—Bueno, si insistes...

Tim no terminó la frase, porque Hank le dio una palmada y dijo:

—Vamos, Tim. Jonathon estará deseando marcharse con su esposa.

—No me lo recuerdes.

—Ningún hombre debería perder el tiempo con un par de fanfarrones cuando una mujer bellísima lo espera en la cama —alegó Hank.

Jonathon estuvo a punto de sonreír, muy a su pesar. Tim y Hank le caían mejor de lo que estaba dispuesto a admitir. Sabía que Wendy los consideraba excesivos y algo pretenciosos, pero a Jonathon le gustaba su combinación de inteligencia, astucia y naturalidad.

Por otra parte, la presencia de los dos hombres le daba la excusa perfecta para dejar pasar el tiempo. Si seguía con ellos, cabía la posibilidad de que Wendy se hubiera quedado dormida cuando subiera al dormitorio.

Desgraciadamente para él, el padre y el tío de su esposa se alejaron hacia la escalera, tambaleándose. Por el camino, tropezaron con un aparador antiguo y Tim soltó una maldición en voz tan alta que Jonathon se estremeció; ya sólo le faltaba que Mema, que estaba durmiendo en el despacho, se despertara.

Esperó hasta que desaparecieron, se levantó y fue apagando las luces a su paso. Por primera vez en muchos años, lamentó no haberse comprado un piso más grande. Su casa estaba bien para él solo, pero era tan pequeña para seis personas que habían tenido que sacar la cuna de Peyton y llevarla al dormitorio principal para que Marian y Tim pudieran dormir en la habitación de la niña.

Sin embargo, Jonathon sabía que ni la más grande de las mansiones habría solventado su problema; a fin de cuentas, los familiares de Wendy habrían esperado que se acostara con ella de todas formas.

Por fin, tras perder tanto tiempo como pudo, entró en el dormitorio principal; en la habitación que iba a compartir con Wendy, con su esposa.

Y Wendy no se había dormido.

Estaba sentada en la cama, con la espalda apoyada en los cojines que el decorador de interiores de Jonathon se había empeñado en comprar. Nunca le habían gustado. Le molestaban. Pero, por algún motivo, los seguía apilando en la cama por las mañanas.

Jonathon se llevó una sorpresa al ver que Peyton no estaba en la cuna, sino durmiendo en brazos de su esposa. Wendy había encendido la lámpara de la mesita de noche y tenía su lector de libros electrónicos en una mano.

—Siento haberte robado el lector de libros —se disculpó ella—. Peyton se quedó dormida en mis brazos y no me he atrevido a tumbarla y salir a buscar un libro... Tenía miedo de que se despertara.

Wendy llevaba una camiseta de color blanco y unos pantaloncitos cortos con estampado de tortugas ninja. A Jonathon le pareció increíble que una mujer de estatura tan baja tuviera unas piernas tan largas que parecían interminables.

Su piel era intensamente blanca y sus muslos, duros y perfectos. Jonathon admiró sus pies, muy pequeños, con las uñas pintadas de rojo, y apartó la mirada porque la visión de su cuerpo lo estaba volviendo loco de deseo.

Había trabajado cinco años con ella, pero era la primera vez que veía sus piernas. Sin embargo, el deseo no le incomodó tanto como una emoción distinta y completamente nueva para él: al verla allí, con la niña en brazos, se dio cuenta de que sería capaz de pasar la noche con Wendy, sin tocarla, y ser feliz.

Fue muy desconcertante. Jonathon conocía el deseo físico y sabía enfrentarse a él; podía ganar esa batalla. Pero no sabía qué hacer con aquella emoción. De hecho, tampoco sabía lo que significaba.

De repente, la habitación le pareció tan increíblemente pequeña que retomó su idea de comprarse una mansión. Una mansión cuyo dormitorio principal fuera cuatro veces más grande que aquél. Por lo menos.

—Estás enfadado, ¿verdad? —dijo ella.

Él la miró a los ojos. Wendy había fruncido el ceño y se estaba mordiendo el labio inferior con inseguridad.

—¿Por qué dices eso?

—Porque he usado tu lector de libros electrónicos sin pedirte permiso.

Wendy apagó el dispositivo y añadió:

—Lo siento mucho. No sé en qué estaría pensando.

Jonathon sacudió la cabeza.

—No te preocupes. No me importa en absoluto.

—¿En serio?

—En serio.

–Entonces, ¿por qué pareces tan disgustado?

Él hizo caso omiso de la pregunta.

–Sólo es un lector de libros, Wendy. ¿Cómo me va a importar que lo uses?

Jonathon se acercó a la cama, se quitó el reloj y lo dejó en la mesita, como todas las noches. La rutina de aquel acto sirvió para que se tranquilizara un poco, a pesar de la presencia de un biberón donde hasta entonces no había nada.

–¿Te ha costado mucho que se durmiera? –le preguntó.

Wendy se frotó los ojos.

–No, no... supongo que se está acostumbrando a su horario de tomas. La desperté a las once para darle el biberón y se quedó dormida después.

La voz de Wendy sonó extrañamente baja y sensual. Jonathon la miró y vio que estaba mirando su anillo de casado y que se relamía los labios. De haber podido, se habría arrojado sobre ella y le habría hecho el amor. Pero la presencia de Peyton se lo impedía.

Se quitó el anillo y lo dejó junto al reloj.

–¿Me he tumbado en tu lado de la cama? –preguntó ella con nerviosismo.

–Puedes tumbarte donde quieras.

–No, me cambiaré de sitio. Espera un momento.

Ella intentó moverse, pero Peyton se estremeció y no se atrevió a seguir adelante.

–Túmbala en el centro –sugirió él–. Que duerma entre los dos.

–¿Estás seguro?

–Completamente.

Jonathon pensó que era un manipulador. La presencia de la niña en la cama sería la excusa perfecta para mantener las distancias con Wendy. Además, el efecto en su libido sería tan devastador como una ducha de agua fría.

–He estado leyendo un libro sobre cuidado de bebés –continuó él– y dice que...

–Sí, ya sé lo que dice –lo interrumpió Wendy–. ¿Necesito recordarte que te he robado el lector de libros?

Jonathon sintió un escalofrío. La voz de su esposa era tan sugerente que se volvió a excitar.

–Quizá debería dormir en el suelo.

–No seas ridículo.

Wendy se giró y dejó a la niña en mitad de la cama. Al girarse, la tela de sus pantaloncitos se apretó contra su trasero y lo marcó tanto que provocó una erección inmediata a Jonathon.

Aquella mujer lo estaba volviendo loco. Pensándolo bien, sería mejor que durmiera en la ducha. Con el grifo abierto.

–No me importa, Wendy.

–Pero a mí, sí. Cada vez que pienso en todas las cosas que has hecho por mí durante las últimas semanas...

Wendy apartó los cojines del lado libre de la cama para dejarle sitio.

–No me conviertas en una especie de héroe. Sabes perfectamente que no me he casado contigo por altruismo, sino por motivos egoístas.

Ella asintió y le dedicó una sonrisa triste.

–Lo sé, Jonathon; pero mis motivos son aún más egoístas que los tuyos. Y no te voy a echar de mi cama.

Capítulo Diez

–No te voy a echar de nuestra cama –se corrigió ella, ruborizada.

Jonathon pensó que el rubor le quedaba maravillosamente bien. E intentó encontrar alguna excusa para negarse a dormir con ella. Pero no encontró ni un solo argumento racional que justificara que durmiera en el suelo o en la bañera.

–Ah, ya lo entiendo –continuó Wendy–. Te sientes incómodo por tu cuerpo.

Él sonrió. La conocía lo suficiente como para saber que el comentario intentaba ocultar su propia incomodidad.

–Wendy...

–Supongo que has engordado un poquito durante las fiestas. ¿Es eso? ¿Por eso sigues de pie como una estatua y te niegas a desnudarte?

Jonathon no quiso sacarle de su error y decir que lo único que le incomodaba era su erección. Si ella no era consciente de lo fina que era su camiseta y del efecto que provocaba, no sería él quien se lo indicase.

–Te prometo que no miraré –insistió Wendy con humor–. Hasta puedes apagar la luz si te parece oportuno.

Él la miró con exasperación, apagó la luz y se empezó a desabrochar la camisa.

–Supongo que ya has hecho las paces con mi padre...

Jonathon lanzó la camiseta hacia la silla más cercana y se quitó los zapatos y los calcetines a oscuras.

—Sí, supongo que sí. No es tan mal tipo.

—No, no lo es.

Él dudó antes de quitarse los pantalones. Siempre dormía desnudo. No tenía ni un solo pijama. Pero a la mañana siguiente, en cuanto se levantara, saldría de la casa y se compraría veinte. O mejor treinta, para estar más seguro.

Unos segundos después, se tumbó en la cama. Pero se tumbó tan lejos de ella que un brazo le colgaba por el lateral.

Incómodo, cerró los ojos con fuerza y buscó algo, cualquier cosa, que poder decir.

—No sabía que te gustaran las tortugas ninja.

Ella se puso de lado y se apoyó en un codo. A pesar de la oscuridad, la cara de Wendy estaba tan cerca de la suya que distinguía perfectamente sus tentadores labios. Por suerte, Peyton hacía las veces de muro de contención.

—Yo creía que le gustaban a todo el mundo.

—No, no le gustan a todo el mundo. La mayoría de la gente ni siquiera sabe que, antes de que las convirtieran en una serie de televisión para niños, fueron los personajes de un cómic maravillosamente inteligente y subversivo.

Ella se encogió de hombros y sonrió.

—Bueno, yo soy así... me encantan las cosas maravillosamente inteligentes y subversivas.

—Sí, ya me he dado cuenta. Pero no entiendo cómo es posible que no me haya dado cuenta hasta ahora.

—¿Lo dices en serio?

Él asintió.

–Durante cinco años, te has vestido como la más sosa y desabrida de las secretarias de dirección –declaró en voz baja–. Siempre llevabas trajes grises o de colores crema y peinados que eran puro recato. Pero ahora descubro que, por debajo de esa ropa, llevabas camisetas de grupos punk y te pintabas las uñas de los pies... por no mencionar lo de los pantaloncitos con estampado de tortugas ninja.

Ella frunció el ceño.

–¿Grupos punk?

–Me refiero a la camiseta que llevabas el otro día.

–¿La de los Replacements? Vaya, me asombra que los conozcas... –dijo ella, sinceramente sorprendida–. No sabía que te gustaran los grupos punk de los ochenta.

–No los conocía, pero los busqué en Internet.

–Pues como puedes ver, no soy tan gris como habías pensado.

–Lo cual me lleva a mi pregunta original. ¿Cómo es posible que no me haya dado cuenta hasta ahora?

Ella frunció el ceño, como si estuviera considerando la cuestión. Después, se tumbó de espaldas en la cama y miró el techo.

Pasaron tantos segundos que Jonathon pensó que no iba a decir nada. Pero se equivocó.

–Bueno... supongo que trabajar en FMJ fue un acto de rebelión suprema para mí.

–¿Un acto de rebelión? No sé si te entiendo.

–Cuando procedes de una familia rica, que debe toda su fortuna a los campos petrolíferos, no hay rebeldía mayor que trabajar para una empresa que debe su éxito a las energías no contaminantes –explicó.

–También trabajamos en otros campos –le recordó Jonathon.

—Lo sé —dijo, girándose de nuevo hacia él—. Pero esos campos también se centran en la innovación y el cambio... Todo lo contrario de mi familia, que es tradición pura.

—¿Y eso qué tiene que ver con tu forma de vestir y de comportarte?

—Tiene mucho que ver. Supongo que FMJ colmaba hasta tal punto mi rebeldía que no necesito demostrarla de otras formas.

Jonathon sintió una punzada en el corazón. Wendy había hablado en pasado. Se había referido a FMJ como si ya no trabajara para la empresa ni tuviera intención de volver. Pero lo dejó pasar porque supuso que no significaría nada.

—En FMJ tenía un motivo, una dirección vital, un propósito —continuó ella—. No necesitaba subrayar mi identidad pintándome el pelo de azul, haciéndome un tatuaje o poniéndome un piercing, aunque me gustan mucho.

Jonathon se estremeció. La imaginó con tatuajes y un piercing en el ombligo y le pareció la visión más erótica del mundo.

—¿Un tatuaje? —preguntó él.

Ella rió.

—Sí, fue una de mis rebeldías más dolorosas.

Wendy se levantó la camiseta y le enseñó la flor que tenía tatuada en la cadera. A Jonathon le pareció tan excitante que tuvo que apretar los puños para refrenarse.

—Es un tatuaje precioso, pero no parece que te lo hicieran en una tienda especializada... —comentó él.

Jonathon tenía razón. Aunque fuera realmente bonito, los colores eran algo apagados y las líneas, imperfectas.

Wendy volvió a reír.

—Es que me lo hizo un novio.

—¿Un novio?

—No me mires con esa cara de espanto... sus instrumentos estaban escrupulosamente esterilizados —lo tranquilizó—. Yo tenía dieciocho años por entonces. Acababa de salir del instituto, en Dartmouth, y estaba a punto de marcharme a la universidad; pero mis padres se opusieron y me obligaron a volver y a trabajar como aprendiz en Morgan Oil. En venganza, empecé a salir con un chico que había estado en la cárcel del condado.

Jonathon rió.

—¿Y aún te extraña que tus padres se preocupen por ti? Eras terrible —comentó.

Wendy soltó una carcajada.

—No tanto como crees. Joe era un chico encantador. Y tras pasar un fin de semana con mi familia...

—Déjame adivinar... ¿Ahora trabaja para Morgan Oil? ¿O quizás para tu tío, en Washington? —la interrumpió.

Ella sacudió la cabeza.

—Mejor que eso. Escribió un libro sobre pandillas juveniles y ahora se dedica a dar conferencias por todo el país... Ayuda a los jóvenes a salir de las pandillas y participa en los programas sociales de las instituciones públicas.

—Lo dices con orgullo.

—Sí, supongo que sí. Me siento orgullosa de Joe. Logró cambiar de vida y se dedica a ayudar a los demás... Pensándolo bien, mi familia tiene efectos tan benéficos que parece una organización no gubernamental —ironizó.

–Eso no encaja mucho con tus advertencias.

–¿Con mis advertencias? ¿Qué quieres decir?

–Que no hablas muy bien de ellos. Pero ya me has hablado de dos novios cuya vida cambió después de conocerlos.

Wendy se puso seria de repente.

–No te dejes engañar, Jonathon. Por mucho que ironice al respecto, mi familia es peligrosa. Encontrarán tu punto débil y lo usarán para alejarte de mí.

–No. No dudo que hicieran esas cosas en el pasado, pero conmigo no tienen nada que hacer; no se saldrán con la suya –afirmó.

–Yo no estaría tan segura.

–¿Por qué?

–Porque ya han sembrado la semilla de la discordia. ¿A que has pensado que mi tío te podría ser de gran ayuda con el contrato del gobierno?

–Ese contrato no tiene nada que ver con este asunto.

–Todavía no; pero lo tendrá.

–Wendy...

Wendy lo interrumpió.

–Has estado bebiendo con Hank y mi padre, ¿verdad?

–¿Cómo lo sabes?

Ella sonrió.

–Lo sé porque hueles a whisky. Y tú no tomas whisky.

–¿Cómo sabes que no tomo whisky?

–He trabajado cinco años contigo, Jonathon. Tienes varias botellas en el despacho, pero son para tus socios y para los clientes. Y supongo que, si también tienes en tu casa, será por el mismo motivo... Las únicas bebidas alcohólicas que te gustan de verdad son el vino y la cerveza. Sobre todo la cerveza, aunque nunca tomas más de dos en la misma noche.

Él se apartó un poco, asombrado por lo bien que lo conocía.

—¿Qué más sabes de mí?

—Bueno, siempre me ha parecido extraño que fueras tan estricto con el alcohol y que bebas tan poco. Te comportas como un típico hijo de alcohólico. Supongo que tu padre...

—No era mi padre. Era mi madre —sentenció.

—Oh, vaya.

—Sigue, por favor, no te detengas. ¿Qué más teorías tienes sobre mí?

Wendy empezó a sentirse incómoda.

—Discúlpame, Jonathon; no pretendía meterme en tus asuntos... sólo quería advertirte sobre mi familia. No sé por qué, pero la gente siempre intenta impresionarlos. Tú mismo lo has intentado esta noche. Si no fuera así, no habrías estado bebiendo con mi padre y con mi tío. Sobre todo, después de lo que acabas de decir sobre tu madre.

—¿Todavía no te has cansado de meterme el dedo en la herida? —preguntó él, visiblemente enojado—. ¿Qué más quieres saber de mí?

Wendy se quedó en silencio. Él cerró los ojos con fuerza, respiró hondo y los volvió a abrir. Sabía que se había excedido con ella.

—Lo siento, Wendy.

—No te disculpes. Sé que he ido demasiado lejos con mi psicologismo barato —admitió—. Pero reconozco que me gustaría saber más cosas de ti.

—¿Qué tipo de cosas? ¿Mis miedos más profundos?

–No. Estaba pensando en Kristi.

Jonathon se quedó en silencio.

–Ya sabes, Kristi –continuó ella–. La novia que tuviste cuando...

–Sé a quién te refieres.

Él regresó a su silencio anterior. Esperaba que Wendy olvidara el asunto, pero Wendy no dejó de mirarlo. Era evidente que esperaba una respuesta.

–Kristi sólo fue una chica con la que salí en el instituto –declaró al cabo de unos segundos–. ¿Quién te ha hablado de ella?

Jonathon cruzó los dedos para que el traidor no fuera Matt o Ford. Si había sido uno de sus socios, lo asesinaría y sería el fin de FMJ.

–Claire.

Él se maldijo para sus adentros. No podía asesinar a una mujer. Especialmente, cuando esa mujer se había casado con uno de sus mejores amigos.

–No te enfades con ella. La presioné tanto que no tuvo más remedio que contármelo.

–¿Por qué diablos la presionaste?

–No lo sé... –respondió, más incómoda que nunca–. No lo sé, en serio.

–¿Y qué te dijo sobre Kristi?

Wendy tardó unos momentos en contestar.

–Que estabas loco por ella. Y que te dejó.

Jonathon supo que Claire le había contado mucho más que eso. Wendy había resumido la historia para no tener que entrar en detalles.

–¿Y? –insistió.

–Bueno, me imaginé que... que había sido el amor de tu vida.

–¿El amor de mi vida? –preguntó él, perplejo.

—¿Es que no es así?

Él sacudió la cabeza.

—Por Dios, Wendy, Kristi fue un amor de adolescencia. Y ha pasado mucho tiempo desde entonces.

—¿Qué os pasó? Quiero decir, ¿qué ocurrió de verdad?

—¿Sabes que deberías trabajar de psicóloga? —ironizó él—. ¿Tú qué crees que pasó?

—Hum. Tampoco lo sé... pero sé que eres muy intenso.

Él volvió a admirar su silueta. Estaba tan bella que casi le dolía el corazón. Entre otras partes de su cuerpo.

—No sabes hasta qué punto, Wendy.

Wendy siguió con la conversación, ajena al efecto que causaba en él.

—Soy una mujer madura, acostumbrada a tratar con hombres de carácter; pero a pesar de ello, a veces me siento abrumada por ti. Supongo que esa chica, Kristi, era tan jovencita que no tuvo la menor oportunidad... supongo que, cuando te enamoraste de ella, se asustó tanto que no supo qué hacer.

—Sí, claro, soy tan intenso que se asustó —dijo él, con sarcasmo—. De hecho, soy tan intenso que hasta tú me tienes miedo.

—Yo no tengo miedo de ti, Jonathon.

—Pues deberías.

Wendy lo miró con suma atención. Jonathon se dio cuenta de que parecía más excitada que asustada.

—Es posible.

—Es más que posible, Wendy. Si supieras la mitad de las cosas que me gustaría hacer contigo... si supieras sólo la mitad...

Ella arqueó una ceja, con una expresión entre desafiante y curiosa.

–¿Crees que eres el único que tiene una imaginación desbordante y más deseo acumulado del que puede controlar?

Jonathon se preguntó si lo hacía a propósito; si realmente quería destruir sus esperanzas de mantenerse alejado de ella y dormir.

–Creo que subestimas el efecto que provocas con esa camiseta tan sexy –respondió con voz ronca–. Y también creo que sobrestimas mi capacidad para refrenarme y no ponerte las manos encima.

Ella respiró hondo, enfatizando la redondez de las delicias que se escondían bajo su camiseta blanca.

–¿Crees que eres el único que está excitado? –preguntó Wendy.

–No. Sólo creo que soy el único que ha sido tan estúpido como para esperar a que tumbaras a Peyton en mitad de la cama, entre los dos... como para asegurarme de que la niña serviría como contención.

Jonathon cerró los ojos.

Ella se mordió el labio, sonrió y dijo:

–Yo no estaría tan segura de eso.

Capítulo Once

Wendy se quedó dormida con toda la tensión acumulada del deseo sexual insatisfecho, y despertó del mismo modo.

Jonathon se había marchado.

Se levantó, se dirigió al cuarto de baño y se refrescó un poco. Después, abrió las maletas que había dejado el día anterior en el armario de su esposo hasta encontrar una camiseta y unos leotardos negros, que se puso.

Cuando entró en la cocina, su madre estaba terminando de preparar unas crepes. Peyton sonreía de felicidad en su sillita alta, mientras Mema le hacía todo tipo de monerías. El ambiente del lugar era realmente agradable. El olor de las crepes y del café le recordó su infancia de tal modo que se le hizo un nudo en la garganta. Se había marchado de Texas para alejarse de su familia, pero eso no significaba que no los echara de menos.

Sin embargo, Jonathon no estaba por ninguna parte. Y no era el único que faltaba. También habían desaparecido Tim y Hank.

Se sentó a la mesa y se dispuso a desayunar. Poco después, dejó el tenedor en el plato y preguntó:

–¿Adónde los habéis mandado?

–¿Qué te hace pensar que los hemos mandado a algún sitio? –preguntó Mema.

Wendy se levó un pedazo de crepe a la boca y lo mascó, frustrada.

–Que no están aquí. Y os conozco lo suficiente como para saber que, si no están aquí, es porque os los habéis quitado de encima.

–¿Por qué íbamos a hacer tal cosa?

–No lo sé. Tal vez, para quedaros a solas conmigo y sacarme información.

Mema y su madre se miraron. Wendy no tenía motivos reales para desconfiar de ellas, pero desconfió de todas formas. Su familia era como un grupo de leones. Cuando salían de caza, dejaban atrás a los miembros más débiles del grupo para que no les estorbaran. Y Jonathon no estaba allí.

–¿Adónde han ido? –insistió.

–No tienes motivos para preocuparte, Gwen. Jonathon se ofreció a enseñarles la sede de FMJ. Eso es todo. No lo han secuestrado.

A Wendy no le preocupaba que lo secuestraran. De hecho, le preocupaba todo lo contrario: que Hank y Tim se esforzaran tanto por ganarse la confianza de Jonathon.

Su familia sólo llevaba dos días con ellos, pero ya habían conseguido dividirlos.

Wendy sabía que salir de la casa, con Mema y Marian presentes, no iba a resultar nada fácil. Y al final no tuvo más remedio que mentir.

–Tengo que ir al supermercado a comprar pañales y leche para la niña –declaró.

–¿Pañales y leche? –preguntó su madre–. Hay pañales y leche de sobra...

–Sí, es verdad, pero Peyton se está quejando tanto últimamente que quiero probar con marcas distintas. Puede que le gusten más.

–Te preocupas demasiado, Wendy. Deberías hacernos caso a Mema y a mí. Hemos criado a tantos niños que lo sabemos todo al respecto.

Wendy no se dejó convencer. Se marchó de todas formas, subió al coche y se dirigió al supermercado, donde compró leche y pañales en un tiempo récord. Después, volvió a casa y se dirigió a la sede de FMJ.

Minutos más tarde, mientras esperaba en un semáforo en rojo, pensó que tal vez estaba exagerando. Jonathon no cambiaría de forma de ser por pasar unas cuantas horas con Tim y Hank. No renunciaría repentinamente a su vida; no abandonaría FMJ para aceptar un cargo en Morgan Oil.

Sin embargo, eso no la tranquilizó. Su corazón latía más deprisa de lo normal y tenía sudor en la palma de las manos.

Necesitaba creer que Jonathon era distinto a los demás. Lo necesitaba con toda su alma. Pero no podía estar segura.

Además, Jonathon sabía que el apoyo de Hank, un senador de los Estados Unidos, podía ser fundamental para cerrar el acuerdo con el gobierno. Una palabra suya y desaparecerían todos los obstáculos. Jonathon sólo tenía que venderle bien la idea.

Y en lo tocante a la tecnología de FMJ, Jonathon era el mejor vendedor de todos. No desaprovecharía la oportunidad si se le presentaba.

Cuando llegó a la entrada del complejo y presentó su credencial al guardia de seguridad, era un manojo de nervios. Parte de ella quería dar media vuelta y marcharse, pero no para volver a casa. Tenía una amiga que, cuando se sentía atrapada, se subía al coche y conducía hasta Cabo San Lucas.

Wendy consideró seriamente la posibilidad. Cabo San Lucas estaba a veinticuatro horas de viaje en coche; pero si salía de inmediato, estaría allí al día siguiente y podría tomarse unos tequilas en la playa.

Sin embargo, sabía que eso no resolvería sus problemas. Sólo serviría para que se emborrachara y terminara con una buena resaca.

Dejó el coche en el aparcamiento, entró en el edificio principal, subió a su despacho y se sentó en el sillón. En cuanto oyó el zumbido de fondo, procedente de los otros despachos, se tranquilizó.

Su familia nunca había entendido que el trabajo en FMJ le gustara tanto, pero le gustaba y no lo podía evitar. El mundo mejoraba cada vez que se sentaba en aquel sillón.

Suspiró y apoyó los codos en la mesa. Suponía que Jonathon estaría en el departamento de investigación y desarrollo, enseñándole los prototipos a Tim y a Hank. Pero necesitaba tranquilizarse un poco más antes de enfrentarse a ellos.

Justo entonces, oyó un ruido en el despacho de Matt, Ford y Jonathon. Se levantó del sillón, caminó hasta la puerta y la empujó. La puerta se abrió lentamente.

Jonathon se encontraba al otro lado de su mesa, situada junto a la pared oeste. Llevaba una camiseta de algodón y unos pantalones vaqueros que le quedaban muy bien. Su ordenador portátil estaba apagado y tenía una carpeta en la mano.

—Ah, eres tú...

Él se giró hacia ella.

—¿Quién esperabas que fuera?

—No lo sé... pensé que estarías abajo, en el departamento de investigación y desarrollo, con mi padre y mi tío —admitió.

Jonathon frunció el ceño.

—Pues ya ves que no estoy con ellos. Nos cruzamos con Matt y él se ofreció a enseñarles la empresa.

—Oh —dijo, aliviada.

—¿Qué haces aquí, por cierto? ¿A qué has venido?

—Yo... he venido por lo mismo que tú, para adelantar un poco el trabajo —mintió.

Jonathon se limitó a asentir. Evidentemente, la había creído.

—Sí, claro. Como no podré venir mañana, pensé que...

—¿Por qué no podrás venir mañana? —preguntó ella, extrañada.

Él se encogió de hombros.

—Por tu familia, por supuesto. Todavía estarán en casa.

—¿Y qué? Eso no tiene nada que ver con el trabajo.

—Mientras estén con nosotros, nuestra prioridad consiste en convencerlos de que somos una pareja feliz. Y no lo conseguiremos si no estamos juntos —le recordó.

—Pero el trabajo...

—El trabajo puede esperar unos días.

Wendy se quedó perpleja. Jonathon acababa de decir que el trabajo podía esperar unos días. Jamás habría imaginado que llegaría ese momento.

Pero no le gustó. No le gustó nada en absoluto. Necesitaba que Jonathon volviera a ser el de siempre.

Necesitaba que volviera a ser el jefe duro y analítico que siempre había sido. Más que nunca, necesitaba que le ofreciera la seguridad de la rutina.

–Bueno, ya que estamos aquí, ¿qué te parece si enciendes el ordenador y hacemos lo que has dicho, adelantar trabajo? –siguió él.

–Jonathon, yo...

Wendy se detuvo. Ni siquiera sabía lo que quería decir. Pero Jonathon la miró con expectación y no tuvo más remedio que continuar.

–No sé si puedo hacer esto.

–¿Hacer qué?

–Cambiar de papeles tan deprisa. Ser tu esposa y, al momento siguiente, ser tu secretaria. Parece que a ti no te cuesta mucho, pero a mí...

–¿Crees que no me cuesta?

–Sí, francamente, sí. No pareces ser consciente de que estamos casados y de que anoche dormimos en la misma cama.

Wendy esperó a que dijera algo, pero Jonathon se mantuvo en silencio.

–Bueno, supongo que es mi problema. Ya encontraré la forma de afrontarlo –declaró ella–. Pero será mejor que me marche... necesito estar sola durante un par de horas. Necesito despejarme un poco.

Wendy pensó que el viaje a Cabo San Lucas no era tan mala idea.

Dio media vuelta y se alejó. Casi había llegado a la puerta de su despacho cuando Jonathon la alcanzó y la detuvo.

Después, la tomó entre sus brazos y la besó.

Capítulo Doce

La boca de Jonathon era cálida y firme; tan cálida y firme que Wendy sólo tardó un segundo en rendirse a su contacto.

No se limitaba a besarla; la devoraba. Se sintió completamente arrastrada por él, absolutamente dominada por sus labios, por los dedos que se habían cerrado sobre su mejilla y por la mano que le había puesto en la espalda, apretándola contra su cuerpo.

—Esto no es fácil —susurró él, que se apartó lo justo para poder hablar—. Nunca ha sido fácil y nunca lo será... no soporto estar lejos de ti.

Jonathon la besó de nuevo. Introdujo la lengua en la boca de Wendy y la sedujo con caricias largas que la dejaron temblando de necesidad. Su piel estaba muy caliente, tanto como si ardiera. Los pezones se le habían endurecido y ansiaban su contacto de tal modo que se apretó un poco más contra él.

Y aun así, no era suficiente.

Wendy pasó los brazos alrededor de su cuello, jugueteó con su pelo y preguntó:

—¿Por qué te alejas entonces?

Él la miró con deseo.

—No lo sé.

Wendy tampoco lo sabía. No se le ocurría ninguna razón para que no estuvieran juntos. Aquello no tenía nada que ver con Peyton ni con su matrimonio; nada que ver con su familia ni con su propia rebeldía. Sólo se trataba de ellos. Siempre había sido así. Y siendo tan evidente que estaban hechos el uno para el otro, no había ningún motivo para que insistieran en mantener las distancias.

Jonathon le empezó a besar el cuello y siguió bajando. Ella se arqueó hacia arriba, ofreciéndole los senos, deseando sentir su boca en los pezones.

–Oh, Jonathon –susurró–. Por favor...

Ni siquiera fue consciente de lo que le estaba pidiendo. Quería que le hiciera tantas cosas que cualquiera le habría parecido bien. Quería que tocara y explorara todo su cuerpo. Y quería más, mucho más.

Súbitamente, Jonathon la soltó y dio un paso atrás.

Ella extrañó la presión de su pecho, pero él llevó las manos al trasero de Wendy y tiró hacia arriba.

Wendy no necesitó que fuera más explícito. De inmediato, saltó y cerró las piernas alrededor de su cintura. Era una posición perfecta, una posición exquisita. Como si su cuerpo estuviera específicamente diseñado para ella.

Además, la tela de los leotardos era tan fina que no sólo sintió cada abultamiento y cada costura de los pantalones de Jonathon, sino también su erección.

Frotó la entrepierna contra ella y Jonathon soltó un gemido de placer.

–Me vas a matar, Wendy.

Wendy sonrió.

–¿En serio?

Jonathon soltó una maldición que estaba a medio camino de la desesperación y del orgullo masculino.

–No deberíamos hacer esto. Debería ser más fuerte, pero no puedo –confesó él–. No puedo apartarme de ti.

Un segundo después, la apoyó en la mesa del despacho y se inclinó sobre ella. Esta vez, Wendy no tuvo ocasión de extrañar su calor, porque llevó las manos a la cintura de los leotardos y tiró hacia abajo con un movimiento rápido y suave.

Antes de que llegara a sus pies, Wendy ya se había deshecho de los zapatos. Y cuando se dio cuenta, se había quedado sin más ropa que la camiseta y las braguitas.

Él se detuvo y le dedicó una mirada llena de deseo, pero también de adoración. Parecía un niño pequeño delante de un árbol de Navidad, contemplando un montón de regalos tan apetecibles que no sabía por cuál empezar ni cuál abrir antes.

De repente, Wendy fue más consciente que nunca de la dureza de sus pezones, de la humedad de su entrepierna y del frío del aire acondicionado en los muslos; pero a pesar de ello, llevó las manos a la camisa de Jonathon y le desabrochó los botones uno a uno, sin prisas, tomándose su tiempo.

Jonathon la dejó hacer. No movió ni un músculo. Apretaba los puños como si tuviera miedo de dejarse llevar por la pasión y arrancarle el resto de la ropa; como si Wendy fuera la materialización de todas sus fantasías.

Y tal vez lo era.

O al menos, ella quiso pensar que lo era.

A decir verdad, nunca se había planteado conscientemente la posibilidad de ser la fantasía sexual de nadie. Pero se lo había planteado inconscientemente. Y no una, sino muchas veces. Tanto en sus sueños nocturnos como en sus ensoñaciones a plena luz del día.

Llevaba cinco años esperando aquel momento. Cinco largos años.

Ahora, Jonathon estaba a punto de ser suyo.

Por fin, le desabrochó el último de los botones y le quitó la camisa. Jonathon barrió la mesa con un brazo, lo tiró todo al suelo y la tumbó sobre ella.

–No sabes cuántas veces he imaginado este día –declaró él mientras llevaba una mano al dobladillo de su camiseta–. Te imaginaba aquí, en esta misma mesa, tumbada, completamente desnuda...

Jonathon le quitó la camiseta, le desabrochó el sostén y los dejó caer al suelo. A continuación, se introdujo entre sus piernas y la empezó a lamer y acariciar por todas partes.

Ella se apoyó en los codos para verlo. El placer que sentía era tan intenso que sentía la necesidad de cerrar los ojos y dejarse llevar; pero no podía apartar la vista de su cabeza, que ahora estaba entre sus piernas.

Jonathon la lamió una y otra vez, hasta dejarla sin respiración. Entonces, Wendy notó que llevaba un dedo a sus pliegues y lo introducía en su cuerpo. Sólo fue el principio. Un segundo después, le introdujo otro.

Wendy se tumbó en la mesa y se arqueó.

Jonathon siguió con las caricias de su lengua y con el movimiento de sus dedos.

Cuando por fin llegó al orgasmo, ella gritó su nombre.

Tuvo la sensación de que habían pasado mil años. Tuvo la sensación de que toda su vida había sido una preparación para ese momento.

Wendy estaba tumbada ante él, sobre la misma mesa que tantas veces los había separado. Y era el ser más bello que había visto. Estaba caliente y húmeda por el deseo. Aún temblaba por el eco del clímax. Y su nombre, Jonathon, seguía en sus labios.

–Jonathon...

Por fin la tenía donde siempre la había querido. Pero lamentablemente, había algo que no tenía: un preservativo.

Desesperado, empezó a abrir los cajones. Sabía que había guardado un paquete en alguna parte. Lo había guardado porque, a pesar de todo, estaba convencido de que más tarde o más temprano se presentaría la ocasión.

Por fin, encontró lo que buscaba. Y cuando la volvió a mirar, se dio cuenta de que Wendy estaba tan deseosa como él.

Mientras Jonathon abría el paquete, Wendy llevó las manos a sus pantalones y se los desabrochó. No esperaron ni un segundo más. Él se puso el preservativo, le separó los muslos y la penetró.

Empezó a entrar y a salir de ella. La sensación era tan dulce y tan embriagadora que tuvo que hacer un esfuerzo para refrenarse. Pero al oír los gemidos de Wendy, supo que había llegado nuevamente al orgasmo y se dejó llevar.

En aquel momento, supo que la quería.

Y sintió pánico.

Cuando recobró las fuerzas, Wendy se sentó en la mesa y se abrazó a él. De haber sido posible, habría permanecido en esa posición durante toda la eternidad. Aferrada a Jonathon. Con la sensación de estar completamente satisfecha y tan lejos del mundo como si ellos fueran la única realidad.

Pero el mundo existía y no iba a desaparecer.

Al final, se apartó de él y se empezó a vestir.

—Esto no puede volver a pasar —dijo Jonathon.

Ella se quedó helada.

—¿Por qué no?

—Porque no es una buena idea —respondió mientras se abrochaba los pantalones.

—¿Que no es una buena idea? ¿Para quién?

Jonathon alcanzó la camisa y se la puso.

—Para nadie —contestó—. Y mucho menos, para ti.

—¿Que no es bueno para mí? Creo que no has prestado mucha atención, Jonathon —ironizó Wendy—. Ha sido extraordinariamente bueno para mí.

Él asintió.

—Exacto. Y por experiencia propia, sé que el sexo puede ser muy adictivo. No quiero que te suponga un problema.

Ella se empezó a enfadar. De hecho, estaba tan enojada que tuvo problemas para ponerse los leotardos.

—¿Y se puede saber por qué podría suponer un problema para mí? Vamos, Jonathon, responde a mi pregunta. Estoy esperando una explicación.

—Porque no es bueno para Peyton.

Wendy parecía tan frustrada que Jonathon pensó que se había equivocado de estrategia. Pero ya era demasiado tarde.

—¿Para Peyton? Ahora somos sus padres —le recordó ella—. ¿Qué hay de malo en que hagamos el amor? No veo dónde está el problema.

—¿Que no lo ves?

—No, no lo veo. De hecho, creo que es una idea excelente. Sobre todo, porque llegamos al acuerdo de que nuestro matrimonio duraría un año o dos.

–Piénsalo detenidamente, Wendy.

Wendy lo pensó. Y sólo pudo encontrar un motivo para que Jonathon se negara a repetir la experiencia.

–Sé que dos años son mucho tiempo, Jonathon. También sé que no te has casado conmigo por amor, así que no espero que me seas fiel... pero eso no quiere decir que tú y yo no podamos hacer el amor si los dos lo deseamos.

–Wendy...

–No, no, déjame hablar.

Él asintió y la dejó hablar.

–No te voy a prohibir que hagas lo que... en fin, que hagas lo que creas que debas hacer. Pero te deseo, Jonathon. Y sinceramente, no veo dónde está el problema.

–Esto es increíble, Wendy. ¿Quieres que hagamos el amor cada vez que nos apetezca? Así, ¿sin más? ¿A pesar de nuestra situación?

Ella lo miró con exasperación.

–¿Se puede saber qué diablos te ocurre? Dime una cosa, ¿tienes algún motivo para comportarte como el mayor estúpido de la Tierra?

–¿El mayor estúpido de la Tierra? –repitió él, ofendido–. No entiendo nada de nada. Hace unos minutos, estábamos haciendo el amor en la mesa del despacho. Y ahora, me das permiso para que me acueste con otras mujeres.

Wendy respiró hondo. Aquello no tenía ni pies ni cabeza.

–Jonathon, sólo intento ser razonable. Dos años son mucho tiempo –insistió.

–¿Es que me crees incapaz de mantenerme con la cremallera subida?

–Bueno, teniendo en cuenta que he sido testigo de algunas de tus aventuras a lo largo de los años... digamos que soy algo escéptica al respecto.

–Pues deja de serlo. Soy perfectamente capaz de contenerme.

–Pues las pruebas demuestran lo contrario...

Jonathon sonrió.

–¿Estás segura de que quieres jugar a eso?

–¿Cuántas veces quieres que te lo repita?

Él sacudió la cabeza y dijo:

–Sinceramente, creo que no deberíamos hacer el amor otra vez. Aunque nos suponga dos años enteros de celibato. No quiero hacerte daño, Wendy... ya estás demasiado implicada. Emocionalmente implicada.

–¿Emocionalmente implicada? –dijo con sarcasmo–. ¿Yo? Es curioso, porque no he sido yo quien hace un rato declaraba en voz alta que llevaba cinco años esperando este momento, que me habías imaginado mil veces en esa mesa.

–Sí, eso es verdad –declaró él con amargura–. Pero recuerda que me refería a tu cuerpo, a lo mucho que te deseo...

–¿Entonces?

–No hablaba de amor, Wendy. Hablaba de deseo físico.

Wendy estaba tan tensa y tan triste que derramó una lágrima.

–Y no soy yo quien llora ahora –añadió él.

–Eres un canalla, Jonathon –bramó–. Pero te equivocas al pensar que seré yo quien ruegue que hagamos el amor otra vez. Te equivocas por completo.

Wendy caminó hacia la salida. Sin embargo, se detuvo de repente, se giró y dijo:

—Necesito saberlo. ¿Quieres seguir adelante? ¿O no?

—¿Cómo?

—¿Quieres seguir adelante? ¿Quieres seguir conmigo?

—Por supuesto que quiero seguir contigo.

—¿Estás seguro? Porque dos años es mucho tiempo, Jonathon. Si tienes dudas, será mejor que me lo digas ahora.

—Ya he dicho que quiero seguir contigo.

—Está bien, como quieras... Mi familia quiere conocer a la tuya. Quieren dar una fiesta en nuestro honor. El jueves nos marchamos a Palo Verde.

Wendy no esperó respuesta. Simplemente, salió del despacho y cerró de un portazo.

Jonathon se sentó en el sillón y contempló los cajones abiertos y todos los objetos de la mesa, que ahora estaban esparcidos por el suelo. Su vida, meticulosamente organizada y controlada, había saltado por los aires por un momento de pasión.

Apoyó los codos en la mesa y se llevó las manos a la cara, haciendo caso omiso de otro hecho sorprendente: sus mejillas estaban húmedas.

Estaba llorando.

Capítulo Trece

Mientras se alejaba, Wendy consideró la posibilidad de volver sobre sus pasos y clavarle algo. En su despacho tenía unos cuantos objetos más que apropiados para hacerle una buena herida que no llegara a ser mortal. Pero al final se contuvo y pensó que su contención era una demostración de fuerza de carácter.

Cuando llegó al coche, se sentó al volante y esperó unos minutos antes de arrancar. Pensó en todo lo que había dicho y hecho y se preguntó dónde estaba el error; pero llegó a una conclusión que no le gustó nada.

Jonathon tenía razón. Se había implicado emocionalmente.

Y había hecho algo peor que implicarse emocionalmente: no había seguido su instinto, que consistía en salir corriendo como un conejo y esconderse en cualquier agujero hasta aclararse las ideas.

Sin embargo, no podía seguir su instinto cuando su familia estaba en casa de Jonathon. Sus familiares eran depredadores que atacaban al menor signo de debilidad. Si quería mantener la custodia de Peyton, tenía que mostrarse fuerte.

Al pensar en la niña, Wendy llegó a una segunda conclusión. Aunque Jonathon sólo deseara su cuerpo, aunque sólo la quisiera desde un punto de vista sexual, no podía negar que Peyton le importaba.

113

Jonathon era un buen padre. De hecho, era mejor padre que marido.

Y tendría que contentarse con ello.

Los días anteriores al viaje a Palo Verde pasaron con rapidez. Jonathon sugirió que los aprovechara para enseñar la zona a sus padres, a su abuela y a su tío, pero Mema parecía decidida a odiar todo lo relacionado con California y Hank se marchó a pasar el fin de semana en Texas. Sin embargo, Tim y Marian lo disfrutaron de verdad. Y sorprendentemente, Wendy también lo disfrutó.

No obstante, Wendy dio por sentado que el ambiente de camaradería desaparecería al final de la semana, cuando volviera el tío Hank y llegaran Helen y su esposo, Hank junior. Helen había insistido en organizar la fiesta desde Texas; había invitado a varios amigos, se había encargado de reservar los alojamientos e incluso había localizado a la familia de Jonathon, con la que se había puesto en contacto.

Mientras tanto, Jonathon se dedicaba a trabajar a solas en su despacho y a cuidar de la niña, pero manteniéndose alejado de Wendy. La tensión entre ellos era tan evidente que Wendy tuvo miedo de que su familia se diera cuenta. Pero Jonathon era un actor excelente; cuando volvía a casa, al final del día, se comportaba como el más amoroso y entrañable de los maridos. No perdía ocasión de acariciarla ni de besarla.

Las noches eran lo peor de todo. Wendy podía fingir a la luz del sol, aunque tuviera que fingir delante de sus padres; pero cuando entraba con Jonathon en el dormitorio y cerraban la puerta, se le hacía un nudo en el estómago. Él alcanzaba un par de mantas y se tumbaba a dormir en el suelo. Su comunicación se reducía al momento en que ella le lanzaba la almohada. Por desgracia, Jonathon era muy rápido y nunca le daba en la cabeza.

Por fin, llegó el jueves. El día del viaje. El momento de dejar Palo Alto para dirigirse a Palo Verde.

Wendy despertó antes del amanecer, pero no se levantó. Se quedó mirando el techo durante treinta minutos, irritada por el sonido absolutamente tranquilo de la respiración de su esposo. Y cuando pasaron los treinta minutos, esperó treinta más.

Sólo entonces, preguntó:

—¿Estás despierto?

—Por supuesto que estoy despierto —respondió él—. Das tantas vueltas que me has despertado.

Ella encendió la luz.

—¿Por qué no vienes a la cama?

—Anda, apaga la luz y duerme un poco.

—Podría dormir un poco si no estuviera preocupada por ti. El suelo no puede ser muy cómodo —afirmó.

—No está tan mal.

—Sólo duermes con dos mantas y una almohada. No puede estar tan bien —se burló—. Vuelve a la cama... te aseguro que no te voy a atacar.

—Es mejor que limitemos nuestro contacto físico, Wendy. Sólo intento ser caballeroso.

—Ah, sí, claro... caballeroso —se burló—. Discúlpame, pero tu caballerosidad murió el día que hicimos el amor en la mesa del despacho.

—Cállate o despertarás a Peyton.

La mención de la niña sólo sirvió para irritar a Wendy, que alcanzó uno de los cojines y se lo lanzó.

—Gracias, pero ya tengo una almohada –dijo él.

—Es que necesitaba tirarte algo.

—Un acto muy maduro...

—Lo sé.

Wendy apagó la luz.

Un segundo más tarde, Jonathon se levantó, se acercó a la cama y le dio el cojín.

—No lo necesito.

—Quédatelo. Estarás más cómodo.

—Wendy...

—Sólo intento ser caballerosa –ironizó.

—Sí, claro.

Jonathon se volvió a tumbar en el suelo y Wendy sonrió para sus adentros. Por su tono de voz, era evidente que le había molestado. Su marido se comportaba como si fuera completamente indiferente a ella, pero Wendy sabía que fingía.

Cuando se quedó dormida, seguía sonriendo.

Jonathon se marchó de Palo Verde a los dieciocho años, con los cinco mil dólares que había ahorrado para sobrevivir; sólo tenía una maleta, una lámpara, un ordenador portátil de segunda mano, un macuto, una beca parcial en Stanford y varios créditos por pagar. Y no había vuelto desde entonces.

Palo Verde era una localidad pequeña situada entre Sacramento y Lake Tahoe, con monumentos y edificios antiguos. Tenía pocos atractivos para un adolescente, pero Jonathon supuso que la belleza de sus calles y el paisaje de la cordillera de Sierra Nevada la convertían en un lugar atractivo para muchas personas.

Durante el trayecto en coche, Jonathon estuvo a

punto de dar la vuelta. Si alguien le hubiera dicho unas semanas antes que iba a volver a Palo Verde, lo habría tomado por loco.

Peyton viajaba en el asiento de atrás, en su sillita, y Wendy se dedicaba a darle instrucciones con el GPS como si Jonathon no hubiera pasado dieciocho años de su vida en aquel lugar. La familia de Wendy los seguía en una furgoneta alquilada.

—Por lo que veo aquí, la desviación acaba directamente en el centro de Palo Verde, en Main Street –le informó.

—Ya lo sé.

—Cutie Pies está al otro lado de la localidad, a la izquierda.

—También lo sé.

—Dicen que tiene aparcamiento, pero Claire me comentó que se llena enseguida. Si no encuentras sitio, tendremos que dar algunas vueltas por el barrio para...

—Sí. Lo sé –repitió.

—Eh, sólo intento ser un buen copiloto...

Jonathon suspiró.

—Wendy, olvidas que yo crecí aquí. No necesito que me den instrucciones.

—Pero las cosas cambian mucho en quince años –le recordó.

Él tampoco necesitaba que le recordara eso. Ya no se parecía nada al jovencito que se había marchado de Palo Verde para estudiar en la universidad. Siempre le había parecido extraño que al final terminara en una ciudad con nombre parecido, Palo Alto, aunque ese parecido era lo único que tenían en común.

—Sólo intentaba ayudar –insistió ella.

Wendy le puso una mano en la pierna y él maldijo

su suerte. En cuanto sintió el calor de su mano, se excitó. De haber podido, habría seguido de largo, habría tomado una de las carreteras de montaña, habría sacado a Wendy del coche y le habría hecho el amor en cualquiera de los bosques de la zona.

Pero no podía ser. Para empezar, tenían a una niña en el asiento trasero en el coche. Y para continuar, había decidido mantener las distancias con ella.

Ni siquiera le tranquilizaba pensar que la celebración duraría poco y que luego se marcharía de Palo Verde y no volvería nunca. Tampoco le tranquilizaba el hecho de que al día siguiente llegaran Matt, Claire, Ford, Kitty e Ilsa; sus amigos contribuirían a suavizar el encuentro familiar, pero no demasiado. Dos días en Palo Verde le parecían una eternidad.

Sin embargo, sabía que Wendy no tenía la culpa. Era una víctima como él; una víctima cuya situación había empeorado durante la semana anterior por su empeño en mantener las distancias. Quizás había llegado el momento de reconocer sus errores.

—Lo siento, Wendy. Es que...

Wendy rió.

—¿Que lo sientes? ¿Que tú lo sientes? No es tu familia la que nos ha empujado a esa estúpida celebración. Soy yo quien debería pedir disculpas.

—No, no lo digo por eso. Lo digo por nosotros... me he portado mal contigo.

—Eso no te lo voy a discutir.

—Y sé que mi humor ha empeorado últimamente. Es que...

—¿Sí?

—Es que no ardo precisamente en deseos de que los conozcas.

–¿De que los conozca? ¿De qué estás hablando?

–De mi familia.

–Oh, vamos, dudo que tu familia sea tan manipuladora como la mía.

–No, pero tu familia es...

–¿Rica? –lo interrumpió–. Eso es lo que ibas a decir, ¿verdad? Pero ser rico no es una excusa para portarse mal.

–No, eso no es lo que quería decir.

–¿De qué tienes miedo, Jonathon? ¿Crees que te voy a apreciar menos cuando conozca a tu familia? ¿Crees que mi opinión sobre ti empeorará cuando compruebe personalmente que creciste en la pobreza?

Wendy sonó tan indignada que Jonathon no se atrevió a responder afirmativamente. Se limitó a guardar silencio.

Justo entonces, él detuvo el coche en un semáforo en rojo. Ella se giró hacia él y añadió:

–A mí no me importa ni tu pasado ni de dónde vienes, pero ten cuidado con mi familia. Sobre todo con Helen. Si puede aprovechar tu pasado para dejarte en mal lugar, lo hará. Recuerda que haga lo que haga y diga lo que diga, tu pasado no empeora lo que pienso de ti... bien al contrario, lo mejora. Yo nací en una familia rica. No tuve que esforzarme para salir adelante. Pero tú trabajaste muy duro por cada penique que tienes.

Las palabras de Wendy tranquilizaron un poco a Jonathon. Casi estuvo a punto de creer que tenía razón, que la pobreza de su pasado lo había convertido en un hombre mejor.

Pero sólo casi. Y sólo a punto.

Capítulo Catorce

Wendy ya había probado las rosquillas de Cutie Pies y, por supuesto, sabía muchas cosas sobre el establecimiento; pero casi todo lo que sabía, lo sabía porque Matt se lo había contado. Teniendo en cuenta que su esposa era la propietaria del restaurante, a Wendy no le habría extrañado que exagerara un poco. Sin embargo, el local resultó ser encantador y la comida, muy buena.

Por desgracia, la comida no sirvió para rebajar la tensión del ambiente. Por si la situación no fuera suficientemente difícil, a Helen se le había ocurrido la idea de invitar a los hermanos de Jonathon sin avisarlo antes.

Helen y su esposo, Hank junior, ya habían llegado cuando entraron en el local. Helen, una mujer rubia y de aspecto refinado, parecía completamente fuera de lugar en el restaurante, demasiado popular para ella. Repartió besos a diestro y siniestro y prácticamente secuestró a Mema en cuanto pasó por la puerta.

—Llamé desde nuestro avión privado para reservar una mesa, pero este restaurante es tan antiguo que ni siquiera aceptan reservas —les informó Helen.

El Cutie Pies era un establecimiento cálido y limpio, de camareros agradables pero sin refinamiento alguno. A Wendy le gustó tanto como le disgustó a Helen, que sacó una toallita antiséptica del bolso y limpió la mesa donde se sentaron.

Después, antes de que nadie tuviera ocasión de echar

un vistazo al menú, Helen se levantó y declaró, como si fuera la anfitriona de la fiesta:

–Mi esposo y yo os queremos dar las gracias por asistir a la celebración en honor de nuestra pequeña Gwen.

Jonathon se inclinó sobre Wendy y susurró con ironía:

–¿Nuestra pequeña Gwen?

–Te lo advierto, Jonathon... si alguna vez te atreves a llamarme «mi pequeña Gwen», te clavaré un tenedor en el estómago –replicó en voz igualmente baja.

A Peyton la sentaron en una sillita alta y le dieron unas llaves de goma para que jugara con ellas. Jonathon miró a la niña y sonrió. Wendy miró a Jonathon y se sintió más cerca de él que nunca.

Su familia podía ser manipuladora, controladora y exageradamente obsesiva. Pero por primera vez en su vida, se sentía con fuerzas para hacerles frente. Y se sentía con fuerzas porque Jonathon estaba a su lado.

Ya no lo podía negar. Estaba enamorada de él.

Sacudió la cabeza e intentó concentrarse en la conversación. Al otro extremo de la mesa, Helen dijo algo que pretendía ser gracioso y soltó una carcajada, pero sólo consiguió que Peyton se pusiera a llorar. Wendy y Jonathon se giraron al mismo tiempo para tranquilizar a la niña y sus manos se encontraron.

Durante unos segundos no hicieron otra cosa que quedarse así, mirándose. Luego, él le acarició el dorso de la mano y ella se sintió poseída por una tranquilidad absoluta. Era la primera vez que la tocaba desde que habían hecho el amor en el despacho.

Pero la mirada de Jonathon cambió de repente. Acababa de ver a la persona que había entrado en el local, una mujer de cabello largo y oscuro, extremadamente bella, que llevaba camiseta y vaqueros y tenía los ojos del mismo color que Jonathon.

–¡Oh, Dios mío! –dijo Helen–. Tú debes de ser Mary, la hermana de Jonathon... nos hemos escrito tantos mensajes que ardía en deseos de conocerte.

–No me llamo Mary. Me llamo Marie –puntualizó.

Helen hizo caso omiso del comentario.

–Tenía miedo de que ninguno de los familiares de Jonathon pudiera venir –continuó–. Me alegro de haberme equivocado... bienvenida, Marie.

Helen se levantó y le dio un beso.

Marie arqueó una ceja como con disgusto.

A Wendy le cayó bien de inmediato. Pero por la expresión de Jonathon, supo que su marido no estaba muy contento.

A Marie nunca le habían gustado los ricos. Y Jonathon lo comprendió en esas circunstancias. Helen era una mujer petulante y odiosa que evidentemente se creía mejor que Marie y, tal vez, que el resto de los presentes. De hecho, no hacía el menor esfuerzo por disimularlo.

A Jonathon no le extrañó que su hermana fuera la única persona de su familia que se molestó en presentarse en la celebración. La familia siempre había sido importante para ella, a pesar de que nunca había contado con su apoyo. Pero supo que no quería estar allí. Lo supo por su forma de pedir un té y por su forma de sentarse a la mesa, a distancia de los demás.

–Bueno, Marie, ¿por qué no nos dices a qué te dedicas? –preguntó Helen, intentando ser simpática.

Antes de responder, Marie lanzó una mirada dura a su hermano. Como si Jonathon tuviera la culpa de todo aquello.

—Me dedico a cuidar de mis hijos.

—Ah —dijo Helen.

—¿Ah? ¿Sólo eso? ¿Es que cuidar de los hijos te parece una ocupación poco importante?

—No, no, en absoluto... —contestó Helen, incómoda—. Yo también cuido de mis hijos. Sé lo que cuesta.

Wendy decidió intervenir antes de que Helen se metiera en un lío más grave con su falta de sensibilidad.

—Marie, ¿sabes si el resto de tu familia vendrá a la recepción de mañana? Me encantaría conocer a sus padres...

Marie frunció el ceño.

—Nuestro padre falleció cuando Jonathon estaba en el instituto.

—Vaya, lo siento mucho —dijo Wendy, que no sabía nada.

—Murió de cáncer. Probablemente, por culpa de todos esos pesticidas.

—¿Pesticidas? ¿Es que tu familia se dedicaba a la agricultura? —preguntó Helen.

—Bueno, nuestro padre tenía un huerto con manzanos... pero yo no diría que eso sea dedicarse a la agricultura —ironizó.

—Comprendo —dijo Helen, quien obviamente disfrutaba de la tensión que había causado—. ¿Y tu madre?

—Vive en Tucson, con su hermana.

—¿Y el resto de tus hermanos?

Jonathon interrumpió la conversación de las dos mujeres. Conocía a Marie y sabía que las cosas iban a terminar mal si Helen seguía por ese camino.

–Basta, Marie. Deja de ponerte a la defensiva. Si estás enfadada conmigo porque no os visito con más frecuencia, tienes razón... pero ya hablaremos después, en privado. Y en cuanto a ti, Helen, deja los interrogatorios para otro momento.

Helen se quedó pálida, como si le hubieran dado una bofetada.

–Pero si yo no...

–Si quieres saber más cosas de mi familia, pregúntame a mí; aunque estoy seguro de que ninguno de nosotros se ganará tu aprobación. Mi padre trabajaba en el campo y mi madre, en una tienda de comestibles. Eran muy pobres, pero me alegra poder decir que todos mis sobrinos terminaron la enseñanza secundaria y que la mayoría ha ido a la universidad, aunque con becas públicas, por supuesto. ¿Alguna otra pregunta?

Nadie dijo nada.

Al cabo de unos segundos, Jonathon se levantó y añadió:

–Wendy, será mejor que vayamos al hotel a registrarnos.

Wendy alcanzó a la niña y siguió a su esposo, que pagó la comida en la barra antes de salir a la calle.

Mientras caminaban hacia el coche, ella dijo:

–Ha sido una estrategia brillante.

–¿Brillante? Ha sido una estupidez.

–No, te equivocas, ha sido brillante. Helen tiene demasiados humos; necesita que la pongan en su sitio de vez en cuando. Si supiera lo mucho que le disgusta esa actitud a Mema, se andaría con más cuidado.

–Aun así, ha sido estúpido.

–No, en absoluto. Yo estoy de acuerdo con Wendy –dijo una voz a su espalda.

Wendy y Jonathon se giraron. Era Marie.

—Los Bagdon siempre hemos tenido talento para poner a la gente en su sitio —continuó la mujer.

—De todas formas, no creo que fuera lo más conveniente.

—¿Y qué habría sido lo más conveniente? ¿Haberla matado de aburrimiento?

Jonathon rió a su pesar.

—Me alegro mucho de verte, hermanito. Aunque haya tenido que enfrentarme a esa bruja del restaurante.

Marie se dio la vuelta con intención de volver al local.

—¡Espera! —dijo Wendy—. ¿Vendrás mañana a la recepción?

—No te ofendas, pero ningún Bagdon va a poner un pie en el Club de Campo de Palo Verde. Eso es imposible.

—Pero...

—Lo siento mucho. Ah, y encantada de conocerte.

—¿Y dónde nos deja eso? —preguntó Wendy, que nunca se rendía.

Marie se detuvo.

—¿Qué quieres decir?

—Olvídate de Helen y de sus estupideces. Tal vez no sea la mejor de las situaciones posibles, pero para mí es una ocasión de conocer a la familia de tu hermano. Si ninguno de ellos tiene intención de pisar el Club de Campo, dime dónde debemos celebrar la fiesta y cambiaremos el lugar.

Marie miró a Jonathon, como preguntándole si Wendy hablaba en serio. Jonathon se encogió de hombros.

—¿La fiesta es mañana por la noche? Dudo que tengas tiempo de cambiar el sitio... sólo faltan veinticuatro horas.

Wendy sonrió.

–Estás hablando con la mujer que lleva toda la organización de la empresa de tu hermano. No será un problema.

Marie asintió.

–Está bien, si te empeñas... se me ocurre un sitio de lo más adecuado.

–¿Qué sitio?

–Mi casa.

–Marie... –le advirtió Jonathon.

–No puedo pedirte eso –dijo Wendy–. Sería una molestia para ti.

–¿Insinúas que mi casa no es suficientemente buena para vosotros?

–No, en absoluto...

Marie sonrió, triunfante. Wendy la miró y le devolvió la sonrisa.

–Estoy segura de que tu casa es encantadora –continuó–. ¿A qué hora te parece mejor? ¿Quieres que encargue la comida a un catering?

–¿Encargar la comida?

Jonathon, que se había quedado con la niña, decidió no intervenir.

–No, ahora que lo pienso, no sería buena idea. Si tu familia no quiere ir a Club de Campo, tampoco querrá comida encargada. Te propongo otra cosa... si no te importa que usemos tu cocina, llevaremos todo lo necesario para preparar la cena. Mi madre es una cocinera excelente y mi padre y mi tío Hank preparan las mejores barbacoas de Texas. Pero tendríamos que llegar con tiempo, claro. ¿Te parece bien a las siete?

–Sí, pero de la mañana.

–¿De la mañana? Si iba a ser una cena...

126

–Así podremos pasar el día juntos. Ya puestos, Jonathon y tú podríais venir esta noche y dormir en casa...

Wendy notó el sarcasmo de Marie, pero le tomó la palabra de todas formas.

–¡Magnífica idea! A Jonathon y a mí nos encantará... Supongo que tu hermano sabe dónde vives, ¿verdad, Marie?

–Supongo que sí, porque es la casa donde él creció.

–En tal caso, nos veremos dentro de unas horas. Y me alegro mucho de haberte conocido, Marie. Siempre quise tener una hermana.

Wendy se acercó a Marie y la abrazó. La hermana de Jonathon se subió a su coche, un viejo utilitario, y desapareció en la distancia.

–Jonathon, deberías haberme advertido que tu relación con tus hermanos no es precisamente buena –protestó ella.

Jonathon se encogió de hombros.

–¿No eres tú quién siempre se precia de conocerme muy bien?

Wendy asintió a regañadientes.

–Sí, eso es verdad. Pero a pesar de todo... ¿Nunca os veis?

En lugar de responder a su pregunta, Jonathon formuló una diferente:

–¿No te has dado cuenta de que Marie no hablaba en serio cuando nos ha invitado a pasar la noche en su casa?

–Por supuesto que me he dado cuenta; no soy tonta. Pero no iba a permitir que se quedara con la idea de que su casa no me parece suficientemente buena.

–Pues me temo que no lo es. La última vez que pasé por allí, estaba hecha un desastre –comentó su esposo–. A tu familia no le va a gustar.

–Deja que sea yo quien se preocupe por mi familia. Helen puede ser una estúpida, pero... en fin, salvaremos la situación en cualquier caso. Además, Hank se dedica a la política y sabe ser diplomático. No olvides que siempre ha contado con el apoyo de la clase media.

–Ya.

Wendy decidió interrumpir la conversación.

–Venga, ahora no tenemos tiempo para debatirlo. Tenemos que organizar una recepción en muy poco tiempo.

Wendy empezó a andar. Jonathan la tomó del brazo.

–¿Se puede saber qué pretendes, Wendy?

–¿Es que no es obvio?

–Claro que lo es. Intentas arreglar mi relación con mi familia.

–Bueno, alguien tiene que hacerlo, ¿no?

–No, nadie tiene que hacerlo. Mi relación con mis hermanos es asunto exclusivamente mío. No te metas donde no te llaman.

–Lo siento mucho, Jonathon –dijo ella con tono condescendiente–. Tu familia se convirtió en mi familia cuando me casé contigo. No voy a permanecer al margen. Es evidente que tu distanciamiento con ellos te preocupa, y alguien tiene que cerrar esa brecha.

–¿Y qué vas a ganar con eso? ¿Esperas que te dé las gracias? ¿Que me arrodille ante ti en gesto de gratitud?

Ella frunció el ceño.

–Sólo quiero que seas feliz.

–Solventar los problemas con mi familia no me va a hacer feliz –afirmó.

Wendy alzó un brazo y le acarició la cara.

–¿Estás seguro? ¿Quieres saber lo que pienso? Pienso que nunca te has perdonado por haberte alejado de ellos. Pienso que, desde que te marchaste de Palo Verde para fundar FMJ, no has vuelto a mirar atrás... y pienso que lo lamentas.

–¿No se te ha ocurrido que, si no miraba atrás, era porque no los quería en mi vida? Puede que sea un egoísta; un canalla que quiere disfrutar a solas de su riqueza y de su éxito sin que le recuerden que nació pobre.

–No te creo, Jonathon.

–No tienes que creerlo para que sea verdad.

–¿Sabes qué es lo que creo yo? Que te gustaría arreglar las cosas y no sabes cómo. Pero afortunadamente, me tienes a mí.

Jonathon no supo qué decir, así que la dejó hablar.

–Te he visto con Peyton. He visto lo bueno y lo cariñoso que eres con ella. Y sé que debes de sentir lo mismo por tu familia... de hecho, creo que no te habías casado y tenido hijos porque te estabas castigando por haber abandonado a los tuyos. Por eso te casaste conmigo. Ése fue tu motivo real. Era tu forma de tener la familia que siempre habías querido.

–Qué tontería. Me casé contigo porque FMJ te necesita. Pero no voy a permitir que la libertad que tienes en la empresa se extienda a asuntos de mi vida privada.

–¿De qué vida privada? Tú no tienes vida privada. Tus relaciones amorosas siempre han sido tan breves como un suspiro; y en cuanto al resto de tus relaciones, Matt y Ford son tus únicos amigos –le recordó.

–Basta ya, Wendy –bramó él, enfadado–. Déjame en paz.

–No.

–¿Cómo que no?

–Que no. Que no te voy a dejar en paz.

–¿Por qué diablos te metes en esto?

–Porque ahora estamos casados y porque me importas –respondió ella, cruzándose de brazos–. Como ya he dicho, quiero que seas feliz. Y no creo que mantenerte alejado de los tuyos te haga feliz... voy a hacer todo lo que esté en mi mano por ayudarte, y a menos que estés dispuesto a echarme de la empresa y anular nuestro matrimonio, te aseguro que no puedes hacer nada por impedirlo.

Cuando terminó de hablar, Wendy dio media vuelta y se alejó hacia el Cutie Pies. Jonathon supuso que les iba a avisar del cambio de lugar de la celebración.

Mientras la miraba, pensó que el matrimonio iba a resultar una experiencia notablemente más difícil de lo que había imaginado.

Capítulo Quince

Jonathon no quería pasar la tarde en compañía de aquella familia desastrosa. Y por supuesto, tampoco quería volver a la casa donde había crecido. De hecho, habría dado cualquier cosa por no salir de la lujosa habitación del hotel donde se alojaban.

Después de comer, se armó de paciencia e hizo lo posible por soportar lo que se le venía encima. Incluso se tomó la molestia de enseñar Palo Verde a la familia de Wendy, aunque sólo fuera por mantener las distancias con ella.

En cuanto tuvo ocasión, desapareció en el bar del hotel y pidió una cerveza bien fría. El tío Hank apareció en ese momento y se sentó a su lado sin esperar a que lo invitara.

—Vaya, estás aquí...

—¿Por qué lo dices? ¿Es que ocurre algo?

—No, nada en absoluto. Es que me alegro de verte. No me gusta beber solo —contestó el tío de Wendy.

Jonathon sonrió y los dos hombres se enfrascaron en una conversación sobre temas sin importancia. Pero unos minutos más tarde, cuando Jonathon ya había terminado su cerveza y se disponía a despedirse, Hank se echó hacia atrás, le pasó un brazo por encima de los hombros y declaró:

—Quería hablar contigo. De Gwen.

—¿De Gwen?

–Esta mañana, cuando te has marchado del restaurante, Mema me pidió que te fuera a buscar... y oí vuestra conversación del aparcamiento.

Jonathon no se inmutó.

–¿Y qué?

–Que ahora sé que vuestro matrimonio es una farsa.

–¿Y qué? –repitió.

–¿Sabes lo que creo? Que ha sido idea de Gwen. Creo que es una estrategia para ganarse el favor de Mema y quedarse con la custodia de la niña.

Hank soltó unas risitas y alzó su copa, como brindando por la ingenuidad de su sobrina.

–Pero no imagino cómo consiguió convencerte para que te casaras con ella –continuó–. Eres un hombre inteligente. Dudo que te hayas metido en esto si no tienes algo que ganar.

–Estoy enamorado de Wendy –afirmó.

–No, no lo creo.

Jonathon se inclinó hacia delante y apoyó los codos en la mesa.

–No puedes demostrar que no la ame.

Hank sacudió la cabeza y echó un trago.

–Supongo que te convenció de que casarte con ella sería bueno para FMJ.

–Ella no me convenció de nada. Se lo propuse yo.

Hank lo miró detenidamente y sonrió con ironía.

–Tu empresa hace un trabajo extraordinario, ¿sabes?

–Claro que lo sé. Pero ¿adónde quieres llegar?

–Sé que esperas firmar un contrato importante con el gobierno. Vuestros dispositivos de control de gasto energético son impresionantes. Matt me dijo que, si firmáis ese acuerdo, todos los estados de la federación contratarán vuestros servicios. Podría ahorrar millones de dólares al país.

–Matt no debía enseñarte esos dispositivos.

–Tal vez no, pero le pudo el entusiasmo... y debo añadir que me interesó mucho.

–¿Qué me estás diciendo, Hank? ¿Que haga lo que tú me pidas a cambio de que nos apoyes con ese contrato?

–No, por supuesto que no. Eso sería nepotismo; ahora formas parte de la familia –respondió Hank–. Pero podría hacer bastante para que ese acuerdo no llegara a buen término.

–Comprendo.

–Anula vuestro matrimonio. Quiero que Wendy vuelva a casa, con su familia.

–No.

–Oh, vamos, piensa en esos maravillosos dispositivos vuestros. Si no firmáis el contrato, se quedaran en los almacenes, acumulando polvo.

–¿Me estás amenazando?

Hank sonrió.

–No te estoy amenazando a ti; estoy amenazando a FMJ. No te equivoques, Jonathon. Si anulas el matrimonio con mi sobrina, me encargaré de que a tu empresa y a ti os pasen cosas muy agradables.

–Pero sólo si me alejo de Wendy y de Peyton.

–Exacto.

–No lo entiendo, Hank. ¿Por qué haces esto? ¿Por qué te tomas tantas molestias? Wendy cree que todo es por el dinero que heredaría la niña, pero yo no lo creo... ¿Es que Mema te ha presionado?

–No, ella sólo quiere que Wendy la visite más a menudo. Aceptaría la situación si le prometiera que llevará a Peyton a Texas de vez en cuando.

–¿Entonces? ¿Por qué no permites que se Wendy se quede con la custodia?

Hank lo miró con dureza.

–Adoro a Gwen, Jonathon. Tampoco te equivoques con eso. Mi sobrina es muy valiente... yo diría que es bastante más valiente que Hank junior y que Helen. Pero a Helen la puedo controlar; a Helen sólo le interesa el dinero –respondió–. En cambio, Gwen es incontrolable. Y el dinero no le importa.

–Ya. ¿Y qué hay de mí?

–Bueno, tú eres un hombre de negocios. Has trabajado muy duro para llegar adonde estás y no lo vas a perder todo por una mujer y un bebé. Harás lo que sea mejor para FMJ.

Jonathon sacudió la cabeza y rió.

–¿Sabes una cosa? Wendy me advirtió de que harías exactamente lo que estás haciendo.

–¿A qué te refieres?

–Dijo que su familia siempre encontraba la forma de retorcer las situaciones para volverlas contra ella.

Durante un momento, Jonathon tuvo la sensación que Hank lo iba a negar; pero se encogió de hombros y asintió.

–Antes nos lo ponía más fácil; salía con hombres mucho más débiles que ella. Pero tú no eres así, hijo.

–No, yo no soy así. Pero sigues sin responder a mi pregunta. ¿Por qué te niegas a que Wendy se quede con la custodia? Por lo que tengo entendido, intentaste controlar a tu hija, a Bitsy, y el tiro te salió por la culata... ¿Por qué haces lo mismo con Peyton?

–¿Por qué pica el escorpión a la tortuga? Porque

está en su carácter –respondió, citando la conocida fábula–. Y la gente no cambia nunca.

Jonathon se levantó.

–Con el debido respeto, Hank, he pasado casi toda mi vida en el norte de California y no entiendo las fábulas de escorpiones. De hecho, jamás he visto un escorpión.

–¿Ésa es tu forma de decir que rechazas mi oferta?

–En efecto.

Hank arqueó una ceja.

–¿Puede ser que realmente estés enamorado de Gwen? ¿Crees que la vas impresionar por oponerte a mí?

Jonathon tardó un momento en reaccionar. No se le había ocurrido que pudiera estar enamorado de Wendy. Pero quizás lo estaba.

–No, no creo que eso la impresione. Entre otras cosas, porque no le voy a decir nada de esta conversación.

–Recuerda lo que puedo hacer, Jonathon. Puedo asegurarme de que todas las instituciones del país tengan uno de los dispositivos de FMJ. O puedo asegurarme de que el gobierno rechace ese acuerdo y cualquier otro acuerdo que le presentéis en el futuro.

–Caramba, Hank, me estoy muriendo de miedo. ¿Quieres que tiemble un poco?

Hank le lanzó una mirada fulminante. Y de repente, rompió a reír.

–¿Sabes, Jonathon? Me caes bien. Es una pena que no vayas a seguir en mi familia.

–No voy a aceptar tu oferta.

–No, todavía no, pero al final la aceptarás. Piénsalo detenidamente y haz unos cuantos cálculos. Cuando te des cuenta de todo el dinero que puedes perder, tomarás la decisión adecuada. Ninguna mujer vale tanto dinero.

Jonathon tampoco se inmutó en esta ocasión. Ya había hecho cálculos. Los ha había hecho en cuanto Hank empezó a hablar.

–Puede que tengas razón; puede que ninguna mujer valga tanto. Pero te equivocas al pensar que me niego por ella... me niego porque aceptar extorsiones no es ni mi estilo ni el estilo de FMJ. Nosotros hacemos las cosas a las claras. Conseguimos contratos porque nuestros productos son los mejores del mercado, no porque tengamos contactos en las altas esferas. FMJ es una empresa honorable.

Hank lo miró con ironía.

–No dudo que ésa sea la política de FMJ, pero te he investigado, Jonathon. Eres un hombre muy ambicioso, y durante mis veinticinco años de vida política, he aprendido que los hombres tan ambiciosos como tú nunca desaprovechan una buena ocasión.

–Sí, bueno, es posible que tengas razón conmigo. Pero yo sólo poseo un tercio de las acciones de FMJ. Y estás perdiendo el tiempo.

Jonathon se giró y se marchó sin decir una palabra más.

Wendy sabía unas cuantas cosas sobre la infancia de Jonathon, y esperaba que su casa fuera poco más que una chabola. Pero la casa de Marie resultó ser un hogar medio normal y corriente, en un vecindario de clase media baja. Era pequeña, pero también bonita. Y la presencia de bicicletas y juguetes en el jardín avisaba sobre los niños que vivían en su interior.

Jonathon aparcó al otro lado de la calle, apagó el motor y miró la casa. Su expresión era tan sombría que Wendy intentó animarlo.

–Pues tenías razón. Esa casa es un desastre. Es tan espantosa que tengo miedo de que nos peguen una hepatitis.

–Era peor cuando yo era niño.

–Todo parece peor cuando eres niño –bromeó ella–. Venga, vamos a entrar de una vez... piensa que tu familia no puede ser más insoportable que la mía.

Salieron del coche y se dirigieron a la puerta de la casa. Les abrió una joven de veintipocos años, con un cabello tan oscuro y brillante como el de Marie y los típicos ojos verdes de todos los Bagdon.

–¡Tío Jonny! ¡Cuánto me alegro de verte!

Jonathon con cierto asombro. Obviamente, no esperaba un recibimiento tan caluroso.

–Hola, Lacey...

–No has cambiado nada, tío –comentó la joven–. Y tú debes de ser Wendy... bienvenida a la familia.

Lacey la abrazó, los acompañó al interior de la casa y gritó:

–¡Mamá, ya están aquí! ¿Por qué no me habías dicho que era tan guapa?

Durante la hora siguiente, Wendy conoció a tantas personas que tuvo problemas para recordar sus nombres. Los hermanos de Jonathon no se habían presentado, aunque Marie les aseguró que intentaría convencerlos para que se pasaran al día siguiente, por la tarde.

Wendy estaba charlando con Mark, el marido de Marie, cuando Lacey apareció y se hizo cargo de Peyton.

–Es que quiero acostumbrarme a los bebés –explicó la joven–. Mi madre me ha prohibido que tenga hijos hasta trece años después de salir de la universidad.

–Tu madre es una mujer inteligente –dijo Wendy con humor.

Cuando Marie se marchó con la niña, Wendy echó un vistazo a su alrededor y vio que Jonathon salía al patio exterior de la casa. Se disculpó con Mark y lo siguió. Ya era de noche, así que el lugar estaba a oscuras; pero lo distinguió a la luz de la luna, junto a un árbol.

–¿Tan malos te parecen que has tenido que salir al patio para esconderte de ellos?

–No, en absoluto. Sólo quería comprobar si el árbol seguía aquí. Lo trasplanté el día en que enterramos a mi padre. Lo encontré junto a la tumba y lo traje a casa.

–No es posible. No parece que tenga más de diez años.

–Tiene casi veinte –puntualizó–. Los árboles crecen más despacio que las personas.

Ella asintió.

–Y aquí estoy yo, a los veintisiete años, cometiendo los mismos errores que cometía a los diecisiete –bromeó.

–Yo no estaría tan seguro de eso. Parece que últimamente te llevas mejor con tu familia.

Ella se encogió de hombros.

–Es posible. Mi madre dijo algo el otro día que me sorprendió. Dijo que Mema siempre ha estado en contra de las madres solteras porque...

–Porque ella fue madre soltera –la interrumpió Jonathon–. Se quedó embarazada de su primer marido, que falleció en la guerra de Corea.

–¿Cómo lo has sabido?

–No es ningún secreto. Sólo tuve que investigar un poco por Internet.

–Yo no supe esa historia hasta hace unos años. Siempre pensé que mi abuelo era el padre del tío Hank. No imaginaba que Mema hubiera tenido un marido anterior. Y como mi abuelo trataba a Hank y a mi padre del mismo modo...

Los ojos de Wendy se llenaron de lágrimas. Jonathon se acercó a ella y la abrazó para animarla.

–Dime una cosa, Wendy. Si hubiera habido alguna forma de que te quedaras con Wendy sin tener que volver a Texas, ¿te habrías casado conmigo?

Ella decidió ser sincera, aunque sabía que le iba a hacer daño. Lo conocía muy bien y notó que su voz había sonado de forma distinta. No se lo estaba preguntando por simple curiosidad. La respuesta era importante para él.

–Sí –dijo.

Un momento después, Jonathon dio un paso atrás y la tomó de la mano.

–Supongo que es hora de acostar a Peyton.

Los dos volvieron al interior de la casa. Wendy se mostró entusiasta y alegre, aunque no dejaba de pensar en la pregunta de Jonathon y en su respuesta. Al admitir que se habría casado con él de todas formas, había admitido algo bastante más importante: que estaba enamorada. Pero no sabía si Jonathon se habría dado cuenta.

Al cabo de un rato, Marie acompañó a Wendy y a su hermano a la habitación donde iban a pasar la noche. Había literas contra una pared, pero les habían instalado una cama en el suelo, en el escaso espacio sobrante.

—¿Estás segura de que no quieres volver al hotel? —preguntó Jonathon.

—Esto no está tan mal. He dormido en sitios peores.

—¿En serio?

—Sí. De hecho, durante mi época de estudiante, viajé con un simple macuto por toda Europa —contestó—. Y eso, sin contar los hoteluchos donde me he alojado por culpa de FMJ.

—¿Por culpa de FMJ? —preguntó, sorprendido.

—¿Has olvidado aquel hotel de Tokio? —dijo, mientras empezaba a desnudar a la niña—. Las habitaciones eran del tamaño de una ducha; y las camas, tan pequeñas que no cabía ni yo.

—Qué curioso. Yo no me acuerdo de nada.

—No, claro que no —ironizó ella, entre risas.

Cuando Wendy tumbó a la niña en la cama, Jonathon la miró con tanta intensidad que ella se vio obligada a preguntar:

—¿Qué pasa?

—Nada. Que cada día lo haces mejor.

—Sí, sólo llevo un mes de madre y ya soy toda una especialista —declaró con sarcasmo.

—Lo digo en serio. Eres una madre excelente.

Ella frunció el ceño y se dispuso a dar el biberón a Peyton.

—La niña y yo estamos perfectamente instaladas. ¿Por qué no vuelves con tu familia y socializas un poco? Entre tanto, me encargaré de que se quede dormida.

—No, yo...

—Insisto. Además, este fin de semana ha sido bastante duro para mí. Me gustaría estar unos minutos a solas con Peyton.

Él supo que Wendy no lo decía en serio; estaba empeñada en que arreglara las cosas con su familia y aprovechaba cualquier excusa para salirse con la suya. Pero por otra parte, cabía la posibilidad de que realmente necesitara a estar a solas.

Capítulo Dieciséis

Wendy no tenía más respuestas cuando se despertó que cuando se había quedado dormida. Y para empeorarlo todo, Jonathon había elegido aquella noche para volver a dormir con ella, así que despertó con la cabeza apoyada en su pecho y una pierna literalmente encima de una más que notoria erección.

Tardó unos momentos en recordar dónde estaba. Después, se levantó, alcanzó la ropa y salió de la habitación. En la cocina se encontró con Lacey, que se estaba tomando un café y preparando unos gofres con una especie de plancha vieja.

—Espero que estés preparada para probar los famosos gofres de chocolate y plátano de los Bagdon. ¿Te gustan?

—¿Los gofres? Sí, claro, me encantan.

Wendy se acercó a la cafetera y se sirvió una taza.

—Éstos no son gofres normales y corrientes. Son un invento suyo.

—¿De quién estás hablando?

Lacey la miró a los ojos.

—Del tío Jonny, por supuesto. ¿Es que no te los ha preparado nunca?

—No, la verdad es que no.

Lacey frunció el ceño.

—Pues no lo entiendo. A mí me los preparaba constantemente.

Wendy se sintió atrapada. Pero no le podía decir la verdad; no podía confesar que Jonathon no estaba enamorado de ella, que sólo se habían casado para que pudiera mantener la custodia de la niña.

—Bueno, puede que no me los haya preparado porque le recuerdan demasiado a ti —comentó.

Lacey sonrió y asintió lentamente.

—Sí, eso sería muy típico de él.

—Sí, desde luego —acertó a decir, sorprendida por la afirmación.

Lacey sacó un plato, le sirvió uno de los gofres y lo cubrió de chocolate y plátano en rodajas. Wendy se quedó algo extrañada.

—¿No deberíamos esperar a que lleguen los demás? —le preguntó.

—No. Nuestra norma al respecto es bien clara; quien llega primero, come primero. Anda, tómatelo antes de que se enfríe.

Wendy alcanzó el cuchillo y el tenedor y probó un bocado. El dulzor del plátano contrastaba maravillosamente con el sabor agridulce del chocolate negro. Estaba tan bueno que cerró los ojos de puro placer.

—Sabía que te gustarían.

—Está divino...

Lacey se sirvió otro gofre para ella y se sentó con Wendy. Tras unos segundos de silencio, suspiró y dijo:

—El tío Jonny me los solía preparar cuando yo era una niña. Cuidaba de mí porque mi madre trabajaba entonces en un restaurante de la zona y estaba ocupada los fines de semana.

—¿Cuántos años tenías?

—Seis o siete, creo recordar. Él se marchó a la universidad cuando yo tenía ocho años.

–¿Y no os habíais visto desde entonces?

Lacey se encogió de hombros.

–No. Bueno... no.

–¿Qué quieres decir con eso? ¿Os habéis visto? ¿O no?

–No, no nos hemos visto desde entonces. Pero todos sabíamos que estaba cerca, vigilándonos, atento a lo que nos pasara.

–¿Atento a lo que os pasara?

–Por supuesto. Siempre ha cuidado de nosotros, incluso estando lejos. Parece un tipo distante y frío, pero no lo es en absoluto... todavía me acuerdo de lo del laboratorio del colegio.

–¿Qué pasó? –preguntó Wendy, cada vez más sorprendida.

–Yo había ganado un concurso regional de ciencias, pero no tenía dinero para asistir al concurso estatal. Mi colegio puso un anuncio en el periódico para buscar gente que quisiera ayudar a financiar el viaje de los alumnos... y de repente, apareció un donante anónimo que se hizo cargo de todos los gastos. Al año siguiente, el mismo donante nos regaló un montón de equipos nuevos para el laboratorio.

Lacey se llevó un bocado de gofre a la boca antes de seguir hablando.

–Yo siempre pensé que habíamos tenido mucha suerte, pero...

–¿Pero?

–No fue suerte. Nos pasaban muchas cosas como ésa, todo el tiempo. Me acuerdo de cuando mamá se quedó sin trabajo, antes de que se casara con Mark... un día, el conductor de una furgoneta que llevaba congelados apareció en nuestra puerta y dijo que la furgoneta se le había estropeado y que si queríamos la comida que llevaba, porque si no, se le iba a estropear.

–¿Crees que fue cosa de Jonathon?

–Por supuesto que sí. A mamá le molestaba que hiciera esas cosas, pero a mí me gustaba saber que nos estaba vigilando, cuidando de nosotras.

–¿Por qué le molestaba a tu madre?

–Porque habría preferido que mi tío volviera a casa –respondió–. Pero al final se la ganó... creo que fue por lo de la beca.

–¿La beca?

Lacey asintió.

–Sí. De repente, mi instituto ofreció una beca universitaria a los diez mejores alumnos de ciencias. Sólo había una condición: que hicieran una carrera de ciencias o una ingeniería.

–Qué casualidad...

Wendy no salía de su asombro; Jonathon había estado cuidando de su familia durante años, en secreto. De hecho, estaba tan desconcertada que no se dio cuenta de que Lacey le estaba diciendo algo.

–Eh, ¿qué te pasa?

–Nada, nada... es que estaba pensando.

–Pues espero que estuvieras pensando en algo importante, porque todavía no has terminado tu gofre.

–Sí, bueno, estaba pensando en lo que me has contado, en la generosidad de Jonathon, en su altruismo.

–Mi tío siempre ha sido así. Si yo estuviera en tu lugar, supongo que su generosidad sería una de las cosas que más me gustarían de él.

–Y a mí, claro. Si lo hubiera sabido –confesó.

–¿Es que no te ha dicho nada? Oh, Dios mío... –dijo Lacey, súbitamente nerviosa–. Discúlpame, Wendy. No debía haberte contado esas cosas. Ahora vas a pensar que Jonathon no te lo ha contado porque no confía en ti... maldita sea. Cuando por fin conoce a una mujer que le gusta, voy y lo estropeo todo.

Lacey se levantó de la mesa, visiblemente afectada. Wendy se puso en pie y la tomó de la mano.

–Tú no has estropeado nada, Lacey. En todo caso, la culpa es suya por ser tan reservado.

–¿Reservado? No, no te equivoques con mi tío. No es reservado; es tímido.

Wendy arqueó una ceja.

–¿Tímido? ¿Por qué dices que Jonathon es tímido?

–Bueno, quizás no sea tímido, pero nunca habla de sus sentimientos.

–Ya lo había notado –ironizó.

–Que no hable de sus sentimientos, no significa que no los tenga. De hecho, hay una persona con la que no es tímido... Peyton.

–¿Peyton? ¿Insinúas que habla con Peyton sobre sus sentimientos?

–¡Desde luego que sí! Anoche, me desperté y fui a la cocina a beber un vaso de agua. Mi tío estaba allí, hablando a la niña. La tenía en brazos. Le estaba dando un biberón y le decía que ella era más importante para él que un contrato con el gobierno.

–¿Estás segura de eso? ¿No lo habrás soñado?

–No, no lo he soñado.

–¿Jonathon le dijo a Peyton que era más importante que un contrato con el gobierno?

Lacey frunció el ceño.

–Suena un poco extraño, ¿verdad? Quizás lo entendí mal, pero fuera como fuera, preferí no interrumpir y me volví a la cama.

Wendy no lo dudó ni un segundo. Sacó el teléfono móvil y marcó el número de su madre.

–Hola, mamá, ¿ya has desayunado? Sí, sí... sé que es pronto para llamar por teléfono, pero necesito hablar con el tío Hank. ¿Le puedes pedir que se ponga al teléfono?

Wendy cortó la comunicación al cabo de unos pocos minutos. Como se temía, sus sospechas eran ciertas.

Salió de la cocina y se dirigió inmediatamente al dormitorio que había compartido con su esposo y la niña, pero los dos habían desaparecido. Al pasar por delante de la habitación principal, vio que Peyton se lo estaba pasando en grande con un juguete que le había dado Natalie, otra de las sobrinas de Jonathon.

–¿Tienes idea de dónde está Jonathon? –le preguntó.

–En la ducha. Me ha pedido que cuidara de Peyton en su ausencia.

–Gracias.

Cuando llegó al cuarto de baño, llamó a la puerta y la abrió.

–¿Jonathon?

–¿Qué diablos...?

–Tengo que hablar contigo.

Wendy entró, cerró la puerta a su espalda y echó el pestillo; Jonathon apenas tuvo tiempo de alcanzar una toalla y ponérsela alrededor de la cintura. A pesar de su enfado, ella se rindió a la tentación de admirar su pecho. Pensaba que, después de lo ocurrido entre ellos, habría desarrollado algún tipo de inmunidad

147

hacia su esposo. Pero se equivocó. En realidad, lo deseaba más que nunca.

–¿Qué ocurre? ¿Necesitas algo? –dijo él, extrañado.

–¿Mi tío te ha intentado extorsionar? –preguntó directamente.

Jonathon se puso tenso.

–¿Con quién has estado hablando?

–Contesta a mi pregunta.

Justo entonces, alguien llamó a la puerta.

–Espera un momento... –dijo él.

Wendy no supo si le hablaba a ella o a la persona que estaba llamando.

–¡Necesito un cuarto de baño y el otro está ocupado!

–Es Sara –susurró Jonathon.

–¡Tengo que entrar ya! ¡O me lo haré encima!

Wendy no se lo pensó dos veces; se metió en la ducha, en la parte donde no caía agua, y corrió la cortina para que la niña no la viera. Sin embargo, Jonathon tuvo que salir de todas formas porque ella había echado el pestillo de la puerta.

–Venga, entra –dijo Jonathon–. Pero date prisa...

Sara entró inmediatamente.

–¡Tío, estás medio desnudo!

–Claro, me estaba duchando.

–Pues no podré hacer nada si tú estás aquí –protestó la jovencita.

–Está bien, me daré la vuelta para no mirar.

–Vale, pero vuelve a la ducha. ¡Y no escuches!

Jonathon no tuvo más remedio que volver a la ducha. Y como Wendy no tuvo más remedio que retroceder para hacerle sitio, terminó debajo del agua y se empapó en cuestión de segundos.

Ella se estremeció, pero no precisamente de frío. De hecho, no tenía frío. No podía tener frío cuando Jonathon estaba tan cerca, mirándola de arriba abajo, disfrutando de su visión con toda la ropa pegada al cuerpo.

Unos momentos después, la niña tiró de la cadena y el agua de la ducha se enfrió repentinamente. Luego, Sara salió del cuarto de baño y cerró la puerta.

Se habían quedado a solas. Bajo el agua.

—Y ahora, ¿podrías hacerme el favor de marcharte y dejar que me duche en paz? —declaró él, refrenando a duras penas su deseo.

—No, no me marcho. No me marcharé hasta que respondas a mi pregunta. ¿Mi tío te ha extorsionado para que anules nuestro matrimonio?

—Márchate, Wendy.

—Pero...

—Sal. Ahora mismo. O no respondo de mis actos.

—No me iré hasta que me expliques...

Jonathon no le dio ocasión de terminar la frase. La tomó entre sus brazos y la besó con apasionamiento, como si la quisiera consumir en su ardor. Sus manos parecían estar en todas partes al mismo tiempo, fundiéndose con el agua de la ducha. Le tocó el cabello, el cuello, los pechos; le acarició la piel de la cintura y los pezones.

A continuación, le quitó la camiseta y el sostén y los dejó caer al suelo antes de seguir acariciándola. Era como si quisiera absorber toda su esencia con las manos, como si intentara establecer un lazo irrompible entre ellos.

Sin embargo, Wendy pensó que quizás se lo estaba imaginando, que tal vez estaba proyectando en él sus propias emociones. Porque no podía dejar de tocarlo. No podía dejar de explorar su maravillosa piel desnuda.

Cuando se dio cuenta de lo que estaba haciendo, Wendy le puso una mano en el pecho, cerró el grifo. Después, alcanzó una toalla, se secó el cabello y salió de la ducha. Él siguió dentro, apoyado en la pared, como si estuviera haciendo esfuerzos por recobrar el control.

–¿Por qué no me lo habías contado? No intentes negarlo, Jonathon. He hablado con mi tío y me ha dicho la verdad.

–Pues si te ha dicho la verdad, sabrás que no pasó nada. Me hizo una oferta y yo la rechacé. Eso ni siquiera es extorsión. Sólo es intento de extorsión.

Ella lo miró con dureza, pero su respuesta le pareció tan graciosa que rompió a reír.

–Ah, es típico de ti. Todo lo conviertes en un tecnicismo.

–¿Te has enfadado conmigo? –preguntó él, confuso–. No te lo podía decir, Wendy. No quería que pensaras que tu tío es un canalla.

–Que tontería. Ya sabía que lo es –afirmó–. ¿Por qué te lo has callado, Jonathon?

–Porque... porque...

–¿Querías protegerme? –lo interrumpió–. Claro, es eso, querías protegerme. Pues deja de hacerme favores, por favor. No me ayudas en absoluto.

–No entiendo lo que quieres decir.

–Por supuesto que no –dijo con una risotada amarga–. Por fin he entendido por qué te esfuerzas tanto para que esto salga bien. Dejaste a tu familia cuando eras muy joven y todavía no habías encontrado la forma de arreglar las cosas con ellos.

–¿Qué relación hay entre mi familia y el asunto de Hank?

–Que te encantan los niños. Sabías que serías un gran padre, pero no te atrevías a tener una familia propia porque creías que no lo merecías, porque habías abandonado a los tuyos. Peyton y yo somos una especie de premio de consolación –respondió ella–. Piénsalo un momento, Jonathon... ¿Por qué te casaste conmigo?

–Para que mantuvieras la custodia de Peyton.

–No, ése fue mi motivo, no el tuyo. Tú dijiste que te ibas a casar conmigo porque era lo más conveniente para FMJ; pero en algún momento del proceso, lo olvidaste. Pero no te preocupes por eso. Todavía soy tu secretaria, y haré todo lo que esté en mi mano por facilitarte las cosas. Sé que la empresa es lo más importante para ti. Siempre lo ha sido.

–Basta ya, Wendy. No voy a aceptar la oferta de Hank.

–Está bien, no la aceptes. La aceptaré yo. Es la única forma de que consigas ese acuerdo con el gobierno.

–Ni se te ocurra –dijo él, enfadado–. No voy a permitir que sacrifiques nuestro matrimonio por un estúpido contrato.

–Lo siento, Jonathon, pero tú no eres el único que adora esa empresa. Yo creo en ella y sé que harás grandes cosas con ella aunque yo no esté a tu lado. No me decepciones, por favor.

–¿Te has vuelto loca? ¿Vas a dejar que se salga con la suya? ¿Me vas a abandonar por el contrato del gobierno?

–No debí casarme contigo, Jonathon. Fue un error.

–No, no te creo. No creo que lo digas en serio.

151

Wendy intentó salir del cuarto de baño, pero él la agarró del brazo y se lo impidió.

–Si quieres dejarme, déjame. Pero no me digas que me dejas porque es lo mejor para FMJ –bramó Jonathon–. No te mientas a ti misma.

–Si me quedara contigo en estas circunstancias y perdieras el contrato, te arrepentirías más tarde y me guardarías rencor. No lo podría soportar.

–Olvidas que ya hemos consumado nuestro matrimonio. Conseguir la anulación no te resultará fácil –le advirtió–. No te lo voy a poner fácil.

Ella sonrió con tristeza.

–Bueno, sabía que no iba a resultar fácil.

Wendy salió del cuarto de baño, empapada como estaba. Jonathon se quedó tan sorprendido que tardó un minuto en reaccionar y seguirla. Sólo llevaba la toalla alrededor de la cintura y, obviamente, sus familiares se quedaron atónitos a medida que avanzaba por la casa. Cuando llegó al dormitorio de invitados, donde habían dormido, vio que dentro estaba Natalie.

–¿Se ha llevado a Peyton?

–Sí, ha entrado y se la ha llevado. ¿Qué ocurre?

Jonathon no lo dudó. Salió de la casa a toda prisa. Wendy ya se había metido en el coche.

Intentó detenerla, pero fue inútil. Wendy arrancó y se marchó. Ahora ni siquiera tenía un vehículo para volver a casa. Aunque eso era lo de menos, porque sin Wendy y sin Peyton, ya no tenía hogar.

Jonathon permaneció allí un buen rato, contemplando la calle vacía. Y habría seguido allí si su hermana no se hubiera acercado.

–Vaya, tienes un efecto increíble en las mujeres –ironizó.

–¿Cómo te las arreglas para seguir irritándome después de tanto tiempo? –preguntó él.

Ella sonrió.

–Soy tu hermana mayor, Jonathon. Estoy obligada a llamarte la atención cuando cometes un error monumental.

–Gracias. Me has ayudado mucho –dijo con sarcasmo.

Jonathon dio media vuelta y volvió a la casa.

–¿Qué vas a hacer? –preguntó ella.

–¿Qué crees que voy a hacer?

–Bueno, si realmente eres mi hermano, irás a buscarla de inmediato.

–Necesitaré que me prestes el coche.

–¿Que te lo preste? En modo alguno. ¿Crees que te voy a dejar solo en semejante situación?

–Esperaba que sí.

–Ni lo sueñes, cuñado –dijo Matt, que se había acercado a ellos–. Esto es lo más divertido que nos ha pasado desde que aquel camión de juguetes tuvo un accidente en la esquina y todos los niños del barrio tuvieron juguetes gratis justo antes de Navidad.

Un buen rato después, cuando Wendy ya había hablado con Hank y había aceptado la oferta que Jonathon había rechazado, la mitad de los Bagdon del condado se presentaron en la suite del hotel donde se alojaban los Morgan.

Al verlos, Wendy se levantó de la silla donde se había sentado, con la niña en brazos.

–¿Qué diablos...?

–No voy a permitir que me dejes –declaró Jonathon.

–Y yo no voy a discutir este asunto delante de todo el mundo –replicó ella.

–Si no querías discutir delante de todos, no deberías haberte marchado. Pero si lo prefieres, podemos volver a casa de mi hermana y continuar la conversación en la ducha.

Wendy miró a su alrededor, impotente, y vio que su abuela sonreía con humor.

–Querida mía –dijo Mema–, me parece evidente que ya no podremos desayunar en paz, así que escucha lo que tenga que decir.

–Está bien... empieza a hablar.

Antes de que Jonathon pudiera hablar, Lacey se acercó y dijo:

–Deja que me encargue de Peyton, Wendy. Así tendrás las manos libres.

–No, no hace falta –afirmó, obstinada.

–Oh, por Dios –intervino Marian–. Será mejor que me encargue yo de la niña.

–No, nada de eso –insistió Wendy–. Adelante, Jonathon, te escucho.

–Quiero que me des otra oportunidad. Tú y yo nos llevamos muy bien.

–Sí, en la cama. Eso es innegable, pero necesito más que eso.

–Tienes más que eso, Wendy. Puede que tengas razón con tu teoría sobre mi familia y mi sentimiento de culpabilidad, pero no me casé contigo por eso. Me casé contigo porque te amo, Wendy... de hecho, creo que siempre te he amado –dijo con una sonrisa–. Y tengo miedo. No sé lo que haría si me abandonas.

Ella se mordió el labio, intentando contener las lágrimas.

–Sigue, te estoy escuchando.

–Además, no me podrías abandonar sin romper los términos de nuestro acuerdo matrimonial. Te empeñaste en que, si nos divorciábamos, los dos nos quedaríamos con las propiedades que tuviéramos antes, ¿verdad? Pero si nos divorciamos, tú te llevarás algo mío, algo muy importante, mi corazón.

Wendy se acercó a él, le acarició el cabello y le besó apasionadamente, ante la mirada de todos. Después, se apartó un poco y dijo:

–Yo también te amo, Jonathon Bagdon. Y al igual que tú, tengo miedo de lo que pueda pasar. Pero al menos, no estaremos solos.

–Entonces, ¿te casarás conmigo? Es decir... ¿te volverás a casar conmigo, Gwendolyn Leland?

Ella le pasó los brazos alrededor del cuello y dijo:

–Por supuesto. Pero no me llames Gwendolyn Leland. Prefiero Wendy Bagdon.

Wendy se giró y vio que todos los Bagdon contemplaban la escena con una mezcla de emoción y alegría; pero entre los Morgan, las reacciones eran diferentes: el tío Hank fruncía el ceño; Hank junior estaba comprobando los mensajes de su móvil; Helen parecía al borde de una crisis de histeria; Marian sonreía; Tim apretaba la mano de Marian y Mema, sorprendentemente, parecía feliz.

–¿Y qué pasará con el contrato del gobierno? –preguntó ella.

–Eso no importa. Somos una empresa grande. Sobreviviremos.

–¿Estás segura?

Él la tomó de la mano y la llevó a la mesa a la que estaban sentados los Morgan.

–Estamos dispuestos a permitir que cualquiera de vosotros visite a Peyton cuando quiera –empezó a decir–, pero si alguno tiene intención de llevar lo de su custodia a los tribunales, podéis estar seguros de que lucharemos con uñas y dientes. Y al final, ganaremos. Y no volveréis a ver ni a la niña ni a Wendy.

El tío Hank quiso responder, pero Mema se le adelantó.

–No os preocupéis por eso –declaró–. Nadie se opondrá. Pero quiero ver a mi nieta y a mi bisnieta con frecuencia.

–Trato hecho –dijo Jonathon–. Y ahora, si nos disculpáis, me llevaré a mi esposa y a mi hija a desayunar. ¿Te parece bien que vayamos a Cutie Pies?

–Me parece perfecto.

Wendy no quiso mencionar que había desayunado gofres con Lacey. Cuando ya estaban a punto de llegar al restaurante, preguntó:

–¿Cuándo te diste cuenta de que te habías enamorado de mí?

Él dejó de caminar y la miró.

–Creo que siempre he estado enamorado de ti. No creerías de verdad que me casé contigo para evitar que dimitieras...

–Sí, lo creí.

–Oh, vamos, ninguna secretaria es tan buena.

Ella le dio un codazo.

–¡Yo lo soy! –protestó.

–Sí, no se puede negar que eres una secretaria magnífica –declaró él mientras la besaba en la frente–. Pero eres aún mejor como esposa.

DESEO

MICHELLE CELMER

CHISPAS
DE PASIÓN

Capítulo Uno

Aquello no iba bien.

Por haber sido defensa central y capitán del equipo de los Scorpions de Nueva York, Cooper Landon era uno de los héroes deportivos más queridos de la ciudad. Su carrera como jugador de hockey siempre había sido su gran baza.

Hasta aquel día.

Miró por la ventana de la sala de reuniones del despacho de su abogado, en Manhattan, y contempló el tráfico deslizándose lentamente por Park Avenue. La calle estaba atestada de gente que realizaba sus actividades cotidianas: hombres de negocios que paraban un taxi, madres que empujaban un cochecito… Tres semanas antes él era como ellos e iba por la vida sin darse cuenta de que su mundo podía derrumbarse con inusitada rapidez.

Un accidente estúpido le había arrebatado la única familia que tenía: su hermano Ash y su cuñada Susan habían muerto, y sus pequeñas sobrinas eran huérfanas.

Apretó los puños y trató de reprimir la ira que sentía ante tamaña injusticia.

Le quedaban sus sobrinas. Aunque las habían adoptado, Ash y Susan las querían como si fuesen suyas. En aquel momento estaban a cargo de él y estaba decidido a darles la vida que su hermano hubiera deseado. Se lo debía a Ash.

–Entonces, ¿qué te parece la última? –le preguntó Ben Hearst, su abogado, mientras tomaba notas sobre las candidatas a niñera que habían visto esa tarde.

Coop se volvió hacia él, incapaz de ocultar su frustración.

–No le confiaría ni mi hámster.

Al igual que las otras tres mujeres a quienes habían entrevistado, a la última candidata le interesaba más hablar de su carrera como jugador de hockey que de las mellizas. Había conocido a millones como ella, mujeres que trataban de conseguir un marido famoso. Aunque en otro tiempo él hubiera disfrutado por ser el centro de atención y probablemente se hubiera aprovechado de ello, en aquellos momentos le resultaba molesto. No lo veían como el tutor de dos niñas preciosas, sino como un trozo de carne. Acababa de perder a su hermano y ninguna de las candidatas a niñera le había dado el pésame.

Llevaba dos días realizando entrevistas improductivas y comenzaba a creer que no encontraría una niñera adecuada.

Su ama de llaves, que le había estado ayudando de mala gana con las mellizas, había amenazado con despedirse si no encontraba a alguien que las cuidara.

–Lo siento –dijo Ben–. Supongo que deberíamos haber previsto que esto sucedería, pero creo que te va a gustar la siguiente.

4

–¿Está cualificada para el trabajo?

–Más que cualificada –le entregó a Coop el currículo–. La he dejado para el final.

Sierra Evans, de veintiséis años. Había estudiado enfermería y trabajaba de enfermera infantil.

–¿En serio? –preguntó Coop a su abogado.

Éste sonrió y asintió.

–Yo también me he quedado sorprendido.

La mujer estaba soltera, no tenía antecedentes penales; ni siquiera una multa de aparcamiento. Parecía perfecta.

–¿Dónde está el truco?

Ben se encogió de hombros.

–Tal vez no lo haya. ¿Estás listo para conocerla?

Adelante –respondió Coop mientras sentía renacer en él la esperanza.

Ben pidió a la recepcionista, a través del interfono, que dejara pasar a la señorita Evans.

La puerta se abrió y la mujer entró. Coop se percató inmediatamente de que era distinta a las otras. Vestía un uniforme de trabajo y zapatos cómodos. Tenía una altura y un aspecto normales, y no había nada que la hiciera destacar, salvo la cara.

Sus ojos castaños eran tan oscuros que parecían negros y tenían un aire asiático. Tenía una boca grande de labios gruesos y sensuales y, aunque no llevaba maquillaje, no lo necesitaba. Tenía el pelo negro, largo y brillante, recogido en una cola de caballo.

–Disculpen por el uniforme, pero vengo directamente del trabajo –dijo ella con voz ronca.

—No pasa nada —le aseguró Ben—. Siéntese, por favor.

Ella lo hizo y dejó el bolso. Coop la observó en silencio mientras Ben le hacía las preguntas de rigor, a las que ella contestó mirando a Coop de vez en cuando, pero con la atención centrada en Ben. Las otras candidatas habían hecho preguntas a Coop tratando de que interviniera en la conversación. Pero la señorita Evans no trató de flirtear con él ni de insinuársele. Tampoco sonrió de forma deslumbrante ni dijo que estuviera dispuesta a hacer cualquier cosa para conseguir el empleo. De hecho, evitó mirarle a los ojos, como si su presencia le pusiera nerviosa.

—Entenderá que este puesto implica vivir en la casa. Será responsable de las mellizas las veinticuatro horas del día y librará de once de la mañana a cuatro de la tarde los domingos, y un fin de semana al mes de ocho de la mañana del sábado a ocho de la tarde del domingo —dijo Ben.

—Entiendo.

Ben se volvió hacia Coop.

—¿Quieres añadir algo?

—Sí —se dirigió directamente a la señorita Evans—. ¿Por qué quiere dejar su trabajo de enfermera para ser niñera?

—Me encanta trabajar con niños, como es evidente —afirmó con ella con una sonrisa tímida y bonita—. Pero hacerlo en la unidad de cuidados intensivos neonatales es muy estresante y te agota en el plano emocional. Necesito un cambio de ritmo y también tengo que reconocer que me atrae la idea de vivir en el lugar de trabajo.

—¿Por qué?

—Mi padre está enfermo y no se vale por sí mismo. El sueldo que me ofrecen ustedes, y no tener que pagar alquiler, me permitiría ingresarlo en una residencia de lujo.

Él se quedó sin habla durante unos segundos porque era lo último que esperaba oír. No conocía a nadie dispuesto a dedicar una cantidad tan grande de su sueldo a cuidar a un progenitor. Hasta Ben parecía sorprendido.

Coop no encontraba motivo alguno para no contratarla inmediatamente, pero no quería precipitarse. Se trataba de las niñas, no de su propia conveniencia.

—Quiero que se pase por mi casa mañana y conozca a mis sobrinas.

Ella lo miró esperanzada.

—¿Significa eso que tengo el empleo?

—Me gustaría ver cómo se relaciona con las niñas antes de tomar una decisión. Pero, para serle sincero, es usted la candidata mejor cualificada de las que hemos visto hasta ahora.

—Mañana es mi día libre, así que puedo ir a su casa cuando quiera.

—¿Le parece a la una, después de que las niñas hayan comido? Soy novato en eso de cuidarlas, así que tardo bastante en bañarlas, vestirlas y darles de comer.

Ella sonrió.

—Me parece bien.

—Ben le dará la dirección.

Éste se levantó y la señorita Evans lo imitó, agarró el bolso y se lo colgó del hombro.

—Otra cosa, señorita Evans –dijo Coop–. ¿Le gusta el hockey?

Ella vaciló.

—¿Es un requisito necesario para el trabajo?

—Claro que no –contestó él tratando de no sonreír.

—Entonces, no. No me gusta mucho el deporte. Aunque hasta hace poco, mi padre era muy aficionado al hockey.

—Entonces, ¿sabe quién soy?

—¿Hay alguien en Nueva York que no lo sepa?

—¿Puede ser eso un problema?

—No entiendo qué quiere decir.

La confusión de ella hizo que Coop se sintiera idiota por habérselo preguntado. ¿Estaba tan acostumbrado a que las mujeres lo adularan que ya lo esperaba? Tal vez él no fuera su tipo, o tuviera novio.

—No importa.

—Quería decirle que lamento mucho lo de su hermano y su esposa. Sé lo duro que es perder a un ser querido.

A Coop se le hizo un nudo en la garganta. Le había molestado que las demás no se lo hubieran dicho, pero que lo hiciera ella lo incomodó, tal vez porque pareciera que hablaba en serio.

—Gracias –había sufrido ya demasiadas pérdidas. Primero, sus padres cuando tenía doce años y después, Ash y Susan. Quizá fuera el precio que tenía que pagar por la fama y el éxito.

Cuando ella se hubo marchado, Ben le preguntó:

—¿Crees que ésta servirá?

—Está cualificada y parece que necesita el empleo. Si les gusta a las niñas, se lo ofreceré.

—También es agradable a la vista.

—¿Crees que, si encuentro a una niñera que valga la pena, voy a arriesgarme a estropearlo teniendo una relación sentimental con ella?

Bueno, tal vez un mes antes lo hubiera hecho. Pero todo había cambiado.

—Las prefiero rubias —prosiguió.

Además, para él, la prioridad era cuidar de las niñas y educarlas como hubieran querido sus padres. Se lo debía a su hermano ya que, cuando sus padres murieron, Ash sólo tenía dieciocho años, pero dejó su propia vida en suspenso para cuidar a Coop, que, al principio, no le había puesto las cosas fáciles. Se sentía confuso y herido, perdió el control y estuvo a punto de convertirse en un delincuente juvenil. El psicólogo de la escuela le dijo a Ash que su hermano necesitaba dar salida a la ira de forma constructiva y le sugirió que hiciera deporte, por lo que Ash lo apuntó a hockey.

A Coop no le interesaban los deportes, pero se adaptó al juego inmediatamente y pronto superó a sus compañeros de equipo, que llevaban jugando desde que podían sostenerse en unos patines. A los diecinueve años, los Scorpions de Nueva York lo seleccionaron.

Pero una lesión de rodilla, dos años antes, había acabado con su carrera deportiva. Sin embargo, gracias al consejo de su hermano, había invertido de forma inteligente, por lo que tenía una fortuna que nunca pensó en llegar a poseer. Sin Ash, y lo que se había sacrificado por él, no hubiera sido posible. Por eso tenía que saldar su deuda con él, aunque no podía hacerlo sólo por falta de preparación. No sabía cuidar a un niño. ¡Si hasta dos semanas antes no había cambiado un pañal en su vida! Sin la ayuda de su ama de llaves, hubiera estado perdido. Si la señorita Evans era adecuada para el trabajo, no se arriesgaría a estropearlo acostándose con ella.

Era terreno prohibido.

Bajando en el ascensor, Sierra Evans suspiró aliviada. Las cosas habían ido muy bien y estaba segura de que el trabajo sería tan bueno como el que tenía.

Era evidente que Cooper Landon tenía cosas mejores que hacer que cuidar de sus sobrinas. Aunque a ella no le gustaban los chismorreos, su comportamiento y reputación de mujeriego eran inquietantes. No era ése el ambiente ideal en que ella desearía criar a sus hijas.

Sus hijas… Últimamente había vuelto a considerarlas suyas.

Ya que Ash y Susan no estaban, ella las salvaría, las cuidaría y querría. Era lo único que importaba en aquel momento.

Salió a la calle y se dirigió al metro.

Dar en adopción a las mellizas había sido la decisión más difícil de su vida, pero sabía que había sido lo mejor, ya que carecía de recursos económicos, además de tener a su padre enfermo, para cuidarlas. Sabía que Ash y Susan les darían todo lo que ella no hubiera podido.

Un día, viendo en el telediario la noticia de un accidente aéreo, se dio cuenta de que hablaban de ellos. Presa de pánico, fue cambiando de canal en busca de más información, aterrorizada porque las niñas hubieran estado en el avión.

A las siete de la mañana siguiente, se confirmó que las niñas se habían quedado con la familia de Susan. Sierra se echó a llorar de alegría, pero pronto se dio cuenta de la situación. ¿Quién se haría cargo de ellas? ¿Se quedarían con la familia de Susan o vivirían en un orfanato?

Contactó con su abogado inmediatamente y, al cabo de varias llamadas, se enteró de que Cooper sería su tutor. ¿Cómo era posible que Ash lo hubiera elegido? ¿Qué interés podían tener dos bebés para un exjugador de hockey, mujeriego y juerguista?

Pidió a su abogado que hablara con él de parte de ella, sin mencionar su nombre, porque suponía que estaría más que dispuesto a devolvérselas a su madre biológica. Sin embargo, Cooper se había negado.

Luchar por su custodia sería una batalla legal larga y costosa. Pero como sabía que Cooper indudablemente necesitaría ayuda y estaría encantado con alguien con su experiencia, consiguió una entrevista para el puesto de niñera.

Sierra se dirigió a Queens en el metro. Normalmente iba a ver a su padre los miércoles, pero al día siguiente tenía una cita con Cooper.

En la estación tomó un taxi a la residencia de tercera categoría donde su padre llevaba viviendo catorce meses. Saludó a la enfermera de la recepción, que le contestó con un gruñido.

Odiaba que su padre tuviera que estar en aquel horrible lugar, cuyos empleados eran apáticos y dispensaban un trato casi criminal a los ancianos, pero era lo único que el seguro cubría. Su padre había perdido la capacidad de actuar, salvo en lo referente a las funciones corporales más básicas. No hablaba, apenas reaccionaba a los estímulos y se le alimentaba por medio de una sonda. Aunque el corazón le seguía latiendo, era cuestión de tiempo que dejara de hacerlo. Podía ser cuestión de semanas o de meses; no había forma de saberlo. En una buena residencia, estaría bien atendido.

—Hola, Lenny —Sierra saludó al compañero de habitación de su padre, un veterano de guerra de noventa y un años que había perdido el pie derecho y el brazo izquierdo en la batalla de Normandía.

—Hola, Sierra —contestó él alegremente, sentado en una silla de ruedas.

—¿Cómo está mi padre hoy? —le desgarraba el corazón verlo en aquel estado, un espectro de lo que había sido, del padre cariñoso que las había criado a ella y a su hermana Joy sin ayuda de nadie.

—Hoy ha pasado un buen día —dijo Lenny.

—Hola, papá —lo besó en la mejilla y, aunque estaba

12

despierto, no la reconoció. En los días buenos, estaba tranquilo y dormía o miraba el sol que entraba por las rendijas de la persiana. En los días malos se quejaba, no se sabía si de dolor. Pero esos días lo sedaban.

–¿Cómo está tu hijo? Ya debe tener edad de ir al colegio.

Sierra suspiró. A Lenny le fallaba la memoria. Recordaba que había estado embarazada, pero había olvidado que había dado en adopción a las mellizas, además de confundirla con otra persona que tenía un niño. Y en vez de volvérselo a explicar una y otra vez, le seguía el juego.

–Crece muy deprisa.

Y antes de que Lenny pudiera preguntarle nada más, anunciaron por el intercomunicador que era la hora del bingo.

–Tengo que irme –dijo Lenny–. ¿Quieres que te traiga una galleta?

–No, gracias.

Cuando se hubo marchado, Sierra se sentó en el borde de la cama de su padre y le tomó la mano.

–Hoy me han hecho la entrevista –le dijo, aunque no creía que la entendiera–. Ha ido muy bien y voy a ver a las niñas mañana. Sé que piensas que no debería meterme en esto y confiar en el juicio de Ash y Susan, pero no puedo. Tengo que asegurarme de que las niñas estén bien y, como no puedo hacerlo como su madre, lo haré como su niñera.

Y si eso implicaba sacrificar su libertad y trabajar para Cooper Landon hasta que las niñas dejaran de necesitarla, estaba dispuesta a hacerlo.

Capítulo Dos

A la una y seis minutos del día siguiente, Sierra, muy nerviosa, llamó a la puerta del piso de Cooper. Apenas había dormido esa noche. Aunque sabía que, al firmar los papeles de adopción, renunciaba a volver a ver a sus hijas, había conservado la esperanza, pero no esperaba verlas antes de que fueran adolescentes y hubieran decidido conocer a su madre biológica.

Sin embargo, allí estaba, apenas cinco meses después, a punto de que llegara el gran momento.

Una mujer abrió la puerta. Sierra supuso que sería el ama de llaves, a juzgar por el uniforme que llevaba. Tendría sesenta y muchos años.

–¿Qué desea? –preguntó la mujer con sequedad.

–Tengo una cita con el señor Landon.

–¿Es usted la señorita Evans?

–Sí.

La escudriñó de arriba abajo, hizo un mohín y dijo:

–Soy la señora Densmore, el ama de llaves del señor Landon. Llega usted tarde. Le advierto que, si consigue el trabajo, la falta de puntualidad no se le tolerará.

Sierra no entendió cómo no iba a ser puntual si iba a vivir en la casa, pero no dijo nada.

–No volverá a suceder.

–Sígame.

El frío de recibimiento del ama de llaves no consiguió disminuir la emoción de Sierra. Le temblaban las manos mientras pasaban del vestíbulo a un espacio habitable ultramoderno y abierto. Las mellizas estaban al lado de una fila de ventanales con vistas a Central Park parloteando y dando manotazos a los juguetes.

¡Cómo habían crecido! Y estaban muy cambiadas. Si las hubiera visto en la calle, probablemente no las habría reconocido. Tuvo que morderse los labios para no romper a llorar. Se obligó a no moverse mientras anunciaban su llegada, cuando lo que quería hacer era correr hacia sus hijas y abrazarlas.

–La de la izquierda es Fern –le informó la señora Densmore sin el más mínimo afecto en el tono de voz–. Es la más chillona y exigente. La otra es Ivy, la más tranquila y astuta.

¿Astuta? ¿A los cinco meses? Parecía que a la señora Densmore no le gustaban los niños.

Así que no sólo iba a tener que vérselas con un atleta ególatra y juerguista, sino también con un ama de llaves autoritaria y criticona. ¡Menuda diversión!

–Voy a buscar al señor Landon –dijo la señora Densmore.

Sola por primera vez con las niñas desde su nacimiento, Sierra se arrodilló a su lado.

–Cómo habéis crecido y qué guapas estáis –susurró.

La miraron de forma inquisitiva con los ojos azu-

15

les muy abiertos. Aunque no eran idénticas, se parecían mucho. Las dos tenían el pelo negro y liso de su madre, así como sus pómulos, pero no presentaban ninguno otro rasgo chino de los que ella había heredado de su bisabuela. Tenían los ojos de su padre y los dedos finos y largos.

Fern soltó un grito y le tendió los brazos. Sierra deseaba abrazarla con todas sus fuerzas, pero no sabía si debía esperar a que llegara Cooper. Con lágrimas en los ojos, agarró la manita de la niña. Las había echado mucho de menos y sintió enormes remordimientos por haberlas abandonado y puesto en aquella situación. Pero no volvería a dejarlas, y se ocuparía de que se criaran bien.

—Quiere que la tome en brazos.

Sierra se giró y vio a Cooper. Estaba descalzo, con la camisa por fuera de los vaqueros y las manos metidas en los bolsillos. Tenía el pelo húmedo y despeinado, como si se lo hubiera secado, pero no peinado. No se podía negar que era atractivo, con los ojos azul claro y los hoyuelos que se le formaban en las mejillas al sonreír. Incluso resultaba atractiva su nariz, ligeramente torcida. Pero los atletas no eran su tipo. Prefería a los estudiosos o a los hombres con una profesión.

—¿Le importa que lo haga?

—Claro que no. De eso se trata en esta entrevista.

Sierra sentó a la niña en su regazo. Fern se fijó en la cadena de oro que le colgaba del cuello e intentó agarrarla, por lo que Sierra se la metió debajo de la blusa.

—Es muy grande.

—Pesa uno siete kilos, creo. Recuerdo que mi cuñada decía que tenían un tamaño normal para su edad. No sé lo que pesaron al nacer. Me parece que hay un cuaderno por algún lado con toda la información.

Habían pesado algo más de tres kilos cada una, pero ella no podía decírselo, ni tampoco que el cuaderno lo había comenzado a escribir ella y se lo había dado a Ash y Susan cuando se llevaron a las niñas. Había escrito en él todo lo referente a su embarazo: la primera patada, la primera ecografía… De ese modo, los padres adoptivos podrían enseñárselo a las niñas cuando crecieran. Y aunque había incluido fotos de las diversas fases del embarazo, en ninguna de ellas se le veía la cara. No había nada que pudiera identificarla.

Ivy comenzó a protestar, probablemente celosa de que toda la atención se le prestara a su hermana. De pronto, Cooper la tomo en brazos y la levantó, la lanzó hacia arriba y la volvió a agarrar.

Al ver la cara de Sierra, se echó a reír.

—No se deje engañar. Es un diablillo.

Se sentó frente a ella y se puso a la niña en el regazo. Fern le tendió los brazos y trató de escapar de los de Sierra. Ella no esperaba que las niñas se hallaran tan a gusto con él, que le demostraran afecto. Y esperaba que él fuera mucho más inepto y carente de interés por ellas.

—¿Trabaja con bebés más pequeños?

—Normalmente con recién nacidos.

–Voy al mercado –dijo la señora Densmore desde la cocina–. ¿Necesita algo? –le preguntó a Cooper.

–Pañales y esos tarros de fruta que les gustan a las niñas. Y también cereales, los de la caja azul. Se están acabando.

El ama de llaves salió por la puerta de servicio. Sierra se preguntó cómo sabría Coop que se estaban quedando sin cereales y por qué se habría molestado en comprobarlo.

–¿Las niñas toman alimentos sólidos?

–Fruta y cereales. Y biberones, claro. Una cantidad sorprendente. Tengo la impresión de que me paso todo el día preparándoselos.

¿Les preparaba los biberones? No podía imaginárselo.

–¿Duermen toda la noche?

–Aún no, aunque van mejorando. Al principio se despertaban continuamente –sonrió a Ivy con afecto y algo de tristeza mientras le retiraba un mechón de pelo de los ojos–. Creo que echan de menos a sus padres. Anoche sólo se despertaron dos veces, y durmieron en la cuna. Muchas veces acaban en mi cama. Reconozco que tengo muchas ganas de dormir de un tirón toda la noche. Y solo.

–¿Duerme con ellas? –preguntó ella tratando de que no se le notara la incredulidad.

–Sí, y le advierto que acaparan toda la cama. No me explico cómo alguien tan pequeño puede ocupar tanto espacio.

La idea de un hombre tan alto y corpulento acurrucado con dos bebés en la cama era adorable.

–¿Con quién creía que dormirían?

–Supuse… ¿No las cuida la señora Densmore?

–De vez en cuando, si tengo trabajo. Tras criar a seis hijos y dos nietos, dice que está harta de cuidar niños.

–¿Siempre es tan…? –buscó una forma de decir «desagradable» que no fuera hiriente, pero Cooper pareció leerle el pensamiento.

–¿Malhumorada? –sonrió y ella tuvo que reconocer que el corazón comenzó a latirle un poco más deprisa. Sonrió a su vez.

–Sé que no ganaría un concurso de simpatía, pero es una buena ama de llaves y una cocinera cojo… Fantástica, quiero decir. A la señora Densmore no le gusta que diga palabrotas, y a veces lo hago para fastidiarla.

–Creo que no le caigo bien.

–No importa lo que ella piense. Quien va a contratarla soy yo. Y resulta que creo que es usted perfecta para este trabajo. Supongo que, puesto que está aquí, sigue interesada.

–Por supuesto. ¿Me ofrece, entonces, el puesto?

–Con una condición. Quiero que me dé su palabra de que se quedará. No se imagina lo difícil que fue la primera semana, después de… –cerró los ojos y suspiró–. Las cosas han comenzado a calmarse y he conseguido establecer una rutina para las niñas. Necesitan hábitos regulares, o eso fue lo que me dijo la asistente social. Lo peor sería que tuvieran que cambiar de niñera cada poco tiempo.

De eso, él no tendría que preocuparse.

–Nos les fallaré.

–¿Está segura? Porque dan mucho trabajo, más del que me podía imaginar. En comparación, el hockey es pan comido. Quiero estar seguro de que se compromete a quedarse.

–Voy a dejar mi piso y a ingresar a mi padre en una residencia que no puedo pagar si no es con este sueldo. Me comprometo a quedarme.

Coop pareció aliviado.

–En ese caso, el puesto es suyo. Y cuanto antes empiece, mejor.

Ella estuvo a punto de echarse a llorar. Abrazó a Fern con fuerza. Sus niñas estarían bien y ella estaría con ellas para cuidarlas. Y tal vez un día, cuando fueran mayores y pudieran entenderlo, les contaría quién era y por qué tuvo que abandonarlas. Tal vez pudiera ser una verdadera madre para ellas.

–¿Señorita Evans? –Cooper la miraba expectante esperando su respuesta.

–Llámeme Sierra. Y puedo empezar inmediatamente, si le parece bien. Sólo necesito un día para hacer la maleta y trasladar mis cosas.

Él pareció sorprendido.

–¿Y tu piso? ¿Y los muebles? ¿No necesitas tiempo para…?

–Voy a subarrendarlo. Una amiga del trabajo se va a quedar con él y con los muebles –eran de su padre, en realidad. Cuando Sierra comenzó a ganar dinero suficiente para alquilar un piso por su cuenta, su padre estaba demasiado enfermo para vivir solo, así que tuvo que quedarse con él. Nunca había tenido piso propio. Y parecía que tardaría mucho en tenerlo.

–Haré la maleta hoy y me mudaré mañana.

–¿Y tu trabajo? ¿No tienes que advertirles con antelación de que lo dejas?

Ella negó con la cabeza.

–Le diré a Ben, mi abogado, que redacte el contrato. Teniendo en cuenta a lo que me dedicaba, habrá normas de confidencialidad.

–Entiendo.

–Y, por supuesto, tu abogado puede verlo antes de que lo firmes.

–Le llamaré hoy mismo.

–Estupendo. Te voy a enseñar la habitación de las niñas y la tuya.

–Muy bien.

Se levantaron del suelo y él, con Ivy en los brazos, guió a Sierra, con Fern en los suyos. La niña parecía muy contenta, a pesar de que Sierra fuera una desconocida. ¿Sería posible que percibiera el vínculo madre hija?

–Ésta es la habitación de las niñas –dijo él indicándole una puerta a la izquierda e invitándola a entrar. Era la más grande y bonita que Sierra había visto en su vida, y había en ella dos cunas blancas, una al lado de la otra, y una mecedora junto a la ventana. Sierra se imaginó abrazando a las niñas mientras les cantaba una canción y las mecía para dormirlas.

–Es preciosa, Cooper.

–Llámame, Coop –dijo él sonriendo–. Sólo mi madre me llamaba Cooper, y lo hacía cuando estaba

21

enfadada. En cuanto a la habitación, no es mérito mío. Se trata de una réplica exacta de la que tenían en casa de sus padres. Creí que les facilitaría el cambio.

De nuevo la volvió a sorprender. Tal vez él no fuera tan egoísta como había supuesto. O tal vez estuviera desempeñando el papel de tío responsable por necesidad, y cuando ella estuviera allí para ocuparse de las niñas él demostraría que su reputación era cierta.

—Tienen su cuarto de baño y su armario —dijo él señalando una puerta cerrada.

Ella la abrió. El armario era enorme. De las barras colgaban prendas suficientes para una docena de bebés: vestidos, jerséis, vaqueros y camisetas, todos de marca y muchos aún con la etiqueta puesta, y todos por duplicado. Sierra nunca hubiera podido comprar tanta ropa. Estaba ordenada por estilo, color y tamaño, escritos en etiquetas adhesivas colocadas en el estante encima de la barra.

Sierra nunca había visto nada igual.

—¡Vaya! ¿Lo has hecho tú?

—No, ha sido cosa de la señora Densmore. Es una fanática del orden.

Para Sierra, por el contrario, el orden no era su fuerte.

—El cuarto de baño está aquí —le indicó él mientras pasaba a su lado y abría otra puerta, dejando un agradable olor a jabón.

Coop olía muy bien y, aunque era una estupidez, estaba aún más atractivo con la niña en brazos. Tal vez fuera que ella siempre había deseado estar con un hombre a quien se le dieran bien los niños, porque en su profesión había visto a muchos que ni siquiera se tomaban la molestia de visitar a sus hijos enfermos. Y también estaban los maltratadores que hacían que sus hijos fueran al hospital.

Pero se dijo que el hecho de que a un hombre se le dieran bien los niños no lo convertía en un buen padre, ni tampoco el que les pusiera una bonita habitación con un enorme armario lleno de ropa y juguetes. Las mellizas tenían que saber que, aunque sus padres ya no estuvieran, había alguien que las quería y se ocupaba de ellas.

Abrazó a Fern y le acarició la espalda. La niña apoyó la cabeza en su hombro con el pulgar metido en la boca.

–Voy a enseñarte tu habitación –dijo él. Ella lo siguió al otro lado del vestíbulo.

Era aún más grande que la de las niñas y además tenía una zona para estar, cerca de la ventana. Con el dormitorio, el vestidor y el cuarto de baño, era más grande que su piso.

Los muebles y la decoración no eran de su gusto. Los colores: blanco, negro y gris, eran demasiado modernos y fríos; y el mobiliario, de acero y cristal, demasiado masculino. Pero se acostumbraría.

–¿Tan mal está?

Sierra lo miró. Tenía el ceño fruncido.

–No he dicho nada.

–No ha hecho falta. No hay más que mirarte a la cara. Lo odias.

–No lo odio.

–Estás mintiendo.

–No es lo que yo hubiera elegido, pero tiene mucho… estilo.

El rió.

–Sigues mintiendo. Te parece horrible,

Ella se mordió los labios para no sonreír, pero lo hizo de todos modos.

–Me acostumbraré.

–Llamaré al decorador. Elige lo que quieras: la pintura, los muebles… Todo.

Ella abrió la boca para decirle que no sería necesario, pero él alzó la mano para detenerla.

–¿Crees que voy a consentir que vivas en una habitación que no te gusta? Éste va a ser tu hogar y quiero que estés cómoda.

Ella se preguntó si siempre sería así de amable o si estaba tan desesperado por conseguir una niñera de fiar que haría lo que fuera para convencerla de que aceptara el empleo.

–Si no te importa, me gustaría añadir algún toque femenino.

–Puedes dormir en la habitación de las niñas hasta que ésta esté acabada o, si quieres más intimidad, hay una cama plegable en mi despacho.

–Me vale la habitación de las niñas –le gustaba la idea de dormir al lado de sus hijas.

Él indicó a Fern con un gesto de la cabeza.

–Creo que deberíamos acostarlas. Es la hora de la siesta.

Sierra miró a la niña y de dio cuenta de que se había quedado dormida. Ivy, con la cabeza apoyada en el hombro enorme de Coop, también parecía soñolienta.

Llevaron a las niñas a su cuarto y las acostaron. Salieron sin hacer ruido y él cerró la puerta.

—¿Cuánto duermen? —preguntó ella.

—Si tienen un buen día, dos horas. Pero esta mañana han dormido hasta las ocho, así que probablemente ahora dormirán algo menos —se detuvo en el vestíbulo y le preguntó—: Antes de llamar a mi abogado, ¿quieres algo de beber? ¿Zumo, tónica, un biberón?

Ella sonrió.

—No, gracias.

—Muy bien. Esta es tu última oportunidad de cambiar de idea con respecto al trabajo.

—No voy a cambiar de idea.

—Estupendo. Vamos a mi despacho a llamar a Ben —dijo Coop con una sonrisa—. Pongamos manos a la obra.

Capítulo Tres

Coop estaba frente a la puerta de la habitación de Sierra y esperaba que no se hubiera acostado. No eran ni las nueve y media, pero ése había sido su primer día cuidando a las niñas, por lo que probablemente estuviera agotada.

Había firmado el contrato la tarde de la segunda entrevista. El día siguiente lo pasó trasladando sus cosas. Él se había ofrecido a contratar una empresa para que le hiciera la mudanza, pero ella le había dicho que ya lo tenía todo organizado y se había presentado con un montón de cajas y dos jóvenes amigos suyos que eran, según le había dicho, camilleros del hospital, y a quienes se les veía emocionados por haber conocido al gran Coop Landon.

Aunque él trató de pagarles por la ayuda, los chicos se negaron, pero le aceptaron una cerveza, que se tomaron charlando con él en la azotea mientras Sierra deshacía el equipaje. Se marcharon con un autógrafo.

Aunque Coop hubiera querido estar el primer día con Sierra y las mellizas, había estado reunido con el equipo de marketing toda la mañana para lanzar una nueva línea de ropa deportiva, y por la tarde había tenido una cita con el dueño de su antiguo equipo. Si todo salía bien, él sería el nuevo dueño, lo cual había sido su sueño desde que había empezado a jugar en él. Durante veintidós años, hasta que la lesión de rodilla lo obligó a jubilarse, había vivido para el hockey. Comprar el equipo era el siguiente paso, y los jugadores estaban de acuerdo.

Después de las reuniones, Coop había cenado con unos amigos por primera vez desde hacía semanas. Y no había disfrutado mucho, a pesar de que estaba deseando volver a ser libre. Se pasó la cena pensando en las mellizas y en cómo les habría ido con Sierra. ¿No había sido un irresponsable al dejarlas con una desconocida? No era que no confiara en Sierra, pero quería estar seguro de hacer lo correcto. Las niñas habían perdido a sus padres y no quería que pensaran que él también las había abandonado.

Cuado el resto del grupo decidió ir a tomar una copa y a bailar, Coop se despidió de sus amigos, que se quedaron sorprendidos; lo normal era que fuera de copas y volviera a casa acompañado. Después de dos semanas de estar con las mellizas constantemente, se había acostumbrado a tenerlas a su alrededor.

Llamó suavemente a la puerta de la habitación de Sierra. Ésta asomó la cabeza, y él vio que ya se había puesto el camisón. Dirigió la mirada automáticamente a sus piernas desnudas. No eran especialmente largas ni esbeltas, por lo que el impulso de acariciarla, de recorrer la parte interna de sus muslos con la mano, por debajo del camisón, lo pilló desprevenido. Tuvo que esforzarse para mirarla a los ojos, oscuros e inquisitivos. Llevaba el pelo suelto, que le caía sobre los hombros, y sintió la necesidad de acariciárselo. En lugar de ello, se metió las manos en los bolsillos del pantalón.

«Puedes mirarla, pero no tocarla», se dijo, y no era la primera vez que lo hacía desde que ella había conocido a las niñas. No se parecía en nada al tipo de mujer que le gustaba. Tal vez fuera eso lo que le resultaba tan atractivo. Era distinta, suponía una novedad.

Quizá contratarla no hubiera sido una buena idea.

—¿Quieres algo? —le preguntó ella, y él se dio cuenta de que estaba allí plantado mirándola.

—Espero no haberte despertado.

—No, aún no me había acostado.

—Sólo quería saber cómo había ido todo.

—Muy bien. Necesitaré un tiempo para establecer una rutina.

—Siento no haber estado para ayudarte.

Ella pareció confusa.

—No esperaba que me fueras a ayudar.

Coop le miró el escote. No tenía grandes senos, pero tampoco eran pequeños. ¿Por qué no podía dejar de mirarlos?

Ella se dio cuenta, pero no hizo nada para cubrirse. ¿Y por qué habría de hacerlo? Estaba en su habitación. Él era el intruso. Y además, estaba haciendo el ridículo.

—¿Algo más?

Él se obligó a mirarla de nuevo a la cara.

—Quería que habláramos un poco de las niñas.

No hemos tenido la oportunidad de hacerlo y puede que tengas algunas preguntas.

Ella vaciló y él pensó que se iba a negar, pero aceptó.

—De acuerdo, dame un minuto.

Ella cerró la puerta y Coop fue a la cocina mientras mentalmente se daba de bofetadas. Se estaba comportando como si nunca hubiera visto a una mujer atractiva. Tenía que dejar de comérsela con los ojos porque ella iba a pensar que era un pervertido. Lo último que deseaba era que no se sintiera a gusto en su casa.

Sacó dos copas y las puso en la encimera central. Sierra entró mientras servía el vino. Se había puesto unos *leggings* negros y una camiseta amarilla. Contra su voluntad, volvió a mirarle las piernas. Solía salir con mujeres muy delgadas, algunas de ellas modelos, pero no porque prefiriera ese tipo de mujer, sino porque era el que revoloteaba a su alrededor. Sierra no estaba gorda, simplemente tenía un aspecto… saludable

Se recordó rápidamente que daba igual su aspecto, porque era terreno prohibido.

—Siéntate —dijo Coop, y ella lo hizo en un taburete frente a él, que le dio una de las copas—. Espero que te guste el vino blanco.

Ella vaciló y frunció el ceño de forma adorable.

—Tal vez no debiera.

Él metió la botella en la nevera para evitar que Sierra creyera que trataba de emborracharla para aprovecharse de ella.

—Sólo una copa —afirmó él—. A no ser que no bebas.

—Sí, bebo, pero no me parece que sea buena idea, me preocupa que una de las niñas se despierte. Prefiero estar en plena posesión de mis facultades.

—Si las mellizas fueran tus hijas y quisieras relajarte tras un día duro, ¿te parecería bien tomarte una copa de vino?

—Sí.

—Entonces, deja de preocuparte de lo que piense y disfrútala.

Ella la agarró.

—Un brindis por tu primer día —dijo él—. Háblame de ti.

—Creí que íbamos a hablar de las niñas.

—Lo haremos, pero antes quiero que me cuentes algo sobre ti.

—Ya has leído mi currículo.

—Sí, pero me gustaría saber más de ti como persona. Por ejemplo, ¿por qué decidiste ser enfermera?

—Por mi madre.

—¿Ella lo era?

—No, era ama de casa, pero tuvo cáncer de mama cuando yo era una niña. Las enfermeras se portaron tan bien con ella, con mi padre, con mi hermana y conmigo, que fue entonces cuando decidí que era eso lo que quería hacer.

—¿Murió?

Sí, cuando tenía catorce años.

—Es una mala edad para que una chica pierda a su madre.

—Creo que fue más duro para mi hermana, que sólo tenía diez años.

Él rodeó la encimera y se sentó en un taburete que había a su lado.

¿Hay alguna edad que sea buena para perder a uno de tus padres? Mis padres murieron cuando tenía doce años, y fue muy duro para mí.

—Mi hermana era un ser dulce y feliz, pero se convirtió en una niña malhumorada y amargada.

—Yo sentía tanta rabia que pasé de ser un niño bastante bueno a convertirme en el matón de la clase.

—No es raro que, en una situación así, un niño se desahogue con otro menor y más débil. Probablemente te diera una sensación de poder en una situación en que no podías hacer nada.

—Pero es que yo me metía con chicos mayores que yo. Como era muy grande para mi edad, me peleaba con otros de más edad. Y, aunque un par de veces recibí una buena paliza, en general, ganaba. Y, sí, me sentía poderoso, me parecía que era lo único que controlaba.

—Mi hermana no se dedicó a pelearse, pero tomó drogas durante un tiempo. Por suerte, salió de aquello, pero no pudo soportar que mi padre enfermara. A los dieciocho años se fue a Los Ángeles. Es actriz, o trata de serlo. Ha hecho un par de anuncios y trabajado de extra en el cine. Básicamente, es camarera.

—¿Qué le pasa a tu padre?

—Tiene alzhéimer. Está en la fase final.

—¿Cuántos años tiene?

–Cincuenta.

–Vaya, es muy joven para tener alzhéimer.

Ella asintió.

–No es habitual, pero a veces sucede. Comenzó a mostrar síntomas a los cuarenta y siete, y la enfermedad avanzó muy deprisa. Lo medicaron de diversas formas, pero nada funcionó. No creo que pase de este año.

–Lo siento.

Ella se encogió de hombros y bajó los ojos.

–La verdad es que murió hace meses, al menos en lo que realmente importa. Sólo es un cuerpo que sigue funcionando. Y sé que odia vivir así.

Parecía tan triste que él tuvo deseos de abrazarla o hacer algo que la consolara, pero no le pareció adecuado. Así que lo único que le quedaban eran las palabras y las experiencias compartidas, ya que sabía lo doloroso y traumático que era perder a un progenitor.

–Cuando mis padres tuvieron el accidente de coche, él murió en el acto, pero ella sobrevivió y quedó en coma, pero con muerte cerebral. Mi hermano, Ash, que tenía dieciocho años, tuvo que tomar la decisión de dejarla morir.

–¡Qué terrible!

–Yo era demasiado joven para entender verdaderamente lo que había sucedido, y pensé que mi hermano lo había hecho porque estaba enfadado con ella o porque no la quería. Sólo cuando crecí, entendí que no había esperanza.

–He firmado un documento de muerte digna

para mi padre. Me resultó muy difícil, pero sé que es lo que él quiere. En mi trabajo he visto a padres teniendo que tomar decisiones imposibles. Se me desgarraba el corazón.

—Entiendo que en un trabajo así acabaras quemada.

—No me malinterpretes. Me encanta ser enfermera y saber que ayudo a los demás. Pero te agota emocionalmente.

—¿Crees que lo echarás de menos?

Ella sonrió.

—Me parece que el cuidado de las mellizas no me va a dejar tiempo.

Él esperaba que fuera así. Tal vez no había sido buena idea que librara tan pocas horas. Sabía por experiencia propia lo duro que era cuidar de las mellizas las veinticuatro horas del día. Unas cuantas horas los domingos y un fin de semana al mes no era mucho tiempo libre.

—¿No crees que será demasiado?

—¿Cuidar de las niñas?

—Al aceptar este empleo, abandonas tus relaciones sociales.

—Lo hice cuando mi padre enfermó y no pudo cuidar de sí mismo. No podía estar solo, así que tenía una persona que lo cuidaba mientras yo estaba trabajando y, cuando volvía a casa, me ocupaba yo de él.

—¿Esa persona iba todos los días? Sería caro.

—En efecto. Los ahorros de mi padre se esfumaron en unos meses, pero no quería que fuese a una residencia y estuvo conmigo hasta que fue posible. Pero, al final, ya no podía atenderle como era debido.

–¿Cuándo salías a divertirte?

–Siempre he sido muy hogareña.

–¿No tienes novio?

El ceño fruncido de Sierra le indicó que había tocado un tema delicado. Y, además, no era un asunto de su incumbencia.

–Me dirás que no me meta donde no me llaman.

–No importa. Las cosas ahora mismo son un poco complicadas. No me siento emocionalmente capacitada para tener una relación, aunque para alguien como tú sea difícil de entender.

–¿Alguien sin ningún tipo de moralidad?

Ella lo miró con los ojos muy abiertos.

–No, me refería a…

–No pasa nada –respondió él riéndose–. Hace unos meses, probablemente no lo hubiera entendido.

Salir con mujeres y con amigos formaba una parte tan intrínseca de su personalidad que no hubiera comprendido la idea de llevar una vida tranquila y sin sobresaltos. Desde la pérdida de su hermano, su actitud y su comprensión de lo que era importante de verdad habían cambiado.

–Las prioridades cambian –afirmó.

Ella asintió.

–Así es. Se ven las cosas de cierta forma y, de pronto, uno se da cuenta de que no es eso lo que quiere.

–Te entiendo perfectamente.

—Las quieres mucho.

—¿A las mellizas? —él sonrió—. Sí. ¿Cómo no voy a hacerlo? No entraba en mis planes, pero quiero lo mejor para ellas. Se lo debo a Ash. Se sacrificó mucho para criarme. Tuvo que aplazar sus estudios en la universidad y trabajar en dos sitios, y te aseguro que yo era un niño muy difícil. Hay quien cree que, como las mellizas no eran hijas biológicas de Ash, no tengo ninguna responsabilidad hacia ellas. Incluso la madre lo piensa.

—¿A qué te refieres?

—Su abogado se puso en contacto con el mío. Parece ser que ella vio en el telediario que Ash y Susan habían muerto y quería que les devolvieran a las niñas. Supongo que creyó que no serviría para padre.

—¿Y no te lo pensaste?

—En ningún momento. E incluso aunque hubiera creído que no estaba capacitado para ocuparme de las niñas, ¿por qué iba a dárselas a alguien que no las había querido desde el principio?

Ella volvió a fruncir el ceño.

—Tal vez ella las quisiera, pero no pudiera quedarse con ellas. Tal vez creyera que lo mejor para las niñas era darlas en adopción.

—¿Y eso cambió en cuestión de cinco meses? ¿Cree esa mujer que puede ofrecerles más que yo? Conmigo nunca les faltará de nada. Tendrán todo lo mejor. ¿Podría ella hacer lo mismo?

—¿Así que supones que, como no es rica, no sería una buena madre? —preguntó ella en tono cortante.

—La verdad es que no sé por qué las dio en adopción, pero no importa. Mi hermano las adoptó y las quería como si fuera de su propia sangre, y deseaba que las educara yo. Cumplo con sus deseos.

—Perdóname, no quería ser tan brusca, pero es que, por mi trabajo, he conocido a muchas madres jóvenes a quienes han juzgado mal. Es una reacción espontánea defenderlas.

—Por no mencionar que sin duda conoces mi reputación y dudas de mi capacidad para educar adecuadamente a las niñas.

Ella negó con la cabeza.

—No he dicho…

—No ha hecho falta —era increíble la cantidad de gente que no creía que sería un buen padre.

Pues les demostraría que estaban equivocados.

—Como ya te he dicho —dijo con voz firme— las prioridades cambian. Para mí, las niñas son los primero, y siempre será así.

Capítulo Cuatro

A Sierra le resultaba difícil creer lo insolente que había sido con Coop la noche anterior.

Revivió la conversación mentalmente mientras preparaba a las niñas para que durmieran la siesta.

Se había enfrentado a su jefe, lo cual no era muy acertado. ¿Intentaba que la despidiera? O, aún peor, ¿trataba de darle motivos para que dudara que sólo era la niñera de las mellizas? Pero todo aquello de que había cambiado de prioridades la había irritado. Además, no se lo había creído, sobre todo, después de comprobar cómo se la comía con los ojos cuando le había abierto la puerta del dormitorio en camisón. Y si Coop creía que a ella le podía interesar un hombre como él, más le valía que dejara de soñar.

Aunque no podía negar que le había resultado levemente excitante. Y en honor a la verdad, Coop parecía alterado, como si supiera que estaba mal lo que hacía, pero no pudiera evitarlo, lo cual lo definía muy bien: trataría de cambiar, de ser un buen padre, pero no lo conseguiría por ser la clase de hombre que era.

Hacía mucho tiempo que nadie la miraba con intención sexual, y cualquier mujer se sentiría al menos un poco especial si se fijaba en ella un hombre guapo y rico, famoso por salir con actrices y modelos. Pero no se olvidaba de que era un mujeriego ni de que ella era una de los cientos de mujeres a las que había mirado del mismo modo.

Dejó a Fern en la cuna y fue a agarrar a Ivy, pero ésta se había arrastrado hasta el otro lado de la habitación.

—Ven aquí —dijo mientras la tomaba en brazos y le mordisqueaba el cuello. Era la más tranquila de las dos, aunque Sierra creía que, si se la dejaba a su aire, tendría problemas. Se parecía más a ella en tanto que Fern había salido a su padre.

Sierra oyó la voz profunda de Coop que provenía de su despacho.

Hablaba por teléfono. Ese día estaba trabajando desde casa, o eso era lo que le había dicho. Pero ella no sabía en que consistía ese supuesto «trabajo». ¿En sacar brillo a sus diversos trofeos? ¿En conceder entrevistas?

Aparte de regodearse en su fama, Sierra no estaba segura de en qué empleaba el tiempo.

Metió a Ivy en la cuna, besó a las niñas, y, al salir de la habitación, tropezó con Coop, que iba a entrar. Alzó instintivamente las manos para evitar el choque y acabó con ellas apoyadas en el fuerte pecho masculino, al tiempo que aspiraba el cálido y limpio aroma que emanaba de su piel. Y aunque era completamente irracional, se apoderó de ella el deseo de ponerle las manos en el cuello y abrazarlo.

Se apartó de él tan deprisa que la cabeza le chocó contra el marco de la puerta.

–¿Estás bien? –le preguntó él.

Ella hizo un gesto de dolor y se frotó la cabeza.

–Sí.

–¿Estás segura? Te has dado un buen golpe –le puso la enorme mano en la nuca, pero la tocó con delicadeza por debajo de la cola de caballo mientras buscaba una posible lesión–. No parece que te hayas hecho un chichón.

Ella experimentó una agradable sensación.

¿Agradable? Aquello era una locura. Como sabía la clase de hombre que era, sus caricias hubieran debido causarle repulsión.

Se apartó de la mano de él.

–Estoy bien, de verdad. Es que me has dado un susto.

Él frunció el ceño y se metió la mano en el bolsillo, como si se hubiera percatado de que no era correcto lo que había hecho. O tal vez le hubiera gustado tanto como a ella.

–Lo siento. ¿Dónde están las niñas?

–Acabo de acostarlas.

–¿Por qué no me lo has dicho? Me hubiera gustado darles un beso.

–Me pareció que estabas hablando por teléfono y no he querido molestarte.

–Pues la próxima vez dímelo –dijo él irritado–. Si estoy aquí, las niñas son lo primero.

–De acuerdo. Aún están despiertas, si quieres verlas.

La expresión de él se suavizó.

–Sólo un momento.

Entró en la habitación y Sierra fue a la cocina. Coop se tomaba muy en serio lo de estar con las niñas. Pero ¿por cuánto tiempo? Probablemente fuera una novedad para él lo de hacer el papel de tío dedicado, pero estaba segura de que no tardaría en recaer en sus antiguas costumbres y dejaría de tener tiempo para darles un beso de despedida.

–¿Qué es esto? –le preguntó con insolencia la señora Densmore mientras sostenía los biberones vacíos.

–Los biberones.

El ama de llaves le lanzó una mirada asesina.

–¿Y por qué están en la encimera y no en el lavaplatos?

–Porque todavía no los he metido.

–Todo lo que se use en la cocina hay que meterlo en el lavaplatos o lavarlo a mano. Y todo lo que usted o las niñas ensucien tiene que limpiarlo.

–Ya lo sé –era la tercera vez que la señora Densmore la sermoneaba–. Iba a limpiar después de acostar a las niñas. Cuidarlas es lo primero.

–También he visto que hay una cesta de ropa sucia de usted en el lavadero. Quiero recordarle que tiene que encargarse de lavar sus cosas: la ropa, las toallas y las sábanas. Trabajo para el señor Landon y para nadie más. ¿Está claro?

Sierra apretó los dientes.

–Como la lavadora estaba funcionando, he dejado ahí la ropa hasta que termine.

Sierra no había hecho nada que pudiera ofender al ama de llaves, por lo que no entendía por qué estaba de mal humor.

40

–Como le he dicho muchas veces al señor Landon, acepté este empleo porque no había niños ni niñeras. No me pida que cuide de las mellizas. Son responsabilidad suya.

Como si Sierra quisiera que las niñas se acercaran a aquella bruja.

–Lo sé perfectamente, gracias.

La señora Densmore le dio los biberones y con la cabeza muy alta se dirigió al lavadero, que estaba detrás de la cocina. Y aunque era mezquino e inmaduro, Sierra hizo un gesto obsceno a sus espaldas.

–Eso no es propio de una señorita.

Ella se dio la vuelta y vio que Coop la observaba con una sonrisa irónica.

–Me alegro de que las niñas no lo hayan visto –añadió.

Ella se mordió el labio inferior y escondió las manos tras la espalda.

–Lo siento.

Coop se echó a reír.

–Es broma. Yo hubiera hecho lo mismo. Y tienes razón, las niñas son lo primero. El lavaplatos puede esperar.

–No sé por qué le caigo tan mal. Tendría que estar contenta de tenerme aquí, ya que no tiene que cuidar a las niñas.

–Hablaré con ella.

–Tal vez no debieras hacerlo. No quiero que crea que me he chivado, lo cual empeoraría las cosas.

–No te preocupes, ya me encargo yo.

Coop fue al lavadero y cerró la puerta. Aunque

Sierra estuvo tentada de apoyar la oreja en ella para escuchar lo que decía, decidió que era mejor meter los biberones en el lavaplatos. Él volvió al cabo de unos minutos con una sonrisa de satisfacción.

—No volverá a meterse contigo. Si me necesitas, estaré en el despacho.

Lo que le hubiera dicho a la señora Densmore había funcionado. Al cabo de unos minutos salió del lavadero, roja de vergüenza o de ira, y no le dirigió la palabra ni la miró. Y así siguió hasta la hora de la cena, en la que sirvió un guiso mejicano tan delicioso que Sierra repitió.

Se había sorprendido cuando Coop la invitó a cenar con él en el comedor, pues había supuesto que la trataría como a cualquier otra empleada y que comería en la cocina con las niñas. Porque seguro que él no quería que dos bebés le molestaran durante la comida. Pero Coop había insistido. Así que ella se sentó en un extremo de la mesa con Ivy en su silla alta y él lo hizo en el otro con Fern, a la que iba dando de comer al mismo tiempo que él comía. Cuando la niña comenzó a negarse a comer más, Sierra se ofreció a hacerse cargo de ella, pero él se negó, le limpió la cara y se la sentó en el regazo mientras terminaba de comer.

Después de cenar, él encendió la televisión en el salón, se tumbó en el suelo y estuvo jugando con las niñas mientras ella, sentada en el sofá, se sentía excluida.

Era evidente que las niñas lo adoraban, lo cual la asustaba mucho. Y no porque pensara que le fueran a querer más que a ella, sino porque creía que él se aburriría y se cansaría de hacer de padre. Todavía no se había recuperado del impacto de la muerte de su hermano, pero eso pasaría y volvería a salir de juerga y a perseguir a las mujeres. Y cuando lo hiciera, ella estaría allí para ofrecer a las niñas la estabilidad que necesitaban. Ella sería la persona en quien podrían confiar.

A la hora de acostarlas, Coop la ayudó a ponerles el pijama. Les dio un beso de despedida y las metieron en las cunas.

Al salir, Sierra agarró la ropa sucia y apagó la luz.

—Voy a meterla en la lavadora.

—No tienes que lavar la ropa de las niñas. Déjasela a la señora Densmore.

—No me importa. También quiero lavar algunas cosas mías, a no ser que prefieras que lave la ropa de las niñas por separado.

Él la miró confuso.

—¿Por qué iba a preferirlo?

—Hay personas muy quisquillosas con las forma de lavar la ropa de sus hijos.

—Pues yo no lo soy.

Sierra metió la ropa en la lavadora y observó que el lavadero estaba escrupulosamente limpio por obra de la señora Densmore. No había ni una mota de polvo, como tampoco la había en la casa.

Abrió el armario para sacar el detergente y el suavizante, los echó en la lavadora y la puso. Al guardarlos, dejó los envases mal colocados a propósito mientras sonreía.

Al salir vio que Coop estaba sentado en un taburete junto a la encimera central con dos copas de vino tinto. Le acercó el otro taburete con el pie.

–Ven a relajarte. Esta noche me apetecía tinto. Espero que te guste.

Sierra había supuesto que lo de tomar vino juntos no volvería a repetirse.

–No tienes que ofrecerme vino todas las noches.

–Ya lo sé.

No estaba segura de que le gustara la idea de que aquello se convirtiera en una costumbre. Y no porque le importara relajarse tomándose una copa de vino al final del día. Lo que la ponía un poco nerviosa era la compañía, sobre todo cuando él estaba sentado tan cerca. La noche anterior había pensado que se abalanzaría sobre ella, cosa que no había hecho, desde luego. Se había portado como un perfecto caballero.

–¿Nos sentamos en el salón? –propuso ella.

–Claro.

Lo que ella preferiría sería llevarse la copa a su habitación y acurrucarse en la cama a leer una novela de misterio, pero no quería ser grosera.

Él se sentó en una silla al lado de la ventana y Sierra lo hizo en una esquina del sofá. Él estaba a unos metros de ella. Entonces, ¿por qué se palpaba la tensión en el ambiente? ¿Y por qué no podía dejar de mirarlo?

Coop bebió un sorbo de vino y se apoyó la copa en el estómago, tan fuerte y perfecto como el resto de su cuerpo, sosteniéndola con las manos.

–¿Qué te parece el vino?

Ella dio un sorbo. No entendía de vinos, pero le gustó mucho.

–Me gusta. Parece caro.

–Lo es. Pero ¿qué sentido tiene poseer mucho dinero si no puedo disfrutar de lo mejor? Lo que me recuerda que hoy he hablado con el decorador. Tiene otro proyecto entre manos, por lo que no podrá verte hasta dentro de tres semanas. Si te parece que es demasiado tarde, puedo buscar a otra persona.

–No tengo prisa.

–¿Estás segura?

–Segurísima, pero gracias por querer que me sienta cómoda –aunque la realidad era que no pisaba su habitación salvo para dormir.

–Quería haberte preguntado ayer por tu padre. Dijiste que lo ibas a cambiar de residencia.

–El sábado por la mañana, una ambulancia lo llevará a la nueva.

–¿Tienes que estar allí?

Aunque tuviera que hacerlo, debía estar con las niñas.

–Está en buenas manos. Iré a verlo el domingo, en mi tiempo libre.

–No tienes que esperar a que sea domingo para verlo. Puedes hacerlo cuando quieras. No me importa que te lleves a las niñas.

–Pero va a estar en Jersey. No tengo coche y llevarlas en tren o en autobús puede ser una pesadilla.

–Usa mi coche.

–No puedo. No sé conducir.

–¿No has aprendido?

–Siempre he vivido en la ciudad y no lo he necesitado. Y teniendo en cuenta el precio de la gasolina, lo más sensato es utilizar el transporte público.

–Entonces, ¿quieres que te lleve? Podríamos ir el sábado, cuando lo trasladen.

¿Qué? ¿Por qué querría dedicar parte de su tiempo a llevarla a Jersey? Seguro que tenía cosas mejores que hacer.

–No es necesario.

–Quiero hacerlo.

Ella no supo qué decir. ¿Por qué era tan amable? ¿Qué más le daba que viera o no a su padre? Era su jefe, no un amigo.

–Me estás mirando de forma muy extraña –prosiguió él–. O no estás acostumbrada a que la gente sea amable contigo o te estás preguntando cuáles son mis motivos.

Las dos cosas, y era espeluznante la forma en que siempre sabía lo que ella pensaba.

–Seguro que tienes otras cosas que…

–No, no tengo nada que hacer este fin de semana –hizo una pausa y añadió–: Y que conste que no tengo motivos ocultos.

A ella le resultó difícil creerlo.

–¿Estás seguro de que no es una molestia?

–Totalmente. Y estoy convencido de que a las niñas les gustará salir de casa.

Era evidente que Coop no iba a aceptar una negativa, y ella quería estar con su padre cuando lo trasladaran.

–Llamaré mañana a la residencia para que me digan a qué hora llegará la ambulancia. Podríamos llegar media hora antes y seguirla hasta la nueva residencia.

–Dímelo cuando lo sepas para estar preparado.

–Gracias.

Él entrecerró los ojos.

–Sigues preguntándote por qué lo hago. Parece que tienes ideas preconcebidas sobre mi forma de ser.

Ella no podía negarlo. A él le sorprendería saber lo mucho que sabía de su vida. La verdad, no los rumores y conjeturas. Pero no podía decírselo.

–Aunque no te lo creas, soy un tipo bastante decente. Y bailo mejor que la media de la población.

–Tengo un problema de confianza –afirmó ella.

–Supongo que necesitas tiempo para aceptar que no soy un mal tipo.

Sierra no entendía por qué le preocupaba lo que pensara de él. ¿Era tan agradable con todos los empleados? Claro que sólo llevaba trabajando allí dos días, pero no le había visto ofrecer una copa de vino a la señora Densmore ni prestarse a llevarla a algún sitio. Estaba convencida de que tenía que ver con el hecho de que ella era joven y a que la mayoría de los hombres la consideraba atractiva, pero no una belleza ni el tipo de mujer con que él solía salir.

Pero si creía que por mostrarse amable iba a acostarse con él, que por ser rico y famoso y más guapo que la media se le iba a caer la baba por él, estaba muy equivocado.

Capítulo Cinco

Sierra estaba en la nueva habitación de su padre reprimiendo el instinto natural de ayudar al personal de la ambulancia y de la residencia a trasladar a su padre de la camilla a la cama donde probablemente pasaría el resto de la vida. Al menos allí los empleados eran amables y eficientes y podría estar tranquila sabiendo que su progenitor estaría bien atendido. Por desgracia, la ambulancia había llegado una hora tarde y el papeleo había sido interminable.

Coop se había ocupado de las mellizas demostrando una paciencia increíble, pero se le debía estar acabando. Estaba sentado con ellas en la sala de espera y, aunque ella les había dado de comer en el coche, hacía más de hora y media que tenían que estar durmiendo la siesta. Le estaba agradecida por haber podido asistir al traslado de su padre, pero se sentía culpable por hacerlo esperar.

Cuando su padre estuvo en la cama, todos salieron de la habitación. Una enfermera le apretó el brazo a Sierra y le sonrió.

–No se preocupe porque estará muy bien atendido.

Sierra se acercó a la cama.

–No puedo quedarme, papá, pero volveré mañana, te lo prometo.

Lo besó en la mejilla sintiéndose culpable por tener que marcharse tan deprisa y se dirigió a donde Coop y las niñas la esperaban. Al verlo, nadie hubiera pensado que era un famoso multimillonario. Parecía un tipo normal, vestido con vaqueros, una camiseta y unas playeras gastadas, y totalmente tranquilo paseando con una melliza en cada brazo. Aunque la mayoría de los tipos normales no tenían el físico de un Adonis.

Sierra mentiría si negara que era adorable verlo con las niñas así. Para alguien que había tenido que ser padre de repente, lo estaba haciendo increíblemente bien. En los cinco días que llevaba trabajando para él, no había dado muestras de ser un mujeriego ni un juerguista. Entonces, ¿por qué seguía creyendo que acabaría abandonando a las niñas?

–Siento haber tardado tanto –dijo mientras agarraba a Ivy.

–No importa. ¿Ya se ha instalado tu padre?

–Sí, por fin. Vámonos. Hace mucho que debieran estar durmiendo la siesta.

–¿No quieres quedarte para estar con él un poco más?

Ella había pensado que Coop estaría harto de la lata que le estaban dando las niñas y deseando volver a casa. Pero en ningún momento se había quejado. Y aunque a ella le hubiera gustado quedarse un poco más con su padre, no quería hacer perder a Coop más tiempo.

–Volveré mañana –respondió mientras agarraba el bolso con los pañales y se lo ponía en el hombro.

Coop agarró el cochecito.

Salieron del edificio y se dirigieron al aparcamiento. Pusieron el cinturón de seguridad a las niñas y, cinco minutos después, ambas estaban dormidas.

—¿Dónde vamos? —preguntó Coop.

—Supongo que a casa.

—Pero hace una preciosa tarde de verano. Deberíamos hacer algo. No sé tú, pero yo tengo hambre. ¿Por qué no comemos algo?

—Las niñas se acaban de dormir. Si las despertamos para llevarlas a un restaurante, la experiencia no será muy agradable.

—Bien pensado.

—Además, ¿no tienes que ir a casa? Es sábado. Tendrás planes.

—No, no tengo planes para esta noche.

Tampoco había salido la noche anterior. Los cuatro habían cenado juntos y, después, él había jugado con las niñas hasta la hora de acostarlas. Sierra pensó que entonces saldría, pero Coop la esperaba en el salón con dos copas de vino. Y aunque ella pensaba leer un rato antes de acostarse, le pareció una grosería rechazar el ofrecimiento.

Se dijo que se tomaría la copa rápidamente y que se acostaría antes de las nueve y media. Pero a la primera copa siguió otra, y comenzaron a hablar de los días en que él jugaba al hockey, un tema que le pareció muy interesante, y sin darse cuenta, les dieron las doce de la noche. Aunque él seguía poniéndola un poco nerviosa, y la idea de que fueran amigos la incomodaba levemente, era tan sociable y encantador que no podía evitar que le gustara.

–Al venir hemos pasado por una delicatessen y un parquecito –dijo él–. Podemos comprar unos sándwiches, tomarlos en el coche y después dar un paseo en el coche mientras las niñas duermen.

No era mala idea. Si llevaban a las niñas a casa, en cuanto las sacaran del coche se despertarían, por lo que dejarían de dormir una hora como mínimo y estarían irritables el resto del día. Pero la idea de pasar tanto tiempo en un espacio cerrado con Coop la ponía nerviosa. No pensaba que fuera a comportarse de forma inadecuada. Si hubiera querido intentar algo, ya lo habría hecho, y salvo comérsela con los ojos aquella noche en que ella estaba en camisón, su conducta había sido la de un perfecto caballero.

Aunque carecía de lógica, Coop la atraía, y era evidente que el sentimiento era mutuo. El aire se cargaba de electricidad cuando estaba cerca de ella y se producía una pequeña descarga de energía cuando se tocaban, aunque fuera un inocente roce de los dedos al darle un frasco de comida infantil. Y a pesar de que no tenía la más mínima intención de ampliar la dinámica de la relación para que acabaran intimando, no podía quitarse de la cabeza que había algo inmoral en aquello.

Pero ¿qué demonios? Sólo se trataba de un sándwich. Y era lo mejor para las niñas.

–No me vendría mal comer algo.

–Estupendo –le lanzó una de sus adorables sonrisas y a Sierra se le aceleró el corazón.

Aunque se ofreció a entrar ella en la tienda mientras él la esperaba con las niñas, él insistió en ir y se negó a aceptar el dinero que trató de darle.

—No tienes que pagarme la comida —dijo ella.

Si estuviéramos en casa, la comida la habría pagado yo, así que, ¿dónde está la diferencia?

Era difícil rebatir semejante argumento. Además, antes de que ella pudiera decir algo, Coop ya se había bajado del coche.

Volvió al cabo de cinco minutos con un sándwich para cada uno, una ensalada de col, una bolsa de patatas fritas, una botella de agua y dos tónicas. Fueron al parque y aparcaron a la sombra de un árbol.

Pusieron la comida en el salpicadero y comenzaron a comer.

—¿Te puedo hacer una pregunta? —dijo ella.

—Desde luego.

—Además de ser un personaje famoso, ¿a qué te dedicas? Quiero decir para ganarte la vida.

Su pregunta pareció resultarle graciosa.

—Trabajo mucho. Tengo una marca de ropa deportiva que estoy a punto de lanzar y, hace unos años, inauguré una cadena de centros deportivos que ha tenido éxito. Abriremos seis más en enero.

—¿Qué clase de centros?

—Pistas de patinaje sobre hielo y campos deportivos cubiertos. El deporte infantil es un buen negocio en la actualidad. Además, tengo varias residencias veraniegas por todo el mundo.

Sierra pensó que su teoría de que Coop se dedicaba a vivir de las rentas de su fama se había venido abajo. Parecía que estaba muy ocupado.

–¿Dónde están las residencias?

Él mencionó varias ciudades y describió cómo eran las viviendas. La lista era impresionante. Era evidente que se trataba de un hábil hombre de negocios.

–No sabía que el alquiler de residencias veraniegas fuera un mercado tan potente.

–La mayoría de la gente no puede comprar una casa para usarla sólo un par de veces al año, así que la alquilan. Es mucho más barato y, además, se puede cambiar de ciudad o de país.

Ella metió la mano por tercera vez en la bolsa de patatas.

–Parece que tenías hambre –se burló Coop.

–Ten cuidado con lo que dices o conseguirás que me sienta acomplejada.

–¿Lo dices en serio? Me parece estupendo que comas como un ser humano. Algunas mujeres, cuando las llevo a los mejores restaurantes de la ciudad, piden una ensalada y agua con gas o, peor aún, piden un menú caro y apenas lo prueban.

–¿Por qué sales siempre con mujeres delgadas?

–Porque son el tipo de mujeres que salen con la personas que me rodean.

–¿Has tenido alguna vez que esforzarte para que una mujer te concediera una cita?

Él reflexionó durante unos segundos y negó con la cabeza.

–No, nunca.

–¿En serio? ¿Ni una sola vez? ¿Ni siquiera en la escuela secundaria?

—Cuando comenzó a interesarme el sexo femenino ya era la estrella del equipo. Las mujeres me perseguían.

—Vaya.

—No es culpa de ellas. Mírame. Soy guapo, rico y un deportista famoso. Soy irresistible ¿Qué mujer no me desearía?

Sierra no supo si hablaba en serio. ¿Podía ser así de arrogante?

—Yo no lo haría.

—Ya lo haces. Finges lo contrario, pero me he dado cuenta.

—Creo que te han golpeado en la cabeza tantas veces con un palo de hockey que no sabes lo que dices: no te deseo. Ni siquiera eres mi tipo.

—Pero eso es lo emocionante del asunto. Sabes que no debería gustarte, que no es correcto porque trabajas para mí, pero no puedes dejar de pensar en mí.

¿Cómo lo hacía? ¿Cómo era posible que él siempre supiera lo que pensaba? Ya lo había hecho tres o cuatro veces.

Era perturbador y… fascinante. Y de ninguna manera podía ella dejar que creyera que tenía razón.

—¿Me estás diciendo que todo eso de que eres un buen tipo son tonterías y que la amabilidad que me has demostrado se debe a que tratas de acostarte conmigo?

—No, soy un buen tipo. Y si hubiera querido acostarme contigo, ya lo habría hecho.

Ella lo miró con los ojos como platos.

–¿Ah, sí?

–No eres tan dura como crees. Si ahora tratase de besarte, no me lo impedirías.

A Sierra, la idea de que los labios de él se posaran en los suyos le produjo palpitaciones. Pero se mantuvo firme y dijo:

–Si trataras de besarme, te daría un rodillazo donde tú ya sabes.

Él se echo a reír.

–¿Crees que no lo haría?

–Probablemente sí, sólo para demostrar lo dura que eres. Después cederías y dejarías que te besara.

–Es increíble lo arrogante que eres.

–Es una de mis cualidades más encantadoras –afirmó él, pero su sonrisa indicó a Sierra que le estaba tomando el pelo.

Tal vez aquella seguridad en sí mismo fuera una cortina de humo, o fuera ésa la manera de tantearla, o se estuviera burlando de ella. Tal vez ella le gustara de verdad, pero le asustara la posibilidad de que lo rechazara al no estar acostumbrado a que una mujer lo hiciera.

Aunque resultara extraño, la idea de que bajo la apariencia de hombre duro se escondiera un hombre vulnerable lo hacía más atractivo.

–Aunque te deseara, lo cual no es así a pesar de lo que creas, no correría riesgos. No me imagino devolviendo a mi padre a la horrible residencia de la que lo acabo de sacar. Y sin este trabajo no podría pagar la nueva. Así que tengo mucho motivos para no desearte.

Antes de que Coop pudiera responder, Ivy comenzó a removerse en el asiento de atrás.

Sierra la miró.

—Será mejor que nos vayamos antes de que se despierte.

Él arrancó. Ella pensó que tal vez continuaría con la conversación, pero Coop puso la radio, por lo que ella suspiró aliviada. Esperaba haber dejado las cosas claras, que él no volviera a mencionar el tema y que la tensión sexual presente en todo momento en su relación desapareciera por arte de magia para poder mantener una relación normal entre un jefe y su empleada. Porque temía que Coop estuviera en lo cierto: si la besaba, no estaba segura de poder rechazarlo.

Y le asaltó el presentimiento de que la conversación, a pesar de lo inadecuada que resultaba, no había, ni mucho menos, concluido.

Capítulo Seis

Sierra no tenía noticias de su hermana con frecuencia. Pasaban meses sin saber de ella. Sierra le dejaba mensajes en el contestador a los que su hermana no respondía. De pronto, un día Joy llamaba y siempre ponía las mismas excusas: que estaba muy ocupada, que se había mudado de casa, que le habían cortado el teléfono por no pagar… La realidad era que Joy era frágil. Ver consumirse a su madre le había hecho mucho daño y no había tenido la capacidad emocional de enfrentarse a la situación de su padre enfermo, por lo que había puesto tierra de por medio.

Sierra no pudo ponerse en contacto con ella cuando Ash y Susan murieron. Por eso se sorprendió al ver su nombre en la pantalla del móvil, después de que ella y Coop hubieran acostado a las niñas.

Estuvo tentada de no contestarle, pero… ¿y si fuera algo importante? Aparte de a su padre y a las mellizas, no tenía a nadie más. Asimismo era una excusa perfecta para saltarse la copa de vino con Coop.

—Tengo que contestar, es mi hermana —dijo mientras se dirigía a su habitación y cerraba la puerta fingiendo no haber visto la expresión de desilusión de Coop.

–Hola –dijo al responder a la llamada–. ¿Cuánto hace que no me llamas? ¿Tres meses?

Su hermana suspiró.

–Ya sé que tendría que llamarte más a menudo, pero lo que tengo que decirte lo compensará. ¡Voy a volver a casa!

–¿Vuelves a Nueva York?

–No, por Dios. Los Ángeles es una ciudad fabulosa. Estoy en Malibú, en casa de unos amigos en primea línea de playa, y es increíble. Ahora mismo estoy sentada en la arena viendo subir la marea.

Sierra se la imaginó sentada con sus largas piernas cruzadas y su larga y negra melena flotando al viento mientras sostenía una cerveza en una mano y un cigarrillo en la otra. Sierra estaba convencida de que la casa en la que se hallaba era la de un hombre cuyo dormitorio compartía.

–Entonces, ¿por qué dices que vuelves a casa?

–Porque voy a hacerte una visita.

–¿Cuándo?

–Dentro de diez días. Van a hacer pruebas de reparto para una película independiente que se empezará a rodar en agosto. Mi agente cree que el papel protagonista será para mí. Me quedaré una semana en la ciudad, por si me llaman.

–Son buenas noticias –aunque, según Joy, su agente siempre creía que iba a obtener el papel protagonista.

–Sé lo que estás pensando.

–No he dicho nada.

–No hace falta. Me llega tu escepticismo por la línea telefónica. Pero esta vez es distinto. Mi nuevo agente tiene contactos estupendos.

–¿Tu nuevo agente? ¿Qué le ha pasado al otro?

–¿No te lo había contado? Nos separamos hace dos meses.

–¿Por qué? Creía que era excelente.

–Su esposa nos sorprendió en la oficina.

–¿Te acostabas con tu agente, que además estaba casado?

–Una chica hace lo que puede para prosperar, y no me suponía problema alguno. Además, no estás en situación de juzgarme.

El padre de las mellizas era un hombre casado, pero la situación había sido totalmente distinta.

–Se había separado de su esposa y sólo fue la aventura de una noche.

Cuando se dio cuenta de que estaba embarazada, él se había reconciliado con su esposa. En cualquier caso, no se hubiera casado con él. Era un buen tipo, pero ambos supieron desde el primer momento que habían cometido un error.

Sierra cambió de tema.

–Entonces, ¿dices que vas a venir?

–Sí, y ni que decir tiene que me alojaré en casa de mi hermana preferida.

–Ah –eso iba ser un problema.

–¿Qué significa ese «ah»? Creí que te alegraría verme.

–Y así es, pero alojarte conmigo será complicado.

–¿Por qué? No me digas que vives con alguien.

–Pues sí, pero no como imaginas. Trabajo para él.

–¿De enfermera?

–De niñera.

–¿De niñera? Diste a las niñas en adopción hace seis meses. ¿No te trae el trabajo malos recuerdos?

–Espera un momento Joy –fue hasta la puerta y la abrió un poco. Pare decirle a Joy lo que sucedía, no podía arriesgarse a que Coop se enterara. Oyó el sonido de la televisión que procedía del salón, por lo que dedujo que estaría viéndola. Cerró la puerta.

–¿Recibiste los mensajes que te dejé sobre lo que les había pasado a los padres de las mellizas?

–Sí, iba a llamarte, pero…

–Pues las niñas viven ahora con su tío, el hermano de Ash.

–¿No es un deportista famoso?

–Un exjugador de hockey. Un juerguista y un mujeriego. No es la clase de persona que quiero para mis niñas.

–Lo siento mucho. ¿Has hablado con tu abogado? ¿No puedes aducir que su tío no está capacitado para cuidar a las niñas y recuperarlas?

–Mi abogado habló con el del tío, pero éste se negó a ceder a las niñas, así que puse manos a la obra.

–¿Las has raptado? –preguntó Joy gritando.

–Claro que no, pero tenía que estar con ellas para saber que estaban bien. Así que cuando me enteré de que el tío buscaba una niñera…

Otro grito.

–¿Eres la niñera de las mellizas?

–Tendrías que verlas, Joy. Están preciosas. Y estoy con ellas las veinticuatro horas del día.

–Y ese tipo, su tío, ¿sabe que eres su madre?

–Por supuesto que no. Y no debe saberlo.

–Es una locura, Sierra. ¿Qué vas a hacer? ¿Cuidar de las niñas lo que te queda de vida y que no sepan que eres su madre?

–Me quedaré con ellas todo el tiempo que me necesiten. Y puede que un día les diga la verdad.

–¿Y tu vida? ¿No vas a casarte ni a tener más hijos? ¿Vas a renunciar a todo?

–Sólo temporalmente. Me imagino que cuando estén todo el día en el colegio no me necesitarán tanto y tampoco tendré que pasar las noches aquí.

–Parece que ya lo tienes todo pensado.

–Así es.

–Y el tío…

–Coop, Coop Landon

–¿Es una persona tan horrible?

Ojalá lo fuera. Sería todo menos confuso.

–En realidad, parece un buen hombre. No es en absoluto lo que me esperaba. De momento, está entregado al cuidado de las niñas, lo que no implica que más adelante no vuelva a sus antiguas costumbres. Por eso es importante que yo esté con las niñas, para educarlas bien.

–¿Y si averigua quién eres?

–No lo hará, no tiene forma de hacerlo. Así que alégrate por mí porque esto es lo que quiero.

–De acuerdo, me alegro. Es que no quiero que sufras.

–No sufriré. Es un plan infalible –siempre que no cometiera una estupidez como enamorarse de Coop–.

En cualquier caso, no puedes quedarte conmigo porque vivo en su casa.

–¿Por qué no? Dices que es un buen tipo. Estoy segura de que no le importará que…

–Joy…

–Al menos podrías preguntárselo. No tengo adonde ir ni tampoco dinero. Mi agente me va a prestar para el billete a fondo perdido.

Sierra le pagaría un hotel si pudiera, pero se había gastado todo el dinero en el traslado de su padre y necesitaría unos meses para recuperarse. Y aunque detestaba aprovecharse de la hospitalidad de Coop, le pareció la ocasión ideal para hacer chantaje emocional a Joy.

–Lo haré con una condición.

–La que sea.

–Prométeme que vendrás conmigo a ver a papá.

Su hermana suspiró profundamente.

–Ya sabes que no me gustan esos sitios.

–Lo acabo de trasladar a una buena residencia en Jersey.

–Es que la idea de todos esos viejos enfermos…

Sierra se contuvo para no decir a su hermana que debía madurar.

–Estamos hablando de papá, del hombre que te crió, ¿lo recuerdas?

–Según lo que me dijiste la última vez, ni siquiera me va a reconocer. Así que, ¿qué sentido tiene?

–No lo sabemos con total certeza. Y probablemente no le quede mucho tiempo. Tal vez sea la última vez que lo veas vivo.

–¿Y crees que es así como quiero recordarlo?

¿Y creía Joy que a ella le gustaba llevar toda la carga de su enfermedad tanto emocional como económicamente?

–Lo siento, pero no estoy dispuesta a ceder. O me lo prometes o duermes en la calle.

Joy volvió a suspirar.

–De acuerdo, iré a verlo.

–Y yo le preguntaré a Coop si puedes quedarte –aunque no dudaba que aceptaría. Parecía que quería seguir con el papel de buen tipo. Por otra parte, faltaban diez días para que Joy llegara, así que podía esperar una semana para pedírselo. No le hacía ninguna gracia estar en deuda con él porque tal vez llegara el día en que quisiera cobrarse la deuda.

Lo haría por su hermana, pero no volvería a pedirle un favor a Coop.

–Tío, son modelos rusas. Están buenísimas. No puedes negarte –dijo Vlad.

Como Coop había explicado a Niko, su antiguo compañero de equipo, había hecho borrón y cuenta nueva. Sus días de salir toda la noche de juerga y volver a casa acompañado de mujeres, aunque estuvieran buenísimas, se habían acabado. La llamada de Vlad le indicó que éste no había hablado con Niko o que su amigo no pensó que hablara en serio.

–Lo siento, pero no cuentes conmigo. Ya le he dicho a Niko que ahora tengo familia.

–Pero ¿no has buscado una niñera?

–Sí, pero sigo siendo responsable de las mellizas. Necesitan que esté con ellas.

Vlad rezongó un poco. Coop, sin prestarle atención, se despidió y se agachó a agarrar un juguete que Ivy había tirado al suelo para devolvérselo. La brisa cálida de la mañana movía las hojas de los periódicos que había en la mesa de la terraza del café. Miró a Sierra que, en el interior, hacía cola para comprar dos cafés. Coop estaba contento.

Si el trato salía bien y compraba el equipo, cambiaría la dinámica de la relación con sus antiguos compañeros de juego, pues pasaría de ser su compañero y cómplice a ser su jefe. Y estaba preparado para el cambio.

Se guardó el teléfono en el bolsillo de los pantalones cortos y movió el cochecito para que las niñas estuvieran a la sombra. Iba a ser un día muy caluroso, pero a las nueve y media la temperatura era ideal. Antes de tener a las niñas, a esa hora ni siquiera se hubiera levantado. Cuando tenía veinte años, podía pasarse toda la noche de juerga, dormir unas horas, ir a entrenarse y rendir al máximo. Pero últimamente, las noches fuera le habían pasado factura. Si salía, al día siguiente se pasaba medio día durmiendo.

Desde que las niñas vivían con él, se acostaba a medianoche y se levantaba al amanecer. Y descubrió que le gustaba levantarse temprano. Aquella mañana se había levantado antes del alba, había preparado café y se había sentado en la terraza a ver salir el sol. Al volver dentro, Sierra, todavía en camisón, estaba dando el biberón a las niñas.

Se sobresaltó cuando le dio los buenos días, sorprendida al verlo levantado. Contra su voluntad, Coop se fijó en el escote y en las piernas. Una mujer tan atractiva como Sierra no podía andar por la casa medio desnuda y esperar que no la miraran. Y el hecho de que no hubiera tratado de taparse le indicó que le gustaba que la miraran.

Volvió a mirar a Sierra por la ventana del café y vio que la cola apenas había avanzado. Había sido idea suya, al encontrarse con Sierra y las niñas cuando volvía de correr, acompañarlas en su paseo matinal, una intrusión en su rutina que a ella no parecía haberle hecho ninguna gracia, lo cual no era de extrañar, ya que llevaba evitándolo toda la semana. Estaba seguro de que se debía a la conversación que habían mantenido el día que trasladaron a su padre. Y por mucho que ella fingiera, no lo engañaba: lo deseaba tanto como él a ella.

Una sombra a su lado le hizo alzar la cabeza creyendo que sería Sierra, pero halló a una joven desconocida con ropa deportiva y una botella de agua en la mano.

—Señor Landon, quería decirle que soy una gran admiradora suya.

Él no estaba de humor para hablar con admiradores pero recurrió a su encanto y dijo:

—Muchas gracias, señorita…

—Amber Radcliff.

—Encantado de conocerte, Amber.

Era baja y delgada y podría haber pasado por una joven de diecisiete años, aunque Coop creía que estaría cerca de los veinticinco, la edad ideal. Era muy atractiva y se veía que estaba en forma. Era el tipo de mujer que normalmente lo atraía, pero cuando ella le sonrió, no sintió el más mínimo interés. Parecía que la joven ni siquiera se había dado cuenta del cochecito que había a su lado.

–Toda la vida me ha gustado el hockey –afirmó ella mientras se sentaba enfrente de él sin haber sido invitada–. Mi padre nunca se perdía un partido en casa. Ya sé que se lo dirán mucho, pero soy la número uno de sus admiradoras.

–Pues me alegro de que me hayas saludado.

–El equipo no es el mismo desde que usted lo dejó. La temporada pasada fue decepcionante.

–Seguro que las cosas van mejor esta temporada –porque él estaría al frente. Aunque las negociaciones estaban en punto muerto, confiaba en que el dueño acabaría aceptando su oferta. Sierra apareció con dos cafés y cara de pocos amigos al ver a una desconocida en su silla

–Perdona –dijo.

Amber la miró de arriba abajo y respondió:

–Perdona, pero yo lo he visto primero.

Capítulo Siete

Sierra enarcó las cejas y Coop reprimió la risa. Siempre sucedía lo mismo con sus admiradoras. Creía que por haber pagado por verlo jugar tenían derecho a entrometerse en su vida.

–Sierra, esta es Amber, una admiradora.

Sierra dejó los cafés en la mesa de un golpe.

–Mucho gusto, Amber, pero ésa es mi silla.

–Lo siento –Amber se puso colorada y se levantó–. No me había dado cuenta de que…

–No pasa nada –intervino Coop sonriendo–. Dale recuerdos a tu padre y las gracias por ser un admirador leal. Y seguro que la próxima temporada el equipo vuelve a jugar bien, te lo garantizo.

Amber murmuró una despedida y tropezó con el cochecito con las prisas por salir de allí.

–Vaya –dijo Sierra mientras se sentaba.

–Es el precio de la fama.

–¿Son todos tus admiradores tan maleducados?

–Algunos son más agresivos que otros. Sin admiradores, no hubiera tenido trabajo ni un equipo que comprar –dio un sorbo al café–. Está delicioso.

–¿Las niñas se han portado bien?

–Muy bien, aunque Ivy no deja de tirar el juguete al suelo.

–Porque sabe que se lo devolverás.

–Me tienen atrapado –concedió él sonriendo a las niñas.

Sierra se quedó callada, con el ceño fruncido, mirando distraídamente la taza. Llevaba toda la mañana con aire ausente, como si hubiera algo que la preocupara. Y a Coop le habría gustado saber si era por algo que él hubiera hecho.

–¿En qué piensas?

Ella alzó la vista.

–Mejor que no lo sepas.

–¿Tienes algún problema?

–No exactamente.

–¿Entonces?

–Tengo que pedirte un gran favor, pero quiero que sepas que no tienes ninguna obligación de hacérmelo. Pero he prometido que te lo pediría.

–Pues pídemelo.

Las niñas comenzaron a agitarse y Sierra les dio un biberón con zumo.

–Resulta que mi hermana tiene una prueba cinematográfica en Nueva York y va a venir.

–¿Necesitas tiempo libre?

–No. Lo que hagamos juntas podemos hacerlo con las niñas. Lo que pasa es que normalmente se queda en mi casa. No había tenido la ocasión de hablarle de mi nuevo empleo, por lo que ha supuesto que podría quedarse conmigo. Ha tenido que pedirle dinero prestado a su agente para el billete de avión y no tiene dinero para un hotel.

–Quieres saber si se puede quedar en casa.

—No quería pedírtelo, pero…

—¿Cuándo llega? ¿Y cuánto se va a quedar?

—Llega mañana a mediodía y se quedará una semana. Ya sé que es mucho tiempo.

Él se encogido de hombros.

—Muy bien.

—¿De verdad que no te importa? No deberías invitar a una completa desconocida a tu casa.

—Pero no es una desconocida, sino tu hermana. Y que conste que no se trata de un gran favor. Si me hubieras pedido un riñón o un pulmón, habría sido otra historia.

—Pero no la conoces. Me siento fatal por ponerte en esta tesitura.

Él suspiró. ¿No iba Sierra a aprender que no era el ogro que pensaba?

—Porque ambos sabemos que en el fondo soy un estúpido que no hace nada por los demás a no ser que se vea obligado.

—Sabes que no me refiero a eso.

A veces, ella conseguía que se sintiera así porque siempre esperaba lo peor de él, a pesar de que en las dos semanas que llevaban juntos siempre la había tratado con cortesía y no se había quejado de nada. Alguien tenía que haberle jugado una mala pasada para que desconfiara tanto de él, y de sus propios instintos.

—Puede quedarse. Y no lo digo porque me sienta obligado, ni para acostarme contigo

Sierra se mordió el labio inferior y bajó los ojos.

—No lo he pensado.

No era que él no quisiera acostarse con ella, pero no al precio de perderla como niñera ni, desde luego, porque ella creyera que le debía algo.

Ivy tiró el biberón tan lejos que dio en la pata de la silla de un anciana que estaba sentada en la mesa de al lado. Se inclinó para recogerlo, lo limpió con la servilleta y se lo devolvió a la niña, que chilló de alegría.

–Qué niñas tan guapas –exclamó la anciana–. Se parecen a su madre, pero tienen los ojos de su padre.

No tenía sentido explicarle la situación a la señora, así que Coop sonrió y le dio las gracias. Cuando se volvió hacia Sierra, estaba alterada. ¿Tanto la disgustaba la idea de que creyeran que las mellizas eran hijas de ambos?

Ella se inclinó y susurró:

–No se parecen a mí, ¿verdad?

–No veo cómo alguien puede creer que seas su madre.

–¿A qué te refieres?

–El tono de la piel y el color del pelo es similar, pero ¿te pareces a ellas? Creo que no. Y, aparte de que las tres tenéis dos ojos, no veo ninguna otra semejanza. Sin embargo, al verte con ellas, es natural suponer que eres la madre.

–¿Por qué?

–Porque las tratas como una madre lo haría.

–No sé si te entiendo. ¿Cómo voy a tratarlas si no?

–Susan me dijo una vez que, antes de que Ash y ella las adoptaran, se sentaba en el parque durante

70

la hora de la comida y veía jugar a los niños con la esperanza de ver un día jugar a los suyos. Me dijo que siempre sabía si los adultos que los acompañaban eran sus padres o personas encargados de cuidarlos. Los padres se relacionaban con ellos y se veía que les importaban y que querían estar allí. Los cuidadores formaban grupos y se ponían a hablar sin prestarles atención salvo cuando tenían que regañarlos. Decidió que, si tenía un hijo, dejaría de trabajar y se quedaría en casa. Y así lo hizo.

–Parece que era una buena madre.

–En efecto. Así que te imaginarás cómo me sentí cuando tuve que contratar a una niñera sabiendo que Susan se hubiera opuesto. Pero sabía que no podía arreglármelas para hacer de padre y madre a la vez. Pero apareciste tú, y en dos semanas has superado mis expectativas con creces. Estoy tranquilo porque sé que, aunque esté ausente, las niñas están bien atendidas por alguien que las quiere y porque, aunque no tengan madre, tienen a alguien que les da el amor y el cariño de una verdadera madre.

A Sierra se le llenaron los ojos de lágrimas. Él no pretendía hacer que llorara, sino que supiera la importancia que tenía en sus vidas y lo mucho que lo valoraba. Y eso no tenía nada que ver con querer acostarse con ella.

Puso la mano en la de Sierra esperando que ella la retirara.

–Así que, si te hago un favor, es porque quiero que sepas cuánto valoro que estés con nosotros. Y quiero que estés tan contenta como lo estamos nosotros. Quiero que sientas que perteneces a la familia, aunque no sea una familia convencional.

Ella se secó las lágrimas con la mano libre.

Ivy gritó y volvió a tirar el biberón, y Fern la imitó. Coop soltó la mano de Sierra para recoger los biberones.

—Creo que se están poniendo nerviosas.

—Sí, será mejor que nos vayamos —dijo ella mientras volvía a secarse los ojos.

Sin apenas haber probado los cafés, se marcharon. Coop sintió un tremendo deseo de tomarla de la mano, pero como llevaba el cochecito con ambas manos, no hubiera podido hacerlo.

Esa necesidad irracional de estar cerca de ella desafiaba toda lógica. Podía conseguir prácticamente a cualquier mujer que deseara; mujeres que lo halagarían y que se disputarían su atención; mujeres dispuestas a ser lo que él quisiera con el único fin de complacerlo.

¿Y justamente tenía que desear a quien no lo quería?

Mientras las niñas dormían la siesta, Sierra se dispuso a hacer la colada. Deseaba que aquella mañana en el café no hubiera sucedido.

¿Tenía que ser Coop siempre tan amable? Lo que le había dicho sobre su forma de cuidar a las niñas era los más agradable que había oído en su vida. Le estaba poniendo muy difícil que él no le gustara. De hecho, cuando le había agarrado la mano... ¡Por

Dios! Tenía la mano grande y fuerte y un poco áspera, lo cual hubiera debido ser desagradable. Sin embargo, lo único en lo que ella pensó fue en que le acariciara todo el cuerpo. Si no hubieran estado en un lugar público, podría haber cometido una locura, como tirar la mesa a un lado, sentarse en su regazo y besarlo hasta dejarlo sin aliento. Y después le hubiera quitado la camiseta y los pantalones y le hubiera acariciado todo el cuerpo.

¿Por qué pensaba eso?

Era un error. Aún no sabía por qué ella lo atraía. ¿Por conveniencia, ya que le había dicho que por esa razón elegía a las mujeres? ¿Y qué podía ser más conveniente que una mujer que vivía bajo el mismo techo? ¿O era la persecución lo que despertaba su interés? Y si ella se dejaba atrapar, ¿cuánto tiempo tardaría él en aburrirse?

No mucho. Y después de abandonarla, ella se quedaría con el corazón destrozado, sin trabajo, sin casa y sin sus hijas. Tenía mucho que perder.

Metió la ropa en la lavadora y se dio cuenta de que todavía llevaba la camiseta que Fern le había manchado de puré en la comida. La señora Densmore estaba haciendo la compra y Coop se había marchado a una reunión hacía una hora y le había dicho que duraría hasta la cena, así que Sierra pensó que podía salir en sujetador para ir a su habitación. Se quitó la camiseta y la metió en la lavadora.

La puso en marcha, salió del lavadero y se quedó petrificada al ver que Coop estaba en la cocina.

Parpadeó un par de veces.

Pero no, era Coop. Estaba apoyado en la encimera y revisaba el correo que debía de haber recogido al entrar. En cualquier momento alzaría la vista y la vería en sujetador.

Coop debió presentir su presencia, porque alzó la vista. Y entonces fue él quien parpadeó. Después se fijó en sus senos y dijo:

—No llevas camiseta.

—La señora Densmore ha ido al mercado y no creí que volverías tan pronto.

—Mi abogado tenía que marcharse —le explicó él sin dejar de mirarle los senos—. Y pienso agradecérselo enormemente cuando vuelva a verlo.

El deseo que había en sus ojos era tan intenso que Sierra pensó que le arrancaría el sujetador con la mirada.

—Sólo por curiosidad, ¿sueles andar en sujetador cuando no hay nadie en casa?

—La camiseta estaba manchada de puré y la he metido en la lavadora. Podrías ser un caballero y mirar hacia otro lado.

—Podría si no creyera que te gusta que te mire.

Otra vez le había leído el pensamiento.

—¿Quién ha dicho que me gusta?

—Si no fuera así, habrías intentado cubrirte o marcharte. Por no mencionar la cantidad de feromonas que está despidiendo tu cuerpo. Y ya sabes lo que eso significa.

Las rodillas comenzaron a temblarle.

—¿Qué significa?

—Que tengo que besarte.

Capítulo Ocho

–No es buena idea, Coop –dijo Sierra con voz temblorosa.

Tal vez no lo fuera, pero, en aquel momento, a Coop le daba igual. Se acercó a ella y Sierra contuvo el aliento.

–Lo único que tienes que hacer es negarte.

–Lo acabo de hacer.

Coop estaba a unos centímetros de ella y sentía el calor que despedía su piel desnuda.

–Has dicho que no es buena idea, pero no que no lo haga.

–Pero era eso lo que quería decir.

–Entonces, dilo.

Ella abrió la boca y volvió a cerrarla.

Era evidente que lo deseaba. Él le acarició el brazo con el pulgar desde el codo hasta el hombro y después en sentido contrario. Sierra se estremeció.

–Dime que pare –dijo él al ver que ella no hablaba.

Ella lo miró con los ojos llenos de deseo y las mejillas encendidas.

Él le agarró la barbilla, se la acarició con el pulgar y sintió que ella se derretía y cedía.

–Es tu última oportunidad.

Ella lanzó un suspiro de exasperación.

—Calla de una vez y bésame.

El sonrió mientras inclinaba la cabeza. Cuando sus labios se tocaron y la lengua de ella se deslizó por la suya, el deseo lo invadió con inusitada violencia.

¡Por Dios!

En su vida había experimentado una conexión tan intensa con una mujer sólo por haberla besado. Pero, desde luego, nunca había conocido a una mujer como Sierra. Y supo que un beso no le bastaría. Deseaba más, lo necesitaba de un modo que le resultaba desconocido.

Ella deslizó los brazos en torno a su cuello para tratar de aproximarse más, pero el brazo de Coop se hallaba en medio. Sierra dejó de besarlo y le miró la entrepierna, que él se tapaba con la mano que tenía libre. Después alzó los ojos mirándolo de forma inquisitiva.

—Es por si cumples tu amenaza.

—¿Qué amenaza?

—La de llevarme un rodillazo si trataba de besarte.

Ella se echó a reír y negó con la cabeza.

—Al haberte creído que fuera a hacerlo, me resultas mucho más atractivo.

Él sonrió.

—Ya te he dicho que soy irresistible.

—Esto es un error, Coop.

Él le acarició la espalda desnuda. Sierra suspiró y cerró los ojos.

—Nada que te haga sentir tan bien puede ser un error.

Ella debía de estar de acuerdo porque le rodeó el cuello con los brazos, le bajó la cabeza y lo besó. Podría haberla tomado allí mismo, en la cocina, y estaba seguro de que era lo que ella quería, pero Sierra se merecía algo mejor que una encimera o la puerta de una nevera. Era especial. No estaba con él por la emoción de estar con alguien famoso. Aquello significaba algo para ella, algo profundo. Merecía que la trataran con ternura, y cuando hicieran el amor, y él ya estaba seguro de que sucedería, quería que fuera con tiempo y que no tuvieran que preocuparse de que las niñas fueran a despertarse de la siesta, lo que estaba a punto de ocurrir. Además, la señora Densmore podía volver en cualquier momento. Y aunque le daba igual lo que su ama de llaves pensara, no quería que Sierra se sintiera violenta o incómoda. Ella realmente le importaba, lo que era extraño.

¿Se estaría enamorando?

Él no se enamoraba. Las mujeres no le duraban una semana y no eran más que un pasatiempo. Y no porque tuviera una herida profunda ni miedo al compromiso. La muerte de sus padres no le había causado un profundo daño ni lo había abandonado su único y verdadero amor, sino que se había centrado en su carrera y no había tenido tiempo para tener una relación a largo plazo. Tampoco había conocido a una mujer sin la cual no pudiera vivir. Pero al final tendría que ocurrir, tendría que encontrar su media naranja. Y tal vez fuera Sierra.

Tuvo que recurrir a toda su fuerza de voluntad para dejar de besarla sin tener garantías de que ella volviera a consentirle que lo hiciera. Tal vez ella cambiara de opinión, pero era un riesgo que debía correr.

Le agarró las manos, se las quitó del cuello y se las puso en el pecho.

–Tenemos que parar antes de ir demasiado lejos.

Ella pareció sorprendida y decepcionada, y quizá algo aliviada.

–Las niñas van a despertarse.

–Exactamente. Y a no ser que quieras que la señora Densmore te vea medio desnuda, será mejor que te pongas algo.

–Casi merecería la pena, para verle la cara.

Oyeron que se abría la puerta de servicio y Sierra se fue corriendo a su habitación.

La señora Densmore apareció con dos bolsas llenas de provisiones.

Al verlo le dijo:

–No lo esperaba tan pronto.

Parecía cansada, así que él agarró las bolsas y las dejó en la encimera.

–La reunión ha acabado temprano.

Echó un vistazo al contenido de las bolsas: verdura y hortalizas, tarros de comida infantil y pechugas de pollo.

–¿Vamos a cenar pollo?

–Sí –hizo una pausa y añadió–: Tenemos que hablar.

Coop se percató por su expresión que había un problema.

–¿Qué pasa?

–Me temo que no puedo seguir trabajando aquí.

Coop sabía que no le hacía gracia que estuvieran las niñas, pero no hasta el punto de que quisiera dejar el empleo. Era una buena ama de llaves y no quería perderla.

–¿Es por algo concreto? Y si es así, ¿puedo hacer algo para solucionarlo?

–Acepté este trabajo porque se ajustaba a ciertas normas: no había niños ni era probable que los hubiera y usted no paraba mucho en casa. Me gusta estar sola y hacer las cosas a mi aire. Desde que trajo a las mellizas, todo ha cambiado. Tengo que cocinar continuamente y odio cocinar. Además, la niñera me está martirizando.

Él no pudo evitar la risa, lo que provocó una mirada furibunda de parte del ama de llaves.

–Perdone, pero Sierra no es una persona que se dedique a martirizar a los demás.

–Me gasta bromas.

–¿Qué bromas?

–Se dedica a descolocar las cosas para que me enfade. Quita la leche de la puerta de la nevera y la pone en un estante y coloca de forma distinta las cosas del lavadero. Es infantil y mezquina.

–Hablaré con ella.

–Ya es tarde. Además, mientras las niñas sigan aquí no estaré a gusto en este trabajo.

Coop sentía que ella opinara así, pero tampoco quería tener a una empleada descontenta o que no supiera apreciar a dos preciosas niñas.

–¿Cuándo va a marcharse?

–Tengo un nuevo empleo y quieren que empiece inmediatamente, así que hoy es mi último día.

–¿Hoy? –no podía creer que lo fuera a dejar en la estacada.

–Al final, usted me hubiera despedido. Ella hubiera insistido.

–¿Sierra? No es asunto suyo.

–Lo será cuando sea la señora de la casa, y usted sabe que eso será lo que suceda.

Coop no sabía que lo que sentía por Sierra fuera tan evidente.

–No se preocupe –dijo la señora Densmore–. Llamé a una agencia y tendrá a una sustituta antes de acabar la semana.

–¿Le importa decirme para quién va a trabajar?

–Para un diplomático y su esposa. Tienen hijos mayores y pasan tres semanas al mes viajando. Estaré sola prácticamente siempre.

–Parece perfecto para usted.

–Salvo este último mes, ha sido un placer trabajar aquí, señor Landon. Pero ya no estoy a gusto. Ya soy vieja para cambiar de costumbres.

–Entiendo.

–Estoy segura de que Sierra se las arreglará hasta que usted encuentre a otra persona.

Coop había visto la habitación de Sierra. El gobierno de una casa era algo que parecía resultarle incomprensible. Además, con dos niñas que cuidar, no tendría tiempo de limpiar y cocinar. Necesitaba a alguien de forma inmediata.

–La cena estará lista a las seis y media.

–Gracias.

Coop fue a buscar a Sierra para contarle lo que ella sin duda consideraría una buena noticia. Las niñas seguían durmiendo, así que llamó a su habitación. Cuando ella abrió la puerta, vio con pesar que se había puesto una blusa limpia.

–¿Tienes un minuto?

–Claro –lo dejó entrar. La cama estaba deshecha, había una toalla de baño colgada de una silla, el escritorio estaba lleno de papeles y había un montón de libros en el suelo, al lado de la cama.

–Perdona el desorden. No encuentro tiempo de ordenar las cosas. Tras todo el día con las niñas, estoy agotada.

Lo que implicaba que era imposible que se dedicara a las labores domésticas.

–Es tu habitación y puedes tenerla como quieras.

–Sé que saca de quicio a la señora Densmore, pero no consentiré que entre.

–Ahora que la mencionas, por ella vengo a verte.

–¿Es que me ha visto sin camiseta?

–No, pero parece que la has estado martirizando.

Sierra adoptó una expresión de inocencia absoluta.

–¿Qué quieres decir?

Coop trató de ponerse serio, pero su mirada era risueña.

–No finjas que no sabes de lo que hablo. Ya sabes que siempre sé cuándo mientes.

—Decir que la martirizo es una exageración. Son bromitas. Y no me digas que no se las merece.

—Acaba de despedirse.

Ella ahogó un grito.

—No puede ser.

—Ahora mismo, en la cocina. Es su último día.

—Lo siento, Coop. Quería molestarla, pero no que se fuera por mi culpa. ¿Quieres que hable con ella y que le prometa que voy a portarme bien?

Él sonrió y negó con la cabeza.

—Puede que hayas acelerado el proceso, pero se hubiera marchado de todos modos. Dice que no está a gusto desde que las niñas viven conmigo. La contraté hace cinco años, cuando jugaba al hockey y apenas paraba en casa. A ella le gustaba que fuera así.

—Me siento fatal.

—No te preocupes —señaló una foto enmarcada que había en la cómoda—. ¿Es tu madre?

Ella asintió sonriendo. Era su foto preferida. Su madre estaba sentada en la hierba, en el parque, y sonreía a la cámara.

—¿A que era muy guapa?

Él se acercó a la cómoda y agarró la foto.

—Mucho.

—Siempre sonreía, siempre estaba contenta. Y era contagioso. Si estabas con ella, sonreías. Y le encantaba dar abrazos, así que nos acurrucábamos los domingos en un sillón y nos pasábamos el día leyendo o haciendo crucigramas. Y mi padre la adoraba. No volvió a casarse. Ni siquiera salía mucho con mujeres. Creo que nunca se recuperó de su pérdida. No se peleaban ni discutían. Su matrimonio era perfecto.

—¿Era asiática?

—Su madre era china. Me gustaría parecerme más a ella.

—Te pareces.

—Me parezco más a mi padre.

—¿La echas de menos?

—Todos los días.

Él se le acercó, la tomó de la mano y la atrajo hacia sí. Ella no se resistió cuando la abrazó. Se estaba tan bien con la cabeza apoyada en su pecho y oyendo los latidos de su corazón… Era tan alto y fuerte y olía tan bien… Y besarlo era como estar en el paraíso. Y a partir de aquel momento sólo estarían los dos en la casa, y las niñas, claro. Pensarlo la emocionó y la puso nerviosa. Sabía que besarse no había sido buena idea y que ir más lejos sería un error de proporciones cósmicas. Pero ¿por qué no fingir por unos instantes que tenían una oportunidad y que una aventura con Coop no lo echaría todo a perder?

Por la razón que fuera, y contra toda lógica, parecía que ella le gustaba de verdad. Si lo único que le importara fuera llevársela a la cama, ya estarían allí. Y si ella creyera que los sentimientos de él no eran algo pasajero, no dudaría en arrastrarlo ella misma hasta el lecho. Por desgracia, Coop y ella eran demasiado distintos y lo suyo nunca funcionaría.

Se separó de sus brazos y reculó.

—Tenemos que hablar.

–Me da la sensación de que no me va a gustar.

–Lo que ha pasado antes ha estado bien.

–¿Pero…?

–Sabemos que no funcionaría.

–No lo sabemos.

–No quiero tener una aventura.

–Yo tampoco. Sé que te resultará difícil creerlo, pero esta vez quiero algo más. Estoy preparado.

–¿Cómo lo sabes? ¿Cuánto haces que me conoces? ¿Dos semanas?

–No sé explicarlo. Lo único que sé es que nunca he deseado a nadie como a ti.

Lo afirmó con tanta intensidad que ella no dudó que hablaba en serio, y deseó olvidar sus reparos y creerle también. Pero había mucho en juego.

–Yo también te deseo, Coop. Y no dudo que durante un tiempo todo iría bien, hasta que se torciera. Te sentirías desgraciado y yo también; las cosas dejarían de funcionar y, aunque detestaras hacerlo, me despedirías.

–No lo haría.

–Claro que sí porque no tendrías elección. Piénsalo. ¿Qué harías, traer a otra mujer mientras yo estuviera aquí?

–Supones que no funcionaría. Pero ¿y si lo hace? Estaríamos muy bien juntos.

–No estoy dispuesta a correr riesgos –y no podía hacérselo comprender sin decirle la verdad, lo cual haría que la despidiera sin pensárselo dos veces.

–¿Así que el trabajo te importa más que lo que sientes por mí?

–Las niñas me necesitan más que tú. Y si pierdo el empleo, mi padre tendrá que volver al agujero en que estaba. Y eso no lo consentiré.

–Podría despedirte ahora y así podríamos vernos.

Ella enarcó las cejas.

–¿Quieres decir que si no me acuesto contigo vas a despedirme?

Coop frunció el ceño y se pasó la mano por la barbilla.

–Lo dices de una manera que parece sórdido.

–Es que lo es. Y también se llama acoso sexual –ella no creía que la estuviera amenazando en serio. Simplemente no estaba acostumbrado a que llevaran la contraria. Pues tendría que hacerlo.

El móvil de Sierra empezó a sonar. Cuando vio que la llamada era de la residencia, el corazón le dejó de latir, lo cual siempre le sucedía cuando se trataba de su padre, porque pensaba que le iban a decir que había muerto. Pero había muchos otros motivos para llamar.

Entonces, ¿por qué tenía un horrible presentimiento?

–Tengo que contestar. Es de la residencia –le dijo a Coop.

–Señorita Evans, soy Meg Douglas, de la residencia Heartland.

–Dígame –pidió Sierra con la esperanza de que le dijera que tenía que rellenar un formulario o firmar la autorización para un tratamiento.

–Lamento informarle de que su padre ha fallecido.

Capítulo Nueve

Coop cambió los pañales a las mellizas, les puso el pijama y se sentó en la mecedora con una en cada brazo. Antes de acabarse el biberón, ya estaban dormidas.

Aquella tarde habían estado muy ocupados. Habían ido a la residencia para que Sierra viera a su padre por última vez y después a la funeraria. Cuando volvieron a casa, ya se había pasado la hora de dormir de las niñas.

La señora Densmore les había dejado la cena en el horno y una nota en la nevera en que daba el pésame a Sierra.

Coop se levantó y metió a las niñas en la cuna, les dio un beso y las arropó. Se quedó unos instantes viéndolas dormir plácidamente. Al principio había creído que al contratar a alguien que las cuidara, su vida volvería a la normalidad. Dos meses antes, si le hubieran dicho que disfrutaría siendo padre, se habría muerto de risa.

Había pensado que estaría contento con el papel del tío que las llenaría de regalos mientras otra persona se ocupaba del día a día: de la comida, los pañales y las posteriores emociones de la adolescencia. Pero se había dado cuenta de que las niñas se merecían algo más: una familia convencional.

Cerró la puerta de la habitación con cuidado, llevó los biberones a medio terminar a la cocina y los metió en la nevera por si las niñas se despertaban con hambre por la noche.

Le apetecía tomarse una cerveza, así que agarró dos de la nevera y fue a la terraza, adonde había mandado a Sierra mientras acostaba a las niñas. Al principio ella había protestado, pero había terminado por ceder.

Era extraño, pero ya no pensaba en ella como la niñera de las mellizas, sino como la compañera que le ayudaba a criarlas. Y le gustaba.

El sol estaba a punto de ponerse, así que encendió las luces.

Sierra, sentada en una tumbona con las rodillas bajo la barbilla, alzó la cabeza. Llevaba pantalones cortos y una camiseta, y estaba descalza. Él esperaba que estuviera llorando, pero tenía los ojos secos. La única vez que había llorado aquel día había sido al entrar en la habitación de su padre.

—¿Están ya acostadas?

—Se quedaron fritas antes de meterlas en la cuna. ¿Quieres una cerveza? —le preguntó mientras levantaba una de ellas.

—Sí, gracias.

Se la dio y se tumbó en la tumbona de al lado.

Ella tomó un trago y suspiró.

—Gracias por ayudarme con las niñas y por llevarme en coche a todas partes. No sé cómo me las hubiera arreglado sin ti.

—No hay de qué. ¿Cómo estás?

–Bien, mejor de lo que me esperaba. Estoy triste, claro, y voy a echarlo de menos, pero mi padre se había marchado ya hace tiempo. No se debería vivir así. Me alegro por él de que todo haya acabado, de que esté en paz. ¿Te parezco una persona horrible?

–En absoluto.

–Pero me preocupa Joy.

–¿No ha tomado bien la noticia?

–Demasiado bien. Llevaba casi cuatro años sin ver a nuestro padre. Por eso me parecía tan importante que lo viera cuando viniera de visita. Ahora no podrá hacerlo, y me preocupa que lo lamente el resto de su vida. Le he preguntado si quería que retrasáramos la incineración para que pudiera verlo, pero me ha dicho que no porque no quiere recordarlo así.

–¿Puedo hacer algo? ¿Necesitas algo para el funeral? Sé que tu hermana y tú no andáis sobradas de dinero.

–No voy a consentir que pagues el funeral de mi padre.

–Entonces, ¿qué vas a hacer?

–Aún no lo he pensado.

–¿Tenía seguro?

–Una pequeña póliza, pero no quedará mucho tras los gastos médicos. Y hasta dentro de dos semanas no me pagarás el primer sueldo.

–¿Y si te doy un adelanto? No me importa. Estoy seguro de que no te vas a marchar.

Ella vaciló. Coop no entendía por qué le costaba tanto aceptar su ayuda. ¿No consistía en eso la amistad? Y la consideraba una amiga. Y la consideraría algo más si ella se lo permitiera.

–¿Estás seguro de que no es una imposición? –preguntó ella.

–En ese caso, no te lo hubiera ofrecido.

–Pues te lo agradezco mucho.

–Te transferiré el dinero a tu cuenta mañana por la mañana.

–Gracias.

Ella se quedó callada durante varios minutos.

–¿En qué piensas?

–En las mellizas y en que no podrán recordar a sus padres. Yo al menos viví catorce años con la mía y tengo recuerdos que conservaré siempre. Aunque tal vez sea mejor que hayan perdido a sus padres ahora y no dentro de cuatro o cinco años, porque así no saben lo que se han perdido.

–Que hayan perdido a Ash y Susan no significa que no tengan a unos padres que las quieran.

–¿A qué te refieres?

–Las mellizas no debieran criarse con su tío. Se merecen una familia de verdad.

Sierra palideció.

–¿Es que vas a dejarlas?

–Claro que no. Las quiero y estoy listo para sentar cabeza y fundar una familia, así que he decidido adoptarlas.

Sierra se mordió con fuerza el labio inferior para contener las lágrimas. Había querido creer que

Coop había cambiado y que sería un buen padre, pero hasta ese momento no había estado segura. Sentía que se le había quitado un enorme peso de encima; era como si pudiera respirar por primera vez después de enterarse del accidente aéreo. Ya estaba segura de que, con independencia de lo que pasara entre Coop y ella, las mellizas estarían bien. Él las quería y deseaba ser su padre.

Miró a Coop y se dio cuenta de que él la miraba con preocupación.

—Espero que esas lágrimas que estás conteniendo sean de felicidad y que no estés pensando que seré un padre terrible y compadezcas a las niñas.

—En realidad estoy pensando en lo afortunadas que son al tenerte —lo tomó de la mano—. Y en lo orgullosos y agradecidos que estarían Ash y Susan.

—Ven aquí —dijo él tirándole del brazo para que se sentara en su regazo. Ella se acurrucó en su pecho y él la abrazó con fuerza. Y cuando habló, aunque ella no le veía la cara, se le quebró la voz—. Gracias, Sierra. No sabes cuánto significa eso para mí viniendo de ti.

Ella apoyó la cara en su cuello y aspiró el aroma de su piel. ¿Cómo podía ser un hombre tan maravilloso?

—Sabes que las niñas necesitarán una madre —prosiguió él mientras le acariciaba el pelo— y cuánto te quieren —deslizó la mano hasta su mejilla—. Y también sé que me vuelves loco y cuánto te deseo.

¿Era verdad o simplemente lo decía porque ella encajaba en su nuevo plan familiar? ¿Acaso importaba? Podían ser una familia. Era lo que necesitaban las niñas.

—¿Y si no funciona?

Él le levantó la barbilla para verle la cara.

—¿No merece la pena que lo intentemos?

Claro que sí. Lo hacían por las niñas.

Se puso a horcajadas en el regazo de Coop, le tomo la cara entre las manos y lo besó. Él estaba en lo cierto: algo tan agradable no podía ser un error.

Le rodeó el cuello con las manos y le metió los dedos en el cabello mientras sentía que se liberaba de la tensión y que el vacío de su corazón volvía a llenarse. Después de un día terrible, él la hacía feliz. De hecho, no recordaba una época de su vida tan feliz como aquella con Coop y las niñas. Eso debía tener un significado. Se había esforzado en no enamorarse de él, pero tal vez hubiese llegado la hora de relajarse y dejar que la naturaleza siguiera su curso. Además, ¿cómo podía decirle que no a un hombre que besaba de aquella forma? En unos segundos, la suavidad de sus labios y la calidez de su lengua la llenaron de deseo.

Pero lo único que hacían era besarse cuando ella anhelaba mucho más, en tanto que él parecía tan contento acariciándole el pelo y las mejillas. Y cuando ella trató de avanzar y de acariciarlo, él le agarró las manos y se las llevó al pecho.

¿Se estaba echando atrás cuando ya la tenía donde quería? ¿Había decidido que en realidad no la deseaba? Era evidente que estaba excitado. Entonces, ¿por qué no iban más allá?

91

Ella dejó de besarlo.

—¿Qué te pasa?

Él la miró confuso.

—¿Qué me pasa?

—Sabes hacerlo, ¿verdad? ¿No será la primera vez?

Él enarcó una ceja.

—¿Es una pregunta retórica?

—No estás haciendo nada.

—Claro que sí, te estoy besando. Y quiero que sepas que me encanta. ¿Pasa algo por ir despacio? Quiero que estés segura de que deseas hacerlo.

¿Podía culparlo por ser precavido? Ella le había enviado señales contradictorias en tanto que él había tenido muy claro desde el principio lo que quería.

—Quiero hacerlo, Coop. Estoy preparada.

—¿Preparada para qué? ¿Para jugar todo el partido?

Ella no pudo evitar una sonrisa.

—Hasta el final.

Él sonrió.

—En ese caso, más vale que traslademos la fiesta a mi habitación.

Capítulo Diez

Observar a Coop mientras se desnudaba y quitarse la ropa frente a él fue la experiencia más erótica y maravillosa de la vida de Sierra. Él había insistido en que dejaran la lámpara de la mesilla encendida y ella se inquietó al pensar que tal vez no le gustara lo que iba a ver. Pero si se percató de que la tripa no la tenía tan firme como antes de tener a las mellizas o de que tenía estrías en las caderas, no lo demostró. Estaba segura de que había estado con mujeres más delgadas, con más pecho y más guapas, pero la miraba como si fuera la más hermosa del mundo.

Y parecía estar totalmente a gusto desnudo. ¿Cómo no iba a estarlo? Era perfecto de los pies a la cabeza. No tenía mucho vello, como a ella le gustaba. Y sus músculos…

—Nunca he estado con alguien tan potente.

Él se miró la entrepierna.

—Creía que estaba dentro la media.

Ella se echó a reír.

—Me refiero a tus músculos.

Él sonrió.

—Ah, era eso.

Pero ninguna parte de su cuerpo estaba dentro de la media.

—Quiero acariciarte todo entero.

—Nada más fácil —apartó las sábanas, se tumbó en la cama y dio unas palmaditas en el colchón—. Ven aquí.

Nerviosa y excitada, Sierra se tumbó a su lado. Y aunque deseaba aquello con todas sus fuerzas, cuando él comenzó a besarla, no consiguió relajarse. Sus experiencias con su novio de secundaria habían sido más torpes que satisfactorias, y las pocas relaciones que había tenido mientras estudiaba Enfermería no habían sido nada del otro mundo. Su última experiencia sexual, dieciséis meses antes con el padre de las mellizas, había sido un aquí te pillo, aquí te mato, producto de la bebida, y ambos lo habían lamentado en cuanto acabó.

Quería que el sexo fuera divertido y satisfactorio. Quería sentir que había chispa, que había conexión, que estaba intrínsecamente unida al otro, suponiendo que eso existiera. Sin embargo, cada nueva experiencia la había dejado decepcionada y vacía. Había fingido los orgasmos por cortesía al tiempo que se preguntaba si hacía algo mal.

¿Y si le sucedía lo mismo con Coop? ¿Y si tampoco ella lo satisfacía? ¿Y si no estaba a la altura de sus expectativas?

En ese estado de nervios, cuando él le puso la mano en un seno, en vez de disfrutar se puso tensa. Él dejó de besarla, se apoyó en un codo y la miró.

Ella se sonrojó. Estaba desnuda, en la cama, con un hombre guapísimo y sexy, y lo estaba echando a perder.

–Lo siento.

–¿Quieres que lo dejemos?

–No.

–Lo has hecho antes, ¿verdad? –se burló él–. No es la primera vez.

Si no fuera tan adorable, Sierra le hubiese dado una bofetada. En lugar de ello, sonrió.

–Sí, lo he hecho antes, pero probablemente no tantas veces como tú.

Él le acarició la mejilla con el ceño fruncido.

–¿Y eso te molesta?

–Claro que no, pero me preocupa no dar la talla y decepcionarte.

–Hazme caso, no lo harás.

–Pero podría suceder.

–O podría ser yo el que te decepcionara. ¿Lo has pensado? Tal vez haya estado con tantas mujeres porque lo hago tan mal que nadie quiere volver a acostarse conmigo.

Ella se echó a reír.

–Es la mayor estupidez que he oído en mi vida.

–Y que conste que no me he acostado con tantas mujeres, y no por falta de oportunidades. Soy muy selectivo a la hora de meterme con alguien en la cama.

Fuera la cantidad que fuese, a Sierra no le molestaba porque sabía que aquella vez era distinto. Coop era distinto.

–¿Qué puedo hacer para que estés a gusto, para convencerte de que el hecho de que me decepciones ni siquiera es una posibilidad remota?

–Tal vez podrías indicarme lo que te gusta.

–Que me beses. Y has dicho que me ibas a acariciar todo entero, lo cual me parece muy bien –le tomó la mano y se la llevó al pecho. Después le rozó los labios con los suyos–. Iremos despacio, ¿de acuerdo?

Ella asintió. Ya se sentía más tranquila.

Coop cumplió su palabra y le indicó exactamente lo que quería y dónde deseaba que lo acariciara, que era en todas partes, tanto con las manos como con la boca. Y al cabo de un rato de paciente enseñanza, ella ganó seguridad para experimentar por su cuenta, lo que a él pareció gustarle aún más. Y Coop no la decepcionó en absoluto, pues conocía el cuerpo femenino e hizo que se sintiera hermosa y sexy.

Cuando él extendió el brazo hacia la mesilla de noche en busca de un preservativo, ella deseaba tanto que dieran el siguiente paso que apenas pudo esperar a que se lo pusiera. Él le separó los muslos y ella contuvo el aliento. Pero él se limitó a mirarla.

–Eres muy hermosa.

–Coop, por favor –suplicó ella.

–¿Qué, Sierra? ¿Qué quieres?

A él. Lo quería a él.

Pero Coop ya lo sabía, porque su mirada de puro éxtasis cuando la penetró estuvo a punto de acabar con ella. Él gimió y le acarició el pelo antes de cerrar los ojos. Y, por fin, ella experimentó la conexión. Y fue mucho más intensa y extraordinaria de lo que había imaginado. Así tenía que ser hacer el amor. Y pasara lo que pasase entre ambos, no olvidaría aquel momento en su vida.

Después, todo se convirtió en un roce de pieles, una mezcla de respiración agitada y gemidos y una sensación de placer que iba en aumento. Ella no supo quién llegó al orgasmo primero, pero fue lo más parecido al paraíso que había conocido. Se quedaron abrazados, con las piernas entrelazadas y la respiración jadeante. Y ella sólo quiso tenerlo aún más cerca. Y aunque se hubieran fundido el uno en el otro y convertido en una sola persona, no le habría parecido suficiente.

En aquel momento se dio cuenta de la realidad como si hubiera recibido un golpe. No lo había planeado ni esperado, pero no podía negarlo.

Estaba enamorada de Coop.

Coop pensó que había deshonrado el sexo masculino.

En su vida había sido el primero en llegar al orgasmo. Siempre se había sentido orgulloso del control que mantenía. Hasta esa noche.

Al ver a Sierra retorciéndose debajo de él, al oír sus gemidos y suspiros, no había podido contenerse. Le había hecho sentir cosas que no creía ser capaz de sentir. Por primera vez en su vida, el sexo había tenido un significado. Había llegado a un grado de intimidad que no sabía que existiese.

Está recogiendo el equipaje –dijo Sierra, sentada en el asiento del copiloto, mientras guardaba el móvil en el bolso–. Tenemos que encontrarnos en la terminal C.

El vuelo de Joy se había retrasado unos minutos, así que habían estado dando vueltas en el coche mientras aterrizaba y ella recogía el equipaje.

–Me alegro de que las niñas hayan comido pronto –afirmó Sierra mirando hacia el asiento de atrás, donde estaban muy tranquilas–. Y gracias por venir a recoger a Joy.

–De nada –la tomó de la mano–. Además, te lo debía por lo de anoche.

Sierra lanzó un bufido.

–No sé por qué le das tanta importancia. Sólo debió de ser unos segundos antes que yo.

Demasiados para él.

–Nunca pierdo el control de esa manera.

–Ni siquiera me di cuenta y no lo habría sabido si no me lo hubieras dicho.

–Pues no volverá a pasar –y así había sido. No había sucedido la segunda vez ni la tercera, ni aquella mañana al despertarse, ni en la ducha.

Ella negó con la cabeza como si fuera un caso perdido.

–Los hombres y su ego. Además, me gusta haberte hecho perder el control.

–Eso me recuerda que tenemos que parar en una farmacia cuando volvamos. Hemos agotado mi reserva de preservativos.

–No tenemos que usarlos si no quieres.

–¿Tomas la píldora?

–Tengo un DIU.

Sexo sin preservativo… Parecía interesante.

Partidario del sexo seguro, por no hablar de la posibilidad de que una mujer lo atrapara mediante un embarazo «accidental», nunca había tenido relaciones sexuales sin condón, por lo que la idea despertó su curiosidad.

Él la miró sonriendo.

—Pues tenemos que probarlo, ¿no crees? Y quiero que sepas que me hago análisis regularmente.

—Yo también, por mi profesión.

—¿Qué te parece esta noche?

—¿Con mi hermana en casa?

—Lo que hagamos en la intimidad de nuestra habitación es asunto nuestro.

—¿Nuestra habitación?

—Ella dormirá en la tuya, así que es lógico que tú lo hagas en la mía. Y que sigas durmiendo allí cuando tu hermana se haya marchado.

—¿No crees que debiéramos ir más despacio?

—No parecía que quisieras hacerlo anoche.

—Tener sexo no es lo mismo que trasladarme a tu dormitorio.

—Vivimos juntos, Sierra. Donde duermas es pura logística. Estamos juntos y quiero que duermas conmigo.

Ella vaciló durante unos segundos, pero acabó asintiendo.

—De acuerdo.

Se dirigieron a la terminal C y en seguida vieron a Joy. Era una versión más alta y delgada de su hermana y tenía el mismo pelo negro, aunque más largo. A juzgar por la falda larga que llevaba, el top, las sandalias de cuero y los collares, parecía un espíritu libre, a diferencia de Sierra, muy conservadora.

—¡Ahí está! —exclamó Sierra.

Coop se detuvo frente a ella y Sierra bajó de un salto.

Coop desmontó para agarrar la bolsa de Joy. Las hermanas se habían fundido en un abrazo y tenían los ojos llorosos.

Sierra se volvió hacia él.

—Coop, te presento a mi hermana. Joy, este es Coop, mi… jefe.

Joy le estrechó la mano con fuerza.

—No sé cómo agradecerte que me alojes en tu casa y que hayas venido a recogerme.

—Espero que no te importe ir sentada un poco apretada entre las niñas.

—Es mejor que tomar el autobús.

Coop le abrió la puerta, y cuando las dos hermanas hubieron montado, colocó la maleta en el portaequipajes. Al sentarse al volante, Sierra estaba presentando a su hermana a las mellizas.

—La de la derecha es Fern y la de la izquierda, Ivy.

Joy les estrechó la mano, lo que pareció encantar a las niñas.

—Encantada de conoceros. Y también estoy encantada de conocer al hombre del que mi hermana no deja de hablar. ¿Sois ya pareja?

—¡Joy! —exclamó Sierra mientras le daba un manotazo en la pierna. Después se dirigió a Coop—. Perdónala. Dice lo primero que se le ocurre.

Aunque sólo hacía dos minutos que la conocía, Coop tuvo el presentimiento de que Joy iba a caerle bien...

—Duermes con él —dijo Joy cuando, después de acostar a las niñas, se quedaron solas en la habitación de Sierra, que había pasado a ser de Joy.

—Sí, desde anoche.

—Me lo suponía —puso la maleta en la cama y la abrió.

—Has traído mucho equipaje —afirmó Sierra cuando el contenido de la maleta estuvo en el edredón.

—El tipo con el que estaba va a fumigar la casa mientras yo esté fuera, así que me he traído todas mis cosas. ¿Te sobran perchas?

Sierra le indicó el armario.

—Están ahí.

Joy lo abrió.

—¡Por Dios! ¡Es enorme!

—Lo sé. Es veinte veces mayor que el de mi piso.

—No sabía que los jugadores de hockey ganaran tanto dinero —dijo Joy desde dentro del armario, del que salió con una docena de perchas.

—También ha tenido mucho éxito como hombre de negocios. Patrocina equipos en zonas desfavorecidas y enseña en talleres para jugadores jóvenes. Para alguien que no quiere tener hijos, hace mucho por los niños —al observar el estilo hippy y colorido de las prendas que su hermana había dejado en la cama, le preguntó—: ¿Has traído algo para el funeral?

–Nunca me pongo ropa negra.

Sierra suspiró.

–No hace falta que sea negra. Basta con que no sea de colores tan vivos. Si nada de lo que tengo te vale, podemos ir de compras mañana, después de que realices la prueba.

–Sabes que no tengo dinero.

–Pero yo sí. Coop me ha adelantado el sueldo de un mes para pagar el funeral.

–Qué amable. Supongo que no tiene nada que ver con que te acuestes con él.

Sierra la fulminó con la mirada.

–Aunque no sea asunto tuyo, me lo ofreció antes de que me acostara con él, y sólo porque me negué a que me pagara el funeral. Siempre trata de hacer cosas así.

–Vaya, será una pesadez. Yo detestaría que un hombre rico y sexy se ocupara de mí. ¿Cómo lo soportas?

Sierra le dio un azote.

–Me había olvidado de lo tonta que eres.

Joy sonrió.

–Me han dicho que es una de mis mejores cualidades.

–Ya sabes que me gusta cuidar de mí misma –afirmó Sierra.

Pero ¿cómo seguiría haciéndolo? Dado que Coop y ella ya eran pareja, ¿seguiría pagándole o esperaría que cuidara de las niñas gratis?

Era una de las muchas cosas de las que tenían que hablar; como, por ejemplo, hasta dónde quería él que llegara la relación. ¿Serían novios a perpetuidad o estaría dispuesto a casarse con ella? ¿Querría más hijos?

Ella seguía pensando que haberse trasladado a su dormitorio tan pronto no había sido buena idea. Aunque técnicamente vivieran juntos, dormir en la misma habitación sólo veinticuatro horas después de hacer el amor por primera vez, era bordear los límites de la respetabilidad.

—Tendrás que decirle la verdad —dijo Joy.

Y ése era otro problema: decirle que era la madre de las mellizas. Pero lo más difícil sería hablarle del padre.

—Se lo diré en su momento.

—Sinceramente, me sorprende que no lo haya adivinado. Son idénticas a ti.

—Ayer estuvimos en un café, y una mujer que estaba en la mesa de al lado dio por sentado que éramos los padres. Dijo que se parecían a mí, pero que tenían los ojos del padre.

—¿Qué dijo Coop?

—Supongo que no se da cuenta.

—Si quieres que vuestra relación avance, tienes que ser sincera.

—Me he enamorado de él.

Joy le pasó el brazo por el hombro.

—No puedes iniciar una relación con mentiras. Hazme caso, lo sé por experiencia propia.

Sierra apoyó la cabeza en el hombro de su hermana.

—¿Cómo me he metido en este lío?

–Él lo entenderá.

–¿Tú crees?

–Lo hará si te quiere.

El problema era que Sierra no sabía si la quería. Él no se lo había dicho, aunque tampoco ella lo había hecho. Una cosa era sentirlo y otra expresarlo, porque la asustaba lo vulnerable que sería. Sobre todo porque estaba convencida de que el afecto que él sintiera por ella se debería en parte a su deseo de que las niñas estuvieran bien. ¿La quería a ella o a la idea de lo que simbolizaba su relación? La imagen que tenía de una familia perfecta.

Si le dijera la verdad, ¿sus sentimientos hacia ella serían lo suficientemente intensos para soportar el golpe? ¿Y si no se la decía? ¿Tan mal estaría? ¿Y si saber la verdad cambiara su forma de ver la relación de ella con las niñas? ¿Y si causaba más mal que bien? Él no tenía manera de enterarse por sí mismo.

Joy le agarró la mano con fuerza como si le estuviera leyendo el pensamiento.

–Tienes que decírselo.

–Lo haré. Probablemente.

–¿Cuándo?

Cuando llegue el momento –si es que llegaba.

Capítulo Once

Sierra y Coop acababan de acostar a las niñas. Él había ido a su despacho porque llamaban al teléfono. En ese momento, Joy entró en el piso como una exhalación y gritó con toda la fuerza de sus pulmones:

—¡Lo tengo!

Había realizado la prueba aquella mañana y llevaba todo el día esperando que la llamaran deambulando por las habitaciones como un tigre enjaulado, quejándose de que no iban a llamarla y de que su carrera estaba acabada. Cuando Sierra no pudo soportarlo más, le dio dinero para que fuera a compararse un vestido para el funeral. Parecía que lo había encontrado.

—Qué rapidez –dijo mientras dejaba los biberones en el fregadero–. Enséñamelo.

—¿Que te lo enseñe? –Joy la miró confusa.

—El vestido –se volvió hacia su hermana y se dio cuenta de que no llevaba bolsa alguna.

—No tengo el vestido, sino el papel.

—Creí que, si les interesabas, te harían una segunda prueba.

—Es lo que suelen hacer, pero mi actuación los ha dejado tan impresionados que han pensado que era perfecta para el papel y me lo han dado.

–¡Dios mío! –¡su hermana iba a ser la protagonista de una película!–. ¡Es fantástico, Joy!

Se abrazaron y así las encontró Coop al volver del despacho.

–He oído gritos.

–Le han dado el papel –le informó Sierra.

–¡Estupendo! –exclamó Coop, que parecía realmente contento–. Espero que nos recuerdes cuando seas una estrella de Hollywood.

Joy rió.

–No nos adelantemos a los acontecimientos. Aunque puede que este papel me abra puertas. Empezamos a rodar a principios de agosto, en Vancouver. Y acabaremos en septiembre. ¡Me resulta increíble haberlo conseguido! –exclamó Joy emocionada.

Sierra iba a decir que había que celebrarlo cuando sonó el timbre de la puerta.

–Son Vlad y Nico –les explicó Coop mientras se dirigía a la puerta–. Son antiguos compañeros de equipo. Me acaban de llamar para decirme que venían.

Abrió la puerta para dar paso a dos rusos altos y elegantemente vestidos. Uno parecía tener la edad de Coop; el otro era más joven, de poco más de veinte años. Los dos olían como si se hubieran bañado en colonia.

Sierra oyó que Joy contenía la respiración.

–Os presento a Vlad –dijo Coop indicando al mayor de los dos–. Y este es Nico. Chicos, estas son Sierra, mi novia; y Joy, su hermana.

Los hombres no ocultaron su sorpresa. Sierra supuso que los hombres como Coop no tenían novia.

–Encantado de conocerte –dijo Vlad con mucho acento.

Niko no le quitaba ojo a Joy, que lo miraba como si fuera un jugoso filete al que quisiera hincar el diente. Si no fuera vegetariana, claro.

–Vente con nosotros –Vlad le propuso a Coop–. Hay una fiesta en casa de Web. Que vengan Sierra y su hermana.

–¿Quién es Web? –preguntó Sierra.

–Jimmy Webster –respondió Coop–. El portero de los Scorpions. Es famoso por sus fiestas. Y gracias por la invitación, chicos, pero tengo que rechazarla. Tengo que quedarme con las niñas.

–Pero ya tienen niñera.

–Soy yo la niñera –intervino Sierra. Los dos hombres la miraron con curiosidad e imaginó lo que estarían pensando: la niñera que se había enamorado del famoso deportista.

Sierra se volvió hacia Coop.

–Ve. Me quedaré yo con las niñas.

–¿Lo ves? Puedes venir –afirmó Vlad.

En lugar se ir corriendo a cambiarse, Coop le pasó a Sierra el brazo por el hombro.

–No puedo, lo siento.

A Sierra no le entusiasmaba la idea de que fuera a la fiesta, donde habría mujeres más hermosas y deseables que ella haciendo cola para ser su siguiente conquista, pero era algo a lo que debería acostumbrarse, ya que no podía esperar que él abandonara a sus amigos y la vida social porque a ella no el gustara ir de fiesta.

–De verdad que no me importa. Vete con tus amigos.

–Las fiestas de Web sirven para dos cosas: emborracharse y ligar. Ya se me ha pasado la época de ir de juerga, y la única mujer a la que deseo está aquí, a mi lado.

Ella no sabía si lo decía para no herir sus sentimientos. Parecía que hablaba en serio, lo cual le provocó una agradable sensación.

–¿Y tú? –preguntó Nico a Joy–. Ven a la fiesta.

Joy sonrió.

–Voy a por el bolso.

–No le pasará nada, ¿verdad? –le preguntó Sierra a Coop después de que sus amigos se hubieran marchado con Joy del brazo de Nico. Aunque Joy sabía cuidarse, se sentía responsable de ella.

–Esos chicos son inofensivos –le aseguró él–. Parece que Nico se ha quedado embobado con ella.

–Los hombres son incapaces de resistirse a su belleza.

–¿Por qué no nos sentamos? –Coop la empujó hacia el sofá.

–Voy a acabar primero en la cocina –había tratado de que todo estuviera ordenado hasta que Coop encontrara a otra ama de llaves, pero los detalles del funeral le habían llevado mucho tiempo, por lo que comenzaban a amontonarse las cosas y los muebles tenían una fina capa de polvo.

–Déjalo para mañana –dijo él.

–Son sólo cinco minutos –contestó ella dirigiéndose a la cocina.

Coop se sentó en su sillón preferido y encendió la televisión mientras ella ponía el lavaplatos y limpiaba las encimeras. Cuando comenzó a quitar el polvo del salón, Coop apartó la vista de la pantalla.

–¿Qué haces? Siéntate y relájate.

–El piso está sucio.

–Tendremos una nueva ama de llaves dentro de unos días –la tomó de la muñeca y se la sentó en el regazo. Le quitó la gamuza y la tiró al suelo. Después la besó suavemente en los labios–. Este rato es para nosotros.

Ella seguía sintiéndose culpable porque se hubiera quedado en casa.

–¿No estás molesto por haberte perdido la fiesta? Todavía puedes ir.

–No quiero ir. Si hubiera sido la de uno de mis amigos casados, no lo hubiera dudado, pero sólo si alguien se hubiera quedado cuidando a las niñas para que pudieras venir conmigo.

–No me gustan las fiestas.

–¿No te gustaría una fiesta de parejas casadas que, en lugar de ligar, se dedican a hablar de guarderías y de qué pañal es más absorbente?

–No hablarán de eso.

–Pues lo hacen. Te lo digo en serio. Antes me parecía una locura y un aburrimiento. Ahora lo entiendo.

–Creo que no me importaría ir a una fiesta así.

–Mis compañeros de equipo que están casados son muy hogareños, y creo que sus esposas te caerían bien. Son muy prácticas y simpáticas. En verano se reúnen para hacer barbacoas. Tenemos que ir alguna vez.

Parecía divertido. Pero había un problema.

—Has hablado de los jugadores y de sus esposas. Yo no soy tu esposa.

—Aún no, pero también hay novias.

Sierra se quedó sin respiración. ¿Había dicho «aún no», como si algún día fuera a serlo?

—No tenemos que ir forzosamente —dijo él.

—Me gustaría.

—¿Estás segura? Porque acabas de poner una cara muy rara.

—No ha sido por eso. Es que no sabía lo que pensabas… de nosotros.

Él frunció el ceño.

—No te entiendo.

—Te he dicho que no soy tu esposa y me has contestado que aún no.

—¿Me estás diciendo que no quieres serlo?

—No, claro que no. Lo que no sabía es que quisieras que lo fuera ni que desearas casarte. Pensaba que eras el eterno soltero.

—No he decidido no casarme. Para serte sincero, envidiaba a Ash por haber encontrado a la compañera perfecta y formar una pareja tan feliz. Yo no he tenido la suerte de conocer a la persona adecuada, pero, aunque aún no esté preparado para el matrimonio, al final seguro que lo estaré. ¿No es lo que todo el mundo desea?

La pregunta era si deseaba hacerlo con ella. Parecía que era lo que implicaban sus palabras. ¿Y cuánto tardaría? ¿Meses? ¿Un año? ¿Diez? Nunca había tenido una relación lo bastante seria como para plantearse casarse.

Él le acarició la mejilla y le mordisqueó la oreja, lo cual le produjo un escalofrío de placer.

—Como anoche viniste tan tarde a la cama, no pudimos comprobar lo del preservativo.

Sierra y Joy habían estado hablando hasta las tres de la madrugada, y Coop estaba profundamente dormido cuando Sierra se acostó a su lado.

—Pero ahora tenemos toda la casa para nosotros —afirmó ella sentándose a horcajadas en su regazo. Le quitó la camiseta. Era tan guapo que le resultaba difícil creer que un hombre como él la deseara. Pero por la dura protuberancia que notaba entre los muslos, evidentemente era así.

Ella se quitó la blusa y la tiró al suelo junto a la camiseta de él. Coop le puso las manos en las caderas.

—Eres la mujer más sexy del mundo —dijo él mientras deslizaba las manos hasta el sujetador y se lo acariciaba con los pulgares.

Él, desde luego, hacía que se sintiera así. Entonces, ¿por qué tenía la desagradable sensación de que no iba a durar, de que ella era una novedad para él de la que se acabaría cansando?

En cualquier caso, era demasiado tarde. Estaba atrapada. Lo amaba, y tal vez un día él aprendiera a amarla. Podrían hacer que la relación funcionase. Sería tan buena esposa y lo haría tan feliz que él no querría que se fuera.

Al menos tenía que intentarlo por las mellizas

Coop estaba tumbado en la cama con las piernas abiertas, las sábanas enredadas en los tobillos, la frente sudorosa y aún temblando por el orgasmo más intenso que había experimentado en su vida.

Hacer el amor con Sierra sin la barrera del látex, sentirla de verdad por primera vez, había sido la experiencia más erótica que había tenido.

–Entonces, ¿es verdad? –le preguntó Sierra sonriendo, aún a horcajadas sobre él y con las mejillas arreboladas de placer–. ¿Es mejor sin condón?

Él trató de hacer una mueca, pero se sentía tan bien, tan relajado, que no pudo.

–Eres muy mala.

La sonrisa de Sierra se hizo más ancha. Él tendría que haberse dado cuenta de que tramaba algo, cuando había insistido en ponerse encima de él, de que quería volver a humillarlo. Pero era la humillación más agradable que había sufrido.

–Me has ganado por cuánto… ¿Cinco segundos?

Coop había tenido problemas para contenerse, pero en lugar de darle un tiempo para controlarse, ella le había hecho una cosa en los pezones que lo había disparado.

Para alguien que afirmaba tener poca experiencia con los hombres, sabía muy bien lo que hacía.

–Es cuestión de principios: el hombre no debe llegar al orgasmo antes que la mujer.

–Eso es una estupidez.

–Sí, bueno. Ya verás cuanto recupere el aliento –la abrazó y la besó en la cara.

Sierra se deslizó a su lado y se acurrucó. Parecía que ése era el sitio al que pertenecía: a su lado. Él nunca se había sentido tan próximo a nadie, con una conexión tan intensa. No dudaba que sería una esposa perfecta, así como una buena madre, una buena amiga y una amante excepcional. Y sabía que, cuando conociera a sus amigos y confiara en ellos lo suficiente para bajar la guardia, encajaría perfectamente en el grupo.

Cierto que no era una buena ama de casa y que sus conocimientos culinarios se limitaban al microondas, pero podía contratar a alguien para eso. En lo que importaba, era la mujer que quería como compañera. Era predecible y no se complicaba la vida. Y adoraba a las mellizas tanto como él. Nunca se hubiera imaginado que conocería a alguien tan perfecto.

A pesar de que no creía en el destino, comenzaba a pensar que era este el que los había unido. Se parecían en muchos aspectos.

Pero ¿por qué tenía la sensación de que le ocultaba algo, de que no confiaba totalmente en él? Estaba seguro de que no era por algo que él hubiera hecho. Necesitaba tiempo para confiar en él y creerle cuando le decía que quería que la relación funcionase, que quería que fueran una familia.

Mientras la mano de ella se deslizaba por su estómago, decidió que después tendría mucho tiempo para preocuparse de eso.

Capítulo Doce

Cuando Sierra volvió del paseo matinal con las niñas, Joy estaba despierta, lo cual era una sorpresa, ya que había vuelto a las cuatro de la mañana. Estaba quitando el polvo del salón.

–No tienes que hacerlo –le dijo Sierra mientras sacaba a las niñas del cochecito.

–Alguien tiene que hacerlo.

–Ya me las arreglaré.

–Pero si detestas limpiar.

No podía negarlo. La gente solía pensar que, por su forma de ser, era Joy la que odiaba limpiar y que Sierra, la mujer responsable, quería tenerlo todos como los chorros del oro. Pues era justamente al revés.

–Si viene alguien mañana después del funeral, al menos que esté limpio –dijo Joy.

–Gracias. Estoy segura de que Coop te lo agradecerá.

–Que lo considere el pago por mi estancia aquí y por presentarme a Nico. Es adorable.

–¿Qué tal la fiesta?

–¡Estupenda! Esos tipos del hockey saben pasárselo bien.

Sierra fue a la cocina a preparar los biberones y

lanzó un grito ahogado al ver el estado impecable en que se hallaba.

–¡Por Dios! ¡Es increíble!

Joy se encogió de hombros, sin darle importancia.

–Me gusta limpiar porque me alivia del estrés.

En ese sentido se parecía a su padre. Y Sierra, a su madre, a quien le gustaba más leer o pasear por el parque. En septiembre haría doce años de su muerte, y aunque el dolor por la pérdida había disminuido, Sierra seguía echándola de menos tanto como el primer año. Añoraba sus abrazos, su voz y su naturaleza juguetona. Y esperaba ser tan buena madre y esposa como ella.

Llenó los biberones de zumo y los llevó al salón para dárselos a las niñas.

–¿La echas de menos –preguntó a Joy.

–¿A quién?

–A mamá. Hará doce años este otoño.

Joy se encogió de hombros.

–Supongo que sí.

–¿Lo supones? ¿Cómo no vas a echarla de menos?

–Tú tenías mejor relación con ella.

–Pero ¿qué dices? Claro que no.

Joy dejó de limpiar y se volvió hacia ella.

–Vamos, Sierra. La mitad de las veces ni siquiera se daba cuenta de nuestra presencia y la otra mitad se dedicaba a mimarte. Decía que os parecíais.

–Es verdad que nos parecíamos, pero no por eso te quería menos.

–¿No te molestaba que el mundo pareciera girar

en torno a ella? Papá se mataba a trabajar y ella ni siquiera le tenía la cena preparada cuando llegaba a casa. Acabábamos comiendo sándwiches o comida rápida.

—No todo el mundo sabe cocinar.

—Pero es que ella ni siquiera lo intentaba. Y el piso estaba en completo desorden. Parecía alérgica a la limpieza. Papá, en su día libre, tenía que pasar la aspiradora y recoger todo lo que tú y ella ibais dejando tirado.

A Sierra le pareció increíble que su hermana hablara así de su madre.

—Era buena madre y esposa. Papá la adoraba.

—Era una excéntrica, y papá se sentía desgraciado. Mi cama estaba al lado de la pared y los oía discutir cuando creían que dormíamos.

—Todas las parejas se pelean

—Por supuesto, pero ellos lo hacían todas las noches.

Sierra negó con la cabeza.

—No, eran felices.

—Que me creas o no, me da igual. Sé lo que oía. No dudo que papá la quisiese, pero no era feliz.

Tal vez su madre fuera un poco egocéntrica a veces, pero había querido a su familia, a todos por igual, a pesar de lo que Joy creyera. Lo había hecho lo mejor que había podido, y si eso no era suficiente para Joy, era su problema.

El móvil de Joy, que estaba en la mesa de centro, comenzó a sonar.

—¡Es Jerry! —exclamó, y Sierra recordó que se tra-

taba del amigo con el que había estado en Los Ángeles–. ¿Has recibido el mensaje? ¡Me han dado el papel! –se sentó en el sofá y apoyó los pies en la mesa–.
Es increíble. No, en agosto. Tal vez puedas hacerme
una visita.

Se produjo una pausa y la sonrisa de Joy comenzó
a evaporarse.

–No, no tengo ningún otro sitio en el que alojar-
me hasta entonces. ¿Por qué? ¿Qué significa que ella
va a volver a tu casa? ¡Me habías dicho que te ibas a
divorciar!

¿Otro amigo casado? Parecía que Joy tenía una fi-
jación con los hombres que no eran libres.

Joy se incorporó de un salto gritando.

–¡Eres una canalla! Lo habías planeado antes de
marcharme, ¿verdad? No ibas a fumigar. Lo único
que querías era que me llevara mis cosas para que
ella volviera. Anoche podía haberme acostado con
un ruso que estaba buenísimo, pero te fui fiel, imbécil. Y estoy segura de que no tenía tus problemas de
«rendimiento».

Joy siguió escuchando cada vez más enfadada.

–Te puedes meter las disculpas donde te quepan,
canalla –cerró el teléfono y deja escapar un suspiro
de rabia.

–¿Estás bien? –le preguntó Sierra.

Joy se derrumbó en el sofá.

–Ya es oficial: no tengo casa.

–¿Salías con Jerry?

–No sé si se podía decir que saliéramos. Me dejaba vivir en su casa y yo le hacía compañía. Me caía

bien, pero no planeaba mi futuro con él. Es mayor para pensar en él a largo plazo.

—¿Cuántos años tiene?

—Cincuenta y dos.

Sierra la miró boquiabierta.

—¿Treinta años más que tú?

—Ya te he dicho que no íbamos a casarnos. Era conveniente para los dos. A él le gustaba tener una compañera mucho más joven para presumir de ella y a mí tener un sitio donde vivir.

—Pero te gustaba lo suficiente para serle fiel.

Joy se encogió de hombros.

—Era un buen tipo, o eso creía.

A Sierra le dio la impresión de que aquel hombre le importaba a Joy más de lo que estaba dispuesta a reconocer.

—¿Qué vas a hacer?

—Ni idea. Dejé el trabajo de camarera para venir aquí, y la película no empieza a rodarse hasta finales de agosto. Aunque pudiera encontrar otro empleo, tardaría un mes en poder pagar el alquiler de un piso.

—¿No te pueden adelantar algo de dinero?

—Es una película de bajo presupuesto. Mi sueldo apenas me servirá para cubrir las necesidades básicas.

—Entonces, ¿qué vas a hacer? ¿Quedarte en casa de algún conocido?

—Cuando te dedicas a gorronear, al final te quedas sin nadie a quien seguir gorroneando. Pero, no te preocupes —dijo mientras se levantaba del sofá y agarraba la gamuza— ya se me ocurrirá algo.

Sierra se sorprendió de que su hermana no le hubiera pedido quedarse. Tal vez hubiera sido porque sabía que ella se negaría, ya que no podía pedirle a Coop que la dejara vivir con ellos más de un mes.

Joy era una mujer adulta, así que tendría que arreglárselas sola.

Coop, sentado a la mesa de la sala de reuniones del despacho de su abogado, trataba de no perder la calma.

–Habíamos acordado un precio –dijo a su antiguo jefe, Mike Norris, el dueño de los Scorpions de Nueva York. Un precio que era dos millones menos de lo que le acababa de pedir.

El arrogante canalla se recostó en la silla con un puro sin encender entre los dientes y le dedicó una sonrisa de superioridad. A su lado se hallaba su abogado, un hombre tan obeso como el propio Mike.

–Es mi equipo y, por tanto, yo pongo las condiciones. Lo tomas o lo dejas.

Sabía cuánto deseaba Coop poseer el equipo y trataba de aprovecharse de ello. El contrato ya se había redactado, y él había ido al despacho pensando que lo firmarían. Pero a Mike le había podido la codicia. Coop tenía que haber visto venir que aquel canalla le tendería una trampa en el último momento.

Al precio convenido la semana anterior, comprar el equipo hubiera sido arriesgado, pero lo habría considerado una buena inversión. Al precio que Mike le estaba pidiendo, resultaba demasiado arriesgado. Su cartera de acciones era sólida debido a su actitud conservadora con respecto al dinero. Si se hubiera tratado únicamente de su futuro, habría mandado aquel negocio al diablo, pero tenía que pensar en las mellizas; y en Sierra, aunque dudaba que el dinero fuera la causa de sus sentimientos hacia él. De hecho, estaba seguro de que la intimidaba.

—¿Por qué vacilas, Landon? —preguntó Mike—. Sabes que lo quieres y sabemos que puedes permitírtelo. Si dudas porque crees que voy a echarme atrás, debo decirte que no va a se así. Acepta y firmemos el contrato.

Coop quería ser dueño del equipo más que cualquier otra cosa en el mundo, y renunciar a él le resultaba muy difícil, pero era lo mejor. Miró a Ben, cuya expresión denotaba que sabía lo que iba a suceder, y se puso de pie.

—Lo siento, caballeros, pero no acepto.

Mientras se dirigía a la puerta, Mike lo llamó.

—Mi oferta sólo es válida esta tarde. Mañana, el precio habrá vuelto a subir.

Aunque Coop estuvo tentado de decirle que sus amenazas se las podía meter donde le cupieran, se contuvo. Se moría por ver la expresión de Mike mientras salía por la puerta, pero no se volvió. Fue al despacho de su abogado.

Se sentó mientras respiraba profundamente y cerraba los puños. Cómo le hubiera gustado agarrar a aquel canalla por la garganta y apretar.

Minutos después, Ben entró en el despacho después de haberse despedido de los dos hombres.

—Lo siento, Coop. No tenía ni idea de lo que tramaba.

—No es culpa tuya.

—Tienes motivos para estar furioso. Sé cuánto deseabas comprar el equipo.

No se trataba de ser dueño del equipo y del dinero que le reportaría. Le importaban los jugadores. Mike era un hombre de negocios chapado a la antigua que, hasta haber comprado el equipo cinco años antes, no había visto un partido de hockey en su vida. Para él sólo se trataba de una inversión. No sabía nada del juego, y el equipo iba de mal en peor. No le importaban los jugadores, sino llenarse los bolsillos. Y los jugadores lo sabían, así como que, si Coop fuera el dueño, las cosas cambiarían y volverían a estar en la cumbre.

Coop tenía la sensación de haberlos fallado.

—No sé que voy a decirles a los chicos.

—Exactamente lo que ha pasado. Norris te ha tendido una trampa. Tendrías que haberle visto la cara cuando te has marchado. Pensó que te tenía en el bote, por lo que no me sorprendería que nos llamara dentro de un par de días para bajar el precio.

—Si lo hace, que le quede claro que no voy a pagarle ni un céntimo más del precio original.

—Tenemos que hablar de otra cosa —dijo Ben—. No quería mencionártelo antes de firmar, y ahora probablemente no sea el mejor momento después de lo que acaba de suceder…

Fuera lo que fuese, no podía ser peor de lo que acababa de pasarle.

–Dímelo.

–Me han dicho que el informe oficial del accidente del avión saldrá el lunes.

Coop sintió una fuerte opresión en el pecho.

–¿Te han contado cuál fue la causa del accidente?

–Un error del piloto.

–¡No puede ser! Están equivocados –dijo Coop mientras se levantaba de un salto.

–Según el informe había drogas en la escena del accidente.

–No me sorprendería ya que Susan se había hecho daño en la espalda la semana anterior y el dolor era tan fuerte que ni siquiera podía tomar en brazos a las niñas. Estoy seguro de que el médico lo confirmará. Y no era ella la que pilotaba el avión.

–El informe dice que había drogas y marihuana en el cuerpo de ambos.

No podía ser. Sabía que Ash y Susan fumaban porros de vez en cuando, pero su hermano no hubiera tomado nada antes de pilotar un avión.

–No me lo creo, Ben. Conocía a mi hermano y no hubiera tomado drogas antes de volar.

–Sabremos más cuando reciba una copia del informe, pero, si es verdad, se montará un escándalo. Tal vez sea mejor que te vayas de la ciudad unos días o incluso un par de semanas hasta que las cosas se calmen.

Como el trato no había salido adelante, Coop no tenía nada que lo retuviera en la ciudad y, además, le vendrían bien unas vacaciones.

–Mañana es el funeral del padre de Sierra, pero

después podría marcharme. Creo que iría a la casa de Cabo.

—¿Qué tal van las cosas con Sierra?

—Bien, mejor de lo que me esperaba.

—¿Ah, sí? ¿Mucho mejor?

Coop esbozó una sonrisa.

—Hace dos días que se trasladó a mi dormitorio.

—Recuerdo perfectamente que me dijiste que no ibas a acostarte con ella.

—No fue premeditado. Es que es una mujer… extraordinaria.

—Entonces, ¿va en serio?

—Creo que sí. Ella es todo lo que deseo en una mujer, pero antes no me había dado cuenta.

Ben sonrió.

—No sabía que eras un romántico, Coop.

—Quién lo hubiera dicho, ¿verdad? Pero es inteligente, divertida y guapa, y las niñas la adoran. Y parece que mi dinero no le importa en absoluto.

—¿Empiezo a redactar el contrato prematrimonial?

—No nos precipitemos –además no se imaginaba que Sierra fuera a firmarlo, porque para ella sería como decirle que no confiaba en ella. Él sabía juzgar a las personas, y estaba seguro de que ella no iba a engañarlo.

Ben lo miró con preocupación.

—Vais a firmar un contrato prematrimonial, ¿verdad? Suponiendo que finalmente os caséis.

—Me voy a casar con ella, pero en cuanto al contrato… No creo que sea necesario. Sierra no busca mi dinero.

–Puede que ahora no...

–Confío en ella, Ben.

–No se trata de confiar, sino de protegeros en caso de divorcio.

–Eso no sucederá. Ella es para mí.

–Uno de mis socios está especializado en divorcios y te podría contar historias terroríficas...

–No nos pasará a Sierra y a mí. Los dos procedemos de familias estables. Sus padres y los míos estuvieron felizmente casados. Solucionaremos los problemas que tengamos.

–Estás racionalizando.

–Soy realista.

–Yo también.

–El mero hecho de pedir que lo firmara lo consideraría una traición, porque pensaría que no me fío de ella.

–Si tenéis una relación tan maravillosa, creo que lo entendería. Lo mínimo que puedes hacer es preguntárselo. Prométeme que, al menos, lo pensarás.

–Lo haré. Pero ya te he dicho que no tenemos planes inmediatos para la boda. Ni siquiera me he declarado aún.

–Pues tenlo en cuenta cuando lo hagas.

En cierto modo, Coop hubiera deseado no haberle dicho nada a Ben sobre la boda. Tras el fracaso del trato, el informe del accidente y la conversación con Ben sobre el contrato prenupcial, salió del despacho muy deprimido.

Lo único positivo era que las cosas no podían empeorar mucho más.

Capítulo Trece

Coop tomó un taxi para volver a casa y se bajó una manzana antes de llegar para comprarle a Sierra un ramo de flores. Recordó que no habían tenido ocasión de celebrar que a Joy le habían dado el papel y compró otro para ella. Caminó hasta su casa, y el sol, que le daba en los hombros y la espalda, fue aliviando la tensión que sentía, lo cual hizo que le resultara aún más atrayente pasar un par de semanas en un lugar soleado. Si se marcharan el domingo, estarían fuera cuando la noticia sobre el informe apareciera en los medios de comunicación.

El portero lo saludó al entrar y Coop tomó el ascensor. Abrió la puerta del piso y aspiró un delicioso olor, demasiado bueno para proceder de algo que estuviera en el microondas. Dejó las llaves en la mesa del vestíbulo y entró en el salón. Y se dio cuenta de que no sólo alguien estaba cocinando, sino también de que alguien había hecho la limpieza. El piso estaba impecable.

Sierra llegó por el pasillo y se sobresaltó al verlo.

–Hola, no te había oído entrar.

Al verla, su estado de ánimo mejoró instantáneamente y sonrió.

–Acabo de llegar.

–Acabo de acostar a las niñas –miró las flores que él tenía en las manos–. Qué bonitas.

–Un ramo es para ti –dijo él mientras le daba el más grande.

–Gracias –se puso de puntillas y lo besó–. No recuerdo cuándo fue la última vez que me regalaron flores.

–El otro es para Joy, para felicitarla. ¿Está aquí?

–Ha ido al mercado. Volverá pronto. Mientras tanto voy a ponerlas en agua.

–Hace mucho calor fuera.

–Lo sé. Ya hacía calor pegajoso esta mañana cuando fuimos a pasear. ¿Tienes un jarrón?

Él se encogió de hombros.

–Si lo hay, no tengo ni idea de dónde estará.

La siguió a la cocina y ella comenzó a buscar algo para poner las flores.

–¿Qué estás haciendo que huele tan bien?

–Es un guiso mejicano, pero no lo he preparado yo, sino Joy. Pero te advierto que es un guiso vegetariano.

A Coop le daba igual si estaba bueno. Abrió la nevera y agarró una cerveza. Se percató de que alguien incluso había sacado la comida que comenzaba a caducar.

–Por cierto, el piso está estupendo.

–También gracias a Joy. Se ha pasado toda la mañana limpiando como una posesa.

Coop tomó un gran trago de cerveza.

–No me parecía que le gustara limpiar.

–Sí, al mirarla nadie lo diría, pero le gustan las tareas domésticas mucho más que a mí –afirmó Sierra mientras rebuscaba en los armarios–. Dice que le sirven para combatir el estrés. Y hoy ha estado muy estresada.

–¿Está nerviosa por lo del papel?

–No. Parece que el tipo con el que vivía, mucho mayor que ella, ha decidido volver con su esposa, así que Joy se ha quedado sin casa en Los Ángeles.

–¿Qué va a hacer?

Sierra se encogió de hombros.

–Tiene veintidós años, así que ya es hora de que asuma responsabilidades. No puede seguir siendo una niña irresponsable.

Aunque Joy fuera imprudente, era su hermana. Y Coop sabía por propia experiencia que perseguir un sueño requería sacrificios, y parecía que el papel en aquella película era la oportunidad que Joy había estado esperando. Sabía que Sierra no podía ayudarla y que nunca le pediría que lo hiciera él. Pero podía ayudarla. De hecho, se le había ocurrido cómo hacerlo sin que lo pareciera.

Sierra por fin encontró los floreros al fondo de un armario y sacó dos.

–Estos valdrán.

Los puso en la encimera y se volvió hacia él.

–Casi se me olvida. ¿Qué tal la reunión?

–El trato no se ha concretado.

–¿Qué? ¿Qué ha pasado?

Se lo contó.

–Ben cree que se lo va a pensar, pero yo no estoy tan seguro.

–Lo siento mucho, Coop. Sé lo mucho que lo deseabas.

–Lo que más me preocupa son los jugadores. Desde que Norris lo compró, el equipo va de mal en peor. Contaban conmigo para que las cosas mejoraran.

–Son tus amigos y te respetan. Estoy segura de que lo entenderán.

–Eso espero.

Mientras llenaba los floreros de agua, Joy entró cargada de bolsas. Coop dejó la cerveza y se apresuró a ayudarla.

–Espero que Sierra te haya dado dinero para pagar todo esto –dijo mientras llevaba varias bolsas a la cocina.

–Como estoy sin blanca y he dejado de robar en las tiendas –afirmó ella dejando otras en la encimera– no ha tenido más remedio que dármelo.

–Mira lo que te ha traído Coop –dijo Sierra mientras ponía el ramo de Joy en agua.

–Qué amable –Joy se inclinó para oler las flores–. Son preciosas, gracias.

–Las había comprado para felicitarte por conseguir el papel, pero creo que mejor te las regalo en señal de agradecimiento por limpiar el piso y hacer la cena.

–Es lo menos que puedo hacer. Además –añadió mientras miraba a su hermana con ironía– ya te habrás dado cuenta de que mi hermana no es muy buena ama de casa ni cocinera.

Sierra le dio una palmada en el brazo.

–Pues echemos una ojeada al estado de tu cuenta bancaria y veamos si has pagado el alquiler.

–Para pagar el alquiler, primero tengo que encontrar un sitio para vivir.

–Sierra me ha dicho lo que ha pasado y supongo que no vas a volver a Los Ángeles –intervino Coop.

–Sinceramente, no sé lo que voy a hacer. Querría volver, pero supongo que tengo más posibilidades de encontrar trabajo aquí.

–¿Puedo ofrecerte una tercera opción?

Joy se encogió de hombros.

–Estoy abierta a cualquier sugerencia, llegados a este punto.

–Entonces, ¿qué te parece México?

–Te crees muy listo, ¿verdad? –le dijo aquella noche Sierra a Coop desde la cama.

Coop se asomó por la puerta del baño con el cepillo de dientes en la boca.

–¿Por qué? ¿Porque me estoy lavando los dientes? –preguntó con la boca llena de pasta dentífrica.

Ella lo fulminó con la mirada.

–Por lo de las dos semanas en México.

Él sonrió.

–Ah, eso.

Coop terminó de lavarse y salió.

–Sabías que Joy no tenía adonde ir –dijo Sierra–. Y en vez de dejar que solucionara ella el problema…

–Debo alegar en mi defensa que ya había planeado el viaje y que la hubiese invitado a venir con nosotros aunque tuviera un sitio para vivir en Los Ángeles –se sentó en el borde de la cama para desatarse los cordones de los zapatos–. Pero, en efecto, trato de ayudarla. ¿Qué tiene de malo?

–Me preocupa que no aprenda a ser responsable y a cuidar de sí misma.

–Parece que hasta ahora le ha ido bien. Y perseguir un sueño requiere sacrificios. Lo sé por propia experiencia.

Tal vez Coop tuviera razón. Además, así podría pasar más tiempo con Joy, porque ¿quién sabía cuándo volverían a hablar?

Él se quitó los zapatos y los calcetines. Después se sacó la camisa por la cabeza y se quitó los pantalones y los boxer.

Estaba tan guapo desnudo que Sierra pensó que era una lástima que no pudiera andar así todo el día.

Él recogió la ropa y la puso en la cesta de la ropa sucia. Después se metió en la cama. Pero en lugar de abrazar a Sierra y besarla, se puso frente a ella y la miró con expresión preocupada. Había estado muy callado esa noche, y ella se imaginaba lo que le pasaba, pues le había dicho que el informe del accidente iba a salir y lo que contenía. Y aunque lo había notado alterado, él no había querido hablar de ello, quizá porque Joy estaba delante o porque no le apetecía. Tal vez hubiera llegado el momento de hacerlo.

Ella se dio la vuelta hacia él y le preguntó:

–¿Estás pensando en Ash y Susan?

–No dejo de pensar que tiene que haber un error. Sierra no quería creer que la gente a la que había confiado a sus hijas fuera tan irresponsable, pero los hechos eran incuestionables. Si el informe afirmaba que habían tomado drogas, lo habían hecho.

—Conocía a Ash y no hubiera hecho nada semejante —dijo Coop.

Pero Sierra estaba segura de que no lo sabía todo acerca de su hermano. Todo el mundo tenía secretos y hacía cosas de las que no se sentía orgulloso. Todos cometían errores.

—Si se hubiera debido a un fallo del avión o a las condiciones meteorológicas, pero… ¿a un error del piloto? Carece de toda lógica. ¿Cómo iba a hacerle algo así a Susan y a las niñas?

—¿Y a ti?

—Sí, y a mí. Después de todo lo que sufrimos tras perder a nuestros padres, ¿por qué querría hacerme sufrir de nuevo? Estoy tan enfadado…

—Yo sentí lo mismo con respecto a mi madre.

—Pero ella se puso enferma. No pudo evitarlo.

—De hecho, pudo hacerlo. Joy no lo sabe y no quiero que lo sepa, pero unos meses después del funeral oí una conversación entre mi padre y su hermana. Dos años antes, mi madre había tenido un quiste en el pecho que resultó ser benigno. Así que, cuando le salió otro bulto, supuso que también lo era.

—Y no fue así.

Ella negó con la cabeza.

—Cuando por fin fue al médico, ya se había producido metástasis y el cáncer se le había extendido a los pulmones y los huesos. No pudieron hacer nada por ella.

–¿Y si hubiera ido en cuanto se descubrió el bulto?

–Hubiera habido un setenta y tres por ciento de posibilidades de que siguiera viva. Me enfadé mucho con ella, pero eso no iba a servir para devolvérmela, sino únicamente para que me sintiera desgraciada –le puso la mano en el brazo–. Estoy segura de que tu hermano no subió al avión pensando que sucedería una tragedia. La gente comete errores.

–Ven aquí –dijo él abrazándola contra su pecho.

Ella cerró los ojos y apoyó la cabeza en su hombro.

–Quiero que esto termine para seguir adelante –afirmó él.

Él ocultó la cabeza en el cabello de ella abrazándola con fuerza.

–Era lo único que me quedaba.

–Tienes a las niñas. Y te necesitan.

–Y yo a ellas. Soy mejor persona gracias a ellas.

Ella se separó para verle la cara

–Has dicho antes que te preocupaba que Ash y Susan se sintieran decepcionados, pero has hecho un gran trabajo con las niñas. Tu hermano y su esposa estarían orgullosos de ti –no podía imaginarse separada de las niñas, pero si eso sucediera, sabía que estarían bien cuidadas. Coop sería un buen padre, lo cual era otra razón para no decirle la verdad. No quería que sus sentimientos cambiaran.

–Probablemente sea el momento menos adecuado para preguntártelo, pero ¿qué opinas de los contratos prematrimoniales?

—No tengo una opinión definida. Nunca he estado a punto de casarme y, aunque así hubiera sido, los hombres con los que he salido no estaban precisamente forrados.

—¿Y si te pidieran que firmaras un contrato de esa clase?

Coop parecía inquieto, como si no quisiera hablar de aquello. Como había visto a su abogado aquella mañana, ella supuso que se habría planteado el tema, lo que implicaba que estaba hablando de casarse con ella con otras personas. Eso era una buen señal, ¿no?

—Supongo que dependería de quién me lo pidiera.

—¿Y si fuera yo?

—Te diría que sí.

—¿Y no te enfadarías ni te dolería?

—Teniendo en cuenta tu fortuna, pensaría que eres tonto si no me lo pidieras. Y aunque tal vez no te hayas dado cuenta, no me interesa tu dinero.

Él sonrió.

—¿Te he dicho alguna vez que eres una mujer increíble?

Si Coop supiera la verdad, quizá no pensara lo mismo. El asunto de su hermano no sería nada comparado con lo que supondría que le contara la verdad. Lo que no sabía no podía hacerle daño. Por tanto, ¿qué había de malo en guardar un secreto que él no podía descubrir en modo alguno? ¿Para qué arriesgarse, cuando las cosas iban tan bien?

Entonces, ¿por qué se sentía culpable? ¿Conseguiría llegar a estar totalmente tranquila con él o siempre experimentaría aquella molesta sensación de que había algo pendiente entre ellos?

Pero Coop la atrajo hacia sí, la besó en los labios, descendió por su cuello hasta los senos y le despertó la pasión. Como él había dicho, nada que fuera tan agradable podía estar mal. Y había cosas que era mejor no decir.

El mes anterior había sido el más dichoso de la vida de Sierra. El chalé de Coop frente a la playa en Cabo San Lucas era un oasis. Y haberse alejado de Estados Unidos y de los medios de comunicación contribuyó a reducir el impacto de la salida del informe, que fue tan malo como Ben había predicho.

Coop y ella pasaban el día paseando por la playa u holgazaneando en la piscina, y las mellizas parecían sirenitas, con sus bañadores y flotadores idénticos. Les encantaba el agua, y con el sol y la actividad, estaban tan agotadas al final del día que comenzaron a dormir sin despertarse en toda la noche.

A los pocos días de llegar conocieron a una joven pareja de Ámsterdam, Joe y Trina, que habían alquilado un chalé cerca del suyo y que tenían un hijo de la edad de las mellizas. Durante la semana siguiente, los padres y los niños se hicieron inseparables. Coop y Joe iban a jugar al golf mientras Sierra y Tina jugaban con los niños en la piscina o iban de compra al pueblo. La semana acabó y Joe y Trina tuvieron que marcharse, con gran pesar por parte de todos.

Sierra esperaba poder estar con su hermana, pero Joy conoció a un hombre y pasaba con él la mayor parte del día.

Cuando las vacaciones estaban a punto de acabar, nadie quería marcharse. Y como nada urgente esperaba a Coop en Nueva York, les propuso que se quedaran una semana más. Las tres semanas se convirtieron en cuatro, y cuando emprendieron el viaje de regreso, sin Joy, que se quedaría allí hasta que tuviera que ir a Vancouver, el mes de julio estaba a punto de terminar.

Vivir con Coop era mejor de lo que Sierra hubiera imaginado, y se sentía más feliz que nunca. Pero a pesar de la intimidad que había entre ambos, ella seguía ocultándole algo. Quería a Coop, pero seguía sin decírselo. Claro que él tampoco lo había hecho ni había vuelto a mencionar el tema de casarse, pero le había demostrado lo que sentía por ella de mil maneras distintas.

No podía esperar que alguien como él, que no había tenido una relación estable en su vida, se declarara locamente enamorado en los primeros meses. Esas cosas requerían tiempo. Y tal vez ella no le confesara su amor porque no quería presionarlo para que expresara sentimientos de los que no estaba seguro. O tal vez fuera por el secreto que no se atrevía a revelarle.

–¿Qué te parece ésta? –le preguntó Coop una semana después de volver de México. Estaban pensando en comprar una casa con jardín y piscina para que las mellizas disfrutaran de ella y del sol, que tanto parecían echar de menos desde la vuelta. Las niñas dormían y él había llamado a Sierra para que fuera a su despacho. La sentó en su regazo para que pudiera ver la pantalla del ordenador.

—Acaba de salir a la venta y la persona de la agencia cree que el precio es muy bueno para la zona y que no estará disponible mucho tiempo.

La casa era magnífica: grande, bonita y moderna, y con todas las comodidades que buscaban. Pero Sierra se quedó muda al ver el precio.

—Es muy cara.

—Es la mitad de lo que me costó este piso. Y cuando nos instalemos en ella, pondré a la venta el piso. Así que saldré ganando. Pueden enseñárnosla esta tarde. Lita puede quedarse con las niñas un par de horas.

Lita era la nueva ama de llaves que Coop había contratado justo antes del viaje. Había cuidado el piso mientras estaban fuera. Las niñas la adoraban. Su inglés no era muy bueno, pero el piso estaba muy limpio, cocinaba bien y tenía muy buena disposición. Y, al haber criado a cinco hijos, también era buena niñera.

—A no ser que no te guste la casa —prosiguió Coop— en cuyo caso seguiremos buscando.

—Es muy bonita, pero mi opinión no importa, ya que eres tú quien la comprará.

—No, nosotros la compraremos. Será tu casa tanto como la mía.

Ella deseó que fuera cierto, pero, hasta que estuvieran casados, el dinero era de él.

–No me crees –dijo él.

–No tiene nada que ver con eso.

–Entonces no confías en mí.

–Tampoco se trata de eso. Vivimos juntos, pero técnicamente somos novios. Si compras una casa, será tuya.

–Porque no estamos casados.

Ella asintió.

–Entonces deberíamos casarnos.

Sierra tardó unos segundos en asimilar lo que le había dicho. ¿Le acababa de pedir que se casara con él? No sabía qué decir. ¿Era una petición en regla o una sugerencia?

–¿Te niegas?

¡Por Dios! Se lo estaba pidiendo y esperaba una respuesta.

–Claro que no, pero…

–Mira –dijo él mirándola a los ojos y tomándola de las manos–. Sé que esto te resulta difícil y que tiene problemas para confiar en mí. He intentado darte espacio y no agobiarte, pero me estoy cansando de contenerme. Te quiero, Sierra. Sé que sólo han pasado dos meses, pero han sido los más felices de mi vida. Quiero casarme y pasar la vida entera contigo. Quiero que adoptemos juntos a las niñas y que formemos una familia de verdad. No me importa que sea el mes que viene o el año que viene. Lo único que quiero saber es si tú también lo deseas.

Más de lo que se podía imaginar.

–Lo deseo, pero no sabía que tú sentías lo mismo. Me enamoré de ti cuando nos besamos por primera vez. No te he dicho nada porque tampoco yo quería agobiarte. Y mis problemas de confianza no tienen que ver contigo.

El sonrió y la rodeó con los brazos.

—Parece que ha habido un fallo de comunicación entre nosotros.

Ella le rodeó el cuello con las manos.

—Eso parece.

—Vamos a prometer que, de ahora en adelante, nos contaremos lo que sentimos y no nos ocultaremos nada.

—Me parece buena idea.

Él la besó con dulzura.

—Entonces, si tu respuesta no es negativa…

—Sí, me casaré contigo.

Él la abrazó con fuerza.

Ella quería a Coop y deseaba casarse con él más que nada en el mundo. Pensó en lo que le había dicho Joy, que no podía basar una relación en una mentira. Pero la verdad podía separarlos para siempre.

Capítulo Catorce

Las cosas iban deprisa, aunque a Coop le gustaba que fuera así. Se dio la vuelta en la cama y extendió la mano hacia Sierra, pero no estaba. Miró el reloj y vio que eran casi las nueve, lo que implicaba que ella y las niñas estarían dando el paseo matinal. Tenía que levantarse porque le esperaba un día atareado. Tras una semana de negociaciones, esa mañana sabrían si los vendedores de la casa les habían hecho una oferta razonable. Después de comer tenían una reunión con quien se encargaría de organizar la boda y después irían a comprar el anillo.

Coop se levantó y se duchó. Al ir a la cocina se sorprendió al ver a Lita en el salón jugando con las niñas.

—Buenos días, Lita. ¿Dónde está la señorita Evans?

—Buenos días. Tenía una cita. Me ha dicho que le ha dejado una nota en su escritorio.

—Gracias.

Besó a las niñas, se sirvió un café y se lo llevó al despacho.

La nota de Sierra decía que Ben había llamado y que necesitaba hablar con él lo antes posible. El abogado estaba redactando un contrato prematrimonial. Coop no quería, pero Sierra había insistido.

Se sentó a su escritorio y marcó el número de Ben.

–¿Estás sentado? –le preguntó Ben.

–Sí, ¿por qué?

–El abogado de Mike Norris me ha llamado esta mañana para llegar a un acuerdo.

–¿Le has dicho que no voy a aceptar ninguna subida?

–Ya lo sabe. Parece que Mike quiere vender porque los jugadores no le han puesto las cosas fáciles.

–¿Cuándo quieren que nos veamos?

–Mañana a las tres.

–Que sea a las once. Así, cuando el trato se haya cerrado, tú y yo iremos a comer para celebrarlo.

–Se lo diré. Si vienes un poco antes, podrás echar un vistazo al borrador del contrato prematrimonial.

Coop colgó sonriendo. Parecía que Norris estaba dispuesto a aceptar su oferta. Todo comenzaba a cuadrar, personal y profesionalmente. Casi era demasiado bueno para ser verdad.

Echó una mirada a las cajas alineadas a lo largo de la pared que la madre de Susan le había enviado después de recoger las pertenencias de Ash y su hija. Eran cosas que creía que Coop querría. Hasta entonces, él no se había sentido con fuerzas para verlas.

Agarró una de las cajas y la puso sobre el escritorio. La abrió. En su interior había fotos. Las fue sacando una a una: Ash, Susan y las niñas; Ash y Coop con sus padres de vacaciones; Ash y Coop el día en que Coop acabó la escuela secundaria y cuando se graduó en la Universidad...

En el fondo de la caja halló un cuaderno sobre las niñas. Al principio había páginas y más páginas de información prenatal, que supuso que había escrito la madre biológica. Después, una sección sobre los primeros meses, que había escrito Susan.

Se prometió que, desde ese mismo día, registraría toda la información que le fuera posible sobre los meses que faltaban y mantendría el cuaderno al día. Estaba seguro de que Sierra lo ayudaría y de que se acordaría de más detalles que él.

Impulsado por la curiosidad sobre la madre biológica de las mellizas, fue al principio del cuaderno. No figuraba su nombre, lo cual no era de extrañar, y sólo había fotos de ella embarazada en las que se la veía del pecho hacia abajo. Pero al hojear las páginas, tuvo la sensación de haber leído aquello antes. Le resultaba tremendamente familiar. Pero era la primera vez que veía el cuaderno. Entonces, ¿por qué le resultaba conocido lo que en él había?

Se dio cuenta de repente, y se quedó sin aliento. Era imposible.

Agarró la nota que Sierra le había dejado y comparó la escritura con la del cuaderno. Estuvo a punto de vomitar el café. Eran idénticas.

Sierra, la mujer a la que amaba y con quien pensaba casarse, era la madre biológica de las niñas.

Sierra abrió la puerta del piso con el pelo pegado a la frente sudorosa. Hacía un calor pegajoso y húmedo. Fue a la cocina, se sirvió un vaso de agua de la nevera y se lo tomó de un trago. Después fue a buscar a Lita y las niñas, que estaban en la habitación de éstas.

—Ya he vuelto, Lita. ¿Está el señor Landon?

—En su despacho. Quería hablar con él, pero está enfadado.

Eso significaba que habían rechazado la oferta que había hecho por la casa. Era su preferida, por lo que se sentiría decepcionado.

Fue al despacho y llamó a la puerta.

—Entra.

Abrió la puerta y entró. Él estaba mirando por la ventana con las manos metidas en los bolsillos.

—Hola, ¿va todo bien? Lita me ha dicho que pareces enfadado.

—Cierra la puerta —contestó él sin mirarla.

Era evidente que algo andaba mal. Ella cerró la puerta.

—¿Qué pasa, Coop? ¿Han rechazado la oferta por la casa?

—Aún no han llamado. He empezado a abrir las cajas con las cosas de Ash.

—Ha debido de ser duro.

—He encontrado fotos y el cuaderno de las niñas. Está en el escritorio.

Ella se dirigió hacia el mueble, donde, al lado de una fotos enmarcadas, estaba el cuaderno que llevaba siete meses in ver.

—He señalado la página que más me gusta. Échale un vistazo.

Ella agarró el cuaderno y buscó la página, que estaba señalada con la nota que había escrito esa mañana. Vio la escritura de la nota y la de la página, y se le hizo un nudo en el estómago. Tuvo que sentarse en una silla.

Alzó la vista y vio que Coop se había dado la vuelta y la fulminaba con la mirada. Había tanta frialdad en sus ojos que ella casi se estremeció.

—Es tu escritura. Eres la madre de las mellizas.

Ella cerró los ojos y tomó aire. Joy tenía razón: tenía que habérselo dicho.

—¿No tienes nada que decir? —la ira que se adivinaba en su interior hizo que el corazón le dejara de latir.

—Puedo explicártelo.

—No te molestes. Querías recuperar a las niñas, pero yo me negué a entregártelas y sabías que un juez no te las daría. Así que decidiste infiltrarte en mi casa para demostrar que no estaba capacitado para cuidarlas.

—No, Coop…

—Entonces te diste cuenta de la buena vida que podías tener siendo mi esposa, así que me sedujiste.

—No fue así. Necesitaba estar segura de que estaban bien. Tu reputación… No sabía qué clase de padre serías. Tenía miedo. Pensé que me necesitaban. Te juro que mi intención era únicamente ser su niñera. Y no quería nada de ti, ya lo sabes.

—¿Ibas a decirme la verdad?

—Me daba miedo.

—¿Porque creíste que me enfadaría, que me sentiría traicionado? Pues estabas en lo cierto.

–No fue por eso, al menos no del todo. Temía que cambiaran tus sentimientos hacia las mellizas. Eres muy bueno con ellas y la quieres mucho. Y también tus sentimientos hacia mí.

–¿Así que ibas a mentirme el resto de nuestras vidas?

–No te imaginas lo difícil que me ha resultado no decirte la verdad. Y si hubiera creído que la entenderías, te la habría dicho el primer día. Pero ponte en mi lugar. No te conocía. Lo único que sabía lo había leído en la prensa. Ni siquiera sabía que quisieras cuidar de las mellizas, ya que pensabas que, técnicamente, no estaban emparentadas contigo.

–¿A qué te refieres con eso?

Sierra se maldijo por haber dicho las últimas palabras.

Una cosa era no decírselo, y otra, mentirle sobre ello. Además, algún día le preguntaría por el padre biológico.

–Eres el tío de las niñas, Coop.

–Eso ya lo sé.

–No, me refiero a que eres su tío biológico. Ash no era el padre adoptivo de las niñas, sino su padre biológico.

La habitación pareció comenzar a dar vueltas y Coop se agarró al borde del escritorio.

–¿Te acostaste con mi hermano?

–Sí, pero no es lo que crees.

–No tienes ni idea de lo que creo.

–Por favor, déjame explicártelo.

Nada de lo que ella le dijera eliminaría la náusea que sentía. Ash había engañado a Susan. Además de ser responsable de la muerte de su esposa y de la suya propia, Ash, al que Coop consideraba incapaz de hacer algo reprobable, había sido adúltero. Le pareció que todo lo que sabía de su hermano era mentira.

–Lo conocí en un bar.

–Ash no iba a bares.

–Yo tampoco, pero acababa de meter a mi padre en la residencia y me sentía fatal. No me apetecía estar sola en casa, así que entré a tomar algo. Me senté a su lado y nos pusimos a hablar. Me dijo que estaba allí porque su esposa y él se iban a separar. Me contó que llevaban años intentando ser padres y que, tras el último intento fracasado, ya no podían más.

Coop sabía de aquellos intentos, pero Ash nunca le había hablado de su influencia negativa en el matrimonio.

–¿Por qué no me lo dijo?

–No lo sé, tal vez le diera vergüenza. Quizá fuera más fácil contárselo a una desconocida. Lo que sé es que acababa de salir del despacho de su abogado y que iban a firmar los papeles al día siguiente. Si no me crees, seguro que su abogado te lo confirmará.

–Así que os conocisteis en un bar…

–Hablamos mucho rato, bebimos demasiado y acabamos en mi casa. Fue un error. Lo supimos inmediatamente. Me llamó por teléfono al día siguiente para disculparse y decirme que lo ocurrido le había servido para reflexionar. Susan y él habían vuelto a hablar e iban a tratar de seguir juntos. Me suplicó que no le dijera nada a ella, cosa que yo no pensaba hacer. Me había parecido un tipo estupendo y me puse muy contenta por él. Un par de semanas después descubrí que estaba embarazada. Hablé con él, y se quedó destrozado. Deseaba un hijo desesperadamente, pero para formar parte de su vida, tendría que confesarle a Susan lo que había hecho, lo que destruiría su matrimonio.

–Ash nunca se hubiera negado a hacerse responsable de su hijo.

–Si las cosas estaban tan mal, ¿por qué no le había pedido ayuda a él?

–Para mí era una época terrible para tener un hijo. Apenas me llegaba el dinero a fin de mes, y tendría que haberlo llevado a la guardería mientras trabajaba. Comencé a pensar en darlo en adopción antes de saber que esperaba mellizas. Sabía que no podía quedarme con ellas porque no les podría dar la vida que se merecían. Pero sabía quién podía hacerlo. Pensé que si no podían estar con su madre, al menos, estarían con su padre.

–Entonces ¿por qué tuvo Ash que adoptar a sus propias hijas?

–Para que Susan no supiera lo que había pasado. Temía perderla.

–Y tú estuviste de acuerdo. Renunciaste a tus hijas para salvar el matrimonio de alguien a quien prácticamente no conocías.

–No tenía otra elección. Era una situación imposible. Sin ayuda de Ash, yo no podría mantenerlas, y él no podía ayudarme sin arruinar su matrimonio. Renunciar a ellas fue lo más difícil que he hecho en mi vida, pero era lo mejor para las niñas.

–Te alegrarías mucho al enterarte de que el avión se había estrellado, pues te daba la oportunidad de volver a estar con ellas.

Los ojos de Sierra se llenaron de lágrimas.

–Es terrible lo que dices. Y no es verdad.

–¿Sabes lo que me resulta irónico? He sabido desde el principio que algo iba mal y creí que era porque no confiabas en mí, cuando resulta que tú has sido la única que ha mentido, la única en quien no se podía confiar.

–Sé que he hecho mal al mentirte, pero no tenía más remedio. No contaba con enamorarme de ti. Me resistí, ya lo sabes.

–O eso era lo que querías que creyera.

–Es la verdad.

–¿Qué más da? Se ha acabado. No podré confiar en ti de nuevo.

Ella bajó los ojos.

–Lo sé, y lo siento.

–Y pensar que estaba dispuesto a casarme contigo sin contrato prematrimonial. ¿Y si se hubieran casado? ¿Y si hubieran tenido un hijo? Se le revolvieron las tripas al pensarlo.

–No te merecías esto –dijo ella–. Te quiero.

Ella se levantó. Estaba muy pálida y parecía que fuera a vomitar o a desmayarse.

–Voy a hacer las maletas.

Él se echó a reír.

—¿No creerás que te vas a librar tan fácilmente y que voy a consentir que dejes a tus hijas?

Ella lo miró sorprendida.

—Pero, creí…

Aunque piense que eres despreciable, ellas te necesitan. ¿Crees que voy a privarlas de su madre? Pero ni se te ocurra pensar que eres algo más que una empleada en esta casa.

—¿Quieres que me quede?

—Como es evidente, volverás a tu habitación. Y te trataré como a una empleada. Y te bajaré el sueldo.

—¿No crees que se creará una situación embarazosa si me quedo?

—Cuento con ello. Será la pesadilla que describiste al enumerar las supuestas razones por la que no querías comprometerte conmigo. Vas a vivir aquí y yo seguiré con mi vida.

—¿Y si me niego?

—No volverás a ver a tus hijas. Y tendrás que vivir sabiendo que las abandonaste dos veces.

Ella tragó saliva y los ojos se le volvieron a llenar de lágrimas, pero no podía compadecerse de sí misma. Le había hecho sufrir y él iba a pagarle con la misma moneda.

—Muy bien —afirmó ella tratando de reunir fuerzas—. Creo que no tengo más remedio que quedarme.

Capítulo Quince

Después de pensarlo mucho, Coop había llegado a la conclusión de que era idiota.

Estaba en su despacho mirando por la ventana sin ver, carente de toda motivación para hacer otra cosa que no fuera compadecerse de sí mismo. Las dos semanas anteriores habían sido las más largas y tristes de su vida. Haber creído que hacer sufrir a Sierra le depararía alguna clase de satisfacción había sido un error. Quería que se sintiera tan desgraciada y traicionada como él, pero saber que sufría sólo había contribuido a que se sintiera peor.

No se concentraba, no dormía. Cuando salía con sus amigos quería estar en casa, y cuando estaba en casa se sentía como un animal enjaulado. No quería alterar la vida de las niñas, pero vivir bajo el mismo techo que Sierra y contemplar lo culpable y desgraciada que se sentía lo estaba matando.

Lo peor era que de aquella situación era tan culpable él como ella, probablemente más.

Presintiendo que algo andaba mal, no había tratado de identificar la causa, sino que lo había atribuido a un defecto de ella y había pensado que, en cuanto aceptara que él era maravilloso, sería la compañera ideal. Cuando, en realidad, era él quien tenía el mayor problema, pues veía lo que quería ver. Había perseguido a Sierra con una determinación que rayaba en la locura. Ella lo había rechazado y él había insistido.

No sabía en qué había estado pensando al pedirle que se trasladara a su habitación dos semanas después de conocerse y al planear la boda seis semanas después.

Nunca le había preguntado por su pasado porque, en realidad, no quería saber nada al respecto.

Había sido un estúpido arrogante y egoísta.

Y aunque había tardado en darse cuenta, ni siquiera era ella la que lo había puesto furioso. ¿Cómo era posible que Ash, que lo había educado para ser un hombre bueno y responsable, hubiera sido tan descuidado y egoísta? Tendría que haber apoyado a Sierra, si su matrimonio no funcionaba, para que ella se hubiera quedado con las niñas. En lugar de ello se las había arrebatado. Era algo que no entendía y que nunca podría perdonarle.

Sierra le había mentido porque creía que era lo mejor para sus hijas. Era una buena madre y se había sacrificado por ellas.

Resultaba paradójico que, sabiendo ya quién era Sierra, la quisiera más que antes. Pero después de su forma de tratarla, ¿cómo iba a querer volver con él? Le había dicho que la amaba y que quería pasar con ella toda la vida, pero, en cuanto se había presentado el primer problema, había huido. ¿Cómo iba a fiarse ella de que no lo volvería a hacer?

En realidad, lo que esperaba era que ella le hubiera pedido de rodillas que la perdonara. Él la necesitaba mucho más que ella a él. O tal vez ella creyera que Coop no tenía remedio y no quisiera que la volviera a rechazar.

Oyó el timbre de la puerta. Sabía que eran Vlad, Nico y otros miembros del equipo. Norris había accedido a la venta en los términos originales. Habían cerrado el trato y Coop sería el nuevo dueño, por lo que los jugadores querían celebrarlo. Y aunque había conseguido lo que llevaba meses deseando, no le producía emoción alguna. Parecía que haber perdido a Sierra le había dejado sin ganas de vivir.

Lita asomó la cabeza por la puerta del despacho.

—Han llegado sus amigos, señor.

—Sírveles algo de beber. Voy enseguida.

No le quedaba más remedio que salir y fingir que todo iba bien. Pero no sería así hasta que Sierra volviera a ser suya. Y lo sería. Pero no tenía ni idea de cómo conseguirlo.

Sierra no hizo caso del timbre mientras leía un cuento a las niñas antes de dormir. Había oído a Coop decirle a Lita que vendrían unos amigos del equipo. ¿Era esa la forma de seguir con su vida? Salvo una tarde en que había salido con sus amigos para volver a las nueve y media, llevaba dos semanas sin moverse del despacho.

A Coop no se le daba muy bien vengarse.

Eso no implicaba que ella no se sintiera desgraciada ni que no lo echara de menos. Pero no podía negar que se le había quitado un enorme peso de encima y que volvía a respirar por primera vez desde hacía meses. Se daba cuenta de que si se hubiera casado con Coop sin haberle desvelado el secreto, nunca hubiera estado tranquila.

Por desgracia, contarle la verdad había destrozado la relación. Al igual que su embarazo, había sido una situación en la que todos llevaban las de perder desde el principio, y había sido una estúpida al creer que podría funcionar y que él nunca sabría la verdad.

Si Coop la perdonase, no volvería a mentirle. Pero era poco probable que sucediera, ya que él la odiaba.

Oyó voces masculinas. Sin duda Coop y sus amigos saldrían a la terraza a beber y él les contaría que le había hecho perder el tiempo y que le había puesto en una situación comprometida.

Fue a la cocina a lavar los biberones.

Oyó pasos que se acercaban, se dio la vuelta y vio a Nico.

—Quiero una cerveza —dijo mientras ponía una botella vacía en la encimera.

¿Constataba un hecho o esperaba que ella se la sirviera?

—Coop nos ha contado que lo vuestro se ha acabado —afirmó él mientras sacaba una cerveza de la nevera.

Su forma de mirarla hizo que se sintiera sucia.

—Así es.

Nico se le acercó.

–Me gusta tu hermana, así que tal vez me gustes tú.

–No me interesa.

Se volvió hacia el fregadero y sintió la mano de él en las nalgas. La repulsión le produjo náuseas. Y se preguntó si no lo habría incitado Coop, si aquello no formaría parte de su forma de humillarla. Pero antes de poder darse la vuelta, la mano se apartó. Coop, que había entrado en la cocina, agarró a Nico y le dio un puñetazo.

Nico perdió el equilibrio y se cayó.

Masculló algo en ruso y se frotó la mandíbula. Parecía más molesto que enfadado.

–¿Qué demonios te pasa? –le preguntó Coop.

–Como me has dicho que habíais terminado, he pensado que por qué no.

Coop lo fulminó con la mirada y después se dirigió a Sierra,

–¿Estás bien?

–Sí.

Coop se volvió hacia Nico.

–No voy a repetírtelo, así que escúchame bien: el único hombre que le toca el trasero a esta mujer soy yo.

Nico se levantó.

–Muy bien. La miraré, pero no la tocaré.

Sierra puso los brazos en jarras.

–Perdonad, pero ¿puedo decir algo puesto que se trata de mi trasero?

Coop señaló a Nico.

–Tú vuelve a la terraza y tú –dijo mirando a Sierra– ven a mi habitación ahora mismo.

¿Qué se creía? ¿Que podía darle órdenes? Entonces, ¿por qué iba detrás de él mientras se dirigía a grandes zancadas hacia el dormitorio? Tal vez porque la halagaba que la hubiera defendido. Pero no le gustaba que hubiera dado a entender que era de su propiedad.

Coop abrió la puerta de la habitación y le hizo un gesto para que entrara.

—Oye, no sé quién te crees que…

No pudo seguir porque Coop la interrumpió besándola en la boca. La abrazó con fuerza, y ella, en lugar de resistirse, se sintió tan bien después de haberle echado tanto de menos que no pudo por menos que devolverle el beso.

Él cerró la puerta de un puntapié.

—Me he portado como un imbécil. Lo siento mucho.

Ella apoyó la cabeza en su pecho y aspiró su olor.

—Me lo merecía.

—No es así. Y cuando he visto que te ponía la mano… —la apretó con tanta fuerza que la dejó sin respiración—. Dime que no te ha gustado.

—Claro que no. Ha sido repugnante.

—No quiero que ningún hombre te vuelva a tocar. Sólo yo.

Ella le tomó la cara entre sus manos.

—Eres el único al que deseo, Coop, y el único al que desearé. Y te pido perdón por lo que hice. Fue terrible para mí tener que mentirte. Debería haberte dicho la verdad desde el principio.

—No importa, Sierra.

–Sí importa. Tendría que haberme presentado ante ti y decirte que era la madre de las niñas y pedirte que me dejaras formar parte de su vida.

–No te habrían dejado pasar. El portero no lo hubiera hecho sin mi permiso, y no se lo hubiera dado.

–¿Así que hice bien al mentirte?

–Yo no diría tanto, pero era necesario. Yo hubiera hecho lo mismo para proteger a las mellizas. Y lo que te hizo mi hermano... Estuvo muy mal, Sierra. No debió quitarte a las niñas, sino haber aceptado la responsabilidad.

–Pero su matrimonio...

–¡Al demonio con su matrimonio! Cometió un error y tendría que haber sido un hombre y reconocerlo. Quería a mi hermano y le agradezco todo lo que hizo por mí, pero no puedo disculparlo. Y siempre cuidaré de ti y de las niñas, que es lo que él hubiera debido hacer.

Sierra no quería que la considerara una deuda que tenía que pagar.

–Porque te sientes culpable.

Él le tomó la cara entre sus manos.

–No, porque te quiero. Te pedí que te casaras conmigo, ya que te quiero demasiado para perderte.

–Yo también te quiero.

–Voy a llamar a mi abogado mañana y a decirle que rompa el contrato prematrimonial.

–Pero, Coop...

–No lo necesito, y le voy a decir que empiece a trabajar para que te devuelvan tus derechos como madre de las niñas.

Lo máximo a lo que ella había aspirado era a llegar a ser su madre adoptiva, ya que no creía que se la llegara a reconocer como madre biológica.

—¿Estás seguro?

Él le acarició la mejilla.

—Son tus hijas. Claro que estoy seguro. Después de casarnos, las adoptaré y serán de los dos.

Parecía demasiado bonito para ser verdad.

—Seré una esposa modelo. Aprenderé a cocinar y a limpiar, si es necesario.

Él negó con la cabeza.

—No.

—¿No, qué?

—No quiero una esposa modelo.

—¿Ah, no?

Él esbozó una dulce sonrisa, la misma que ella vería el resto de su vida, y dijo:

—Sólo te quiero a ti.

DESEO

CHARLENE SANDS

EL ORGULLO
DEL VAQUERO

Capítulo Uno

El cielo era de un azul limpio, sin nubes, el día lo bastante claro como para ver un taxi subiendo por la polvorienta carretera que llevaba hasta la casa principal del rancho Worth, en Arizona.

–Parece que por fin ha llegado tu mujer –dijo Wes.

Clayton Worth miró hacia la carretera y asintió con la cabeza. Su capataz sabía que Trisha Fontaine no sería su mujer durante mucho tiempo. Todo el mundo en Red Ridge sabía que su matrimonio estaba roto.

–Tápate las orejas –Clay se quitó los guantes de cuero, intentando tranquilizarse. Porque no debería importarle que Trish llegase tres días tarde y que no la hubiera visto en casi un año–. Los fuegos artificiales están a punto de comenzar.

Wes Malloy esbozó una sonrisa.

–Romper con alguien nunca es fácil –le dijo, antes de alejarse discretamente.

El capataz había ayudado a su padre a mantener el imperio ganadero heredado de su bisabuelo. Nada importaba a Rory Worth más que la familia y el rancho y en su lecho de muerte le había hecho prometer que seguiría trabajando para dejarle a sus hijos esa herencia.

Pero Clay no había podido cumplir esa promesa.

Trish no solo se había negado a tener hijos sino que lo había acusado de engañarla con Suzy, una acusación que le dolió en el alma. Que lo abandonase para volver a Nashville fue la gota que colmó el vaso. Y si había tenido alguna duda sobre el divorcio, desapareció al escuchar el mensaje en el que le decía que había ocurrido algo importante y no llegaría a tiempo para la apertura de Penny's Song.

«Algo importante».

Debería haber estado allí. A pesar de la separación, el rancho para niños que estaban recuperándose de largas enfermedades, un rancho que ella lo había ayudado a crear, debería haber sido más importante para ella. Nunca pensó que Trish se olvidara de eso.

Y se había equivocado.

Clay se metió los guantes en el bolsillo trasero del pantalón y dio un paso adelante cuando el taxi se acercó. Pero al ver a Trish bajar del taxi se quedó sin aliento al recordar el día que la conoció, la primera vez que había visto esas larguísimas piernas en un evento benéfico en Nashville. Siendo una estrella de la música *country*, Clay a menudo había aparecido en galas benéficas porque sabía que su participación despertaba el interés de múltiples benefactores.

Se habían chocado por accidente detrás del escenario y él la había sujetado cuando estaba a punto de caer al suelo. Pero el vestido de Trish se había descosido hasta el muslo y al ver esa piel suave, firme, a Clay le había ocurrido algo extraño y poderoso. La invitó a cenar, pero Trish rechazó la invitación, esbozando una sonrisa mientras le ofrecía su tarjeta de visita, como un reto.

Y Clay nunca había podido resistirse a un reto o a una mujer hermosa.

Pero eso fue entonces.

—Hola, Trish.

—Hola, Clay —respondió ella.

Le sorprendía que su voz, ronca y suave, pudiera seguir afectándolo. Los suspiros de Trish le encendían la sangre y eso era algo que no había cambiado.

Llevaba la blusa arrugada y fuera del elástico de la falda de raya diplomática; un mechón de pelo rubio escapaba de la coleta y se le había corrido el carmín.

En resumen, Trisha Fontaine Worth, que pronto sería su exmujer, era un precioso desastre.

—Lo sé, no lo digas. Estoy horrorosa.

Clay decidió no responder.

—¿El viaje ha sido incómodo?

Trish se encogió de hombros.

—Siento mucho haberme perdido la apertura de Penny's Song. Intenté hablar contigo, pero no quería dejar un mensaje en el contestador.

Clay estaba furioso con ella por muchas razones, pero en aquel momento lo único que sentía era curiosidad. ¿Qué le pasaba? Nunca había visto a Trish tan… desastrada. ¿Qué había sido de la mujer capaz, organizada y siempre elegante que le había robado el corazón tres años atrás?

—Nunca pensé que te la perderías —dijo Clay. Se habían hecho daño mutuamente, pero en lo único que siempre habían estado de acuerdo, lo único que tenían en común, era la fundación Penny's Song.

—Yo tampoco y te aseguro que intenté venir…

Clay escuchó una especie de gemido desde el interior del taxi.

—No me digas que has traído un perro.

—No, no, es la niña. Creo que se ha despertado. ¿La niña?

Trish se inclinó sobre el asiento trasero del taxi para sacar a un bebé envuelto en una mantita rosa.

—No pasa nada, cariño, ya hemos llegado —murmuró, antes de volverse hacia él—. Se ha dormido durante el viaje.

Clay dio un paso adelante para mirar al bebé de pelo rubio y ojos azules, del mismo tono que los de Trish. Él no sabía mucho sobre bebés, pero estaba seguro de que aquel tenía al menos cuatro meses. Y Trish lo había dejado un año antes, de modo que no era difícil hacer los cálculos.

Su corazón empezó a latir como loco.

—¿De quién es ese bebé?

Trish sacudió la cabeza.

—No es lo que crees. El bebé no es tuyo.

Clay tragó saliva. La implicación estaba ahí, bien clara, haciendo que se le encogiera el estómago.

Había tenido muchas relaciones cuando era una estrella de la música *country*, pero desde que conoció a Trish nunca la había traicionado. Ni cuando estaba de gira ni luego, cuando volvió al rancho de su familia. Incluso durante aquel año que habían estado separados le había sido fiel.

Y maldita fuera, esperaba lo mismo de ella.

—¿Pero es hija tuya?

Ella asintió con la cabeza, mirándolo con cierta tristeza.

—Sí, es mía.

Clay soltó una serie de palabrotas que habrían asustado hasta a sus compañeros de póquer. No sabía qué lo turbaba más, que hubiese mantenido en secreto el embarazo o que aquel bebé no fuera hija suya, lo cual significaría que Trish lo había engañado.

—¿Es mi hija?

Trish palideció, como si la hubiera insultado. ¿Creía que podía aparecer allí con un bebé que no era suyo como si fuese lo más normal del mundo? ¿Que le daría la bienvenida a su casa y los aceptaría a los dos sin cuestionarlo siquiera? Trish había ido allí para tramitar el divorcio y cuanto antes lo hiciese, mejor.

—No, Clay, no es tu hija —respondió, como si la idea fuera absurda y él fuese un idiota por pensarlo—. Pero no ha habido nadie más.

Atónito, Clay se echó el sombrero hacia atrás y cruzó los brazos sobre el pecho.

—Estoy esperando una explicación.

Ella respiró profundamente, su expresión se suavizó cuando miró al bebé.

—Voy a adoptarla.

7

¿Adoptarla?

Clay parpadeó, sorprendido. ¿No le había dicho Trish mil veces que no estaba preparada para ser madre? ¿No le había dicho que necesitaba tiempo? ¿No era ella la responsable de que no hubiera podido cumplir la palabra que le había dado a su padre en su lecho de muerte?

–No entiendo nada.

–¿Podemos hablar dentro? Meggie tiene calor.

Clay señaló la puerta.

–Lleva dentro al bebé, yo sacaré tu maleta del taxi.

–Gracias –murmuró Trish–. Hay varias cosas en el maletero. He descubierto que los bebés necesitan mucho equipamiento.

Trish oyó a Clay hablando con el taxista mientras recorría el camino bordeado de lirios blancos y jacintos rojos. Todo estaba igual que antes, pensó mientras subía los escalones del porche que rodeaba la espaciosa casa de dos plantas.

La primera vez que Clay la llevó allí se había quedado sorprendida por la grandiosidad del rancho Worth, rodeado por las montañas Red Ridge. Aunque estaban locamente enamorados, habían decidido esperar un poco antes de tener hijos. Sin embargo, tras la muerte de su padre, Clay estaba decidido a tener un hijo lo antes posible.

El repentino cambio de planes la había dejado sorprendida porque entonces no estaba preparada para la maternidad. Ni siquiera lo estaba en aquel momento. Pensar que pudiese hacer mal algo tan importante como criar a un hijo le daba pánico y no quería cometer los mismos errores que sus padres. Pero Meggie había aparecido en su vida y Trish no estaba dispuesta a separarse de ella.

Una ola de nostalgia la envolvió al entrar en la casa.

–Oh, Meggie…

Una vez había sido feliz en aquella casa. Echaba de menos vivir en el rancho, pero no sabía cuánto hasta que entró allí, donde Clay y ella habían empezado su vida de casados y donde habían sido felices hasta que empezaron a aparecer obstáculos en su camino. Y aunque Clay la culpaba a ella, su obcecado marido también había sido responsable de la ruptura.

El ama de llaves salió de la cocina y se detuvo de golpe, mirando a Meggie con cara de sorpresa.

–Me alegro de verla, señora Worth. Bienvenida a casa –la saludó.

–Hola, Helen. También yo me alegro de verte –dijo Trish. Pero no estaba en casa. Y después de hacer lo que tenía que hacer no pensaba quedarse mucho tiempo–. Me alojaré en la casa de invitados mientras esté aquí.

–Sí, Clayton me lo ha dicho. Lo tengo todo preparado, pero no esperaba…

–Lo sé. Se llama Meggie.

Helen tocó la mantita de la niña.

–Es guapísima.

9

–Sí, lo es –Trish inclinó la cabeza para besar la frente de la niña. Habían atravesado el país para llegar hasta allí, un viaje que las había dejado agotadas a las dos.

El ama de llaves siempre había sido muy protectora y maternal con los hombres de la familia Worth y Trish sospechaba que no le caía particularmente bien después de haber abandonado a Clay. Por supuesto, dudaba que Helen conociese los detalles de su ruptura y ella no iba a contárselos.

–¿Quiere tomar un café? Acabo de hacerlo.

–No, gracias. Vamos a sentarnos en el salón un momento para esperar a Clay.

Helen asintió.

–Si puedo hacer algo por usted, dígamelo.

¿Qué tal un curso rápido de maternidad? Trish podría escribir un libro sobre lo que no sabía sobre criar a un bebé.

–Gracias –le dijo–. Me alegro de volver a verte, Helen.

La mujer sonrió.

–Estaré en la cocina si me necesita.

Trish entró en el salón y se detuvo de golpe, los recuerdos hicieron que se le encogiera el estómago. Unos recuerdos dolorosos que amenazaban con robarle la poca energía que le quedaba. No había esperado sentir aquella abrumadora tristeza, pero estar de nuevo allí, casi un año después de su partida, le recordaba las discusiones con Clay…

Durante los últimos meses discutían sin parar y una noche, cuando volvió al rancho después de un viaje inesperadamente cancelado, entró en el salón dispuesta a reencontrarse con su marido y terminar aquel día de una manera feliz… y se encontró a Clay con Suzy Johnson. En el sofá, juntos, tomando una copa de vino y riendo a saber de qué. Y esa escena era lo último que necesitaba.

Suzy era una chica del pueblo, amiga de la familia Worth de toda la vida, y estaba esperando en la cola para tener una oportunidad con Clay.

Trish apretó los dientes, diciéndose a sí misma que no debía pensar en eso. No debía mirar atrás.

Se sentó en el sofá, tumbando a Meggie a su lado. La niña la miraba con sus ojitos brillantes, contenta de poder mover las piernecitas. Pero fue entonces cuando vio que tenía el pañal manchado.

—Ay, porras —murmuró, sacudiendo la cabeza al recordar que había dejado la bolsa de los pañales en el taxi. Ella era una persona inteligente, pero nunca hubiera podido imaginar lo difícil que era cuidar de un bebé.

La maternidad estaba dándole un revolcón.

—Ten paciencia conmigo, cariño. Sigo aprendiendo.

Clay entró en el salón en ese momento y a Trish se le aceleró el corazón. Casi había olvidado lo guapo que era. Casi había olvidado su cruda sensualidad. Eso y un encanto innato que hacía a la gente volver la cabeza. Al principio de su relación había luchado para no enamorarse, aunque no había rechazado ser su representante. Un contrato con una superestrella de la música, incluso en los años finales de su carrera, era muy importante y ella nunca mezclaba los negocios con el placer.

Pero Clay tenía otras ideas y, una vez que dejó de resistirse a lo irresistible, se había enamorado como nunca.

—Eres la mujer perfecta para mí —le había dicho él. Y Trish lo había creído durante un tiempo.

Clay se detuvo frente a ella, con la bolsa de los pañales en la mano.

—¿Esto es lo que necesitas?

Trish miró los vaqueros, que se le ajustaban a los muslos, la hebilla plateada del cinturón con la famosa W del rancho y el triángulo de vello oscuro que asomaba por el cuello de la camisa de cuadros. Antes le encantaba besarlo ahí...

Cuando levantó la mirada se encontró con unos ojos castaños que parecían ver dentro de su alma. Una vez había sido capaz de derretirle el corazón con esa mirada y se preguntó si estaría derritiendo el de Suzy Johnson.

—Sí, gracias.

Clay dejó la bolsa sobre la alfombra y se sentó frente a ella en un sillón.

—¿Vas a contármelo? —le preguntó.

Trish no sabía cómo empezar; en parte porque ni ella misma lo creía, en parte porque sabía cuánto deseaba Clay tener hijos. Que ella supiera, nadie había sido capaz de negarle nada a Clayton Worth, que se había convertido en una estrella de la música siendo muy joven y se había retirado con treinta y cinco años para dirigir el imperio Worth. Era un hombre sano, guapo, rico y admirado, un hombre acostumbrado a hacer las cosas a su manera. Todo en la vida le había resultado fácil, al contrario que a ella.

Trish había trabajado mucho para hacerse un nombre en la profesión y cuando Clay se mudó al rancho, ella mantuvo su negocio en Nashville, dividiendo su tiempo entre un sitio y otro. Entonces él parecía aceptar la situación. Sabía que tener un hijo hubiera significado que Trish renunciase a sus sueños.

De niña, sus padres habían estado tan ocupados cuidando de su hermano Blake, enfermo de cáncer, que ella había pasado a un segundo lugar. Cada momento, cada segundo de energía estaban dedicados a atender a su hermano.

Trish había aprendido pronto a defenderse por sí misma y a ser independiente, aferrándose a las cosas que la hacían fuerte: su carrera universitaria y más tarde su negocio.

La idea de dejarlo todo para formar una familia era algo inconcebible para ella.

–¿Recuerdas que te hablé de Karin, mi amiga del colegio que vivía en Europa? –le preguntó.

Clay asintió con la cabeza.

–Sí, lo recuerdo.

–Su marido murió hace un año. Karin volvió a Nashville destrozada y poco después descubrió que estaba embarazada.

Trish miró a Meggie, que había girado la cabeza para observar a Clay con curiosidad. La niña tenía

13

buen instinto, pensó, intentando contener las lágrimas mientras le contaba la historia.

–Karin se había quedado sola, de modo que yo estuve a su lado cuando Meggie nació. Fue algo tan…

No pudo terminar la frase. Pero ver nacer a Meggie, tan arrugada y pequeñita, y oírla llorar por primera vez, había sido una experiencia absolutamente increíble para Trish. Nunca había esperado sentir algo así.

–Karin tuvo complicaciones en el parto y estuvo muy delicada durante varios meses, pero el mes pasado sufrió una infección contra la que no pudo luchar.

Trish cerró los ojos, intentando contener el dolor.

–Lo siento mucho –murmuró Clay.

–Me hizo prometer que cuidaría de su hija si algo le ocurría a ella y eso es lo que estoy haciendo.

Jamás había pensado que tendría que cumplir esa promesa. Jamás pensó que Karin pudiese morir, pero había sido así y ahora su hija dependía de ella.

–Soy la tutora legal de Meggie –le explicó– y pienso adoptarla en cuanto sea posible.

Clay miró a la niña de nuevo.

–¿No tiene familia?

–La madre de Karin está en una residencia y los padres de su marido murieron hace años, de modo que yo soy su única familia –respondió Trish, mientras sacaba un pañal de la bolsa e intentaba ponérselo, tarea nada fácil para ella–. Estoy haciendo lo que puedo, pero todo esto es nuevo para mí... Meggie tuvo fiebre la semana pasada y no podía viajar con ella enferma, por eso no he podido venir antes.

Había aceptado alojarse en la casa de invitados durante un mes, mientras organizaba la gala de inauguración de Penny's Song. Y mientras estuviera allí terminarían legalmente con su matrimonio.

—En estas circunstancias, me sorprende que hayas venido.

—Penny's Song sigue siendo importante para mí, Clay. Tal vez más que para mucha gente después de ver lo que sufrió mi hermano. Y más ahora que tengo una hija —Trish hizo una mueca al darse cuenta de lo que había dicho, pero no había amargura ni enfado en los ojos de Clay y eso hizo que se enfrentase a una amarga realidad.

«Va a divorciarse de ti. Ya no le importas».

Había recibido los papeles del divorcio unos meses después de marcharse del rancho, pero no había tenido valor para terminar con su matrimonio. Encontrarse cara a cara con Clay cerraba el círculo y se le encogía el corazón de pena. Una vez estuvieron tan enamorados... pero todo había cambiado. Ahora tenía una hija y debía ordenar su vida. Vería el final de un sueño y el comienzo de otro, se dijo.

Después de cerrar el pañal, Trish tomó a Meggie en brazos para apretarla contra su corazón.

—Ya estás limpita.

La niña le echó los bracitos al cuello, apoyando la cabeza en su hombro y haciéndole cosquillas con sus rizos.

–Deberías habérmelo contado, Trish.

–Y tú deberías haber respondido a mis llamadas.

Clay hizo una mueca. Los dos eran testarudos cuando creían que tenían razón, por eso habían discutido tan a menudo.

–Además, ya no compartimos nuestra vida –siguió Trish.

Él se pasó una mano por la cara.

–Te acompaño a la casa de invitados.

Con la niña en brazos, Trish se levantó del sofá y tomó la bolsa de los pañales, pero cuando iba a colgársela al hombro Clay se la quitó de la mano.

–Deja, la llevaré yo.

Sus dedos se rozaron y Trish tuvo que disimular un suspiro. Y cuando miró a Clay, en sus ojos vio un brillo que no podía disimular. También él había sentido esa conexión, esa descarga.

Se quedaron en silencio durante un segundo, sin moverse, mirándose a los ojos…

–¿Estás ahí, Clay? –escucharon entonces una voz femenina–. He hecho galletas para los niños y he pensado que te gustaría probarlas.

Suzy Johnson acababa de entrar en la casa con una sonrisa en los labios, un vestido de flores azules y una bandeja en la mano.

–Ah, perdón –dijo al ver a Trish–. La puerta estaba abierta y… en fin, no sabía que…

–No pasa nada –dijo Clay–. Gracias por las galletas.

La joven miró a Meggie y estuvo a punto de dejar caer la bandeja.

Suzy Johnson, amiga de Clay desde que eran niños, siempre estaba pasando por allí para llevar pasteles o galletas, para pedir favores o para recordar con él su infancia en Red Ridge. Y cada vez que aparecía, Trish se sentía como una extraña, de modo que ver que por una vez que Suzy se sentía incómoda le produjo cierta satisfacción.

–Voy a dejar las galletas… en la cocina –murmuró la joven.

Cuando desapareció, Trish se volvió hacia Clay.

–Veo que no ha cambiado nada –le dijo, intentando disimular su pena.

Capítulo Dos

Clay parecía molesto mientras iban hacia la casa de invitados, pero Trish estaba demasiado cansada como para preocuparse de su mal humor.

Aunque llevaban casi un año separados, era irritante que Suzy Johnson siguiese apareciendo allí en cualquier momento, siempre sonriente y siempre llevando algún pastel.

Trish apretó los labios. Cuanto antes firmasen los papeles del divorcio, mejor. Pero, por el momento, poner cómoda a Meggie era su prioridad.

Ella era una persona muy organizada; de hecho, en parte se ganaba la vida gracias a esa cualidad. Hacía listas, se ponía objetivos, por eso había tenido éxito como publicista. Tenía un don para encontrar músicos con talento y para hacer que sus carreras durasen todo lo posible.

Pero no tenía planes de ser madre. Ninguno. Y estaba aprendiendo de la manera más dura que los bebés no aceptaban la agenda de los adultos. Eran impredecibles, sus necesidades tan imperiosas que uno debía olvidarse de todo lo demás. Cada día era un reto y Trish tenía que aprender a improvisar.

Clay abrió la puerta de la casa y le hizo un gesto para que entrase.

–Tus maletas están en el dormitorio principal –le dijo, dejando la bolsa de los pañales sobre el sofá.

–Gracias.

Una vez, Trish se había enamorado de aquella casita y había decidido poner su sello allí, recordó mirando alrededor. La combinación de piel y ante en tonos crema le daba un toque cálido a la habitación, las esculturas de bronce sobre mesas de cristal y los cuadros en las paredes creaban un ambiente agradable para los invitados.

Pero parecía como si nadie hubiera puesto el pie allí. Todo estaba como ella lo había dejado, ni un mueble ni un objeto decorativo se habían movido de su sitio. Claro que eso cambiaría en un abrir y cerrar de ojos.

Los bebés provocaban el caos, incluso los de cuatro meses que aún no gateaban. Meggie, sin embargo, solía rodar por el suelo como una bolita y Trish sabía que debía darle espacio.

–Si necesitas ayuda, puedes pedírsela a Helen. Ya sabes que tiene tres nietos.

–¿Ya son tres? Solo tenía dos cuando… yo vivía aquí –Trish terminó torpemente la frase.

–Jillie tuvo otro hijo, un niño esta vez.

–De modo que Helen tiene dos nietas y un nieto. Seguro que eso la mantiene muy ocupada.

–Cuando no está aquí, normalmente está con ellos.

Trish solía preguntarse si su madre aceptaría a Meggie y la querría de forma incondicional, pero en el fondo sabía que no sería así. Su madre le había dado a su hermano Blake todo lo que tenía y cuando se recuperó del cáncer nunca volvió a ser la misma. Tal vez fue debido a la presión, a la constante angustia o al cansancio, pero su madre nunca se había emocionado ante la idea de ser abuela.

Meggie se movió en sus brazos mientras Clay las observaba con expresión curiosa.

—Será mejor que la deje en el suelo unos segundos.

Trish se inclinó para sentar a la niña en la alfombra, con la espalda apoyada en el sofá. Meggie movió los bracitos y empezó a reír, contenta.

—Así estás mejor, ¿verdad, cariño? —Trish se incorporó—. No es bueno tenerla en brazos todo el tiempo.

Clay asintió con la cabeza.

—¿Necesitas ayuda?

—No, gracias.

—Pero la niña necesitará una cuna.

—Llamaré a una empresa de alquiler y mañana me traerán todo lo necesario.

—¿Pero dónde va a dormir esta noche?

Trish dejó escapar un suspiro.

—Conmigo —respondió—. La verdad es que no duermo mucho. Me despierto a todas horas para ver si está bien… duerme tan profundamente que a veces me pregunto si ha dejado de respirar. Imagino que a todas las madres les pasará lo mismo.

Clay asintió como si lo entendiera, pero Trish vio un interrogante en sus ojos. Nadie sabía lo que era la paternidad hasta que la experimentaba en carne propia.

En los últimos meses, las emociones de Trish habían sido como una montaña rusa, yendo de la alegría cuando Meggie tomaba el biberón hasta la más profunda tristeza cuando no quería comer o se quejaba porque le dolía algo.

—Helen ha llenado la nevera —dijo Clay.

—Muy bien. Pero me gustaría ver Penny's Song en cuanto sea posible.

El divorcio no era la única razón por la que había vuelto al rancho Worth. La fundación Penny's Song era importante para ella, aunque el plan de estar allí desde el principio hasta el final de la construcción se hubiera esfumado cuando su matrimonio se rompió.

—¿Mañana por la mañana te parece bien?

—Sí, muy bien. He pensado mucho en ello. Me preguntaba si todo sería como yo lo había imaginado.

La expresión de Clay se suavizó.

—Es todo eso y mucho más. Ver a los niños allí… en fin, la verdad es que me siento muy orgulloso.

Penny Martin, una niña de Red Ridge, no había tenido tanta suerte como su hermano Blake. Aunque había luchado valientemente, por fin había perdido la batalla contra la leucemia a los diez años. Su muerte había hecho germinar la idea de usar unos terrenos del rancho para construir la fundación y Trish la había apoyado al cien por cien. Penny's Song sería un consuelo para los niños que habían perdido su infancia debido a una enfermedad y los ayudaría a sentirse normales tras su recuperación.

–Estoy deseando ver cómo ha quedado.

–Puedo llevarte a las nueve, si no es demasiado temprano.

–¿Temprano? Ya me gustaría –Trish sonrió–. Meggie se despierta al amanecer.

Clay estaba mirando a la niña, que se había tumbado boca abajo y estaba rodando hacia la chimenea como una bolita.

–Parece que quiere escaparse.

–¡Meggie!

Clay se inclinó para levantar a la niña antes de que se tirase encima los hierros de la chimenea.

–Eres muy rápida, ruedas como una pelota –le dijo, apretándola contra su pecho.

Meggie no lo conocía, pero no lloraba. Al contrario, parecía encantada con él. Ojalá Trish pudiese decir lo mismo. Pero, por dentro, su corazón se rompía al ver a Clayton Worth, el rudo vaquero, sujetando a un bebé con sus fuertes brazos.

Podría haber estado mirándolos durante horas, pero Clay no le dio tiempo.

–Toma –dijo, poniéndola en sus brazos–. Imagino que te tiene muy ocupada.

–Sí, desde luego –asintió Trish–. Pero al menos duerme bien.

Él miró a la niña por última vez antes de darse la vuelta.

–Si cambias de opinión –le dijo, con la mano en el picaporte– puedo pedirle a Helen que venga a echarte una mano.

–No, no hace falta.

Cuando Clay salió de la casa, Trish cerró los ojos. La última media hora había sido la más difícil de su vida. Verlo de nuevo le dolía tanto… y verlo con Meggie en brazos era como echar sal sobre una herida.

«Está deseando que firmes los papeles del divorcio. Nunca te ha entendido de verdad. Probablemente tiene una aventura con Suzy».

Todas razones para mantenerse a distancia y olvidarse de su atractivo, de su preciosa sonrisa y de los buenos tiempos que habían compartido.

Tal vez aún no tenía controlada la maternidad, pero su obligación era sobrevivir y, para hacerlo, debía recordar por qué había ido al rancho Worth.

Para divorciarse de Clay.

Clay caminaba a toda velocidad hacia su casa.

Trish tenía una hija. No sabía si iba a poder acostumbrarse a la idea. Trish había destrozado su matrimonio negándole hijos cuando él tenía más dinero y más recursos que el noventa y nueve por ciento de la población para mantener a una familia. Pero Trish no había confiado en él y, además, lo había acusado de mantener una relación con Suzy Johnson…

La aparición de Trish con la niña lo había dejado estupefacto. Tal vez debería haber dejado que los abogados se encargasen de todo, pero la verdad era que quería volver a verla, quería terminar con aquel matrimonio de manera civilizada. Ese había sido el plan.

Seguía siendo el plan, se recordó a sí mismo.

Clay entró en casa y cerró la puerta con demasiada fuerza.

—¿Eres tú, Clayton? —escuchó la voz de Helen en el piso de arriba.

Y después oyó un estruendo.

—¿Helen?

—Estoy aquí, en el ático. Y necesito ayuda.

Clay subió las escaleras de dos en dos y cuando llegó al primer piso giró a la derecha, hacia la escalerilla que llevaba al ático.

—¿Se puede saber qué haces?

—He tenido que apartar un montón de cosas, pero he encontrado una cuna —respondió el ama de llaves—. También hay sábanas y mantitas. Hay que lavarlo todo, pero están en buenas condiciones.

Clay dejó escapar un suspiro de alivio.

—No deberías haber subido sola. Podrías haberte hecho daño.

—Tonterías. Venga, tenemos que bajar todo esto.

—Trish va a alquilar una cuna en el pueblo.

—¿Para qué si tenemos una aquí? Esa mujer necesita ayuda, Clay.

Helen nunca se metía en su vida, de modo que no había crítica en ese comentario. Y tenía razón; Trish parecía agotada.

Además, él no discutía con Helen, que siempre había sido como una madre para sus hermanos y para él.

—Muy bien, de acuerdo.

Dos horas más tarde, Clay había montado la cuna

de nogal en el dormitorio principal de la casa de invitados y cuando se volvió encontró a Trish con un vaso de té helado en las manos.

–Imagino que tendrás sed después de tanto esfuerzo.

Él se lo tomó de un trago.

–Ah, justo como a mí me gusta.

–Algunas cosas no cambian nunca –bromeó Trish.

¿Era una crítica o un comentario burlón?

–No sé cómo darte las gracias –dijo luego–. No tenías por qué hacer esto, pero a Meggie le encantará.

Clay no quería sonreír, pero no pudo evitarlo. Trish se había puesto unos vaqueros y una blusa de cuadros rojos, pero incluso con la ropa más sencilla tenía un aspecto elegante. Y su pelo rubio, mojado, olía a limón y a azúcar.

–Será mejor que me vaya.

Ella asintió con la cabeza, tomando las sábanas recién lavadas y secas.

–Te acompaño a la puerta.

La niña levantó la cabecita en ese momento, mirándolo con unos ojitos tan azules como las aguas del lago. Era preciosa, tuvo que reconocer, con las mejillas regordetas y los diminutos rizos rubios.

–Vaya, mira quién se ha despertado –dijo Trish, sonriendo.

Clay puso la mano en el picaporte. Él no debía estar allí, no era parte de aquel escenario feliz.

–Buenas noches –se despidió, mientras Trish levantaba a la niña del suelo.

Madre e hija.

–Hasta mañana.

Clay abrió la puerta y la cerró tras él.

Había hecho su buena obra del día.

Sacar a Meggie de la cuna, darle el biberón, bañarla y vestirla fue el típico remolino de actividad al que Trish aún no estaba acostumbrada. A las nueve en punto, después de vestirse a toda prisa, se sujetó el pelo en una coleta y se puso brillo en los labios.

Estaba deseando ver Penny's Song por primera vez. Solo había visto los planos mientras diseñaba el rancho con Clay y se preguntó si la realidad estaría a la altura de sus sueños.

Afortunadamente, cuando sonó el timbre estaba lista. Tenía la bolsa de los pañales con lo esencial, una niña bien descansada y comida y unos nervios de acero. Al menos, eso era lo que se decía a sí misma.

Mientras iba hacia la puerta se preparaba para ver a Clay otra vez. Aquel día debían hablar del divorcio, no tenía sentido retrasar lo inevitable.

Suzy Johnson tendría derecho legal a clavar sus garras en él.

Pero cuando abrió la puerta se quedó sorprendida al ver que no era Clay sino una joven de pelo oscuro.

–Hola, soy Callie Worth, la mujer de Tagg. Espero que no te importe que haya pasado por aquí.

–No, claro que no. Encantada de conocerte –dijo Trish–. ¿Quieres entrar?

Trish sabía que Tagg se había casado, de modo que, al menos por el momento, Callie y ella eran cuñadas.

—Me gustaría mucho, pero sé que os marcháis a Penny's Song. He hablado con Clay esta mañana y me ha contado lo de la niña —respondió Callie.

—¿Clay te ha hablado de Meggie?

—Sí, me ha dicho que es una niña preciosa.

—Desde luego que sí.

—Nosotros estamos esperando un bebé —dijo Callie, tocándose el abdomen.

Trish se dio cuenta entonces de que su blusa parecía un poco abultada.

—Me alegro por ti y por Tagg… —el llanto de Meggie desde la cuna hizo que interrumpiese la frase—. ¿Por qué no entras un momento?

Callie la siguió al dormitorio y encontraron a la niña despierta, con los ojos abiertos de par en par.

—Te presento a Meggie.

La niña llevaba un vestidito de color amarillo con una margarita gigante en la pechera y calcetines a juego.

—Hola, Meggie. Pareces lista para dar un paseo —la saludó Callie, volviéndose hacia Trish—. Me han contado lo que le pasó a tu amiga y lo siento mucho.

—Sí, yo también. La echo de menos.

—Tú eres la mejor amiga que pueda tener nadie. Que te hayas hecho cargo de su hija es maravilloso.

—Gracias —murmuró Trish—. ¿Qué vas a tener, una niña o un niño?

Callie negó con la cabeza.

–Aún no lo sé, es demasiado pronto.

Como no había usado el cliché: «Me da lo mismo mientras esté sano», Trish decidió que aquella chica le caía bien.

–Clay me ha dicho que pensabas alquilar la cuna y todo lo demás, pero Tagg y yo nos volvimos locos comprando el otro día y tenemos de todo. Puedes pedirme cualquier cosa que necesites.

–¿En serio?

–Claro que sí. Puedo prestarte el cochecito, el moisés, el parque, la trona, juguetes… tengo de todo. Nosotros no vamos a necesitarlo hasta dentro de unos meses.

En otra ocasión, Trish no habría aceptado la oferta, pero Callie parecía sincera y su ofrecimiento le ahorraría tiempo y dinero.

–Sería estupendo. No he podido traer nada en el avión.

–Te llevaré el cochecito a Penny's Song, así Meggie podrá probarlo hoy mismo.

–No sé qué decir. Muchas gracias.

–De nada –Callie sonrió, apretando su mano–. Bueno, será mejor que me vaya. Clay estará…

–¿Clay estará qué? –escucharon una voz masculina.

Las dos se volvieron para verlo apoyado en el quicio de la puerta, la camisa negra dentro del pantalón vaquero y el pelo asomando bajo un Stetson. Allí estaba, un vaquero alto y fibroso con una sonrisa increíble y unos ojos que te derretían el corazón.

–Nos vemos luego –se despidió Callie–. Adiós, Trish.

–Adiós.

Conocer a la mujer de Tagg la había puesto de buen humor. No había esperado una bienvenida tan calurosa.

–Es muy agradable –le dijo cuando la joven desapareció.

–Sí, lo es –asintió Clay, poniéndose serio–. Antes de irnos, me gustaría hablar contigo.

Trish miró a Meggie, que estaba ocupada rodando por la cuna.

–Muy bien.

–Es sobre Suzy.

El buen humor de Trish desapareció. Se le encogía el estómago cada vez que escuchaba ese nombre, recordando las veces que Suzy había aparecido en el rancho tras divorciarse de su alcohólico marido. Al principio, Trish había sentido compasión de ella y le había ofrecido su amistad, pero unas semanas después había quedado claro que Suzy solo quería la amistad de Clay.

Tagg y Jackson la apreciaban, Wes la apreciaba. Todo el mundo decía que era estupenda, de modo que Trish la toleraba… hasta que un día estalló.

–Lo que haya entre Suzy y tú no es asunto mío –le dijo.

–Has sacado conclusiones precipitadas, Trish.

–Ya, claro, Suzy es una amiga. Vuestras familias se conocen desde siempre y...

–No es lo que crees. No lo ha sido nunca.

Meggie empezó a balbucear y Trish miró hacia la cuna, intentando contener sus sentimientos.

–Ya da igual.

–Quiero que sepas que vas a ver a Suzy en Penny's Song. Trabaja como voluntaria en la enfermería durante su tiempo libre y no voy a malgastar saliva defendiéndome a mí mismo cada vez que creas ver algo entre nosotros.

–No te defendiste ayer, cuando apareció con las galletas.

–¿De qué habría servido? Tú ya has tomado una decisión.

–Suzy aparece siempre en el momento adecuado –murmuró Trish– justo cuando yo acababa de llegar.

–La verdad es que no la he visto mucho en los últimos meses, solo cuando voy a Penny's Song.

Trish no lo creía. ¿Cómo iba a creerlo? Suzy había aparecido en el rancho en cuanto ella llegó, como si fuera su casa.

–La última vez que os vi juntos –empezó a decir, recordando el golpe final para su matrimonio– apareció en casa cuando sabía que yo estaba fuera.

–No apareció, la invité yo.

Trish parpadeó, sorprendida. ¿La había invitado él?

Se había marchado a Nashville después de una pelea y volvió unos días después con la intención de arreglar su matrimonio, pero los encontró sentados en el sofá, con sendas copas de vino en la mano, riendo. Trish se había sentido como una extraña en su propia casa, traicionada de la peor manera posible.

Suzy, que había usurpado su puesto, no pudo disimular una mueca de satisfacción. Esa había sido la gota que colmó el vaso y Trish había subido a su habitación para hacer las maletas.

No debería haberla sorprendido porque Clay había hecho lo mismo con las mujeres que la habían precedido y, sin embargo, fue como si le clavase un puñal en el corazón. Porque había sido tan tonta como para pensar que ella era diferente, que era única.

—Ah, la invitaste —murmuró.

—No me gusta que me acusen de algo que no he hecho, Trish. Deja que te lo aclare de una vez por todas: esa noche no ocurrió nada.

—¿No te has acostado con ella?

—No —respondió Clay, con una seguridad que la sorprendió.

—¿La has besado?

Él apartó la mirada.

—¡La has besado!

—¡Maldita sea, Trish, tú me abandonaste!

—Y nadie te había hecho eso antes —dijo ella.

Su ego no había podido soportar el golpe o tal vez se había dado cuenta de que ya no la amaba. Fuera cual fuera la razón, Clay ni siquiera había intentado arreglar su matrimonio. Sencillamente, había aceptado su decisión de marcharse.

—No, la verdad es que no, pero eso no es lo importante. Lo importante es que te fuiste de aquí.

—Y tú no hiciste nada.

Trish había esperado que la buscase, que intentase una reconciliación. La había llamado dos veces por teléfono, pero esas conversaciones no los habían llevado a ningún sitio.

—Estabas deseando pedir el divorcio.

—No es solo culpa mía —dijo Clay—. O me crees o no, es así de sencillo. Pero vamos a trabajar juntos organizando la gala de inauguración y quiero que empecemos de cero.

Trish no podía dejarlo pasar cuando aquello era algo que no había admitido nunca.

—¿Por qué invitaste a Suzy esa noche?

Él se pasó una mano por la cara.

—Necesitaba saber su opinión sobre algo.

—¿Sobre qué?

—Quería darte algo que pertenece a mi familia desde siempre.

—¿El collar de rubíes? —exclamó Trish. Había oído hablar del famoso collar Worth. Según la leyenda, ese collar había salvado al rancho de la ruina y había unido a Lizzie y Chance Worth, el tatarabuelo de Clay, cien años antes. Nunca lo había visto porque su marido lo guardaba en el banco…

Pero nada de aquello tenía sentido. Clay y ella no se entendían y último que haría sería regalarle una joya tan valiosa a una mujer que se negaba a darle hijos cuando él daba la orden.

—No, un anillo a juego que había encargado.

—¿Y por qué no me lo dijiste antes?

—Porque estaba enfadada. Que me acusaras de tener una relación ilícita con Suzy era injusto. Tu deberías haber sabido que yo no…

–¿Cómo iba a saberlo?

–Porque contigo siempre ha sido diferente –respondió Clay–. Yo nunca había querido casarme hasta que te conocí, Trish. Me casé contigo y creí que sabías lo que eso significaba. O se tiene confianza en alguien o no se tiene.

Hacía que algo tan complicado pareciese tan sencillo… pero ella sabía que no lo era. Tener confianza plena en alguien era algo que no había podido hacer nunca, tal vez porque se había llevado demasiadas desilusiones en la vida.

–No siempre es tan sencillo.

–A veces lo es –replicó él.

Meggie se movió en la cuna, impaciente, y Trish la tomó en brazos para consolarla. Aunque era ella quien necesitaba consuelo.

–Creo que deberíamos irnos.

Clay apretó los labios, airado.

–Sí, vámonos de aquí.

Capítulo Tres

Era como un milagro.

Clay detuvo la camioneta en la cima de una colina, desde donde podía verse Penny's Song, y Trish guiñó los ojos para ver el rancho. Aquel había sido su sueño, el de los dos. No era el escenario de una antigua película del oeste sino un rancho auténtico.

–Es maravilloso, Clay…

–Lo sé –dijo él.

Nada estaba resuelto entre ellos y Trish no lo esperaba, pero al menos tenían el rancho. Si su matrimonio no se hubiera roto lo habrían hecho juntos, pero eso no era lo más importante. Lo importante era que los niños se beneficiarían de Penny's Song. Sus vidas mejorarían gracias a aquel sitio, donde harían amigos y donde se recuperarían después de meses o años de hospitalización.

Trish pensó en su hermano y en lo difícil que había sido su recuperación. Cuando volvió al colegio, Blake se sentía como pez fuera del agua, incapaz de relacionarse con sus amigos como antes. En Penny's Song habría estado con otros niños que habían pasado por lo mismo que él…

–Aún no está terminado –dijo Clay–. Quedan algunas cosas por hacer.

Desde allí, los niños parecían miniaturas y Trish vio un par de ellos al lado del establo, otros frente a los corrales y a una niña persiguiendo a una gallina. Además del edificio principal, pintado de un color muy alegre, vio un *saloon*, una tienda y una cafetería.

—¿Cuántos han venido esta semana?

—Ocho, desde los siete a los catorce años, pero la semana que viene tendremos una docena.

Sin darse cuenta, Trish le puso una mano en el brazo, emocionada. Penny's Song había sido el sueño de los dos, el hijo que no habían tenido, lo único que ambos habían amado desde el principio.

—No me lo puedo creer.

Clay puso una mano sobre la suya.

—No puedo negar que estoy contento.

Se quedaron en silencio durante unos segundos, mirando aquel sitio como dos padres mirarían a su hijo. Estaban juntos en la cima de la colina, mirando el rancho que habían concebido juntos y, en ese momento, todo parecía estar bien.

Pero Meggie empezó a protestar desde su sillita de seguridad.

—Deberíamos ponernos en marcha —dijo Clay.

—Sí, claro.

Unos minutos después estaban visitando el rancho, con Clay llevando la bolsa de los pañales y Meggie en brazos de Trish. La niña parecía intrigada por los animales, pero sobre todo por los niños.

Una niña en particular, cuyos rizos dorados empezaban a crecer de nuevo, se acercó para mirarla con mucho interés y Trish se la presentó.

–Se llama Meggie y pronto cumplirá cinco meses.

–Es muy guapa.

–¿Cómo te llamas?

–Wendy.

–Encantada de conocerte, Wendy.

Meggie alargó la manita para tocar su cara y la niña sonrió.

–Yo voy a cumplir ocho años... ¿Ella también está malita?

Había preocupación en la pecosa cara de Wendy y cuando Trish miró a Clay, en sus ojos vio un brillo de tristeza.

–No, está bien.

Los niños no deberían sufrir enfermedades, era tan injusto. Deberían disfrutar de su infancia sin tener que pasar por el hospital. Esa era la razón por la que habían creado Penny's Song.

Un niño llamado Eddie se acercó a ellos y Trish presentó a Meggie de nuevo. Pronto, los ocho niños los rodearon y empezaron a hacer preguntas a las que Trish respondía sucintamente: sí, Meggie era su hija. No, no tenía hermanos. No era de allí, no, Meggie aún no sabía hablar.

Su hija daba pat23aditas, entusiasmada por tanta atención.

Después, uno por uno, los niños volvieron a sus tareas y Trish se encontró a solas con Clay de nuevo.

–El *saloon* es en realidad un cuarto de juegos.

Estaban entrando en el *saloon* cuando Callie apareció tras ellos, empujando un cochecito con grandes ruedas que se agarrarían bien en la tierra del rancho.

—¿Qué te parece el nuevo vehículo de Meggie?

—Típico de mi hermano, tenía que comprar un cuatro por cuatro a su hijo —Clay soltó una carcajada.

—Tú harías lo mismo, Clayton Worth.

—Yo sigo esperando mi oportunidad.

Trish se quedó callada. Clay tenía seis años más que ella, había disfrutado de una carrera llena de éxitos y estaba listo para formar una familia. Ella, en cambio, estaba empezando a afianzar su carrera y ser madre no había sido su objetivo hasta que Meggie apareció en su vida. Sencillamente, se habían encontrado en el peor momento.

—Vamos a llevar a Meggie a dar un paseo —dijo Callie.

—¿Estás segura? El cochecito es nuevo y…

—Estoy segura —dijo la joven—. Y parece que llego justo a tiempo, a la pobrecita se le cierran los ojos.

—Sí, es verdad. Y pesa una tonelada —Trish puso a la niña en el cochecito y la cubrió con una manta blanca.

—Puedo llevarla yo, si quieres —se ofreció Callie—. Así tú podrás ver el rancho.

Meggie y ella no se habían separado durante los últimos meses y le costaba trabajo dejarla con otra persona. No había tenido niñera, nadie había cuidado de ella mas que Trish.

—Sí, claro —respondió—. Me parece una idea estupenda.

–Prometo no ir muy lejos.

–Que lo pases bien –Trish estaba sonriendo, pero tuvo que disimular su angustia al ver que se alejaban.

–No le pasará nada –dijo Clay.

–Sí, lo sé. Es que no me he separado de ella en todo este tiempo. En fin, no pasa nada.

–¿Quieres ver el resto del rancho? –le preguntó él, tomándola del brazo.

–Por supuesto –distraída por el calor de su mano, Trish lo siguió.

Esa tarde, Clay detuvo la camioneta frente a la casa de invitados. Con una mano en el volante y la otra sobre el salpicadero, se volvió hacia Trish.

–Ya hemos llegado.

Ella asintió con la cabeza.

–El resultado es mucho mejor de lo que yo esperaba.

Mientras visitaban el rancho, Clay había ido explicándole que todo funcionaba gracias a voluntarios y consejeros, en muchos casos universitarios que ofrecían su tiempo libre para ayudar a los niños. Visitaron los establos, donde había caballos donados por ganaderos de la zona, saltaron la cerca del corral para ver a Tagg enseñando a montar a los niños y Clay la llevó luego a ver la casa donde dormían.

Esa noche harían un fuego de campamento y cantarían canciones...

Trish tenía un trabajo que hacer allí: organizar una gala de inauguración para recaudar fondos. Era su contribución a la causa ahora que el rancho estaba terminado.

–Funciona como una máquina bien engrasada, ¿no?

–Todavía hay que solucionar algunas cosas, pero sí, todo va bien.

Trish giró deliberadamente la cabeza para no mirar a su marido. El encanto de Clayton Worth no tenía rival y estar solos cuando empezaba a anochecer era un peligro.

–El tiempo lo arreglará todo.

–¿A qué te refieres?

–Te ha costado dejar que Callie se llevase a Meggie, ¿verdad?

No era una acusación, era una afirmación, y Trish sabía que era cierto. Durante el tiempo que Callie había estado dando una vuelta con la niña, Trish miraba por encima de su hombro continuamente para ver si estaban bien.

–No nos hemos separado en varios meses.

–Callie es de fiar

–Ya lo sé –dijo Trish–. No es eso.

La niña iba dormida en la silla de seguridad, sus mejillas rojas, los rizos brillando bajo los últimos rayos del sol.

–Debería meterla en la cuna.

–¿Se despertará si la sacamos de la silla?

–No lo sé –respondió Trish–. Meggie siempre me sorprende. A veces se despierta por el sonido de una bocina, otras veces duerme aunque haya un estruendo a su alrededor.

—No debe haber sido fácil tener que hacerte cargo de una niña tan pequeña —comentó Clay.

—No, no lo fue. Estaba trabajando en la campaña de un cliente y, de repente, me convertí en madre. Tuve que aprender a toda prisa y aún no estoy a la altura.

Él respiró profundamente.

—La ironía es…

—No lo digas —lo interrumpió Trish. Meggie era su prioridad y eso significaba dejar atrás el pasado, aunque el pasado fuese un marido guapísimo que la excitaba como nadie.

El móvil de Clay sonó en ese momento y él respondió hablando en voz baja para no despertar a la niña. Trish escuchó la voz de una mujer al otro lado…

—Muy bien, gracias. Pasaré por allí más tarde.

Trish no le preguntó quién era y él no dijo nada, pero apostaría cualquier cosa a que Suzy Johnson aparecía en el rancho esa noche.

Mientras ella llevaba a Meggie a la cuna, Clay sacó del maletero el parque y la trona que Callie le había prestado.

—¿Necesitas ayuda?

—No, gracias.

—Esto me vendrá muy bien —dijo Trish—. Mientras yo estoy trabajando, Meggie tendrá un sitio para jugar.

—Pensé que te habías tomado unos días libres.

–Siempre hay algún problema de última hora que solucionar. Afortunadamente, Jodi sabe evitar los desastres.

Su ayudante hacía que siguiera cuerda. Jodi, que había tenido que criar sola a su hijo, era una persona fuerte y valiente que no se arredraba por nada. Vivía para las visitas de su hijo, que ya era un adulto, y desde que Meggie apareció en su vida, Trish se preguntaba si algún día acabaría siendo como ella.

–Jodi, ¿eh? Nunca le caí bien.

–Eso no es verdad. Tú caes bien a todo el mundo.

–Me parece que sobrestimas mis encantos –bromeó Clay, mientras llevaba la trona a la cocina–. ¿Necesitas ayuda para montar esto?

–Pues… –Trish iba a decir que sí, pero al recordar que Suzy acababa de llamarlo, su buen humor desapareció. Además, siempre había cuidado de sí misma, no necesitaba ayuda–. No, gracias. Lo haré más tarde. Estaba pensando que tal vez deberíamos hablar del divorcio.

Clay la miró a los ojos, como si acabara de recordar la razón por la que había ido al rancho.

–¿Te parece bien mañana?

–Sí, muy bien.

–Vendré a las cuatro.

Después de decir eso salió de la casa y Trish se quedó inmóvil, escuchando el ruido de la camioneta con el estómago encogido.

Y una pregunta apareció entonces en su cabeza: ¿había cometido un error al marcharse del rancho Worth?

Clay tomó un trago de Jack Daniel's, intentando embotar sus sentidos, pero el alcohol le quemó la garganta. Estaba consiguiendo todo lo que quería, ¿no? El divorcio de Trish y una mujer dispuesta a casarse y tener hijos como Suzy Johnson. Suzy no era complicada y sabía perfectamente lo que quería: a él. No se lo había dicho claramente, pero Clay sabía que era así. De hecho, desde que Trish se marchó le había dado a entender que quería ser algo más que una amiga.

Suzy era una mujer con la que podría formar una familia. Entonces ¿qué lo retenía?

Suspirando, Clay se sentó en los escalones del porche de Tagg, mirando el líquido de color ámbar en el vaso.

–¿Vas a decirme por qué has venido? –le preguntó Tagg.

–¿No puedo visitar a mi hermano?

–Ya, claro, has decidido venir a visitarme cuando acabas de verme en Penny's Song.

–No me apetecía beber solo.

–No te has quedado mucho tiempo en el fuego del campamento.

–Fui a casa de Suzy para ver a su padre. Quería hablarme del viejo toro, Razor. Bueno, en realidad creo que quería un poco de compañía masculina.

–¿Cómo está el viejo Quinn?

El padre de Suzy había sido el mejor amigo de

Rory Worth y su compañero de aventuras. Aventuras que los habían llevado a la cárcel media docena de veces antes de que se pusieran serios con el negocio de ganado.

–Haciéndose mayor y repitiendo las viejas historias de cuando éramos niños. Pero sigue tan gruñón como siempre, de modo que no está tan mal.

–¿Suzy ha hecho un pastel? –le preguntó Tagg.

–De cereza.

–Madre mía.

Todo el mundo en Red Ridge sabía que Suzy hacía el mejor pastel de cereza del condado. Si tenías la suerte de probarlo, estabas enganchado. De hecho, ganaba todos los años el premio en la feria local.

–Pero no te has quedado allí mucho tiempo –siguió Tagg.

Clay miró a su hermano de soslayo antes de llevarse el vaso a los labios.

–No era lo que necesitaba en ese momento.

–Quieres decir que Suzy no es Trish. Tu mujer aparece y, de repente, el pastel de cereza ya no sabe tan rico.

–Yo no he dicho eso.

–Pero estás pensando en Trish.

–Sigo casado con ella, Tagg. Había pensado firmar los papeles del divorcio y seguir adelante con nuestras vidas, pero de repente aparece con una niña pequeña…

–Debió ser una sorpresa enorme.

Clay asintió la cabeza.

—Desde luego.

—Es una niña preciosa. Callie no para de hablar de ella.

—Sí, es preciosa —asintió Clay, pasándose una mano por la cara—. Y la situación no es culpa de nadie. Trish está haciendo lo que le prometió a su amiga.

—Pero estás enfadado con ella, lo veo en tus ojos.

—No sabes lo que dices.

Tagg hizo una mueca.

—No te ofendas, pero te pones insoportable cuando no te sales con la tuya. Trish fue la primera mujer que no lo dejó todo para estar contigo, hizo que te esforzases y seguramente es por eso por lo que te enamoraste de ella.

Clay apretó los labios. Tagg olvidaba que Trish lo había abandonado. Aunque nunca le había contado a sus hermanos que no confiaba en él, que creía que la engañaba con Suzy.

—¿Te estás poniendo de su lado?

Tagg respiró profundamente.

—No, solo intento poner las cosas en perspectiva.

—¿Crees que yo no puedo hacerlo?

—Yo solo digo…

—Déjalo, Tagg.

—Sí, claro. Te dejaré en paz como tú me dejaste en paz con Callie.

Clay hizo una mueca.

—Yo tenía razón sobre Callie.

—Sí, es cierto —asintió Tagg, poniéndole una mano en el hombro—. A veces no podemos ver lo que tenemos delante.

Clay terminó el whisky antes de entregarle el vaso.

—Gracias por el whisky y por el sermón.

—¿Ya te vas?

—Hazme un favor, vuelve con tu mujer.

—Tal vez tú deberías hacer lo mismo —sugirió Tagg. Y antes de que él pudiese replicar, entró en casa a toda prisa.

Clay murmuró una retahíla de palabrotas mientras iba hacia su camioneta. Pero al ver la sillita de seguridad en el asiento trasero se le hizo un nudo en la garganta. El dulce aroma de Meggie llenaba el interior del vehículo, una mezcla de biberón y talco.

Su vida no estaba resultando como él había esperado. Debería tener dos sillas de seguridad en el coche, una casa llena de niños y a su mujer a su lado. Ya no era el deseo de su padre sino el suyo propio... y era hora de que hiciese algo al respecto.

Un hombre podía hacer algo mucho peor que casarse con una mujer simpática que hacía pasteles de cereza. Trish tenía razón, era hora de finalizar el divorcio y empezar de nuevo, tener hijos, formar una familia.

Era hora de vivir otra vez.

A Trish no le habían dado plantón desde el primer año de instituto. Pero allí estaba, esperando a un hombre que no aparecía.

Estaba segura de que habían quedado a las cuatro para hablar del divorcio, pero eran las cinco menos cuarto y no había ni rastro de Clay.

Nerviosa, Trish paseó por la cocina, deteniéndose de vez en cuando frente a la ventana para mirar hacia el camino.

Clay no había parecido contento cuando se lo dijo, pero después de la llamada de Suzy decidió no esperar más. Además, esa era la razón por la que estaba allí. Cuando llegasen a un acuerdo se dedicaría a organizar la gala y luego se marcharía. Tenía un negocio que llevar y una hija de la que cuidar y debía encontrar la manera de hacer las dos cosas.

–¿Dónde demonios está? –le preguntó a Meggie.

La niña estaba tumbada en el suelo, sobre una mantita, entreteniéndose con una caja de música que tocaba la misma canción una y otra vez y que estaba volviendo loca a Trish. Pero Meggie estaba tranquila y eso era lo importante.

Al menos, Clay podría haber llamado, pensaba. Quince minutos antes había intentando localizarlo en el móvil, pero le saltaba el buzón de voz.

Tenía que darle el biberón a Meggie y no podía esperar más, de modo que empezó a prepararlo. Pero en ese momento sonó el timbre.

–Por fin. Ven conmigo, cariño –murmuró, tomando a Meggie en brazos antes de abrir la puerta–. Ah, hola, Helen.

–Hola, señora Worth –la saludó el ama de llaves–. Clay ha tenido un accidente de coche esta mañana…

Trish se quedó sin aliento.

–¿Cómo está?

–Bien, bien –respondió Helen–. Creo que está más enfadado que otra cosa. Alguien se saltó un semáforo en rojo y chocó contra su camioneta, pero el *airbag* evitó que sufriese heridas graves.

–¿Dónde está?

–En Phoenix, con su hermano Jackson. Y no parece nada contento, no había oído tantas palabrotas desde que su padre le quitó el coche cuando tenía dieciséis años.

–Pero no es nada grave, ¿verdad?

Helen negó con la cabeza.

–Ha tenido suerte. No ha sido nada.

–Vaya, qué disgusto.

–La vida es así –dijo la mujer.

La tristeza que había en su tono le recordó que había perdido a su marido diez años antes en un accidente de coche, cuando un camión se quedó sin frenos. Habían muerto siete personas ese día, dejando docenas de corazones rotos.

–Clay llegará más tarde –dijo Helen entonces, mirando a la niña–. ¿Cómo va todo?

–Bien, bien… ¿quieres entrar? Estaba a punto de darle el biberón.

El ama de llaves sonrió. Trish sabía que quería a los Worth como si fueran sus hijos, pero sobre todo a Clay.

–Bueno, tal vez cinco minutos.

–Voy a hacer un té… o una tila, es buena para los nervios.

–No quiero molestar.

–No es ninguna molestia, te lo aseguro. Aún no he tenido tiempo de montar la trona, pero normalmente la siento en mis rodillas para darle el biberón.

–¿Puedo tomarla en brazos un momento?

–Sí, claro.

Trish se dio cuenta de que era una abuela con mucha experiencia porque Meggie apoyó la cabecita en su hombro como si la conociera desde siempre.

–Es una niña muy buena –dijo, pensativa.

Se le había parado el corazón al saber lo del accidente. En ese momento habían surgido demasiados sentimientos antiguos y el peso de esos sentimientos la asustaba.

–Sí, lo es –asintió el ama de llaves.

Después de darle el biberón la pusieron en el parque, que Trish había logrado ensamblar, y entre las dos montaron la trona.

Cuando le preguntó si quería quedarse a cenar, Helen aceptó. Había hecho una ensalada de pollo con aguacate y, mientras comían, charlaron sobre cosas sin importancia. Helen era una persona generosa, aunque se había mostrado reservada con ella mientras estaba casada con Clay. En aquel momento, sin embargo, parecía más abierta, de modo que charlaron sobre sus programas de televisión favoritos y los mejores juguetes para niños. Helen incluso le contó algunos cotilleos sobre Red Ridge. Por supuesto, no le dijo que su regreso al rancho era la comidilla de todos. Clay era el chico de oro de Red

Ridge, una estrella de la música con corazón de vaquero, y a la gente le encantaba que siguiera viviendo allí, de modo que el regreso de su esposa debía ser una gran noticia.

Eran las ocho cuando Helen se marchó. Meggie estaba dormida y después de ponerle un pijamita verde con flores, Trish la colocó de lado, mirando hacia la pared, como le había indicado el pediatra.

Era asombrosa la cantidad de cosas que tenía que aprender. En esas primeras semanas había hecho docenas de llamadas al pediatra...

Suspirando, se metió en la ducha y dejó que el agua caliente la relajase durante unos minutos. Cuando salió, se puso un pantalón corto y una camiseta de algodón blanco que había visto días mejores y se sentó en el sofá para leer un libro. No había leído más de diez páginas cuando un golpecito en la puerta la interrumpió.

Cerrando el libro, Trish miró el reloj. Eran más de las nueve y solo una persona podía ir a visitarla tan tarde.

Pero al ver a Clay al otro lado, con un hematoma en la cara y una venda en la muñeca, se llevó una mano al corazón.

Él estaba mirándola de arriba abajo y su mirada la excitó. Ningún otro hombre podía provocar esa reacción en ella. Sus ojos eran como carbones encendidos, quemándola mientras miraba sus pechos y sus piernas desnudas.

Con el corazón acelerado, susurró:

—Clay.

Capítulo Cuatro

Clay olvidó el accidente que le había destrozado la camioneta, olvidó el dolor en las costillas y en el brazo y los hematomas en la cara. Porque se había excitado en cuanto vio a su mujer con un pantalón corto y una camiseta sin sujetador. No había olvidado el cuerpo de Trish y, sin darse cuenta, clavó los ojos en sus pechos, apenas escondidos bajo la camiseta, la aureola oscura visible bajo el algodón blanco.

La expresión de Trish debía ser un reflejo de la suya: pura frustración sexual. No era el único que estaba lamentando el celibato.

«No ha habido nadie más».

Trish nunca sabría cuánto había agradecido esas palabras.

–¿Cómo estás? –le preguntó ella por fin, mordiéndose los labios. Había un brillo de miedo en sus ojos, pero no era miedo de él sino miedo a lo inevitable–. Estaba a punto de irme a la cama.

Sin decir nada, Clay pasó a su lado y se volvió mientras ella cerraba la puerta. Los pantalones que llevaba eran cortísimos, marcando sus perfectas nalgas de tal forma que tuvo que hacer un esfuerzo para controlarse. Su mujer era una fantasía hecha realidad.

Trish se volvió para mirarlo, su bonito rostro sin una gota de maquillaje, sus ojos más azules que nunca.

–Ven aquí.

Ella cerró los ojos, negando con la cabeza.

–Ven –insistió Clay.

Trish abrió los ojos y dio un paso adelante.

–No creo que sea buena idea.

Cuando llegó a su lado, Clay la envolvió en sus brazos, olvidándose del dolor en las costillas magulladas porque el dolor que sentía bajo la cintura era más urgente.

–Cuando se te ocurra una mejor, dímelo –murmuró, levantando su barbilla con un dedo para rozar sus labios; el beso fue una invitación a la que Trish respondió sin oponer resistencia.

Dulce como el azúcar y familiar como el café de la mañana, Clay no podía olvidar su sabor.

Trish se apartó ligeramente para mirar su cara magullada.

–Estás herido –murmuró.

–Sobreviviré, no te preocupes.

–Pero tú…

Clay la interrumpió con un beso y perdió el control cuando ella dejó escapar un gemido. La besó con urgencia, con pasión, abriendo sus labios con la lengua mientras Trish le echaba los brazos al cuello, apretándose contra su pecho. La deseaba tanto…

–Vuelve a gemir –le advirtió, con voz ronca– y te juro que esto terminará antes de que haya empezado.

Trish sonrió, sus ojos brillaban de deseo mientras levantaba una tentadora ceja. Impaciente, Clay tiró hacia arriba de su camiseta para quitársela y tuvo que contener el aliento al ver sus pechos perfectos, las dos rosadas órbitas endurecidas.

—Maldita sea —murmuró. Estaban a un metro de la puerta y lo tenía tan excitado que no podía pensar—. Quítate el pantalón.

—Quítate tú la camisa —replicó ella, sin aliento.

Pero Clay no quería quitarse la camisa hasta que estuvieran en el dormitorio, con la luz apagada. No quería que viese sus costillas magulladas porque si las viera lo enviaría a casa. Y eso era lo último que deseaba hacer.

—Da igual, tengo una idea mejor —Clay le dio la vuelta, abrazándola por detrás para acariciarle los pechos, tan firmes y sensibles como siempre. El deseo se intensificó, su erección apenas contenida por los vaqueros—. Tengo buenas ideas, admítelo —murmuró, besándole la nuca y los hombros.

—Umm...

Clay cerró los ojos, dejándose llevar por el placer mientras acariciaba sus pechos como si fueran un instrumento. Trish gemía con cada roce y dejó escapar un grito cuando apretó un pezón entre el pulgar y el índice.

Deseaba estar dentro de ella, notar su calor rodeándolo, sentir que los dos se deshacían en un poderoso clímax.

Sujetando su brazo con una mano, deslizó la otra bajo el pantalón para acariciar los rizos que la protegían, apartando a un lado las braguitas, tentándola con los dedos hasta que estuvo húmeda. Trish arqueó las caderas mientras apoyaba la cabeza en su hombro, invitándolo a seguir.

–Cariño, ya estás húmeda para mí.

Ella dejó escapar un gemido y Clay intentó encontrar paciencia mientras seguía acariciándola.

–Por favor, Clay –murmuró Trish–. Necesito…

Él deslizó los dedos una vez más, con más propósito. Sabía cómo le gustaba y pronto la oyó jadear mientras movía las caderas hacia él, temblando. El clímax llegó enseguida y tuvo que sujetarla cuando se le doblaron las rodillas.

–Tienes buenas ideas –murmuró ella por fin. Los ojos de Clay seguían ardiendo y Trish contestó a su pregunta antes de que la formulase–. Meggie está en la cuna.

Clay le tomó de la mano para llevarla a la otra habitación y se detuvo al lado de la cama, apretándola contra su torso.

–Desnúdate.

Esta vez, Trish no discutió. La luz de la luna hacía brillar su piel, dándole una belleza etérea, y Clay no podía dejar de mirarla mientras se sentaba en la cama para quitarse las botas. Luego sacó un preservativo del pantalón y cuando se tumbó en la cama, Trish se colocó encima, a horcajadas.

–Los llevo por si acaso –le explicó.

–¿Y cuántos por si acaso ha habido? –susurró Trish.

Clay apretó los labios. Tenía derecho a saber la

verdad, pero no quería hablar de eso en aquel momento.

—Muy bien, lo admito, lo he guardado en el bolsillo esta noche, antes de venir a verte.

—¿Por qué?

¿Porque esperaba acostarse con su mujer? ¿Porque la había deseado desde el momento que la vio bajar del taxi?

—Cuando me di cuenta de que no me había matado en el accidente, pensé en ti.

—¿Fue tu primer pensamiento?

—Sí —admitió Clay. Y la había imaginado exactamente así.

No quería pensar en lo que eso significaba, pero en cuanto saltó el *airbag* y se dio cuenta de que estaba sano y salvo, la imagen de Trish había aparecido en su cerebro. Quería pensar que era debido al susto o a la confusión, pero allí estaba, desnuda y preciosa, como la había imaginado, y Clay pensó que aquel era su día de suerte en todos los sentidos.

La vio sonreír mientras acariciaba su torso como una diablesa.

—Bueno, vaquero, ¿a qué esperas? —murmuró.

—No deberías burlarte de mí —dijo él, rasgando el sobrecito.

—No me estaba burlando.

Trish se incorporó un poco y se colocaron como habían hecho tantas veces en el pasado, dos partes de un rompecabezas uniéndose después de un largo año de separación.

Clay entró en ella con una embestida que llevaba

meses deseando, la sensación casi hizo que perdiese la cabeza. Era estrecha y húmeda y lo hacía sudar solo con mirarla.

Sujetando sus caderas, la guió arriba y abajo hasta que los dos estaban al límite. Se movían al unísono y cuando estaba a punto de terminar la besó apasionadamente antes de colocarse sobre ella. Trish era fuerte, pero Clay apoyó una mano en el colchón por miedo a hacerle daño y, sujetándose al cabecero con la otra, sacudió la cama hasta que estuvo a punto de romperla mientras la embestía una y otra vez.

Trish se movía con él, enloqueciéndolo con sus gemidos de placer.

–Déjate ir –musitó, incrementando el ritmo.

Trish se rindió, temblando de placer, y cuando notó que llegaba al orgasmo, Clay se dejó ir con más fuerza que nunca, liberando así su frustración y su deseo.

Su corazón latía con tal fuerza que casi lo ahogaba.

Inmóvil, intentando llevar aire a sus pulmones, miró a Trish, que estaba tirada en la cama como una muñeca roca.

–¿Estás bien?

–¿Seguro que has tenido un accidente? –bromeó ella.

Clay sonrió mientras se tumbaba de lado.

–Tengo una conmoción cerebral que lo demuestra.

Trish dejó escapar una exclamación.

–Dime que eso no es verdad.

–Es verdad –afirmó él–. Y el médico me ha dicho que no debería estar solo esta noche.

Mientras Clay dormía a su lado, Trish lo miraba, temblando al pensar que había tenido un accidente. Aparte del hematoma en la cara y un corte sin importancia sobre el ojo izquierdo, tenía varios moretones en el torso...

Entonces entendió por qué no había querido desnudarse en el salón, por qué había esperado para llegar a la habitación, a oscuras. Si hubiese visto esos hematomas lo habría enviado a casa a recuperarse.

Había sido un alivio tan increíble ver que se encontraba bien que había olvidado que estaban a punto de divorciarse.

Y luego Clay la había seducido con su letal sonrisa... aunque ella no era una víctima y no podía culparlo porque había participado encantada. Lo había deseado desde que volvió a verlo.

Clay era el hombre más sexy que había conocido nunca y no había tenido relaciones con nadie desde que se separaron.

Si lo que Clay había dicho era cierto, también él se mantenía célibe, y ese encuentro no había sido más que una forma de satisfacer su natural deseo sexual.

Suspirando, Trish le acarició el pelo, preguntándose si podía racionalizar lo que había pasado y llegar a la conclusión de que solo era sexo. Clay conocía su cuerpo como ningún otro hombre y sabía cómo le gustaba que la tocasen. Y siempre había sido un amante experto.

Clay se movió entonces y Trish apartó la mano de su pelo. Pero no podía dejar de mirarlo.

Cuando oyó a Meggie protestar a primera hora de la mañana, un sonido que cada día le resultaba más familiar, se puso el albornoz y miró a Clay antes de salir de la habitación. Aún no podía creer lo que había pasado. Después de hacer el amor le había confesado que sufría una conmoción...

Nada detenía a Clayton Worth cuando quería algo, aunque, afortunadamente, era un hombre sano y fuerte. Aun así, Trish había estado observándolo durante toda la noche.

Una conmoción cerebral no era cosa de broma.

Meggie estaba en la cuna, despertándose. Aún no había amanecido y sabía que estaría despierta durante unos minutos antes de volver a dormir un par de horas.

Trish intentaba acostumbrarse, aunque cantarle canciones o leerle cuentos a esas horas no era precisamente su actividad favorita.

—¿Cómo está mi niña esta mañana?

Meggie abrió la boca para balbucear incoherencias que algún día serían auténticas palabras.

—Bueno, vamos a cambiarte el pañal.

Después de cambiarla se acercó a la ventana del salón. El sol empezaba a asomar en el horizonte y prometía ser un bonito día.

—¿Ves eso? Es el sol, Meggie.

La niña sonrió, como si la entendiera.

Trish se quedó frente a la ventana unos minutos, disfrutando del paisaje, hasta que Meggie empezó a moverse, incómoda. Hora del biberón. Después de sacar un biberón de la nevera, Trish se sentó con la niña en el sofá del salón.

—Vamos a desayunar.

Meggie sujetó el biberón con las dos manitas pero, de repente, se apartó de la tetina y lanzó un grito… y Trish tardó unos segundos en darse cuenta de lo que pasaba.

—Ay, Dios mío. Lo siento, cariño…

Cuando se levantó estuvo a punto de tropezar con Clay, que había salido de la habitación.

—¿Qué pasa?

—¡Se me ha olvidado calentar el biberón!

—Ve a calentarlo, yo me quedaré con la niña.

Trish vaciló durante un segundo, pero Meggie, la traidora, alargó los bracitos hacia Clay, como si estuviese enfadada con ella.

Era evidente que, a pesar de su preparación profesional, no sabía lo que estaba haciendo. No era la primera vez que olvidaba calentar un biberón. Tampoco era el fin del mundo, pero debería haberlo recordado. En fin, que fuese tan temprano era una excusa y tenía que agarrarse a algo.

Minutos después, cuando el biberón estaba a la temperatura perfecta, Trish volvió al salón. Encontró a Meggie sobre las rodillas de Clay, que jugaba al caballito, y verlos juntos, riendo, estuvo a punto de hacerla llorar.

Angustiada, se sentó en el sofá.

—No pasa nada —dijo él—. Eres nueva en esto todavía.

—Pero es muy frustrante, te lo aseguro.

—¿Crees que las madres biológicas no cometen errores? ¿Crees que lo hacen todo bien?

—No, pero...

Meggie, que sujetaba el biberón con las dos manos como si le fuese la vida en ello, apartó una para tocar un piano diminuto, que era uno de sus juguetes preferidos.

—Le gusta mucho la música.

—¿Ah, sí? Entonces, algún día tocaré la guitarra para ella.

Cuando la niña terminó el biberón, apoyó la cabecita en su hombro.

—¿Ves? Ya te ha perdonado.

Trish no estaba tan segura. Si tenía problemas con las cosas pequeñas, se preguntaba cómo iba a lidiar con las cosas importantes cuando llegase el momento. Prefería soportar a un mimado actor antes que cometer más errores con Meggie.

Clay se apoyó en el respaldo del sofá y cerró los ojos.

—Estás cansado, deberías irte a la cama.

—Yo estaba pensando lo mismo de ti. ¿Tarda mucho en dormirse?

—No, unos minutos —respondió Trish, acariciando el pelito de la niña.

—Entonces, nos vemos en la cama en diez minutos.

Ella enarcó una ceja.

—¿Vuelves a esa cama?

—¿Dónde iba a ir? —preguntó Clay, como si no entendiera.

—Deberíamos hablar de lo que pasó anoche.

Él se levantó y le dio un beso en la frente.

—Lo haremos, en la cama. Ahora voy a descansar un rato, pero no tardes.

Después de hacerle un guiño, le acarició la cabecita a Meggie y desapareció en la habitación.

Quince minutos después de meter a Meggie en la cuna, Trish reunió valor para hablar con Clay, pero no podía negar que estaba pisando terreno resbaladizo. Una vez lo había amado con locura, pero debía pensar en Meggie y en su vida en Nashville.

Cuando entró en el dormitorio, Clay tenía los ojos cerrados y las manos en la nuca. Problema resuelto, pensó, creyendo que estaba dormido.

—No te vayas.

—Ah, creí que dormías.

Clay esbozó una sonrisa.

—Estaba esperándote.

—¿Por qué?

¿De verdad le había preguntado eso? El brillo de sus ojos y el bulto bajo sus calzoncillos dejaba bien claro lo que quería.

Clay se levantó entonces y Trish tragó saliva. Casi había olvidado su hermoso cuerpo que, a pesar de los hematomas, le parecía mas atractivo que nunca.

–No me estás preguntando por qué, ¿verdad?

Trish se mordió los labios.

–Clay, lo de anoche fue…

Él desató el cinturón del albornoz con dedos expertos.

–No compliques las cosas, cariño.

Cuando la prenda cayó al suelo, Clay respiró profundamente.

–Eres preciosa y todavía eres mi mujer.

Trish no podía negarlo. Ser su mujer no significaba que tuviera que acostarse con él, pero Clay sabía cómo hacer que perdiese la cabeza y lo echaba de menos.

–¿Estás sugiriendo que tenemos algo por terminar? –le preguntó mientras Clay la apretaba contra su torso, el roce del vello masculino en sus pezones le creó un río de lava entre las piernas.

–Estoy diciendo que el placer nos espera.

Había pronunciado esa palabra con voz ronca, sensual, y Trish asintió con la cabeza. Su cuerpo lo necesitaba.

Pero cuando pensó que iba a llevarla a la cama, Clay la tomó en brazos para sentarla sobre la cómoda, el roce de la fría madera en su trasero desnudo hizo que se estremeciera. Después de quitarse los calzoncillos, él inclinó la cabeza para buscar sus labios y Trish le devolvió la caricia hasta que los dos estuvieron sin aliento, enredando las piernas en su cintura como si fuera el lazo en un regalo navideño.

Dejando escapar un rugido de impaciencia, Clay tiró de ella, apretando sus nalgas antes de enterrarse en ella y dejando escapar un suspiro de satisfacción cuando Trish se apretó contra él, moviéndose al mismo ritmo hasta que gritó su nombre, consumida por una última ola de placer.

Clay se dejó ir unos segundos después, echando la cabeza hacia atrás, las venas de su cuello se marcaban con la potencia del clímax.

Después, mientras intentaban buscar aire, Clay besó su pelo, su garganta y sus labios suavemente.

–Trish… –musitó.

Ella sentía lo mismo. No había palabras.

Clay le tomó la mano para llevarla a la cama y se apretó contra ella, acariciándole el pelo en la silenciosa habitación hasta que los dos se quedaron dormidos.

Trish estaba frente a la cafetera, esperando que la cafeína la devolviese a la realidad. No podía creer lo que había ocurrido entre Clay y ella esa noche… y luego, de madrugada. ¿Cómo había dejado que llegase tan lejos?

La realidad era un asco, pensó.

Tenía que lidiar con ella esa mañana, pero antes disfrutó de aquella sensación de liberación. Meses y meses de frustración se habían borrado en un par de horas mientras hacía el amor con Clay. Se sentía saciada, feliz, ligera como el aire. No sabía cuánto echaba de menos hacer el amor con él, dejando que sus caricias la hiciesen gritar de placer. Se estremecía al recordar lo que había ocurrido por la noche…

Pero había llegado el día y, con él, Trish llegó a una conclusión: no podía dejar que volviera a pasar.

Había ido al rancho para finalizar su divorcio, olvidar el pasado y empezar una nueva vida. Tenía que criar a una niña y Meggie era lo primero. Algo que ella no había sido para su madre. Trish quería a su madre, pero sabía que su relación con Meggie sería mucho mejor.

Alicia Fontaine lo había intentando, pero no lo suficiente. Blake ocupaba todo su tiempo y no le había quedado nada para la hija que necesitaba atención desesperadamente. Trish se sentía culpable por tener celos de su hermano, un niño enfermo durante casi toda su infancia, porque Blake siempre estaba atendido mientras ella había tenido que lidiar con todo por sí misma.

¿Cuántas veces se había ido llorando a la cama? ¿Cuántas funciones escolares se habían perdido sus padres? Casi todas, por eso era tan protectora con Meggie.

Y no podía dejar que se encariñase con Clay. Sería una crueldad porque no había futuro para ellos. La niña ya había perdido a sus padres y, por inepta que ella fuera, su obligación era darle todo su cariño e intentar evitarle cualquier sufrimiento.

Trish se sirvió una taza de café, pensativa.

–¿Te queda algo para mí?

Ella dio un respingo cuando Clay la tomó por la cintura, el profundo timbre de su voz hizo que sintiera un escalofrío.

–Sí, claro.

–Hueles muy bien –dijo él, enterrando la cara en su pelo–. ¿Te has duchado sin mí?

Sabía que estaba bromeando, pero eso no evitó que en su cerebro apareciesen imágenes de duchas memorables con su marido.

En Nashville su misión había estado clara, pero estando allí, viéndolo en persona, las cosas empezaban a complicarse. Y no podía permitírselo. En aquel momento de su vida, necesitaba mostrarse firme. Aún tenían que discutir el divorcio y la gala en Penny's Song para recaudar fondos.

–Tengo que trabajar –le dijo, volviéndose con una taza en la mano–. Toma.

Clay tomó la taza y se sentó en un taburete.

–¿Meggie sigue durmiendo?

–Sí –respondió Trish–. Con un poco de suerte, podré tomarme el café antes de que despierte.

A la luz del día, Clay tenía mejor aspecto, aunque los hematomas seguían ahí.

–Yo tengo que hablar con el seguro y comprar otro coche.

–¿Tu coche está siniestro total? –exclamó ella. Cuando no usaba la camioneta, Clay usaba un Mercedes último modelo.

–Me temo que sí –respondió él–. Estaba pensando… ¿qué tal si cenamos juntos esta noche?

Sonaba de maravilla, pero Trish estaba decidida a ser sensata.

–No me parece buena idea.

–Pensé que tenía buenas ideas –bromeó Clay–. Tú misma lo dijiste anoche.

–Lo de anoche fue increíble –admitió Trish–. Y no lo lamento, es algo que los dos queríamos y necesitábamos, pero…

–¿Por qué no? –la interrumpió él, dejando la taza sobre la encimera.

–Porque es inútil.

Clay vaciló un momento, como sorprendido, antes de sacudir la cabeza.

–No lo analices tanto, Trish. Al fin y al cabo, seguimos casados.

–No podemos portarnos como si no estuviéramos separados. No puedo hacerme eso a mí misma o a Meggie.

–¿Qué va a perder porque cenemos juntos?

–No terminará ahí y tú lo sabes.

Clay se apoyó en la encimera, con expresión decidida. Era muy resuelto cuando quería algo y el brillo de sus ojos le dijo lo que quería.

–En la cama nos entendemos de maravilla.

–Lo sé –asintió Trish. Le dolía pensar que tal vez no encontraría nunca una pasión como aquella, que tal vez nunca volvería a sentirse tan completa, tan feliz. Pero había mucho en juego, mucho más que el deseo que sentían el uno por el otro.

Cuando abandonó a Clay, había esperado en secreto una demostración de que su amor por ella no había muerto con tantas discusiones. Pero esa demostración no llegó nunca. Clay quería seguir adelante con su vida, sin ella.

Cuando recibió la solicitud de divorcio lloró durante días, pero cuando por fin logró animarse y volver a la oficina, se había convertido en una persona diferente, una persona que sabía que no podía depender ni de Clay ni de nadie para ser feliz.

Era como ver esas sillas vacías en el auditorio durante alguna función escolar. Sus padres eran los únicos que no acudían.

—Mientras esté aquí, voy a concentrarme en la gala para Penny's Song. No tengo tiempo para nada más —le dijo.

Clay inclinó a un lado la cabeza, mirándola con los ojos brillantes.

—Estoy dispuesto a hacer que cambies de opinión.

Trish no dijo una palabra y cuando se acercó para darle un beso en la frente a modo de despedida se quedó inmóvil, rezando para no cometer un tremendo error.

Pero, sin darse cuenta, se había convertido en un reto para Clayton Worth.

Y un reto era lo único a lo que su marido no podía resistirse.

Capítulo Cinco

Trish aparcó el Volvo en la entrada del rancho Penny's Song y después de colocar a Meggie en el cochecito se dirigió al corral para ver a los caballos.

Ella había crecido en Nashville, una ciudad llena de coches y tráfico, de modo que no era una experta en ganado o en ranchos, lo cual era una sorpresa para los que no la conocían bien. Pero en realidad nunca se había sentido cómoda del todo mientras vivía en el rancho Worth.

Una niña se acercó a ellas corriendo.

—¡Hola!

—Hola, Wendy —Trish sonrió a su nueva amiga.

—Hemos estado limpiando los cajones de los caballos. Olían muy mal.

—Ya me imagino.

—Pero esta tarde voy a ir a la tienda a cambiar mis puntos. Nos dan puntos por todas las tareas y voy a comprar a Cuddles.

—¿Quién es Cuddles?

—Un gatito con ojos de tigre.

—Ah, vaya, qué bien —Trish imaginó que sería un gatito de peluche.

La niña acarició la cabeza de Meggie y su hija sonrió, mostrando unas encías sin dientes. Pero cuando llamaron para el almuerzo, Wendy corrió al *saloon* para reunirse con el resto de los niños.

Trish pasó el resto de la tarde en la tienda, ayudando a Preston, uno de los voluntarios, a colocar cosas en las estanterías. Y Meggie cooperó quedándose dormida en el cochecito, detrás del mostrador.

Cuando despertó, Trish le dio el biberón y la tomó en brazos para pasearla por la tienda. Cinco niños, entre ellos Wendy, habían entrado en ese tiempo y todos querían jugar con ella.

—Hola otra vez. ¿Has venido a buscar a Cuddles, Wendy?

La niña asintió con la cabeza, acercándose a la estantería donde estaban los muñecos de peluche.

—He guardado mis puntos durante toda la semana.

—¿Y seguro que eso es lo que quieres?

—Es para mi hermana —respondió Wendy—. Tiene cinco años y me echa de menos.

Trish tragó saliva, sorprendida por la generosidad de la cría. Wendy había tenido que superar algo que haría que la mayoría de los niños se volvieran caprichosos y, sin embargo, en quien pensaba era en su hermana.

—Es un detalle muy bonito por tu parte. Seguro que le encantará.

Wendy le contó que pensaba dormir con Cuddles durante los próximos días, hasta que su hermana fuese a visitarla. Trish cerró poco después, con el corazón lleno de amor por todas las Wendy del mundo. Penny's Song era una aventura que merecía la pena, algo de lo que se sentía orgullosa, y se alegraba de haber hecho el esfuerzo.

Cuando estaba empujando el cochecito de Meggie hacia la entrada del rancho vio a Jackson Worth, el hermano de Clay, charlando con Suzy Johnson. Suzy estaba riendo, la melena oscura flotaba sobre sus hombros. Que siempre estuviera sonriendo era algo que irritaba a Trish, pero tendría que acostumbrarse porque la joven era voluntaria en el rancho. Suzy no había sido la raíz del problema con Clay, pero sí el catalizador y la última persona a la que quería ver en ese momento.

Jackson la saludó con la mano y, deseando que se la tragase la tierra, Trish se acercó.

—Trisha Fontaine, me habían dicho que habías vuelto al rancho —Jackson la saludó con un cariñoso abrazo—. Estás muy guapa.

—Lo mismo digo.

Jackson Worth era encantador y el más parecido a su legendario tatarabuelo, Chance Worth, con sus ojos negros y su seductora sonrisa.

—¿Cómo estás?

—Metiéndome en jaleos, como siempre.

—Hola, Trish —la saludó Suzy.

—Hola —Trish intentó sonreír. Se negaba a dejar que aquella chica la afectase o, al menos, intentaría disimular que la afectaba.

—Me he enterado de la muerte de tu amiga, lo siento mucho. Es muy noble por tu parte que hayas adoptado a la niña.

–Era mi obligación. Además, Meggie es la alegría de mi vida.

En ese momento, Meggie lanzó un grito y Trish puso los ojos en blanco.

–Es preciosa –dijo Jackson–. Y tiene buenos pulmones.

–Preciosa y mojada –dijo Suzy, señalando el pañal–. Me parece que tiene una gotera.

Trish observó, horrorizada, que se le había escapado el pipí y estaba manchando el cochecito.

–Ay, Dios mío –murmuró. Había olvidado cambiarle el pañal después de su siesta–. Será mejor que me vaya. La cambiaré en el coche… me alegro de haberos visto.

Jackson la tomó del brazo.

–Espera, yo te ayudaré.

–Gracias –por el rabillo del ojo, Trish vio que Suzy fruncía el ceño.

Peor para ella.

Con Meggie llorando, el cochecito sucio y Suzy Johnson mirándola con cara de mal genio, Trish había fracasado una vez más en sus labores como madre.

Trish detuvo el coche frente a la casa de Tagg y respiró profundamente. Había conseguido superar la humillación de esa tarde y racionalizar el asunto del pañal. En realidad, se había desprendido. Era un accidente que podría ocurrirle a cualquiera, se decía a sí misma, aunque en silencio le prometía a

Meggie esforzarse más en el futuro. Pero había conseguido limpiar el cochecito ya que, afortunadamente, el material estaba hecho a prueba de accidentes de ese tipo.

–Dejaremos el pastel y nos marcharemos –le dijo a la niña.

Meggie la miró con sus ojitos llenos de confianza y Trish sintió una oleada de amor. No podía creer cuánto quería a aquella cosita.

Se había preguntado si sería así tras la muerte de Karin, cuando todo era tan difícil porque Meggie añoraba a su madre y no dejaba de llorar. Había tardado semanas en aceptarla, pero ahora la niña ponía toda su fe en ella y Trish esperaba que la perdonase por sus errores.

Después del día que había tenido, decidió no tentar a la suerte llevando a Meggie con una mano y el pastel en la otra, de modo que lo dejó en el coche. Le pediría ayuda a Tagg o Callie cuando abriesen la puerta.

Pero cuando salía del coche, una camioneta apareció por el camino y Trish dejó escapar un suspiro. Aquel día estaba siendo imposible relajarse.

–Hola –la saludó Clay, mirándola como si recordase cada centímetro de su cuerpo desnudo.

–Hola.

–No me habían dicho que estarías aquí.

–No les había avisado. Solo he pasado un momento por aquí porque les he hecho un pastel.

–¿Qué tipo de pastel?

–De limón. Helen me ha ayudado, por supuesto.

Clay sonrió. Seguía teniendo un hematoma en el pómulo, pero Trish solo podía ver su hermoso rostro.

—¿Y dónde está el pastel?

—En el coche.

—Voy a buscarlo.

—No hace falta… —Trish sacudió la cabeza cuando, sin hacerle caso, Clay se dirigió al coche. Cuanto antes dejase el pastel y le diera las gracias a los Worth, antes podría marcharse—. ¿Te importaría sacar mi bolso?

—Ahora mismo.

Clay no solo llevó el pastel y el bolso sino la bolsa de los pañales. Debería decirle que no era necesario, que no pensaba quedarse más que cinco minutos, pero el gesto la había tomado por sorpresa.

—Está muy bien que visites a tu hermano —le dijo.

—En realidad, he venido porque no tenía más remedio. Callie ha insistido en invitarme a cenar y no voy a discutir con una señora embarazada.

—¿Te encuentras mejor?

No debería haber preguntado.

—Tú me curaste anoche, ¿recuerdas?

Trish se puso colorada.

—Clay…

Trish no podía controlarse con él a su lado, respirando su aroma, escuchando el tono ronco de su voz…

Afortunadamente, la niña empezó a moverse y eso la devolvió a la realidad. Trish puso las cosas en perspectiva mientras se la colocaba en el otro brazo.

Un punto para Meggie.

Clay llamó a la puerta y se quedaron esperando, él con el pastel y la bolsa de los pañales en la mano y Trish con Meggie en brazos. Cualquiera que no los conociese pensaría que eran una familia...

Pero Trish apartó esa idea mientras se abría la puerta. Callie no parecía sorprendida al verlos, al contrario.

–Entrad, entrad. Me alegro mucho de que hayas venido, Trish. Te quedas a cenar, por supuesto. He hecho cena para un regimiento.

–No, no. Solo he venido para traeros un pastel de limón que he hecho con ayuda de Helen. Me ha dicho que es el favorito de Tagg.

Tagg apareció detrás de su esposa.

–¿Pastel de limón?

Aparentemente, Trish estaba empezando a ganar puntos con aquella familia.

–Quería daros las gracias por prestarme el cochecito y todo lo demás.

No les habló del accidente que Meggie había tenido esa tarde porque, afortunadamente, el cochecito había quedado como nuevo. Además, pensaba comprarles otro antes de volver a Nashville.

–Encantados de poder ayudar –dijo Tagg–. Y no voy a decirte que no deberías porque me encanta el pastel de limón.

–Pero tienes que quedarte a cenar –intervino Callie–. Tengo que hacerte un millón de preguntas sobre bebés –añadió, acariciando el pelito de Meggie antes de volverse hacia Clay–. Menudo susto nos diste ayer, por cierto. ¿Cómo estás?

—Estoy bien —Clay se encogió de hombros, como si no tuviera importancia, mientras Callie los llevaba al salón.

—No soy una experta en bebés, te lo aseguro —dijo Trish— pero he traído unos libros que a mí me han venido muy bien.

—No sabes cuánto te lo agradezco. Sentaos, la cena estará lista enseguida.

Trish suspiró. No iba a poder negarse, estaba claro. Parecería una desagradecida.

—Gracias otra vez por el pastel —dijo Tagg—. No sé por qué llevo días soñando con un pastel de limón.

—Espero que te guste.

—Tendrá que pelearse conmigo para tomar una segunda porción —bromeó Clay.

—Parece que ya te has peleado con alguien —dijo Tagg, señalando su cara.

—Si quieres que te sea sincero, ayer me encontraba fatal, pero esta mañana me he despertado de maravilla —Clay la miró de soslayo y Trish tuvo que hacer un esfuerzo para disimular. Pero lo estrangularía si mencionaba lo que había ocurrido entre ellos por la noche.

Afortunadamente, Tagg cambió de conversación para hablar del precio del ganado y del nuevo coche de Clay. Cuando se fue a la cocina para ayudar a Callie, Trish sacó una mantita de la bolsa de los pañales para sentar a Meggie en el suelo.

—Me han dicho que te has encontrado con Jackson en Penny's Song —dijo Clay.

—Sí, me he alegrado mucho de verlo. Es el mismo

de siempre –dijo ella, dejándose caer sobre la alfombra para sujetar a la niña.

–Algunas cosas no cambian nunca.

–¿Te ha contado lo del fiasco del cochecito?

Clay no respondió y Trish se dio cuenta de que no había sido Jackson sino Suzy quien le había hablado del encuentro.

Parecía estar en contacto con él todo el tiempo y, sin duda, Clay habría recibido la información desde la perspectiva de Suzy.

–Bueno, da igual, no tiene importancia.

–No, ya lo sé.

Clay se sentó en la alfombra, a su lado, y Meggie lanzó una carcajada infantil, moviendo los bracitos.

–Ah, es tan fácil hacer felices a algunas mujeres.

De repente, Clay se inclinó para rozar sus labios, tomando a Trish por sorpresa.

Cuando se apartó, Clay la miró a los ojos con una mezcla de burla y deseo.

–Yo nunca he sido «algunas mujeres» –dijo ella.

–Ya lo sé.

–¡La cena está lista! –gritó Callie desde la cocina.

Trish se apartó, incómoda. Se sentía como una adolescente a la que hubieran pillado besando a un chico en la puerta de su casa.

–Estoy muerto de hambre –dijo Clay, tomando a Meggie en brazos–. ¿Nos vamos, pequeñaja?

Meggie parecía encantada con aquel hombre tan grande y su intención de evitar que la niña se encariñase con él parecía destinada al fracaso.

Y esa noche Trish se sentía incapaz de evitarlo.

***

Después de la cena, los dos hombres fueron a los establos para ver al semental de Tagg mientras Callie y Trish se quedaban en la mesa, charlando sobre bebés y maternidad. Trish le había advertido de que ella era nueva todavía, pero Callie decía necesitar sus consejos, de modo que Trish le habló de los pañales y los biberones, las cosas que conocía.

—Cuando volvamos a casa habrá que vacunarla. Afortunadamente, tengo una agenda médica para no perderme ninguna vacunación.

—Ah, muy bien, pero… —Callie no terminó la frase.

—¿Qué?

—No, es que… en fin, déjalo, no es asunto mío.

—Te estás preguntando por mi relación con Clay.

Su regreso a Red Ridge debía ser la comidilla del pueblo, de modo que la reacción de Callie no era una sorpresa.

—Has dicho «cuando volvamos a casa», pero yo he notado cómo miras a Clay.

Trish apartó la mirada.

—Tú también estás casada con un Worth y sabes lo encantadores que pueden ser, pero mi relación con Clay es complicada.

—Tagg y yo también hemos tenido problemas, pero hemos logrado resolverlos.

—Tú estás embarazada y los niños pueden unir a una pareja… a veces. O pueden separarla para siem-

76

pre si uno está dispuesto a formar una familia y el otro no.

—Pero ahora tienes a Meggie.

—Sí, pero no es hija de Clay.

—No quería decir…

Trish puso la mano sobre la de su cuñada.

—Ya lo sé, pero lo que iba mal en mi matrimonio no tiene nada que ver con Meggie. Solo he vuelto por unos días. Tengo que volver a Nashville y seguir adelante con mi vida. Clay ya me rompió el corazón una vez y no voy a dejar que vuelva a hacerlo.

—Lo siento —se disculpó Callie—. Había pensado que si Tagg y yo hemos logrado resolver nuestros problemas, tal vez vosotros también podríais hacerlo. Me encantaría tener a mi cuñada cerca y Meggie sería parte de la familia.

Un bonito sueño en un mundo perfecto.

—Siempre seremos amigas —dijo Trish—. Y vendré a visitarte cuando nazca el niño, te lo prometo.

—¿Sabes una cosa? Tú miras a Clay como Clay te mira a ti… perdona, tenía que decirlo. Pero ya no digo nada más.

Trish sacudió la cabeza, sin decir nada.

Cuando volvieron los hombres del establo, Trish sirvió el pastel de limón, que estaba más rico de lo que había esperado. Tagg y Clay tomaron dos buenas porciones y la felicitaron por él. Cuando terminaron el postre, Trish estaba lista para volver a casa. Le había gustado charlar con Callie y pasar un rato con Tagg, pero mientras recordase por qué había ido al rancho Worth, todo iría bien.

Sujetando a Meggie con un brazo, alargó el otro para abrazar a sus anfitriones.

—Gracias por la cena y por la compañía.

—Soy yo quien debería darte las gracias por tus consejos —dijo Callie—. Estar con Meggie me hace desear que mi hijo llegue lo antes posible.

—A mí me pasa lo mismo —Tagg besó a su mujer en la mejilla antes de volverse hacia Trish—. ¿Te importaría darle a Callie la receta del pastel de limón?

—No, claro que no.

Su mujer le dio un codazo en las costillas, pero a él no le pareció importarle.

—Es un tragón.

—En fin, tengo que meter a Meggie en la cuna. Si no lo hago, empezará a protestar.

—Te acompaño —se ofreció Clay, tomando la bolsa de los pañales.

La casa de Tagg y Callie estaba situada sobre un altozano desde el que se veía la casa principal, la luna iluminaba el paisaje mientras se dirigían al coche, con Meggie medio dormida.

—Parece cansada —comentó él.

—Lo está. Ha sido un día muy largo para las dos.

—Tengo que hablar contigo —dijo Clay entonces.

—Tenemos que hablar del divorcio…

—No, no es eso. Es sobre Penny's Song.

Mientras colocaba a Meggie en la silla de seguridad, Trish vio cómo miraba a la niña, sujetando su cabecita con una mano, acariciando su pelo casi como si no se diera cuenta…

Clay también estaba encariñándose y Meggie res-

78

pondía con la confianza que tendría una niña en su padre. Era lo que Trish había temido, pero no quería que Meggie sufriera cuando se marchasen de Arizona.

–Mañana tenemos una cena con el gerente del hotel Ridgecrest –dijo Clay entonces–. Como sabes, van a prestarnos el salón de banquetes y nos han ofrecido un buen descuento para la gala.

–¿Por qué me has incluido en la cena sin contar conmigo?

Clay se encogió de hombros.

–Fue una cosa de última hora. El gerente empezó a hablar de decoraciones y cosas para la gala y yo no tengo ni idea de eso.

Era cierto. Clay Worth sabía echar el lazo a una vaca, controlar a un caballo nervioso y mantener su imperio, pero no sabía nada sobre la organización de una gala, ese era su departamento. Ella podría organizar una gala para recaudar fondos con una mano atada a la espalda.

–¿Y no podemos hacerlo durante el día?

–No, él ha insistido en que vayamos a cenar.

Trish frunció el ceño.

–¿Pero qué voy a hacer con Meggie? Si se queda dormida no habrá ningún problema, pero si está despierta no podré concentrarme en la conversación.

–Entonces, lleva a Helen contigo. Ella puede cuidar de Meggie un rato.

–¿A qué hora has quedado con él?

–A las ocho.

Sí, la solución de Clay era viable. Además, era importante para el futuro de Penny's Song que aquella gala fuera un éxito. Ver el rancho con sus propios ojos la había hecho pensar que organizar una lujosa gala no era la mejor manera de recaudar fondos. Tendría que hablar antes con Clay, pero se le había ocurrido algo mucho mejor.

—Muy bien —asintió—. Si hay que hacerlo, lo haré.

Clay esbozó una sonrisa.

—¿Por qué sonríes como un tonto?

En realidad, no parecía un tonto, más bien un hombre guapísimo.

—Eres muy sexy cuando te pones seria.

—¿No me digas? —Trish se apoyó en la puerta del coche, recordando cuando salían juntos. Clay la desnudaba con los ojos entonces, diciendo que lo excitaba cuando se ponía seria. De hecho, cada vez que mantenían una conversación de negocios encontraba la manera de quitarle la ropa.

—Sí, lo eres —sus ojos se habían oscurecido y su sonrisa ya no era tonta sino peligrosa. Cuando dio un paso hacia ella, Trish no tuvo fuerzas para apartarse.

Clay le levantó la barbilla con un dedo, su rostro estaba tan cerca que podía ver el círculo oscuro de sus iris, tan cerca que su corazón se aceleró, tan cerca que el aliento masculino le acariciaba las mejillas.

Y luego la besó, un mero roce de los labios, justo lo que necesitaba después de un largo y agotador día. Cuando se trataba de asuntos de la carne, Clay sabía cuándo pisar el acelerador y cuándo levantar el pie.

Trish se acercó un poco más, absorbiendo el calor de su cuerpo, y Clay volvió a besarla tiernamente, sin exigir nada, sin intentar controlar el beso siquiera. No había defensa contra esa táctica y Trish sentía que se iba hundiendo cada vez más en aquel beso, en el placer que le producía su proximidad. Los separaban unos centímetros, pero se veía poderosamente atraída por una sutil fuerza contra la que no podía luchar.

Clay, por otro lado, se mostraba tranquilo y dulce… si se podía describir así a un rudo vaquero.

Sentía la tentación de apretarse contra él, de tocar su cuerpo, sus musculosos brazos… querría estar piel con piel y era difícil librarse de esa sensación.

Clay levantó una mano para acariciarle el pulso que le latía en la garganta antes de besarla allí y el mundo pareció detenerse.

La deseaba, pero no exigía nada y se limitó a besarla tiernamente por última vez antes de apartarse.

–Vete a dormir –le dijo–. Nos vemos mañana.

Trish volvió a casa con los faros de la camioneta de Clay reflejándose en el espejo retrovisor, pero cuando giró hacia la casa de invitados él siguió hacia el edificio principal.

–Has estado muy cerca –murmuró, con el corazón en la garganta.

No entendía por qué los ojos se le habían llenado de lágrimas.

O tal vez sí y era por eso por lo que le dolía el corazón.

Capítulo Seis

Clay abrió la puerta de su nuevo Mercedes, haciéndole un gesto a Trish para que subiera. Trish llevaba un vestido rosa con unas manguitas en forma de pétalo que le acariciaban los hombros y unos zapatos de tacón del mismo color que la hacían medir casi lo mismo que él. Y, al verla, Clay pensó que el lujoso coche no podía compararse con su mujer.

También él se había arreglado para la cena, cambiando los vaqueros por un pantalón oscuro y una camisa blanca, sombrero Stetson y botas negras.

Pero Trish no parecía haberse fijado en él o en el coche.

—Que lo pasen bien —dijo Helen desde el porche—. No se preocupen por la niña.

Trish tragó saliva. Si fuera a su propia ejecución no estaría más triste.

—¿Nos vamos? —preguntó Clay.

—Sí, claro.

—Bueno, ¿qué te parece? —le preguntó él después de arrancar.

—¿A qué te refieres?

—A mi nuevo coche.

—Ah, el coche —Trish acarició los suaves asientos de piel en color avellana, mirando un salpicadero con tantos aparatos como la cabina de un piloto–. Está muy bien, es muy grande. ¿Ya has pasado la fase de comprar deportivos?

–A mi edad, es lo más lógico –bromeó Clay.

Cuando compró el coche lo hizo pensando en una familia y la velocidad no era su prioridad. Quería algo grande, seguro, un automóvil en el que se pudiesen poner una o dos sillitas de seguridad. Y cuanto antes mejor, porque ya no era un crío. Los hombres tenían relojes biológicos mentales… y el suyo estaba marcando los cuartos como loco.

–Treinta y seis años no es ser viejo.

–Treinta y siete –dijo él–. Los cumplí hace unos meses.

Trish sonrió. Parecía distraída, como si estuviera pensando en otra cosa. Debía estar preocupada por Meggie, imaginó. Helen y él habían tenido que insistir para que la dejase con el ama de llaves y, por fin, Trish había aceptado. Aunque era evidente que seguía pensando en ello.

–La niña está bien, no te preocupes.

–Es que nunca la dejo sola.

–Tú misma has dicho que suele dormir de un tirón.

–¿Y si despierta y yo no estoy allí?

–Helen tiene mucha experiencia con niños. Ella conseguirá que se vuelva a dormir.

–Ya sé que se le dan bien los niños –dijo Trish–. Además, ha prometido llamarme en una hora.

–¿Lo ves? No hay ningún problema. Si hubiese alguno, Helen te lo diría, pero no lo habrá.

Trish era exageradamente protectora con Meggie, pero debía reconocer que era una madre maravillosa. La preocupación que veía en su rostro lo enternecía. Era difícil estar enfadado con alguien que se esforzaba tanto y que estaba haciendo algo tan noble. Clay había sabido desde el principio que sería así, que la familia que podrían haber tenido estaría siempre bien cuidada y atendida, pero Trish no había confiado en que fuera así.

Ese había sido un tema de discusión constante durante su matrimonio. Su impaciencia por tener hijos había hecho que decidiera formar una familia con otra mujer y cuando Trish volvió al rancho estaba al borde del precipicio con Suzy Johnson.

A punto de dar el salto.

—Espero que tengas razón —murmuró ella, mordiéndose los labios.

—Siempre la tengo —bromeó Clay.

Trish sacudió la cabeza, burlona.

«Misión cumplida», pensó él, animado por su sonrisa.

Bruce Williams, el gerente, los esperaba en la puerta del hotel Ridgecrest. Y mientras les mostraba las instalaciones, Trish tuvo que admitir que era un sitio impresionante, con cascada en la piscina, spas y hasta un campo de golf que podría rivalizar con los campos profesionales.

Mientras iban hacia la sala de juntas, Helen llamó para asegurarle que Meggie seguía dormida y Trish suspiró, aliviada.

Después de eso pudo concentrarse en el trabajo,

mirándolo todo con ojo crítico, calculando opciones.

Poco después, Williams los llevó al salón de banquetes, que tenía escenario y una pista de baile. A Clay le gustó el sitio y lanzó un silbido, imaginando a cientos de personas abriendo sus carteras por una buena causa. Trish estaba sonriendo, pero un sexto sentido le decía que algo no le gustaba.

–Si me lo permiten, quiero enseñarles nuestro restaurante –Williams, un hombre de mediana edad con el pelo rubio oscuro y sonrisa perpetua, los llevó hacia una mesa desde la que se veía el campo de golf y las hermosas montañas Red Ridge al fondo.

Pero en cuanto se sentaron, el gerente recibió una llamada urgente y tuvo que disculparse.

–Disfruten de la cena, volveré en unos minutos.

Clay se volvió hacia Trish en cuanto se quedaron solos.

–Hemos tenido suerte de que nos haya ofrecido usar el hotel. En el hostal de Red Ridge no cabría tanta gente.

–Es precioso, pero no me gusta para la gala.

–¿No te gusta?

–Quería verlo antes de tomar una decisión, pero creo que ya he visto suficiente.

El pelo se le movía ligeramente alrededor de la cara, los mechones rubios se reflejaban bajo la luz de las arañas de cristal.

–Muy bien –dijo él, sorprendido–. ¿Qué tienes en mente?

Trish sabía que iba a escucharla. Siempre le había dado sensatos consejos sobre su carrera, ese no había sido el problema.

–Sé que no tenemos mucho tiempo, pero no podemos organizar la gala aquí.

–¿Por qué no?

–Deberíamos hacerla en Penny's Song. Así es como tiene que ser, Clay.

–Muy bien, te escucho.

–He visto el rancho y he conocido a los niños que están allí… he visto la alegría en sus ojos y la relación que tienen con los voluntarios. Estar en Penny's Song es tan gratificante para los niños como para ellos y me he dado cuenta de lo importante que es ese rancho para todos los que están involucrados en el proyecto. No te puedes ir de Penny's Song sin sentirte bien contigo mismo y las personas que quieren aportar dinero al proyecto tienen que ver eso.

–Muy bien, de acuerdo.

–Pero no lo verán en unas diapositivas –siguió Trish–. Tienen que caminar por donde caminan los niños, ver los caballos, las habitaciones en las que duermen, la tienda donde cambian sus puntos por juguetes. Si organizásemos allí la gala conseguiríamos muchos más fondos, estoy segura.

Clay se quedó helado. Tenía razón y era tan evidente que no entendía por qué no lo había visto él mismo. Si Trish hubiera estado allí durante la construcción del rancho, lo habría organizado así desde el principio…

–Tienes razón. ¿Pero qué le decimos a Williams? Él espera que...

–Lo único que perderá el señor Williams es cedernos el salón. Podemos usar el catering del hotel y los invitados que vengan de fuera se alojarán aquí. Haré unas cuantas llamadas mañana para que todo el mundo sepa que la gala tendrá lugar en el rancho –anunció Trish–. En cuanto a los residentes de Red Ridge, de este modo también ellos tendrán la oportunidad de ver el rancho.

–Muy bien, haremos los cambios necesarios –asintió Clay, frunciendo el ceño al ver que Bruce Williams acababa de entrar en el restaurante–. ¿Quién se lo va a decir?

Lo hizo Trish, tratando el asunto con mucho tacto e incluso haciendo que el hombre les diese las gracias por poder participar en el proyecto.

Era admirable, pensó Clay. Trish era muy buena en su trabajo y no tenía la menor duda de que la gala sería un éxito.

Durante la cena discutieron los nuevos planes, pero era Trish quien hablaba y él la miraba, como hipnotizado por su expresión, por la convicción que ponía en sus palabras. Era preciosa a la luz de las arañas y Clay decidió que buscaría una oportunidad de estar a solas con ella después de cenar.

Afortunadamente, el señor Williams tuvo que disculparse de nuevo para atender un asunto del hotel.

–Sigan sin mí, me temo que voy a tardar un rato. Pero hablaremos mañana por teléfono, si les parece.

Cuando el gerente se marchó, Trish probó su pastel de frambuesa y chocolate.

–Qué rico… umm… –murmuró, cerrando los ojos.

Sus suspiros eran tan sexys que Clay no sabía si iba a poder soportarlo.

Cuando se dio cuenta de que no había probado el pastel, Trish lo miró con el ceño fruncido.

–¿No vas a probarlo? Es delicioso.

–Voy a probarlo, cariño. Pero más tarde –Clay se había inclinado para rozar sus labios, pero el ardiente brillo de sus ojos hizo que se pusiera en acción–. Vámonos de aquí.

Trish lo siguió, sorprendida, mientras la sacaba del restaurante. Ninguno de los dos dijo una palabra mientras iban hacia el jardín, el único sonido que se escuchaba era el del agua de la piscina cayendo por la cascada artificial.

–Me vuelves loco –murmuró él unos segundos después, bajando la manguita del vestido para besarle los hombros.

–No sé qué he hecho –susurró Trish, sin aliento.

No mucho, debía admitir Clay. Trish nunca había tenido que hacer mucho para excitarlo. Y ahora que la había saboreado de nuevo, quería más.

–Esos suspiros mientras probabas el pastel… me han hecho desear que me probases a mí.

–¡Clay!

Él buscó sus labios urgentemente y la besó hasta dejarla sin aliento, haciéndola suspirar una y otra vez. Enredando los dedos en su pelo, tiró de su cabeza suavemente...

Era tan preciosa, pensaba. No se cansaba de ella.

La sujetaba firmemente con una mano mientras con la otra le acariciaba los pechos por encima del vestido. Los sensible pezones respondieron de inmediato y jugó con ellos para darle placer, reemplazando la mano pon la boca hasta que Trish le pidió más. Con el corazón desbocado, chupó por encima de la tela, deseando más de lo que el decoro y el momento podían ofrecerles. Sin embargo, siguió haciéndolo sin pensar, perdido en las caricias.

Trish arqueó la espalda, acercándose más, tan enloquecida como él mientras seguía con el sensual asalto.

—Por favor… —susurró.

—Espera, cariño —Clay estaba deseando terminar, pero Trish era lo primero. La había llevado hasta allí y la satisfaría allí mismo.

Sin decir una palabra, le dio la vuelta, acariciándola mientras sentía su trasero entre las piernas… pero en el último momento se contuvo. No podía hacerle el amor allí, en el jardín del hotel.

—Clay…

Lo necesitaba tanto como ella y, aunque le hubiera gustado estar en la cama, no pensaba dejar que se fuera a casa insatisfecha.

—Trish… —susurró, levantándole el vestido para acariciarle el centro por encima de las bragas. Estaba húmeda y sabía que sería rápido. Su pasión lo excitaba de una forma increíble.

Cuando apartó las braguitas a un lado para acariciarla con los dedos, la sintió temblar entre sus brazos.

–Lo sé –le dijo al oído.

–¿Vamos a hacerlo de verdad? –la oyó susurrar, con tono incrédulo.

La respuesta de Clay fue introducir un dedo en su interior hasta que la vio morderse los labios para no gritar de placer. Sus espasmos lo hacían sudar, pero la llevó hasta el final tapándole la boca con una mano para evitar que los oyeran.

Cuando terminó, se volvió para mirarlo, sus preciosos ojos azules brillaban a la luz de la luna.

–Nunca he sido una amante egoísta –le dijo, bajando una mano para acariciarle la erección por encima de los pantalones.

–No empieces algo que no puedes terminar –le advirtió él.

Trish se mordió los labios.

–Dime que esto es solo sexo.

Tenía que saber que era solo un momento de locura antes del divorcio. No la había perdonado y ella no lo había perdonado a él.

–Solo es sexo –murmuró Clay.

Trish empezó a desabrochar su cinturón…

–¿Qué hacéis ahí? –escucharon una voz a lo lejos–. Seguridad del hotel, salid para que pueda veros.

Trish se bajó el vestido y Clay se subió la cremallera del pantalón a toda prisa.

–No pasa nada. Solo estaba enseñándole el hotel a mi mujer.

Un hombre mayor con uniforme azul apareció entonces.

–¿Y qué estaba enseñándole aquí, donde no hay luz?

Clay tuvo que sonreír.

–Se sorprendería.

El vigilante sacudió la cabeza.

–Pensé que eran un par de críos haciendo lo que no deberían. ¿Son ustedes clientes del hotel?

–No –respondió Clay–. Pero acabamos de cenar con Bruce Williams, el gerente.

–¿Ah, sí? –el hombre lo miró, escéptico. Pero entonces pareció reconocerlo–. ¿No es usted un cantante famoso?

–Sí, lo era.

–Clayton Worth, ¿no?

–El mismo.

–Entonces vive por aquí.

–Cerca de aquí, en el rancho Worth.

–Bueno, sigan con lo suyo, yo tengo un café esperándome en la garita.

–Sí, claro –Clay le tomó la mano a Trish para ir prácticamente corriendo al aparcamiento. Pero en cuanto cerró la puerta y se miraron, los dos soltaron una carcajada.

–Seguro que no se te había ocurrido que pudieran meternos en la cárcel –bromeó Clay, apoyándose en la puerta de la casa de invitados.

–Ha sido una noche increíble –asintió Trish.

Él levantó una mano para acariciarle el pelo.

–Sí, es verdad.

Trish suspiró. La noche no tenía por qué terminar. Clay estaba esperando que dijera eso y le gustaría tanto. Podrían pasar otra maravillosa noche juntos.

—Es tarde y mañana tengo muchas cosas que hacer —dijo, sin embargo.

A veces le gustaría soltarse el pelo, olvidarse de todo y no ser tan racional. ¿Por qué no podía invitarlo a entrar y olvidarse de las consecuencias?

Porque ella no era así.

Y debía pensar en Meggie, eso era lo más importante. La niña necesitaba estabilidad.

—Debería decirle a Helen que ya estoy en casa —siguió, nerviosa—. Ha sido un detalle por su parte…

Clay la interrumpió, tomándola entre sus brazos para besarla. Era un beso menos urgente que los anteriores, menos erótico, pero el sabor de sus labios era adictivo y Trish se lo devolvió durante unos segundos.

Estaba a punto de dar marcha atrás cuando Clay la sorprendió apartándose primero.

—Dile a Helen que la llevaré a casa —murmuró, mirándola a los ojos—. La espero en el coche.

Trish abrió la boca para decir algo, pero Clay ya se había dado la vuelta para subir al coche.

—Vaya —murmuró para sí misma.

Desconcertada, entró en la casa con el estómago encogido y el cerebro abrumado de imágenes. Intentaba encontrar sentido a lo que estaba pasando entre su marido y ella, pero no lograba hacerlo.

Helen se levantó al oírla entrar.

–¿Lo han pasado bien?

–Sí, muy bien.

–Ya lo veo.

–¡Helen!

¿Tan evidente era? Colorada, Trish decidió aclarar las cosas.

–No es nada de eso. Hemos estado hablando de Penny's Song.

–Uno no suele acabar despeinado y con ese brillo en los ojos solo por hablar… y tampoco desaparece un pendiente.

Trish se llevó las manos a las orejas. Le faltaba uno de sus pendientes.

–Son mis favoritos –murmuró, más avergonzada que antes.

¿Los habría perdido cuando Clay la tomó entre sus brazos en la oscuridad? ¿O tal vez cuando fueron corriendo hasta el aparcamiento? Trish no pudo evitar una sonrisa y Helen asintió con la cabeza, como diciendo «ya lo sabía yo».

Lo mejor sería cambiar de tema, decidió Trish.

–¿Cómo está Meggie?

–Durmiendo como un angelito. Despertó una vez, pero le di el biberón y volvió a quedarse dormida.

–Me alegro de que no le haya dado problemas –Trish se dirigió a la habitación y apoyó las dos manos en la cuna para mirar a Meggie, la lucecita de seguridad en forma de Cenicienta le iluminaba la carita–. Es tan preciosa.

–Sí, lo es –asintió el ama de llaves.

–Gracias por quedarte con ella esta noche. Yo sabía que estaba en buenas manos.

–No me importa quedarme con Meggie de vez en cuando.

Volvieron al salón y Helen tomó su bolso.

–Ah, casi se me olvida. Ha llamando un tal John Stevenson –le dijo, tomando una nota de la mesa–. Su ayudante le ha dado este número. He anotado aquí el mensaje.

–Muy bien, gracias. Clay está esperando en el coche para llevarte a casa.

–¿Por qué no ha entrado?

–No lo he invitado a entrar –respondió Trish para que el ama de llaves no se hiciese una idea equivocada. Una aventura antes del divorcio no arreglaba un matrimonio.

Cuando la acompañó a la puerta se vio abrumada por el deseo de abrazarla por ser tan buena con Meggie y Helen le devolvió el abrazo con una sonrisa.

Después, Trish leyó la nota de la agencia inmobiliaria de Nashville:

La casa que quería está en venta. ¿Sigue interesada?

La casa, a las afueras de Nashville, tenía tres dormitorios y un bonito jardín. Era una casa perfecta para una familia. Había pensado comprarla incluso antes de que Meggie apareciese en su vida y solía pasar por delante todos los días, antes de ir a la oficina.

Pero no podía tomar la decisión esa noche porque estaba pensando en Clay y en una docena de cosas más.

–Mañana –murmuró, convencida de que tendría la cabeza más despejada después de una buena noche de sueño.

La mañana llegó enseguida porque Meggie la despertó a las dos de la madrugada y luego, de nuevo, a las seis. Trish se levantó de la cama para trabajar en la gala de Penny's Song antes de que la niña despertase de nuevo.

Grogui, pero eficiente, empezó a hacer planes para organizar la cena en el rancho y a las doce había encargado unos folletos en la papelería de Red Ridge e incluso había conseguido una entrevista en la emisora de radio local. Al día siguiente puliría los detalles pero, por el momento, había puesto en marcha la primera gala del rancho Penny's Song.

Esa tarde, Trish fue al rancho a buscar a Clay. Lo encontró en el corral, hablando con tres niños que lo miraban entusiasmados.

–Hay que cepillar a los caballos todos los días. Si han corrido mucho, hay que quitarles el polvo, la piel muerta y el pelo bajo la capa de sudor. Hay que pasar el cepillo de arriba abajo con fuerza y ese masaje relaja sus músculos.

Clay les demostró cómo cepillar a Tux.

–Cuando terminéis de cepillarlos tenéis que pasarles la manguera.

Trish estaba a dos metros, con Meggie en brazos, cuando Clay la vio y esbozó una sonrisa antes de volverse hacia los niños.

Meggie, con un gorrito para evitar el sol, acababa de despertar de la siesta y miraba el caballo, fascinada. Cuando Tux relinchó, la niña lanzó un grito de alegría y Clay se volvió, riendo. Cada vez que miraba a Meggie con esa expresión, Trish sentía que se le hacía un agujero en el estómago. Aunque era lógico porque Meggie era una monada, desearía no alterarse tanto cada vez que Clay le prestaba atención a su hija.

Los niños la saludaron alegremente y ella les devolvió el saludo. Solo había pasado una semana, pero estaba claro que los niños se habían convertido en una familia.

Trish se dirigió a la tienda para ayudar a Preston a colocar cosas en las estanterías y entretener a Meggie con objetos de colores.

Veinte minutos después, la niña empezó a protestar. No quería estar en el cochecito y tampoco parecía cansada, pero cada vez que la tomaba en brazos intentaba que Trish la dejase en el suelo.

Trish intentó darle el biberón y cantarle sus canciones favoritas, pero Meggie seguía llorando. Tanto que cuando Henry, un niño de diez años, entró en la tienda, no pudo atenderlo porque los gritos de Meggie eran aterradores.

—Calla, cariño —susurró, sin saber qué hacer.

El pobre Henry se tapó las orejas con las manos, mirando a Meggie como si fuera una extraterrestre.

Trish iba a dejar a la niña en el cochecito cuando Clay entró en la tienda.

–No sé qué le pasa…

–Deja que lo intente yo.

La voz masculina le llamó la atención a Meggie, que alargó los bracitos hacia él mientras hacían el intercambio.

Un segundo antes estaba dando alaridos y, de repente, apoyó la cabecita en su pecho y se quedó callada. Cien kilos de músculo en contraste con su adorable niña de casi cinco meses, que parecía hipnotizada.

Trish se dejó caer sobre un taburete.

–Vaya.

–¿Me puede dar ese camión? –preguntó Henry.

–Claro que sí. Has trabajado mucho –dijo Clay, alargando un brazo para tomar el camión de la estantería.

–Desde luego que sí –el chico lo miraba como si pudiese convertir la arena en oro.

–Dale tu tique a la señora Worth.

Unos segundos después, Clay y Trish estaban solos en la tienda.

–Me siento traicionada –dijo ella–. Yo no podía hacer que dejase de llorar y entonces apareces tú…

–Se me dan bien las mujeres –replicó él, burlón.

–¿Hasta los bebés?

–Eso parece –Clay le tapó las orejitas a la niña–. Y tengo la impresión de que anoche dejamos algo sin terminar…

La noche anterior Trish había soñado con terminar lo que habían dejado a medias en el jardín del hotel y su sueño había sido increíblemente erótico.

—Clay…

—Admite que también tú lo has pensado.

Ella tragó saliva. Se estaba ablandando y era imposible no hacerlo al ver a Clay con Meggie. Pero tenía que ser sensata.

—He estado pensando en Penny's Song todo el día y he decidido que queda algo por hacer.

—¿Qué?

—Una entrevista en la radio.

Clay hizo una mueca.

—No.

Trish había esperado esa reacción.

—Con el nombre de Clayton Worth detrás de Penny's Song la gente se interesará más y tú lo sabes. Piensa en el dinero que podríamos recaudar.

—Ya no soy un personaje famoso y ahora que he dejado mi carrera me gusta pasar desapercibido, tú lo sabes. Red Ridge es mi hogar y la gente de aquí respeta mi privacidad.

—Sí, lo sé…

—He terminado con esa parte de mi vida, Trish, pensé que lo habías entendido.

—Pues claro que lo entiendo —dijo ella—. Y por eso no he pedido una entrevista en una emisora importante. Es una emisora local, pero cuanta más gente nos escuche más fácil será recaudar dinero para el proyecto.

Meggie apartó la cabecita para mirar a Clay a los ojos y esbozó una sonrisa sin dientes. Fue un momento especial entre ellos, niña y hombre, que hizo sentir a Trish una punzada de celos.

–No quiero hacerlo –insistió Clay.

–Pero lo harás –dijo Trish.

Él tuvo que reír.

–Me irrita cuando tienes razón.

–Debes llegar a la emisora mañana a las ocho. Te llamaré luego para darte los detalles.

–Será mejor que me vaya antes de que me convenzas para que dé un concierto –Clay besó la cabecita de Meggie como si fuera algo que hiciese todos los días ates de devolvérsela a Trish–. Ten cuidado con ella, es muy manipuladora –le advirtió a la niña.

Capítulo Siete

Cuando el sol empezaba a ponerse en el horizonte, Clay detuvo la camioneta frente a la casa de Suzy. Suspirando, guardó las gafas de sol en la guantera y miró la puerta durante unos segundos mientras escuchaba el canto de un pájaro. Debía estar en las ramas del árbol más cercano y Clay intentó buscarlo con la mirada...

Pero hizo mueca al percatarse de lo que estaba haciendo.

Retrasar el momento.

¿Qué le pasaba últimamente? Antes de que Trish apareciese había sabido exactamente lo que quería de la vida y cómo conseguirlo.

Suzy era la mujer perfecta para él. Había pasado por un divorcio difícil y había llorado muchas veces sobre su hombro. Pero ahora era libre y él lo sería pronto.

Además, Suzy era como de la familia.

Clay no dejaba de recordarse a sí mismo las virtudes de la joven: le gustaba, era fácil estar con ella y quería tener hijos.

«Trish tiene una hija».

No podía dejar de pensar en ello.

Trish tenía una hija, una niña encantadora y cariñosa. Él no tenía experiencia con bebés, pero había pensado que aprendería cuando Tagg y Callie tuviesen a su hijo.

Sin embargo, Meggie estaba allí y sentía una extraña conexión con ella. Cuando se agarró a su cuello esa mañana y lo miró con sus ojitos azules, supo que le daría la luna si eso la hacía feliz.

Clay se pasó una mano por la frente. Suzy lo esperaba esa noche. Un mes antes se había ofrecido a llevarla al baile de los ganaderos de Red Ridge. Era algo a lo que iban todos los años, una manera de honrar a los mayores, cuyas tradiciones y formas de hacer las cosas empezaban a perderse. Y el padre de Suzy acudiría también.

Qué demonios, pensó, bajando de la camioneta.

Suzy acababa de salir al porche y la vio cerrar la puerta con una sonrisa en los labios. Era una chica guapa de larga melena oscura y expresivos ojos de color ámbar. Su vestido de flores se movía con la brisa mientras bajaba los escalones del porche, pero en cuanto se acercó a la camioneta su sonrisa desapareció.

–¿Qué ocurre?

–Mi padre no irá con nosotros, no se encuentra bien.

–¿Qué le pasa?

–Está cansado. Dice que tiene un resfriado y no quiere contagiárnoslo.

–Pero tú no lo crees.

Suzy negó con la cabeza.

–Yo creo que es algo más. Últimamente siempre

está cansado… dice que se pondrá bien en un par de días, pero yo no estoy tan segura.

–Pareces preocupada.

–Mentiría si dijera que no lo estoy.

–¿Quieres quedarte con él? No tenemos por qué ir al baile.

Suzy inclinó a un lado la cabeza.

–Mi padre se enfadaría si no fuese. Me ha dicho que vaya al baile y me entere de todos los cotilleos del pueblo para contárselos luego.

Clay sonrió.

–Muy bien, entonces vamos. No te preocupes por tu padre, es un tipo duro.

–Gracias –dijo ella, apretándole el brazo–. No sé qué haría sin ti –añadió, poniéndose de puntillas para darle un beso en la cara.

Lo había hecho más de una vez y Clay siempre se había tomado la libertad de devolverle el beso. En alguna ocasión habían estado a punto de hacer algo más, pero siempre era él quien pisaba el freno. Era como si entre ellos hubiese un acuerdo tácito para que las cosas no llegasen más lejos hasta que estuviera divorciado.

No era fácil rechazar a una mujer como Suzy, pero durante todo ese tiempo había pensado que estaba haciendo lo que debía hacer. Nunca le había sido infiel a Trish, ni siquiera cuando estaba furioso con ella, porque las promesas del matrimonio eran importantes. Pero empezaba a preguntarse si había algo más. Tal vez lo único que podía haber entre Suzy y él era una amistad.

Mientras iban al baile, charlaron sobre su trabajo en el hospital y sobre el pastel de manzana que pensaba hacer al día siguiente. Suzy lo invitó a pasar por su casa después de la entrevista en la radio y Clay le dijo que tal vez lo haría.

También charlaron sobre el embarazo de Callie y cuando salió el tema de los niños, Suzy comentó:

—Sé que es un tema que te duele, pero lo que Trish está haciendo por esa niña es admirable.

—Sí, lo es.

—¿Es un tema que te duele o te parece admirable?

—Me parece admirable —dijo Clay.

—¿Entonces te parece bien que Trish esté aquí?

Él dejó escapar un suspiro. Suzy lo sabía todo sobre su ruptura con Trish, salvo que ella lo había acusado de engañarla. No sabía por qué no se lo había contado, por orgullo quizá, o tal vez porque era algo demasiado privado.

Estar con Suzy y Trish al mismo tiempo le resultaba incómodo.

—Está aquí por una razón, ya lo sabes.

—Pero verla con la niña debe ser difícil para ti.

—He tardado algún tiempo en hacerme a la idea, pero lo que hubo entre Trish y yo en el pasado no tiene nada que ver con eso.

—¿Entonces no crees que se quede?

En cuanto Suzy lo invitó a pasar por su casa para tomar un trozo de pastel, Clay había imaginado a Trish despertando medio grogui para atender a Meggie mientras él hacía un café en la cocina. Harían turnos para darle el biberón mientras el sol empezaba a asomar en el cielo…

Pero esos pensamientos desaparecieron, reemplazados por la realidad.

–No, ella vive en Nashville, su trabajo está allí.

Suzy se arrellanó en el asiento, visiblemente satisfecha, y no dijo nada más.

No estuvieron mucho rato en el baile. De hecho, se fueron después de cenar. Clay la llevó a casa y Suzy lo invitó a tomar una copa, pero él le recordó que tenía una entrevista muy temprano.

Pero en lugar de ir directamente a su casa se encontró parando frente a la casa de invitados. La lámpara del salón estaba encendida, de modo que Trish seguía despierta.

Clay se preguntó si Meggie lo estaría también o si estaría tomando un biberón con los ojitos cerrados. Le gustaría llamar a la puerta para terminar lo que había empezado con Trish. Quería verla, quería hacer el amor con ella otra vez.

Pero no era real. No eran una familia.

En realidad, tanto Trish como Meggie estaban a punto de marcharse de su vida para siempre. Después del divorcio no volverían a verse.

Clay se dio la vuelta. No era sensato llamar a su puerta esa noche y enredar la situación aún más.

De modo que lo dejaría. Por el momento.

–¿Se encuentra bien señora Worth? –le preguntó Preston, mirándola con cara de susto.

Y cuando Trish bajó la mirada se quedó horrorizada al ver la sangre que corría por su mano.

—Se me ha caído la jarra de cristal...

—Espere un momento, voy a buscar una toalla —Preston se metió detrás del mostrador para buscar algo, pero al no encontrar nada se quitó la camiseta e hizo una venda con ella—. ¿Le duele?

—No, ahora mismo no. Debe ser por el susto —respondió Trish—. Ha debido saltar un trozo de cristal.

—Pues ha tenido suerte de no cortarse la muñeca. Parece un corte limpio, pero podrían tener que darle algún punto. Venga, vamos a la enfermería.

—Pero Meggie...

La niña estaba en el cochecito, mirando en dirección contraria.

—Está bien —dijo el chico—. Los cristales no han llegado hasta ahí.

—Gracias a Dios.

—Ponga el brazo hacia arriba para que no sangre tanto, yo empujaré el cochecito. No estará mareada, ¿verdad?

Trish negó con la cabeza.

—Pero me siento como una tonta.

—Ha sido un accidente —dijo Preston.

—Se te dan bien las emergencias —bromeó ella.

—He hecho un curso de primeros auxilios.

—Deberías ser médico.

El chico sonrió.

—La verdad es que quiero estudiar Medicina.

Era lógico. Los voluntarios eran personas que se preocupaban por los demás, por eso Penny's Song era tan bueno para ellos como para los niños que iban allí.

–Pues seguro que algún día serás un gran médico.

Cuando llegaron a la enfermería y vio a Suzy con una bata blanca Trish suspiró, en silencio. Sabía que en algún momento tendría que lidiar con la joven, pero no había esperado que fuese durante una emergencia.

–¿Qué ha pasado?

–Se ha cortado con un cristal –respondió Preston.

–Siéntate –dijo Suzy–. Vamos a ver ese corte.

Trish se sentó, poniendo el brazo sobre la mesa.

–¿Te importa ir a buscar un zumo de naranja para la señora Worth?

Preston dejó el cochecito y Meggie sonrió, sin entender lo que pasaba.

–Vuelvo enseguida.

–Has perdido mucha sangre –dijo Suzy mientras se ponía unos guantes quirúrgicos–. El zumo te animará un poco.

–La verdad es que estoy un poco mareada.

–Afortunadamente, es un corte limpio.

–Tendré que comprarle una camiseta a Preston. Menos mal que estaba en la tienda… ha reaccionado enseguida.

–Sí, es verdad –Suzy asintió, concentrada en su tarea, y Trish aprovechó para observarla.

Llevaba el pelo largo, sujeto en una coleta aquella mañana, su complexión de alabastro a juego con unos ojos de color ámbar. Tenía un rostro expresivo que no podía esconder las emociones, por eso se delataba cuando miraba a Clay. Trish odiaba ver eso cuando nadie más se daba cuenta.

Meggie lanzó un grito desde el cochecito y ella intentó calmarla:

—No pasa nada, cariño. Estoy bien.

La niña se movió, incómoda.

—Terminaremos en seguida —dijo Suzy.

—Espero que pueda aguantar. Lleva un rato en el cochecito y seguramente estará harta.

—Deberías ir al médico —le aconsejó Suzy cuando terminó de vendarle la herida—. No necesitas puntos, pero deberías pasar por la consulta, por si acaso.

—Muy bien, lo haré —Trish movió los dedos. La herida estaba en la muñeca derecha, bajo el pulgar, pero la venda le permitía cierta movilidad.

—Es preciosa —murmuró Suzy, mirando a Meggie—. He oído que el otro día dejaste que Helen cuidase de ella.

—Sí, claro —murmuró Trish, sorprendida—. ¿Cómo lo sabes?

—Clay me lo contó anoche.

¿Anoche? ¿Clay había estado con Suzy por la noche? Eso la enfureció. Maldita fuera… Clay y ella seguían casados.

—Y seguro que le hiciste un pastel de cerezas —le espetó, airada

Suzy parpadeó, sorprendida.

—No te gusta que Clay y yo seamos amigos, ¿verdad?

–Y a ti no te gusta que siga casado conmigo.

La joven se ruborizó, pero seguramente también ella lo estaba.

–Y vuestro matrimonio no funcionó.

Ese comentario hizo que Trish se levantase de golpe.

–Qué amable por tu parte recordármelo.

Suzy se levantó también.

–Lo siento –dijo por fin, mirándola a los ojos–. No debía haber dicho eso.

Trish estaba de acuerdo.

–Yo pasé por un divorcio muy difícil y Clay me ayudó mucho. Siempre hemos sido amigos, tenemos raíces aquí en Red Ridge. Nos parecemos mucho y la verdad es que llevo mucho tiempo esperándolo. Tú tuviste tu oportunidad y te marchaste.

–Tenía razones para hacerlo.

–Sé que no es asunto mío, pero vas a divorciarte de Clay y te marcharás de aquí. Y entonces Clay será libre.

Trish sabía que era cierto.

–Pero aún no lo es.

–Ya lo sé y Clay también. Y yo no soy la razón por la que rompisteis.

No, pero sí había sido el catalizador y la gota que colmó el vaso, pensó Trish, intentando contener su furia. Sin embargo, en los ojos de color ámbar veía que estaba diciendo la verdad: Clay no la había traicionado con ella. De ser así, Suzy se lo habría dado a entender o se lo habría dicho directamente.

–Será mejor que me marche –murmuró, volviéndose hacia el cochecito–. Gracias por curarme la herida.

–Es mi trabajo –Suzy se encogió de hombros–. Eres muy afortunada de tener a esa niña.

–Lo sé.

–Te hará la vida feliz.

El anhelo que había en la voz de Suzy hizo que Trish se sintiera incómoda. Aquello no era un intercambio: tú te quedas con Meggie y yo con Clay, pero eso era lo que la joven parecía querer decir.

–Yo podría hacer feliz a Clay. Cuando te marches.

Trish parpadeó. ¿Estaba pidiéndole permiso o aprobación? No, imposible. No estaba dispuesta a hacerlo.

Además, no estaba segura de que Suzy pudiese hacer feliz a Clay. Ya no estaba segura de nada, pero sabía que había hecho feliz a su marido una vez y estaba decidida a demostrárselo.

Durante el tiempo que estuviera en Red Ridge.

Al escuchar los pasos de Clay en el cemento de la entrada, Trish se llevó una mano al corazón. Y cuando miró por la ventana y lo vio a la luz de la luna, con el Stetson ocultándole los ojos, se preguntó qué vería en ellos cuando abriese la puerta…

Meggie estaba cómodamente dormida en su parque, en el segundo dormitorio. No sabría que Clay estaba allí y, si todo iba como había planeado, se habría ido antes de que despertase por la mañana.

Lo había llamado unas horas antes para preguntarle si podían trabajar en la organización de la gala esa tarde y Meggie, como si lo supiera, se había quedado dormida justo a tiempo.

Perfecto.

Al escuchar la música *country* de fondo, Trish tuvo que sonreír. Un minuto antes, el primer éxito de Clayton Worth la había ayudado a dormir a Meggie. Su voz había madurado desde entonces, pero *Perder un amor*, la canción que lo había lanzado a la fama cuando tenía dieciocho años, seguía siendo la favorita de sus fans.

Trish esperó que llamase una segunda vez, intentando reunir valor. Luego, respirando profundamente, abrió la puerta con una sonrisa en los labios, escondiendo la mano herida a la espalda.

–Hola, Clay.

Él miró su vestido y levantó una admirativa ceja. Ese gesto la animó un poco, pero Trish no estaba acostumbrada a coquetear. De hecho, no le gustaba jugar con los hombres. Tal vez no debería haberse puesto aquel vestido rojo con un escote que tentaría a un santo.

Clay miró el escote y luego sus pies descalzos, con las uñas pintadas de rojo.

–¿Esperas que pueda trabajar contigo vestida así?

La había pillado. Se había vestido deliberadamente para seducirlo.

Trish pasó la mano sana por la falda del vestido.

–Había pensado que podríamos tomar una copa antes. Tengo unos papeles que quiero enseñarte…

110

—Mentirosa.

—¿Qué?

Él esbozó una sonrisa.

—Quieres sexo.

—¿Qué? Oye, yo no…

Clay se movió como un tigre acechando a su presa.

—Me deseas.

Trish hizo un esfuerzo para no cerrar los ojos.

—No.

—Seguro que no llevas nada debajo del vestido.

La había pillado de nuevo.

—Enséñame la mano —le ordenó Clay, sin dejar de sonreír.

—¿La mano? —repitió ella. De modo que Suzy se lo había contado—. ¿Cómo lo sabes?

—Me he encontrado con Preston.

—Ah.

De modo que Suzy no había corrido a contarle su conversación con ella en la enfermería. Aliviada, Trish se relajó todo lo que pudo en aquellas circunstancias.

—¿Te duele? —le preguntó.

—No, pero es irritante llevar una venda —respondió ella.

—¿Meggie está dormida?

Trish sonrió.

—En la otra habitación, sí.

Clay tomó la mano herida y se la llevó a los labios para besarle los dedos.

—Me alegro de que no sea nada.

111

Trish sintió una punzada en el pecho. Cuando un hombre como Clayton Worth se ponía tierno, era irresistible. Y a pesar de la ternura, o quizá por ella, le gustaría arrancarle la ropa.

Después de hablar con Suzy había tomado una decisión: nadie más que ella iba a hacer feliz a su marido mientras estuviera en Red Ridge. Suzy no le llevaría ventaja esta vez.

Además, disfrutaba acostándose con Clay. ¿Por qué no iba a hacerlo? Seguían legalmente casados y cuando volviese a Nashville estaría demasiado ocupada con su trabajo y con Meggie como para buscar un romance.

Y Meggie estaba dormida, de modo que tenía varias horas para estar a solas con él.

—No es nada y no llevo nada bajo el vestido. Y esta noche me da igual la gala. Te deseo, Clayton Worth.

Trish le quitó el sombrero y lo tiró al suelo.

Clay envolvió su cintura con las manos, atrayéndola hacia él.

—No tienes que esforzarte tanto, cariño. Soy todo tuyo, pero me alegro de que hayas hecho un esfuerzo.

Trish le echó los brazos al cuello y cuando se puso de puntillas para besarlo sus lenguas se encontraron en un baile profundo, erótico.

—Hazme el amor —susurró, tomándole la mano para llevarlo al dormitorio. El embozo de la cama estaba apartado y había dos copas de vino sobre la mesilla, al lado de una vela encendida.

Cuando empujó a Clay sobre la cama, él se dejó caer sobre ella, riendo.

–Si estoy soñando, no me despiertes –murmuró.

–No estás soñando, es real –Trish se inclinó para besarlo en los labios, consumida de deseo.

Tenía a Clay a su merced y pensaba aprovecharse de ello. Lo haría feliz. No entendía por qué era tan importante, tal vez porque necesitaba saber que su matrimonio no había sido un fracaso. Había habido mucho amor y deseo entre ellos, a pesar de las desilusiones.

Sus lenguas bailaban, sus bocas encontrándose en fieros y húmedos besos que los hacían gemir a los dos. Sin embargo, Clay se contuvo lo suficiente como para darle el control y Trish no lo decepcionó. Siguió besándolo hasta dejarlo sin aliento, desabrochándole la camisa para acariciarle los hombros, el torso… le encantaba tocarlo, sentir su fuerza. Lo miró a la luz de las velas, memorizando cada centímetro de su cuerpo.

Cuando acarició sus tetillas, Clay se arqueó, intentando tomar el control, pero ella negó con la cabeza, empujándolo suavemente sobre el colchón.

–No te muevas, disfruta.

Los oscuros ojos de su marido se oscurecieron aún más.

–Hecho.

Trish sonrió mientras seguía acariciándolo y esas caricias los excitaban a los dos por igual. Era, en una palabra, perfecto. Y esa noche era todo suyo.

Trish le desabrochó la hebilla del cinturón y bajó la cremallera de los vaqueros centímetro a centímetro mientras lo miraba a los ojos.

–Te vas a meter en un lío –le advirtió él.

–Veo que te has dado cuenta.

Esa noche pensaba arriesgarse. Siempre se había protegido a sí misma, pero no lo haría aquella noche, no le negaría ningún placer. Esa noche iba a meterse en un lío y lo sabía.

Lo ayudó a quitarse los vaqueros y los calzoncillos y levantó la mirada antes de inclinarse hacia él con un brillo travieso en los ojos.

Cuando empezó a rozarlo con la lengua, notó que Clay se ponía tenso.

–Maldita sea –murmuró, entre dientes.

Cuando lo tomó en la boca, Clay dejó escapar un gemido ronco mientras le enredaba las manos en el pelo, guiándola, mostrándole sin palabras cómo le gustaba. Aunque ella ya lo sabía.

Siguió dándole placer hasta que él emitió un gemido ronco y esta vez el tono de advertencia era real. Clay tenía sus límites.

Sin decir nada, desabrochó el escote *halter* del vestido y acarició sus pechos con la punta de los dedos, creando un río de lava entre sus piernas.

Esta vez fue ella quien le demostró cómo le gustaba y la pasión aumentó hasta que ninguno de los dos podía soportarlo más.

–Vamos, cariño –murmuró.

–No, aún no –Trish se puso de rodillas en la cama para quitarse el vestido. Quería que durase, quería crear un recuerdo, quería que fuese perfecto–. Aún hay más.

Clay esbozó una sonrisa.

–Demuéstramelo.

–Abre el cajón de la mesilla y saca un par de preservativos.

–¿Un par?

–Por lo menos –murmuró ella.

De inmediato, vio un brillo de aprobación en sus ojos oscuros. Unos segundos después, cuando ya se había enfundado un preservativo, se colocó sobre su erección, rozando la punta con su sexo una vez, dos, hasta que él murmuró una imprecación. Pero Clay tenía armas que podían dejarla indefensa y buscó su entrada con los dedos para acariciar la sensible piel hasta que Trish estuvo a punto de perder el control.

Mantenía una presión constante mientras ella subía y bajaba una y otra vez, tomándolo profundamente, hasta el fondo, el lento y erótico ritmo era una tortura para los dos, que murmuraban palabras desesperadas. Trish arqueó la espalda, llevando aire a sus pulmones, el pelo le caía sobre los hombros mientras él sujetaba las caderas.

–¡Clay! –gritó.

–Maldita sea… –con voz ronca, él le daba eróticas órdenes a las que Trish respondía, llevándolos a los dos al viaje más excitante de sus vidas.

El orgasmo fue casi sincronizado y Clay temblaba visiblemente cuando Trish abrió los ojos, a tiempo para ver su expresión atormentada.

Se quedaron en silencio durante unos segundos y cuando ella intentó incorporarse, Clay la sujetó del brazo.

–¿Dónde vas?

–A ver si Meggie sigue durmiendo.

–Voy contigo.

–No, quédate. Volveré enseguida.

Clay asintió con la cabeza mientras la veía ponerse el albornoz y salir de la habitación.

Trish se apoyó en la puerta, suspirando. Había sido tan increíble que aún temblaba, pero el deseo que sentía por Clay no había sido saciado del todo.

Iba a ser una noche fantástica, sin barreras.

Meggie estaba moviéndose en la cuna. Era hora de cambiarle el pañal y darle el biberón.

–Estoy aquí, cariño.

La niña arrugó la carita. Estaba mojada y hambrienta y dejó escapar un grito de frustración.

–No, no, cariño…

Trish se inclinó para sacarla del parque y cuando Meggie apoyó la cabecita en su hombro experimentó una increíble sensación de felicidad. Con Clay en la otra habitación y Meggie en brazos, lo tenía todo… pero no, no era cierto. No lo tenía todo, era una ilusión.

Red ridge no era su hogar.

Clay no era ya su marido o no lo sería durante mucho tiempo.

Y mientras recordase eso, todo iría bien.

Después de cambiarle el pañal, fue con Meggie a la cocina para calentar el biberón mientras le cantaba una nana.

Le pareció escuchar un ruido y cuando levantó la cabeza vio a Clay apoyado en el quicio de la puerta.

Se había vuelto a poner los vaqueros y estaba mirándolas con los ojos brillantes.

Solo era un momento, un breve interludio donde todo era posible.

Pero tenía que dejar de pensar así. No había ido a Red Ridge para recuperar a Clay sino para todo lo contrario. No había nada resuelto entre ellos.

Trish no quería arruinar aquel momento volviendo a la dura realidad, pero tenía que hacerlo porque en cuanto se fuera del rancho Clay seguiría adelante con su vida.

Al día siguiente llamaría a la inmobiliaria para decirles que quería la casa. Aquello solo podía ser un breve interludio antes de empezar su nueva vida, sola con Meggie.

Cuando sonó el pitido del microondas, Clay sacó el biberón y se lo ofreció.

–Gracias.

–De nada.

–Llévala a la cuna cuando termine –murmuró él, acariciando el pelito de Meggie.

La niña lo miró, pero cuando Trish puso la tetina en su boca, agarró el biberón con las dos manos, concentrándose en comer.

Trish la había dejado en el parque para poder tener un par de horas a solas con Clay en el dormitorio y, aunque sabía que la niña había dormido perfectamente, se sentía un poco culpable. Y él, perceptivo como siempre, se había dado cuenta.

Cuando se quedó dormida, Trish la llevó al dormitorio y Clay la observó, en silencio, mientras la metía en la cuna. Luego sopló las velas, que estaban casi derretidas, y tomó las copas para llevarlas a la cocina.

Trish lo encontró allí, esperándola.

–Se ha quedado dormida.

–Buena chica –dijo él, ofreciéndole una copa.

Estaba despeinado y la sombra de la barba le daba un aspecto aún más sexy, si eso era posible.

Trish tomó un sorbo de vino. Desde que Meggie apareció en su vida no había podido probar el alcohol porque la niña dependía de ella y debía tener la cabeza despejada en todo momento. Además, no necesitaba alcohol para desear a Clay, ellos siempre se habían emborrachado el uno del otro.

Aquel recuerdo permanecería siempre con ella porque cuando volviese a Nashville su vida tomaría un rumbo completamente diferente, centrada en Meggie y en su trabajo. No tendría tiempo para romances.

Y no se imaginaba a sí misma abriéndole el corazón a otro hombre.

Mientras lavaba el biberón bajo el grifo empezó a sentir algo que no debería sentir. Pero las circunstancias empezaban a confundirla.

–¿Qué haces? –le preguntó él, tomándola por los hombros.

No iba a pensar esa noche, decidió. Se dejaría llevar por el deseo, un deseo que no podía ni quería negar.

Trish se desabrochó el cinturón del albornoz y Clay tragó saliva.

–Nada –respondió, echándole los brazos al cuello–. Quiero hacerlo otra vez.

Él rio, una risa ronca y masculina.

–¿Tienes en mente algún sitio en particular?

–Esta vez, te toca elegir a ti –respondió Trish–. Pero después elegiré yo.

Capítulo Ocho

—No puedes decirlo en serio —murmuró Trish, nerviosa.

—Deja de preocuparte, no va a pasar nada —dijo Clay, montado en un caballo enorme llamado Trueno.

¿Cómo había dejado que la convenciese?

Cuando alargó los brazos para tomar a Meggie, Trish estuvo a punto de salir corriendo.

—Venga, dámela, no le va a pasar nada.

—¿Estás seguro?

No quería discutir con él delante de los niños, el tercer grupo en tres semanas. Todos ellos se enamoraban de Meggie y estaban encantados al ver al bebé sobre el enorme caballo.

—Pues claro que estoy seguro. Vamos, dámela.

—¿No se caerá?

—¿Pretendes insultarme, cariño?

—No, claro que no.

—Llevo montando desde los tres años. Sé montar mejor que caminar, te lo aseguro. ¿A que sí, Wes? —Clay miró al capataz, que estaba ayudando a una niña de ocho años a subir a un caballo.

—Desde luego que sí. Meggie está a salvo con él —afirmó Wes.

–¿Lo ves? Voy a llevarla en la mochila y sabes que es muy resistente. Además, tú irás a mi lado.

Trish sabía que Clay era un jinete experto, pero la niña era tan pequeña...

–Muy bien, de acuerdo –dijo por fin, entregándole a Meggie en su mochila.

La niña sonrió de inmediato. Cada día estaban más encariñados el uno con el otro y Trish no había podido evitarlo. Pasaban mucho tiempo con Clay y estaba claro que él disfrutaba estando con Meggie.

Durante el día, ella preparaba la gala mientras Clay se dedicaba a sus asuntos, pero se encontraban por las tardes en Penny's Song, donde Trish se encargaba de la tienda y él de los niños. Y por las noches terminaban en la cama, haciendo el amor.

Trish sabía que era una simple aventura, algo temporal. Sin embargo, aquellas tres semanas habían sido maravillosas.

Aún quedaban unos días hasta la celebración de la gala, pero dos días más tarde volvería a Nashville y tendría que retomar su vida.

–Será mejor que le pongas el gorrito –dijo Trish, mientras subía a su yegua para tomar la senda que rodeaba la propiedad.

Meggie movía las piernecitas, emocionada, balbuceando cosas incoherentes. Estaba claro que era feliz.

–Le encanta –dijo él.

Demasiado, pensó Trish. Porque poco después la niña no tendría a Clay hablándole en voz baja o leyéndole un cuento por la noche...

Meggie estaba encariñándose con él y eso era lo último que Trish deseaba, pero sus miedos se vieron multiplicados al pensar que no era la única. Si miraba en su corazón, debía reconocer que a ella le pasaba lo mismo.

Pero en lugar de pensar en eso, respiró profundamente e intentó disfrutar del paisaje.

A medio camino, Clay señaló a Meggie y Trish vio que estaba profundamente dormida, con la cabecita inclinada a un lado, la mano de Clay debajo a modo de almohada.

—¿Quieres que volvamos?

—Sí, deberíamos volver.

Una vez en los establos, Clay desmontó, sujetando a Meggie con una mano. Trish desmontó también y sujetó las riendas de los dos caballos hasta que llegó Travis, el mozo.

—Si no te importa encargarte de ellos... tengo que llevar a Meggie a casa.

—No se preocupe, señora Worth. Yo me encargo de todo.

Uno minutos después, Clay había colocado a Meggie en la sillita de seguridad.

—Nos vemos esta noche.

—Esta noche no puedo. He quedado a cenar con Callie —dijo Trish.

Él frunció el ceño.

—¿Vais a salir?

—Sí, las tres solas. Meggie, Callie y yo —Trish estaba bromeando, pero en realidad se alegraba de poner un poco de espacio entre los dos. Se habían acercado mucho durante esas semanas y, sin embargo, ni Clay ni ella habían hablado de sentimientos.

–Muy bien –asintió Clay–. Nos veremos mañana.

Trish lo vio alejarse, pensativa. Era una estrella, un hombre cómodo en su propia piel, alguien que tenía el mundo a sus pies. Había conseguido todo lo que buscaba en la vida salvo una cosa: Clay quería tener hijos y ella se los había negado. Y también había cuestionado su honor...

En resumen, había sido un bache en su vida.

Suzy Johnson salió de la enfermería para saludarlo y puso una mano en su brazo, riendo.

Una vez que se fuera del rancho, Suzy ocuparía su sitio en la vida de Clay, dándole todo lo que quería.

Trish sintió una punzada de celos y, sin poder evitarlo, los ojos se le llenaron de lágrimas. Ver a Suzy con Clay le ofrecía una triste imagen de su futuro y se le encogió el corazón cuando por fin admitió la verdad.

Aquel no era su sitio.

Nunca lo había sido.

Tagg, Jackson y Clay jugaban al póquer por pura rivalidad fraternal. El que ganaba donaba el dinero a Penny's Song o a alguna otra organización benéfica, pero esa noche Clay no tenía la cabeza en la partida.

Inquieto, se llevó el vaso de whisky a los labios.

A Trish le pasaba algo aquel día. Parecía diferente, como si estuviera deseando librarse de él. Usando como pretexto la organización de la gala habían pasado muchas noches juntos, pero pronto se marcharía y él se quedaría allí.

—Te toca —dijo Tagg—. ¿Apuestas o no?

—Espera un momento —Clay miró sus cartas, pero no podía concentrarse.

Jackson tiró las suyas sobre la mesa, mostrando dos ases.

—¿Se puede saber qué te pasa? ¿Por qué estás tan distraído?

—Tengo muchas cosas en la cabeza.

—¿Ocurre algo?

—No, nada —respondió Clay.

Pero no era cierto. Había pensado que hacía el amor con Trish solo por deseo, que cuando se fuera a Nashville la olvidaría y seguiría adelante con su vida, pero no estaba siendo tan fácil como había pensado.

Con Trish nada era fácil.

Y Meggie, la pobre Meggie, ese bultito de pañales sucios, biberones, baberos y gritos aterradores había encontrado la forma de meterse en su corazón.

Cuando la imagen de Meggie aparecía en su cerebro, lo único que veía era su preciosa sonrisa y decirle adiós, como decírselo a Trish, le rompería el corazón.

—Si la organiza Trish, seguro que será una gala estupenda —comentó Jackson.

—Sí, desde luego.

–¿Se irá después de la gala? –le preguntó Tagg.

Clay se tomó el resto del whisky antes de dejar el vaso sobre la mesa.

–Supongo que sí. Y entonces todo habrá terminado.

Silencio.

–Muy bien, imagino que hemos terminado de jugar por hoy. Podemos ver el final del partido –sugirió Tagg–. Callie no volverá a casa hasta dentro de un par de horas.

–¿Cómo lo sabes? –le preguntó Clay.

Tagg sacó el móvil del bolsillo.

–La tecnología es maravillosa… va a ver una película con Trish.

Jackson soltó una carcajada

–El móvil es una buena forma de tenerla controlada.

Su hermano sonrió, más contento de lo que Clay lo había visto nunca.

–Cuéntamelo cuando tu mujer esté embarazada. Dime entonces que no querrás saber dónde está y qué hace cada minuto del día.

Jackson iba a decir algo, pero pareció pensárselo mejor.

–Te creo.

–Me alegro –Tagg le dio una palmadita en la espalda–. Oye, Clay, escuché tu entrevista en la radio el otro día. Estuvo bien, aunque parecías un poco oxidado.

Tenía razón, pensó él, estaba oxidado.

Pero no echaba de menos ser una celebridad.

Volver al rancho de su familia había sido la mejor decisión de su vida.

–No quería dar la entrevista, pero Trish me convenció. Es bueno para Penny's Song.

Sus hermanos asintieron con la cabeza.

Clay se levantó entonces porque no estaba de humor para jugar al póquer o ver un partido de béisbol.

–Me marcho, gracias por la partida.

Tagg se levantó también.

–Espera un momento

–¿Por qué? ¿Qué ocurre?

Su hermano sirvió whisky en los tres vasos y levantó el suyo para decir:

–Quiero brindar por mi hijo. Vamos a tener un niño y se llamará Rory Taggart Worth.

–Enhorabuena –lo felicitó Jackson.

–Es una gran noticia –dijo Clay–. Papá se sentiría muy orgulloso.

–Sí, es verdad.

Clay volvió a sentarse porque necesitaba un trago. Aunque no le dolía la felicidad de su hermano, al contrario. Tagg lo había pasado muy mal cuando su primera esposa murió y por fin tenía la vida que merecía. Pero eso no evitaba que se le encogiera el corazón.

Él le había fallado a su padre, el hombre al que había admirado y querido siempre. No iba a poder cumplir la promesa que le hizo en su lecho de muerte.

Cuando Clay hacía una promesa intentaba cumplirla y aquella había sido la más importante de su vida. Había culpado a Trish por ello, pero su mujer había sido una cabeza de turco, la única persona a la que podía acusar. Y no la había perdonado.

«Pero a ella le hiciste otra promesa, imbécil, una igualmente importante».

Y no la había cumplido.

¿También le había fallado a Trish? Se había casado con ella prometiendo amarla durante toda la vida. Siempre la había culpado a ella por lo que fallaba en su matrimonio, pero decidió admitir su parte de culpa en la ruptura...

¿Por qué ahora? ¿Por qué admitía por fin que también había sido culpa suya?

No lo sabía y volvió a casa sintiéndose peor que nunca.

Una vez allí, tomó una botella de whisky del bar y subió a su dormitorio. Aceptar la verdad no era tarea fácil y Clay decidió no pensar en ello esa noche. Con la cabeza embotada por el alcohol, cayó en un profundo sueño...

Cuando despertó a la mañana siguiente, le dolía la cabeza. Había bebido hasta caer borracho la noche anterior, pero tenía trabajo que hacer y, a juzgar por la posición del sol en el cielo, eran más de las nueve.

Cuando le sonó el móvil, se sentó en la cama y miró alrededor buscando el aparato, que estaba tirado en el suelo, entre el pantalón y los calcetines.

–¿Qué?

–Clay, soy Raoul Onofre, del banco Southwest.

Raoul Onofre era un amigo del colegio que lo había enseñado a tocar la guitarra. Solían tocar juntos años atrás, pero ahora Raoul era el director del banco mas importante de Red Ridge.

–¿Teníamos una cita esta mañana?

–No, no, pero hay una cuestión que me gustaría aclarar. He recibido una llamada de una de nuestras sucursales en Nashville y parece que tu mujer, Trisha, ha pedido un préstamo para comprar una casa. No sé por qué razón el papeleo ha llegado hasta mí. Aparentemente, Trisha no quiere que cuenten con tus posesiones como aval.

Clay tardó unos segundos en procesar la noticia. Le molestaba, pero no debería sorprenderle que Trish quisiera comprar una casa en Nashville para Meggie y para ella.

Pero una casa en Nashville significaba que su divorcio era definitivo, significaba que Trish iba a seguir adelante sin él.

Sabía que tenía que ser así y, sin embargo, esa realidad fue como una bofetada.

–Agradezco mucho tu llamada, Raoul.

–¿Va todo bien?

–Sí, muy bien. Estoy muy ocupado organizando la gala para Penny's Song. Vas a ir, ¿no?

–Por supuesto que sí. Es lo más importante que ha pasado en Red Ridge en una década. Después de tu estelar entrevista en la radio, mi mujer me colgaría si no la llevase.

—Muy bien, entonces nos veremos allí.

Clay cortó la comunicación y suspiró, intentando enfrentarse con la realidad:

Trish y Meggie se irían de Red Ridge en tres días.

Capítulo Nueve

Trish estaba sentada en la terraza del hotel, detrás de una verja de hierro forjado cubierta de azaleas. El restaurante del hotel, Calderone's, era famoso por sus tortillas mexicanas, su guacamole y sus margaritas de diferentes sabores. Diecisiete ni más ni menos. Y aquel día le habría gustado probar alguno.

Meggie estaba en su cochecito, a punto de quedarse dormida.

—Mi hermano llegará pronto —le dijo—. Viene de California y estoy deseando verlo...

—Ya estoy aquí. Puntual como siempre.

Trish levantó la cabeza al escuchar esa voz tan familiar.

—¡Blake! —exclamó, saltando de la silla para echarle los brazos al cuello—. No me lo puedo creer. Has venido de verdad.

—Te dije que vendría.

—Lo sé, pero ha pasado tanto tiempo. Y te he echado de menos.

—Yo también a ti.

Trish estudió su rostro, una costumbre que no había perdido nunca. Blake estaba totalmente recuperado, pero era como si tuviese que mirarlo durante unos segundos para grabar en su mente la imagen del chico sano que era después de haber estado a punto de morir cuando era niño.

—Aún no conoces a Meggie.

—No, no la conozco —Blake se puso en cuclillas para mirar a la niña—. Hola, preciosa. Soy tu tío Blake y pienso mimarte mucho.

—Ya le has enviado una docena de juguetes.

Blake miró a su hermana con una sonrisa en los labios.

—Ahora eres una mamá. Tenía que verlo para creerlo.

—Lo soy —asintió Trish—. Y estoy intentando acostumbrarme a la idea, aunque no es fácil.

—Ya imagino.

—Yo nunca hago las cosas de manera normal, ¿verdad?

—Ni yo tampoco. Pero eso está bien.

Blake no pensaba nunca en el pasado y siempre había tenido una actitud positiva. Algunos decían que eso era lo que lo había mantenido con vida.

Trish se alegró al saber que su empresa de videojuegos iba bien. Su hermano siempre había sido un diseñador extraordinario de otros mundos.

Estar solo en una habitación de hospital durante tanto tiempo, alejado de la vida real, había despertado su imaginación y mientras otros niños jugaban al baloncesto o al fútbol o montaban una banda de rock, Blake inventaba juegos en su cabeza. Y Trish se alegraba de que su tiempo en el hospital no hubiera sido tiempo perdido.

Ahora vivía en California, donde estaba su empresa, o viajando por todo el país para vender sus ideas.

–No sabía si querrías venir –le dijo–. Imagino que estás harto de enfermedades y lo entiendo.

–Pero yo entiendo a esos niños mejor que nadie, así que ponme a trabajar.

–Lo haré, te lo aseguro. Espero que ya te hayas instalado en el hotel porque nos vamos a Penny's Song en cuanto terminemos de almorzar.

–¿Clay está ayudándote?

–Sí, mucho –respondió ella–. Nos entendemos bien –añadió, sabiendo que su hermano era demasiado discreto como para preguntar por su divorcio–. Los dos estamos comprometidos con el proyecto, así que no ha habido ningún problema.

Y ahora que Blake estaba allí, sus días y sus noches estarían ocupados. Era una bendición en muchos sentidos, aunque la entristecía porque su secreta aventura con Clay había terminado.

–¿Has hablado con mamá y papá últimamente? –le preguntó su hermano.

–Hablo con ellos dos o tres veces por semana y parecen estar pasándolo bien en Florida. Los he invitado a venir, pero… en fin, han pensado que sería un poco incómodo. Ya sabes, por el divorcio. ¿Hablas con ellos a menudo?

–No, la verdad es que no. Viajo mucho y cuando estoy en casa siempre tengo cosas que hacer –respondió Blake, sin mirarla.

Su hermano estaba ocultándole algo, Trish se daba cuenta.

–¿Pasa algo?

–Nada, es que necesito un poco de espacio. Hablamos, pero no como antes. Ya no estoy enfermo y me cansa tener que dar explicaciones sobre mi salud, sobre si me cuido o no... quiero vivir una vida normal.

Trish sonrió, comprensiva. Blake y ella tenían problemas opuestos. Sus padres estaban perpetuamente preocupados por él y siempre habían pensado que la eficiente Trish podía cuidar de sí misma. Ni siquiera habían ido a conocer a Meggie, su nieta. Habían prometido ir a Nashville el mes siguiente, pero Trish no estaba segura de que fuera verdad.

–Lo entiendo, pero es casi como una segunda naturaleza para ellos estar preocupados por ti.

–Lo sé y agradezco mucho todo lo que hicieron por mí... y también sé lo que mi enfermedad te costó a ti.

–No, eso no es verdad –se apresuró a decir Trish. No podía dejar que Blake sufriese por ella–. A mí no me costó nada.

–Sí te costó, pero vamos a dejarlo. Cuéntame cosas de Meggie.

Trish se sentía feliz al verlo tan sano, tan contento. Su vida era estupenda y nada podría satisfacerla más.

Cuando sonó el timbre a las seis, Trish estaba segura de que sería su hermano y abrió la puerta con una gran sonrisa... pero se encontró cara a cara con Clay, que la miraba con el ceño fruncido.

–Ah, hola.

–Hola, Trish –recién afeitado y duchado, iba vestido para salir a cenar–. ¿Dónde está Meggie?

–En el parque, jugando –respondió ella, sorprendida.

Clay respiró profundamente.

–Tengo que hablar contigo.

–Pues… ahora no es buen momento. Mi hermano va a venir a cenar.

–Vas a comprar una casa en Nashville –dijo Clay entonces.

Trish lo miró, sorprendida. ¿Cómo lo sabía? ¿Se lo habría contado Callie?

–¿Cómo lo sabes?

–Los del Southwest han llamado a la sucursal de Red Ridge y el director es amigo mío.

–Ah, claro, y tu amigo ha corrido a contártelo –Trish se puso en jarras–. ¿Cuál es el problema?

–Deberías habérmelo dicho.

–No es asunto tuyo si compro una casa o no. No te he pedido nada.

Clay levantó los ojos al cielo.

–Si necesitas que firme un aval solo tienes que pedírmelo.

–Pero es que no necesito un aval. No necesito nada de ti.

–Tú nunca necesitas nada, ¿verdad?

Trish lo miró, perpleja. ¿Por qué estaba allí y por qué parecía tan enfadado?

–No te entiendo.

–Olvídalo –dijo él, dirigiéndose al dormitorio.

–¿Dónde vas?

Trish vio que se detenía en la puerta de la habitación para mirar a Meggie. La niña dio un salto de alegría al verlo, alargando los bracitos hacia él.

–¿Cómo está mi angelito?

Cuando se inclinó para sacarla del parque, a Trish se le encogió el corazón. Clay empezó a canturrear una canción que hacía que sus fans se desmayasen y Meggie estaba como hipnotizada.

Que el cielo la ayudase.

Sujetaba a la niña con ternura y era evidente que se encontraban a gusto juntos.

Trish cerró los ojos.

«No lo ames, no lo ames, no lo ames».

Pero no podía evitarlo: amaba a Clay.

Amaba a su marido y probablemente nunca había dejado de amarlo.

Esa revelación la dejó sin fuerzas. No podía seguir mirándolos, de modo que se dio la vuelta para ir a la cocina, conteniendo las lágrimas.

Pero cuando Blake llamó al timbre, Trish había logrado controlarse y abrió la puerta con una sonrisa en los labios, aunque se le estaba partiendo el corazón.

Otra vez.

–Bonita casa –dijo su hermano, mirando alrededor–. Si no recuerdo mal, tú la reformaste.

–Sí, es verdad. Y lo pasé muy bien haciéndolo –respondió ella, después de aclararse la garganta–. Ven a la cocina, la cena ya está casi lista. Espero que tengas apetito.

—No debería, pero lo tengo.

—Me alegro —dijo Trish. Porque su apetito había desaparecido.

Clay entró en la cocina con Meggie en brazos y, al ver a Blake, la niña se agarró a su cuello, tímida de repente.

—Me alegro de verte, Blake —lo saludó, ofreciéndole su mano.

—Lo mismo digo. Veo que te has hecho amigo de Meggie.

—Es una niña estupenda.

—Sí, es verdad. ¿Vas a cenar con nosotros?

Antes de que Trish tuviese tiempo de decir nada, Clay negó con la cabeza.

—Tengo cosas que hacer.

Mejor, pensó ella, demasiado angustiada y conmovida como para tener que disimular durante horas.

Pero se preguntó dónde iría vestido de manera tan elegante. Aunque sería mejor no pensarlo.

Clay puso a Meggie en los brazos de Trish y la niña no protestó, acostumbrada ya a pasar de los brazos de un adulto a otro.

—Me han dicho que los niños lo han pasado de maravilla contigo esta tarde.

—También yo lo he pasado bien. Tenemos muchas cosas en común —Blake suspiró—. Lo que mi hermana y tú estáis haciendo es estupendo. Estoy impresionado con Penny's Song.

—Yo también estoy muy orgulloso —asintió Clay—. En fin, tengo que irme.

En cuanto la puerta se cerró, Trish dejó escapar un suspiro.

–¿Qué te pasa? –le preguntó Blake–. De hecho, ¿qué os pasa a los dos? Clay ha salido prácticamente corriendo.

¿Qué le pasaba? Que había hecho las dos cosas que había jurado no hacer nunca: volver a enamorarse de Clay y dejar que Meggie se encariñase con él. Porque, por mucho que quisiera creer lo contrario, Clay no le había hablado de sentimientos, no le había pedido que se quedase en Red Ridge. Habían compartido unas cuantas noches de sexo, nada más. Había sido una tonta y tendría que pagar un precio por ello. Pero Meggie también.

–Me parece que esta vez he metido al pata hasta el fondo.

Trish y Clay tomaban un café mientras hablaban sobre los últimos detalles de la gala, que tendría lugar al día siguiente. Parecía de mejor humor que el día anterior, aunque se mostraba un poco distante. No tocó el bollo de canela que Trish le había ofrecido y no parecía muy hablador, pero consiguieron finalizar los detalles.

–Parece que irá mucha gente –dijo ella, satisfecha–. Y no creo que se nos haya pasado ningún detalle.

–No, lo tienes todo cubierto.

–Sobre el papel tiene buen aspecto –asintió Trish, pasándose las manos por las perneras del

137

pantalón–. Pero organizarlo todo mañana será otra cuestión. Quiero irme a Penny's Song en cuanto Meggie despierte para asegurarme de que todo esté listo.

–Será una gala brillante, no tengo la menor duda.

Trish tenía dudas sobre todo en su vida últimamente, pero esperaba que se recaudasen fondos suficientes.

Tenía que olvidar sus sentimientos por Clay y dejar su corazón roto para otro momento. Y, afortunadamente, él estaba cooperando.

–Bueno, tengo un montón de cosas que hacer –Clay se levantó para ponerse el sombrero.

Trish lo acompañó a la puerta, agradeciendo que su reunión hubiera sido tan cordial y, sobre todo, que no hubiesen hablado de cosas personales.

–Ah, casi se me olvida –Clay se sacó un papel del bolsillo de la camisa–. Anoche tuve una cena con un ganadero de la zona y este es nuestro primer donativo.

Trish desdobló el cheque y lanzó una exclamación:

–¡Cincuenta mil dólares!

Clay esbozó una sonrisa.

–Ya sabía que te haría ilusión.

–¿Quién es?

–Un viejo amigo mío. Le mostré el rancho antes de ir a cenar y se quedó entusiasmado con los niños. Por eso sé que en la gala de mañana recaudaremos mucho dinero. En cuanto la gente conozca a esos niños empezarán a abrir sus carteras, seguro.

–Eso espero –dijo ella.

Se sentía un poco mejor, pero debía admitir la verdad. Lo que la había animado era saber que no había estado con Suzy Johnson la noche anterior sino con un amigo rico.

–Trish… –empezó a decir Clay antes de que cerrase la puerta.

–¿Qué?

–Creo que mañana deberíamos presentar un frente unido, por los niños.

–Sí, claro. Al menos, eso es algo que tenemos en común.

Él la miró en silencio durante unos segundos.

–Muy bien, nos vemos mañana.

Más tarde, Trish fue a Penny's Song con Blake y Meggie y le recordó a los niños su papel en la gala. Y, uno por uno, todos le dieron su palabra de que lo harían bien.

Cuando Blake se alejó hacia los establos con Meggie, Trish se acercó a un altozano desde el que se veía todo el rancho, imaginando cómo quedaría al día siguiente con las luces y las mesas.

Callie llegó a su lado poco después.

–Hola, Trish. ¿Dónde está Meggie?

–Con mi hermano. Creo que están en lo establos.

Callie sonrió.

–Ah, estás haciendo progresos. Ya puedes dejársela a otra persona.

–Sí, bueno, no te creas.

–Pensé que habías dejado a la niña con Clay.

–No, pero la verdad es que se llevan muy bien. De hecho, Meggie lo adora.

–Y Clay adora a la niña.

–No debería haber dejado que ocurriese –murmuró Trish–. Meggie lo echará mucho de menos cuando nos vayamos.

–Entonces, no te vayas –dijo Callie.

–Tengo que irme. Aquí no me retiene nada, ya no.

–¿Sabes lo que pienso? Que sigues enamorada de Clay y que a él le pasa lo mismo, pero ninguno de los dos es capaz de dar el primer paso.

–Callie…

–Creo que deberías perdonarlo y él tiene que perdonarte a ti porque solo seréis felices el uno con el otro. Formáis una familia maravillosa.

Trish estaba atónita. Callie había resumido su problema en unas cuantas frases. Y tenía razón, pero no podía ser. Por una vez en su vida, quería sentirse amada por completo y nada había cambiado entre Clay y ella.

¿O sí? Empezaba a tener dudas y no sabía cómo argumentarlas.

–La última vez me dolió tanto… no puedo, Callie.

Ella le puso una mano en el brazo.

–Tagg y yo también hemos sufrido mucho, pero mira lo felices que somos ahora. ¿Qué tienes que perder, Trish? Si no funcionase, al menos habrías hecho un último esfuerzo.

–¿Pero cómo?

–Mañana es tu última oportunidad. Deja a Clay boquiabierto. Hazlo por Meggie, por Clay, pero sobre todo por ti. Porque sigues enamorada de Clay, ¿verdad?

Trish tuvo que hacer un esfuerzo para contener las lágrimas.

–Sí.

–Entonces, inténtalo por última vez.

–¿Tagg le ha pedido lo mismo a Clay?

Su amiga sacudió la cabeza.

–Mis labios están sellados.

Capítulo Diez

Trish respiró profundamente mientras se miraba al espejo por última vez. Llevaba un vestido de lentejuelas plateadas que se ajustaba a su cuerpo como un guante, con un escote en la espalda que llegaba hasta donde era considerado decente, y se había hecho un recogido en la mejor peluquería de Red Ridge.

«Quieres sexo», había dicho Clay la última vez que se vistió para él. Y tenía razón. Pero aquella noche había mucho más en juego. Lo quería todo y si él no estaba dispuesto a dárselo sabría que no había futuro para ellos.

—Bueno, vamos allá.

Meggie sonrió desde su cuna, mostrando dos manchitas blancas que empezaban a salirle en la encía de abajo. Pronto tendría dientes, pero en aquel momento esas dos manchitas blancas le parecían diamantes.

Con la ayuda de Helen, Trish le puso un vestido de tafetán rosa, con calcetines y zapatos del mismo color y un lacito en el pelo que, afortunadamente, Meggie no intentó arrancarse. La niña parecía notar que aquel día iban a hacer algo emocionante.

—Gracias otra vez por venir con nosotros, Helen. Voy a necesitar refuerzos.

–Esta noche tiene usted mucho que hacer. No se preocupe por Meggie, yo me encargo de ella.

–Lo sé –dijo Trish–. Y Blake ayudará también.

El ama de llaves la miró de arriba bajo.

–Estás usted guapísima, parece una princesa. Y Meggie también.

–Sí, es verdad. Con ese vestido rosa parece un angelito –Trish había pasado toda la mañana en Penny's Song dando los últimos retoques a la gala, pasando al lado de Clay varias veces mientras daba órdenes y lo comprobaba todo. Pero había llegado el momento–. Creo que es hora de irnos.

Aquella noche se jugaba mucho y rezaba para que hubiese un final feliz. Porque aquella era su última oportunidad.

Clay aparcó el coche a veinte metros de la entrada del rancho y se apoyó en el capó del Mercedes durante unos segundos, con la chaqueta del esmoquin colgada al hombro. Aún no habían llegado los invitados y podía oír el piafar de algún caballo. En menos de media hora, Penny's Song estaría lleno de vida pero, por el momento, los niños estaban descansando y Clay absorbió el silencio, sintiéndose orgulloso de lo que había creado allí.

La transformación de Penny's Song para la elegante gala era asombrosa e incluso el tiempo estaba cooperando, la brisa nocturna refrescaba el aire.

Pronto, el horizonte se llenaría de tonos anaranjados, como un halo sobre las cumbres rojizas de las montañas, a juego con las luces que Trish había colocado por todas partes. Quería que los invitados viesen Penny's Song en toda su gloria y estaba a punto de conseguirlo.

Clay dejó escapar un suspiro, recordando lo que le había dicho Tagg unos días antes: «No seas idiota. Si tienes alguna duda, no la dejes ir».

No podía dejar de pensar en ello.

«No la dejes ir».

Cuando los niños empezaron a salir de sus habitaciones, arreglados y emocionados al ver las mesas cubiertas con elegantes manteles de lino blanco, Clay bajó a saludarlos y les dijo que fueran ellos mismos cuando llegasen los invitados.

—Es emocionante —dijo Suzy, que acababa de aparecer a su lado—. Y estás muy guapo con el esmoquin.

Clay esbozó una sonrisa. Trish le había ordenado que se pusiera un esmoquin y tenía razón.

—Tú también. Ese vestido es muy bonito.

—Gracias.

—El rancho está precioso —comentó Wes, el capataz.

Los invitados estaban empezando a llegar, algunos en coche, otros en limusina, y Clay buscó a Trish con la mirada.

Y enseguida la vio.

Había aparcado el Volvo detrás del corral y salía del coche con Meggie en brazos. Llevaba el pelo sujeto en un recogido muy original y el vestido plateado se pegaba a su cuerpo como una segunda piel.

Clay sintió que se le encogía el corazón al mirar a

144

madre e hija, las dos preciosas, las dos llenando un hueco en su corazón que nadie más podía llenar.

Se estremeció entonces, físicamente conmovido por tal pensamiento. No podía hacer nada más que mirarlas, intentando mantener el equilibrio mientras admitía la verdad.

Trish y Meggie eran su familia.

Lo había sabido desde el principio, pero se había negado a aceptarlo.

Tagg tenía razón: no podía dejarlas ir.

Menudo momento para descubrir eso, pensó.

Cuando se reunió con ellas, Blake, Callie, Tagg y Jackson se unieron al grupo, dándole golpecitos en la espalda.

Trish sonrió, sus ojos brillaban de alegría.

—Qué bien ha quedado todo, ¿verdad?

—Está maravilloso.

—Y mira a los niños, qué contentos. Están enseñándole el rancho a los invitados como les habíamos pedido.

—Tu trabajo está dando dividendos.

—Todo el mundo ha aportado algo —dijo Trish—. Yo solo he organizado la gala de esta noche, son ellos los que lo llevan durante el resto del año.

Lo único que Clay quería era decirle que estaba preciosa y pedirle que se quedara, pero no podía hacerlo con tanta gente alrededor.

Inquieto, la tomó del brazo para llevarla aparte.

—Tengo que hablar contigo esta noche, Trish.

—Muy bien —murmuró ella.

—Iré a tu casa después de la gala.

Trish asintió con la cabeza.

—De acuerdo.

Antes de que Clay pudiese decir nada más, Harold Overton, un magnate del petróleo, los interrumpió.

—Clay, ¿cómo estás?

—Me alegro de verte —dijo él, estrechando su mano.

—He venido desde Houston solo porque tú me lo pediste.

—Y te lo agradezco mucho. Voy a presentarte a... —Clay se volvió, pero Trish se había alejado con tres mujeres que no dejaban de hablar—. Bueno, no importa, mi conspiradora en esta fundación esta ocupada ahora mismo.

Durante toda la noche ocurrió lo mismo: Clay y Trish se encontraban un momento para verse separados por alguien un segundo después.

Después de servir unos aperitivos, los invitados se sentaron a las mesas y, en ese momento, se encendieron las luces. Parecía haber miles de ellas por todas partes, colgando de la cerca del corral, en las ramas de los árboles, sobre la puerta de la tienda y la casa de los niños.

Penny's Song brillaba como una joya.

Clay tomó a Trish del brazo para llevarla hacia la tarima en la que habían colocado un atril y un micrófono.

—Quiero darles las gracias a todos por haber venido esta noche para apoyar el proyecto —empezó a decir—. Pero ha sido mi mujer, Trish, quien ha organizado esta gala. ¿Quieres decir unas palabras?

Trish se acercó al micrófono y explicó cómo funcionaba el rancho, con turnos para niños que habían estado enfermos, y cómo enriquecía sus vidas y los ayudaba a reintegrarse en la sociedad.

–Espero que se queden después de la cena para tomar parte en el fuego de campamento.

Después de cenar encendieron una gran hoguera frente al corral y los adultos se sentaron en sillas o sobre la hierba mientras los niños cantaban canciones de campamento.

Más de cien personas habían firmado cheques para mantener Penny's Song a flote durante un año. Con esa ayuda, Clay no tenía la menor duda de que todo iría bien...

Pero entonces Suzy se acercó a él, llorando.

–¿Qué ocurre?

–Es mi padre, Clay. Ha sufrido un infarto... acabo de recibir el mensaje. Llevan un ahora intentando ponerse en contacto conmigo y tengo que irme ahora mismo...

Él le pasó un brazo por los hombros.

–Tranquila, tranquila –murmuró, mirando alrededor–. No te preocupes, Suzy. Todo irá bien. Yo mismo te llevaré a casa.

Clay se pasó una mano por la cara. Llevaba veinticuatro horas despierto y le mucho dolía la cabeza.

Había ido con Suzy cuando se llevaron a su padre a un hospital en Phoenix y la llevó a casa cuando volvieron a Red Ridge.

Trish no había respondido al teléfono en toda la noche.

Clay llamó a la puerta de la casa de invitados, impaciente.

—¡Trish!

La puerta se abrió y Clay dejó escapar un suspiro al ver a su hermano.

—Hola, Blake.

—Hola, Clay.

—¿Está Trish en casa?

—No, no está. Ha vuelto a Nashville.

—¿Ya se ha ido? Pero no tenía que irse hasta mañana.

—Lo sé, entra —dijo Blake—. Tenemos que hablar.

Clay entró tras él en la casa, desconcertado.

—¿Por qué se ha marchado sin esperarme? ¿Y por qué estás tú aquí?

—Estoy aquí porque se lo debo a mi hermana. Sabía que vendrías tarde o temprano y quería contarte algo. Siéntate, te lo explicaré todo mientras tomamos un café.

Clay no tenía tiempo para discutir. Seguía intentando entender por qué Trish se había marchado del rancho sin decirle nada. De modo que se sentó en el sofá y, cuando Blake puso la taza de café sobre la mesa, se lo tomó de un trago.

—Trish te vio marchándote de Penny's Song con Suzy.

—Su padre sufrió un infarto anoche y tuvieron que llevarlo a Phoenix. Suzy estaba muy angustiada y decidí ir con ella… y me alegro de haberlo hecho porque su padre ha muerto. Era un buen amigo, Blake.

—Lo siento mucho.

—Llamé a Trish varias veces para explicárselo, pero su móvil estaba apagado.

—Me dijo que querías hablar con ella después de la gala y luego te vio marcharte con Suzy… estaba tan triste que no quería escuchar excusas. Eso es lo que me dijo —le contó Blake—. Pensaba que vuestro matrimonio estaba irremediablemente roto, que habías decidido quedarte con Suzy, por eso se ha marchado. Y por eso ha firmado los papeles del divorcio.

—Pero yo no quiero el divorcio.

—Tendrás que hacérselo entender a Trish —dijo Blake—. Verás, hay cosas que no sabes… cuando éramos pequeños, mis padres estaban volcados en mí debido a mi enfermedad y se olvidaban de ella continuamente. Estaban todo el tiempo conmigo, llevándome a especialistas, cuidándome, haciéndome compañía en el hospital. No tenían tiempo para Trish y yo me daba cuenta, pero era demasiado joven como para saber cuánto iba a afectarle en el futuro. Siempre ha sido una persona fuerte y mis padres pensaban que no los necesitaba, de modo que no se ocupaban de ella. Trish se ha visto forzada a ser independiente desde muy pequeña y temía cometer los mismos errores que mis padres cuando tuviese un hijo, por eso quería esperar. Ha tenido que defenderse sola durante mucho tiempo y no quiere depender de nadie.

Clay intentó asimilar esa información.

—¿Por eso se ha ido?

—Creo que sí. Ella quiere ser lo primero para alguien, es lo que siempre ha querido. Y cuando le enviaste los papeles del divorcio, se le rompió el corazón.

—Maldita sea —Clay se paso una mano por el pelo—. Muy bien, lo entiendo. Y te agradezco mucho que te hayas quedado para explicármelo.

—Deberías dormir un rato. Tienes muy mala cara.

—Hazme un favor, no le digas nada de esta conversación. Tengo que explicárselo yo mismo, tengo que pedirle perdón en persona.

Tirar las cosas que no necesites.

Guardar solo las cosas necesarias.

Llamar a la inmobiliaria.

Dejar de pensar en Clay…

Trish miró la lista sobre la mesa de la cocina. Eso último no estaba incluido. Tenía una lista mental de cosas que no debía hacer, por ejemplo no mirar atrás o no llorar pero, por el momento, no lo había conseguido.

Temía haberle hecho daño a Meggie al dejar que se encariñase con Clay y se preguntó si la niña lo echaría de menos.

«Tanto como yo».

La gala había sido un éxito en todos los sentidos y, además de los cheques que les entregaron esa noche, habían recibido varias transferencias al día siguiente. El problema era que el corazón de Trish ya no estaba en el proyecto porque al ver que Suzy y Clay subían juntos a su coche se había dado cuenta de que iban a celebrar en privado el éxito de la gala.

Trish había cumplido con su cometido y Clay ni siquiera se había quedado para decirle adiós.

Como una tonta, había albergado esperanzas de retomar su matrimonio, pero verlo marcharse con Suzy había sido la gota que colmó el vaso. No tenía nada más que hacer en Red Ridge y no tenía sentido alargar el divorcio.

Los ojos de Trish se llenaron de lágrimas. Tenía que ser fuerte para Meggie, pero por dentro estaba absolutamente rota.

Secándose las lágrimas con el dorso de la mano, tomó papel burbuja para envolver una copa de cristal Waterford.

–No creo que vaya a necesitar esto en algún tiempo –murmuró.

Meggie estaba en su trona, fascinada por el ruido del papel burbuja, cuando sonó el timbre.

–Debe ser tu tía Jodi. Ha venido para ayudarme a guardar las cosas.

Su ayudante era un regalo del cielo, pensó. Llevaba dos días encerrada en el apartamento y era hora de vivir de nuevo.

Pero cuando abrió la puerta se quedó helada.

–¿Qué haces aquí?

Clay entró en el apartamento sin esperar a ser invitado y cuando vio a Meggie sus ojos se iluminaron.

La niña estuvo a punto de lanzarse de la trona al

verlo y Trish se puso furiosa. No podía aparecer allí de repente. No podía entrar y salir de su vida a voluntad.

–¿Qué haces aquí, Clay? –repitió.

Él sacó unos papeles del bolsillo de la chaqueta y Trish reconoció inmediatamente el documento de divorcio que había firmado.

–Tú sabes que soy un hombre rico. Mi parte en el rancho Worth vale millones, por no hablar del dinero que gané con mis discos.

–¿Y qué?

Cuando se acercó a la trona de Meggie, Trish contuvo el aliento.

«No la tomes en brazos. No hagas que se encariñe más contigo».

Clay acarició el pelito de la niña y luego se inclinó para darle un beso, el beso más dulce del mundo.

El corazón de Trish no podía romperse más.

–¿Por qué no me pides nada, Trish? –le preguntó–. Yo quiero darte el mundo entero.

¿Estaba ofreciéndole dinero por Meggie?

–No te entiendo.

Clay sonrió, una sonrisa enorme, brillante.

–Sé que no lo entiendes. Ese es nuestro problema, que tú no me entiendes y yo no te entiendo a ti. Pero te quiero, Trish. Os quiero a ti y a Meggie. Es lo único que entiendo de verdad.

Trish no daba crédito. Quería creerlo, pero estaba Suzy… siempre estaba Suzy.

–Te fuiste con Suzy después de la gala. Sin decirme adiós siquiera.

–Lo sé y te pido disculpas –dijo Clay–. Quería estar contigo esa noche, te lo juro. Pensaba pedirte que te quedases, pero el padre de Suzy sufrió un infarto y ella estaba inconsolable... murió esa misma noche.

–Lo siento, no lo sabía.

–No quiero que pienses que no me importas, Trish –siguió Clay–. Si pudiese dar marcha atrás en el tiempo iría a buscarte para decirte lo que pasaba. Siento mucho no haberlo hecho.

Trish pensó en Suzy y en lo terrible que debía haber sido para ella.

–¿Ella está bien?

–Es una chica fuerte, lo superará. Le he dicho que venía a verte, que te quiero. Entre Suzy y yo nunca ha habido nada. Tú eres la persona más importante en mi vida.

Era el momento que Trish había esperado, por el que había rezado durante tanto tiempo. Clay había ido a buscarla para decir que la quería.

–He dejado que mi amistad con Suzy se interpusiera en nuestro matrimonio –le confesó él– pero no volverá a pasar. Suzy se apoyaba demasiado en mí y tú, en cambio, no me necesitabas para nada... o yo creía que no me necesitabas. Pero quiero que sepas que movería cielo y tierra por ti y por Meggie. Y que no os defraudaré nunca.

Trish tenía que hacer un esfuerzo para que la esperanza no la abrumase.

–Suzy parecía la mujer adecuada para ti, por eso no podía soportarla. Ella es todo lo que yo no soy.

Clay la tomó entre sus brazos, con fuerza, como diciendo que no iba a dejarla escapar.

—Estoy mirando a la mujer perfecta para mí ahora mismo, no tengo la menor duda.

—¿De verdad?

Él sonrió y el corazón de Trish estalló de alegría.

—No debería haberte presionado para tener hijos. No entendía por qué no querías, pero ahora lo entiendo. Tu hermano me hizo ver lo que no había visto antes. Lo siento, de verdad. Siento mucho todo lo que has sufrido por mi culpa. Tú mereces lo mejor y yo quiero dártelo. Espero que puedas perdonarme por ser tan cabezota.

—Te perdonaré si tú me perdonas a mí por irme del rancho. Debería haber hablado contigo, haberte contado la verdad.

—No, es culpa mía. He sido un imbécil —dijo él con los ojos brillantes—. Pero pasaré el resto de mi vida intentando hacerte feliz, te lo prometo. ¿Qué me dices? ¿Puedo quemar los papeles del divorcio?

—Yo encenderé la cerilla —respondió Trish.

Clay suspiró, aliviado, antes de buscar sus labios en un beso lleno de cariño.

—Te quiero.

—Yo también a ti —Trish recordó algo entonces—. Pero acabo de comprar una casa y mi trabajo está en Nashville.

—Podemos vender la casa y puedes seguir trabajando desde el rancho, ¿no?

—Sí, supongo que sí. Aunque me gustaría estar con Meggie todo lo posible y hacer algo más por

154

Penny's Song. He estado pensando que podría hacer socia a Jodi, mi ayudante, así tendría menos trabajo.

—Lo que tú decidas me parecerá bien. Y si te gusta mucho tu casa en Nashville, podemos conservarla. Haremos lo que tú quieras.

Trish quería estar con su marido, quería que fuesen una familia, el resto se iría solucionando poco a poco.

Clay sacó a Meggie de la trona y la niña le echó los bracitos al cuello.

—¿Confías en mí, Trish?

—Del todo —respondió ella.

—Entonces, tenemos que volver al rancho ahora mismo.

—¿Ahora mismo?

—Has dicho que confías en mí.

Y, de repente, Trish supo que confiaba en aquel hombre por completo.

Estaban a la orilla del lago Elizabeth poco antes de que el sol se escondiera tras las montañas Red Ridge, el cielo era una sinfonía de naranjas y rosas.

El clan Worth: Jackson, Tagg y Callie, junto con Wes y Helen, miraba mientras Clay hacía sus promesas matrimoniales. Era el lugar perfecto, el sitio donde todos los Worth habían propuesto matrimonio a sus esposas desde que se fundó el rancho.

Trish renovó sus promesas de amor eterno incluyendo a Meggie, a la que su marido iba a adoptar.

155

Clay nunca se había sentido más orgulloso y más feliz y se emocionó cuando llegó el momento de sellar esas promesas con un anillo de rubíes y diamantes que había encargado para Trish un año antes.

–Para la mujer a la más quiero en el mundo, mi esposa –murmuró, poniéndoselo en el dedo.

Trish tuvo que hacer un esfuerzo para contener las lágrimas.

–Te quiero, Clay –le dijo, con voz temblorosa–. Y te querré siempre. Meggie, tú y yo seremos una familia.

Clay sonrió. Eran una familia.

Jackson le entregó entonces la antigua caja de cuero que contenía el más importante legado familiar: el collar de rubíes que una vez perteneció a la mujer que había dado nombre al lago: Lizzie Worth.

Con dedos temblorosos, Clay puso el collar de oro con un rubíes en forma de perla a Meggie en el cuello porque esa era la tradición; el collar pasaba siempre al primer hijo del primogénito.

–Para la otra mujer a la que más quiero en el mundo.

Y luego besó a su esposa y a su hija, el amor que sentía por ellas era una emoción tan poderosa que era imposible expresarla en palabras. Pero Trish lo sabía y Meggie también.

Los tres juntos formaban una hermosa imagen.

Clay no tenía la menor duda.

DESEO

EMILY McKAY
BUSCO MARIDO

Wendy Leland necesitaba un marido rico y con éxito para mantener la custodia de su sobrina, y lo necesitaba ya. Sin embargo, cuando su jefe, rico, exitoso y atractivo le ofreció convertirse en su marido temporal, ella se mostró reacia. Jonathon Bagdon le gustaba demasiado y sabía que resistirse a la tentación resultaría difícil.

MICHELLE CELMER
CHISPAS DE PASIÓN

Cuando Sierra Evans dio a sus gemelas en adopción, no esperaba que la tragedia las dejara a cargo de su tío, un millonario *playboy*. Ahora quería proteger a sus hijas… aunque eso significara hacerse pasar por la niñera perfecta con un gran secreto.
Coop Landon sabía cuándo alguien mentía. Y estaba más que dispuesto a descubrir lo que Sierra se proponía, especialmente cuando la seducción era la estrategia perfecta.

N.º 563

CHARLENE SANDS
EL ORGULLO DEL VAQUERO

Clayton Worth estaba dispuesto a rehacer su vida casándose con una mujer que pudiese darle un heredero. Sin embargo, un año de separación no había matado el deseo que sentía por Trish, que pronto sería su exmujer.
Trish había vuelto al rancho como madre de un bebé, a pesar de que su negativa a darle hijos era lo que los había separado. Creían que todo había terminado entre ellos... pero sus corazones tenían otras ideas.

DESEO

ANNE OLIVER

ASUNTOS DE DORMITORIO

Abby Seymour llegó a la Costa Dorada de Australia con la intención de abrir un negocio, pero pronto descubrió que la habían estafado. La habían dejado sin dinero y necesitaba ayuda urgentemente.

El adusto empresario Zak Forrester, intrigado por la bella Abby, le ofreció un sitio en el que alojarse, pero viviendo juntos resultaba imposible controlar la atracción que había entre ellos.

Zak estaba dispuesto a compartir cama con Abby, pero insistía en que ella nunca podría ser su esposa…

RECUERDO DE UN BESO

Descubrir que su vida había sido una mentira fue el golpe más duro para

N.º 564

Anneliese Duffield. Ahora debía reconstruir su historia y encontrar a su verdadera familia… pero un hombre se interpuso en su camino.

El guapísimo empresario Steve Anderson se sentía obligado a proteger a la mejor amiga de su hermana, aunque ella hubiera levantado una barrera entre los dos.

Siempre había habido una gran tensión sexual entre ellos, aunque él había dejado claro que no tenía intención de sentar la cabeza. Pero Annelise acababa de descubrir que estaba embarazada.

JULIET LANDON
Una noche en el paraíso

Aunque la corte de la reina Isabel I en Richmond era famosa por ser el escenario de numerosas relaciones ilícitas y corazones rotos, la bella Adorna Pickering conservaba su inocencia. Solo un hombre tenía el poder de derribar la barrera de su timidez… sir Nicholas Rayne. Con su oscura reputación, Nicholas representaba todo lo que Adorna sabía que debía evitar. Pero ¿cómo podría quedarse indiferente si con solo rozarla la volvía loca de deseo?

ANNE HERRIES
Una institutriz muy especial

La heredera Sarah Hardcastle había ideado un plan para escapar de las indeseadas atenciones de cierto cazafortunas. Oculta en la

campiña inglesa, y provista de una nueva identidad como la recatada institutriz señorita Goodrum, esperaba llevar una vida tranquila.

Pero su bien planeada farsa peligró cuando conoció al tutor de su alumno, lord Rupert Myers. Seductor incorregible, Rupert poseía el atractivo y encanto necesarios para hacerla sonrojarse hasta el nacimiento de su severo escote… ¡y la determinación de descubrir lo que ocultaba debajo! Sarah iba a necesitar de todo su ingenio para resistir sus pícaras mañas y guardar intacto su secreto…

No. 86

¡YA EN TU PUNTO DE VENTA!

ALLY BLAKE
CITA PARA UNA BODA

Hannah estaba deseando volver a casa para la boda de su hermana, pero apenas podía considerarlo unas vacaciones porque para investigar un nuevo programa de televisión…, ¡su jefe había decidido ir con ella!

Hannah no quería que el pícaro Bradley Knight fuera su acompañante en la boda. Y más aún cuando descubrió que él había reservado la suite del ático para que la compartieran…

N.º 480

STACY CONNELLY
LAS REGLAS DE LA PASIÓN

Allison Warner trabajaba para Zach Wilder como ayudante temporal, pero no había esperado que su jefe fuera irresistible. No tenía la menor duda de que Zach la deseaba, pero después de un desengaño amoroso no sabía si podía arriesgar su corazón con un hombre que no estaba interesado en una relación seria. Zach no tenía intención de cambiar su forma de pensar; el trabajo lo era todo para él y un romance sería un obstáculo que lo alejaría de su objetivo. Sin embargo, ¿por qué iba a negarse a sí mismo una pequeña diversión después de la jornada laboral? Hasta que las reglas cambiaron de repente…

En tus manos

Me llamo Jana y soy fisiotera-
peuta. Trabajo en mi propia clínica, en pleno centro de Madrid.
Mi nuevo paciente, Jacobo Mon-
talván, es el hombre más macizo
que mis ojos han contemplado.
La atracción física es instantánea.
¡Pura química! Pero me asusta la
posibilidad de pasar de la atracción al amor.
Mi nombre es Jacobo y soy militar. Mi última misión, en Kabul,
me dejó maltrecho, por lo que
acudo a la clínica de una fisio.
¡Quién iba a decirme que tras
esa puerta estaría la mujer más
increíble con la que me he cruzado jamás!

HARLEQUIN

Mercedes Gallego

En tus manos
~
A orillas del Ness

Tiffany

A orillas del Ness

Marta Nogales llega a Inverness huyendo de un pasado que
la atormenta. No cuenta con que el carácter amable y hospi-
talario de los escoceses caldeará su corazón. Y lo más insos-
pechado: Thane Gilmore, un músico retirado, padre de una
adolescente y soltero recalcitrante, zarandea sus sentimientos
hasta convertir la paz que busca en un torbellino de pasión.
Thane vivió el éxito a edad temprana y no busca emociones
que sobrepasen cuidar a su hija, tomar whisky con sus amigos
y dirigir un pequeño negocio. Creía que su corazón estaba a
salvo, pero la llegada de Marta alterará su pacífica existencia.

DESEO

Sabía que no era recomendable sentirse atraída
por su jefe, lo que no sabía era cómo evitarlo

DOCE NOCHES
DE TENTACIÓN

BARBARA
DUNLOP

N.° 236

La única mujer que le interesaba a Matt Emerson era la
mecánica de barcos que trabajaba en sus yates. Incluso
cubierta de grasa, Tasha Lowell lo excitaba. Aunque una
aventura con su jefe no formaba parte de sus aspiraciones
profesionales, cuando un saboteador puso en su punto de
mira la empresa de alquiler de yates de Matt, Tasha accedió
a acompañarlo a una fiesta para intentar averiguar de quién
se trataba. Tasha era hermosa sin arreglarse, pero al verla
vestida para la fiesta, Matt se quedó sin aliento. De repente
ya no seguía siendo posible mantener su relación en un
plano puramente profesional.

BIANCA.

CATHY WILLIAMS

UN HOMBRE IMPOSIBLE

El atractivo magnate neoyorquino, Matt Strickland, buscaba a la niñera ideal para su hija y Tess Kelly no cumplía ninguno de los requisitos del anuncio. La sensatez, la severidad y las cualificaciones académicas no eran precisamente sus puntos fuertes, pero estaba dispuesta a enseñar a su jefe a divertirse. Un desafío que pondría a prueba su relación…

EL HEREDERO ESCONDIDO

Sarah Scott no había querido enamorarse de un mujeriego incapaz de comprometerse, pero la experta seducción de Raoul la dejó indefensa. Sin embargo, cuando él desapareció de su vida, el legado de Raoul siguió vivo… Sarah estaba embarazada del heredero Sinclair. Cinco años después, Sarah tenía que esforzarse para llegar a fin de mes trabajando como limpiadora en una oficina. Estaba fregando el suelo cuando sus ojos se encontraron con los de su nuevo y elegante jefe, el hombre al que nunca había podido olvidar y el padre de su hijo: Raoul Sinclair.

N.º 499

DESEO

Amelia de día...
Amber de noche

**JUGAR
CON FUEGO**

SHARON SALA

N.º 2195

De nueve a cinco, era Amelia Beauchamp, la típica bibliote-
caria de una ciudad pequeña. Pero cuando se ponía el sol se
convertía en Amber Champion, una sexy camarera en la que
se había fijado Tyler Savage, el mayor calavera de la ciudad.
Tyler era un verdadero rebelde que jamás pondría los ojos
en ella si supiera quién era realmente, y ella lo sabía. Así que
no le quedaba otra opción que seguir el juego...

Sin embargo, resultaba que Tyler sabía perfectamente que
la tímida Amelia y la coqueta Amber eran la misma persona,
pero lo estaba pasando demasiado bien siguiéndole el juego.
En cuanto a las cenas románticas y los largos paseos que
compartían... bueno, no eran más que parte del juego. Pero
cada vez tenía más ganas de hacer que ese juego se hiciera
realidad.